Le prophète blanc

Robin Hobb

Le prophète blanc

*L'Assassin Royal**********

ÉDITIONS FRANCE LOISIRS

Titre original : *Fool's errand (The Tawny Man – Livre I)*
(première partie)

Traduit de l'anglais par A. Mousnier-Lompré

Édition du Club France Loisirs,
avec l'autorisation des Éditions Flammarion.

Éditions France Loisirs,
123, boulevard de Grenelle, Paris
www.franceloisirs.com

ISBN 2-7441-6776-2

À Ruth et ses fidèles rayés,
Alexander et Crusades.

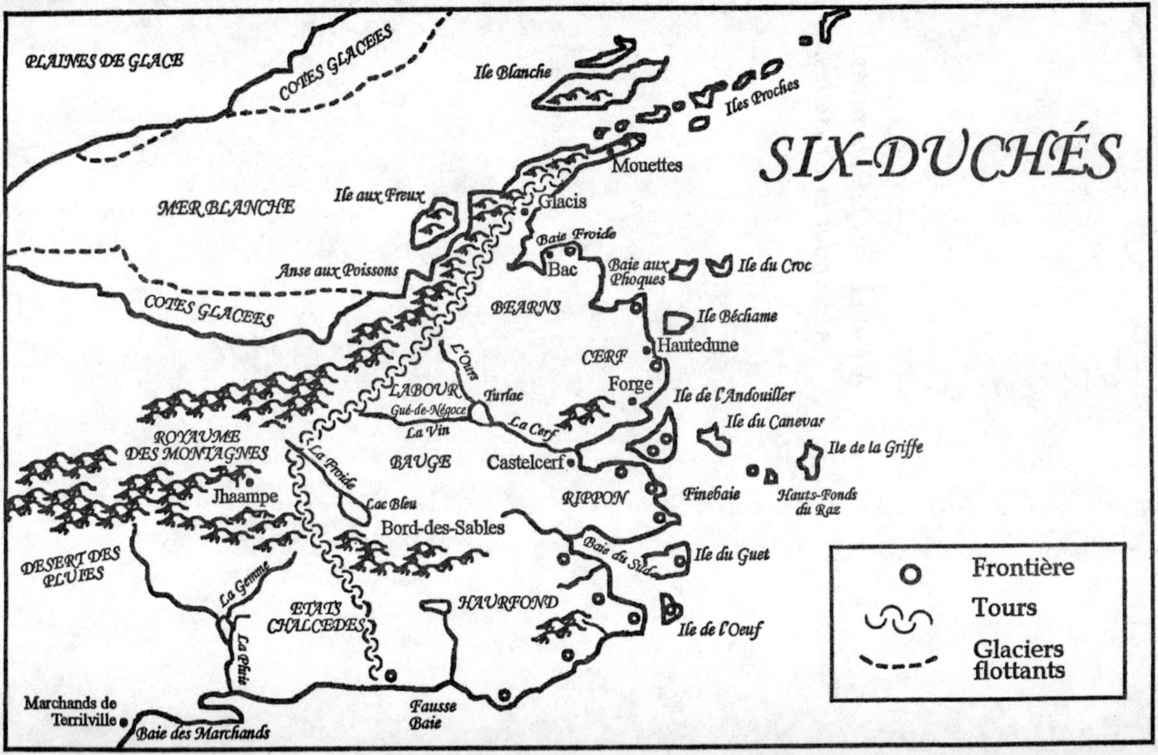
SIX-DUCHÉS
PLAINES DE GLACE
COTES GLACEES
Ile Blanche
Iles Proches
Mouettes
MER BLANCHE
Ile aux Freux
Glacis
Baie Froide
Bac
Baie aux Phoques
Ile du Croc
Anse aux Poissons
COTES GLACEES
BEARNS
Ile Béchame
Hautedune
CERF
L'Ours
Forge
Ile de l'Andouiller
LABOUR
Turlac
Gué-de-Négoce
La Vin
La Cerf
Ile du Canevas
ROYAUME DES MONTAGNES
Ile de la Griffe
La Froide
BAUGE
Castelcerf
Jhaampe
Lac Bleu
RIPPON
Finebaie
Hauts-Fonds du Raz
Bord-des-Sables
Baie du Sud
Ile du Guet
DESERT DES PLUIES
La Gemme
HAURFOND
ETATS CHALCEDES
Ile de l'Oeuf
La Pluie
Marchands de Terrilville
Baie des Marchands
Fausse Baie
Frontière
Tours
Glaciers flottants

1

UMBRE TOMBÉTOILE

Le temps est-il la roue qui tourne ou bien la trace qu'elle laisse ?

L'Énigme de KELSTAR

*

Il arriva par un jour pluvieux de la fin du printemps et déposa le vaste monde sur le seuil de ma porte. J'avais trente-cinq ans cette année-là. À vingt ans, j'aurais considéré cet âge comme le dernier pas avant le gâtisme, mais désormais je n'y voyais plus ni jeunesse ni vieillesse, seulement un état d'équilibre provisoire entre les deux ; j'avais perdu mon inexpérience d'autrefois mais je ne pouvais pas encore me targuer des excentricités d'un âge avancé. Par bien des côtés, je ne savais plus ce que je pensais de moi-même ; parfois, j'avais l'impression que ma vie disparaissait lentement derrière moi, s'effaçait comme des empreintes de pas sous la pluie, jusqu'à me convaincre peut-être que j'avais toujours été cet homme taciturne qui menait une existence banale dans une chaumière entre mer et forêt.

Allongé sur mon lit ce matin-là, j'écoutais les petits bruits coutumiers qui m'apportaient quelquefois la paix de l'âme. Le loup respirait avec régularité devant la cheminée où le feu crépitait doucement ; je tendis vers lui la magie du Vif que nous partagions, pour effleurer ses pensées assoupies : il rêvait qu'il courait parmi des collines enneigées en compagnie d'une meute. Pour Œil-de-Nuit, c'était un songe de silence, de froid et de vivacité. Je me retirai discrètement et le laissai à son bonheur personnel.

Au-delà de mon fenestron, les oiseaux revenus de migration s'interpellaient en chantant. Un vent léger soufflait, et, chaque fois qu'il agitait les arbres, les feuilles laissaient tomber sur l'herbe humide une averse, résidu de la pluie de la nuit précédente. Les arbres en question étaient des bouleaux blancs, et il y en avait quatre ; ce n'étaient guère que des brindilles quand je les avais plantés, et à présent leur feuillage aérien jetait une ombre agréablement légère sur la fenêtre de ma chambre. Je fermai les yeux et crus percevoir leurs jeux de lumière sur mes paupières. Je n'avais pas envie de me lever, pas tout de suite.

J'avais passé une mauvaise soirée la veille, et j'avais dû y faire face seul ; mon aide, Heur, était parti courir le monde en compagnie d'Astérie presque trois semaines plus tôt et n'était toujours pas revenu. Je ne pouvais lui en vouloir : ma vie austère de reclus commençait à peser sur ses jeunes épaules, et les récits d'Astérie sur l'existence qu'on menait à Castelcerf, que ses talents de ménestrelle rendaient encore plus vivants, suscitaient des images trop fortes pour qu'il n'y prêtât pas attention. En conséquence, et bien qu'à contrecœur, j'avais permis à mon amie de l'emmener à Castelcerf passer quelques vacances, afin qu'il participe enfin à une fête du Printemps, mange un gâteau parsemé de graine de carris, assiste à un spectacle de marionnettes, et, qui sait ? embrasse une fille. Heur avait passé l'âge où des repas réguliers et un lit douillet suffisaient à le contenter. Je m'étais dit qu'il était temps de songer à le laisser partir, de lui trouver une place d'apprenti chez un bon charpentier ou un bon menuisier ; il montrait des dispositions à ces métiers, et plus tôt on se lance dans un art, mieux on l'apprend. Mais je ne me sentais pas encore prêt à le voir me quitter ; cependant, son départ avec Astérie allait me permettre de jouir d'un mois de paix et de solitude, qui m'obligerait à me rappeler comment m'occuper seul de moi-même. Œil-de-Nuit et moi nous tiendrions mutuellement compagnie ; que demander de plus ?

Pourtant, ils étaient à peine en route que la petite maison m'avait paru trop calme. L'exaltation du garçon à l'idée du voyage m'avait évoqué trop vivement mes propres sentiments d'autrefois à l'approche de la fête du Printemps et des autres événements qui rythmaient l'année ; entendre parler de spectacles de marionnettes, de gâteaux à la graine de carris et de filles qu'on embrasse avait réveillé de vifs souvenirs que je croyais endormis pour toujours depuis longtemps. Peut-être ces souvenirs abritaient-ils des rêves trop forts pour les négliger ; en tout cas, par deux fois, j'avais émergé du sommeil couvert de transpiration, tremblant, les muscles tétanisés. J'avais connu de longues années où mes cauchemars m'avaient laissé en paix, mais, depuis quatre ans, ma fixation d'antan était revenue ; elle allait et venait sans logique apparente ; on eût presque dit que la vieille magie de l'Art s'était souvenue de mon existence et cherchait à m'arracher à ma paix et à ma solitude. Les jours qui se suivaient jusque-là, aussi unis et semblables les uns aux autres que des perles sur un fil, se trouvaient rompus par son appel : parfois, la faim de l'Art me dévorait comme un chancre dévore la chair saine ; en d'autres occasions, son attraction se limitait à quelques nuits où je faisais des rêves pleins de réalisme et baignés d'une atmosphère d'inassouvissement. Si le petit avait été là, j'aurais sans doute réussi à me dégager du tiraillement insistant de l'Art ; mais il était parti, et la veille au soir, donc, j'avais cédé à la dépendance invaincue que ce genre de rêves suscite ; je m'étais rendu sur la falaise qui domine la mer, j'avais pris place sur le banc que mon aide m'avait fabriqué, et j'avais étendu ma magie sur les vagues. Le loup était resté un moment assis près de moi, avec dans les yeux une expression de reproche que je connaissais bien. Je m'étais efforcé de ne pas y prêter attention. « Ce n'est pas pire que ton penchant à embêter les porcs-épics », lui avais-je fait observer.

Sauf qu'on peut se débarrasser de leurs piquants. Ce qui te point ne fait que s'enfoncer et s'envenimer. Son regard profond s'était porté au-delà de moi alors même qu'il m'adressait cette réponse mordante.

Et si tu allais chasser un lapin ?

Tu as laissé partir le garçon et son arc.

« Tu pourrais l'attraper tout seul, tu sais. C'est ce que tu faisais autrefois. »

Autrefois, tu m'accompagnais à la chasse. Et si nous y allions, au lieu de perdre notre temps en vaines recherches ? Quand donc accepteras-tu le fait que personne ne peut t'entendre ?

Je dois... essayer, c'est tout.

Pourquoi ? Ma compagnie ne te suffit pas ?

Elle me suffit. Tu me suffis toujours. Je m'étais ouvert davantage au lien du Vif que nous partagions et avais tenté de lui faire sentir l'attraction que l'Art exerçait sur moi. *C'est la magie qui le veut, pas moi.*

Garde-la pour toi. Je n'ai pas envie de voir ça. Et, quand j'eus barré cette partie de moi-même, il avait demandé tristement : *Nous n'en serons jamais débarrassés ?*

J'ignorais la réponse à cette question. Au bout d'un moment, le loup s'était couché, avait posé sa grande tête sur ses pattes et fermé les yeux. Il allait demeurer près de moi parce qu'il craignait pour moi. À deux reprises, durant l'avant-dernier hiver, je m'étais laissé aller à artiser de façon excessive, et j'avais tant consumé d'énergie physique dans ma quête mentale que je n'avais même plus eu la force de regagner la maison ; les deux fois, Œil-de-Nuit avait dû aller chercher Heur. Mais, à présent, nous étions seuls.

Je n'ignorais pas la futilité ni la stupidité de mes efforts, mais j'étais incapable de me retenir. Tel un homme affamé qui mange de l'herbe pour combler le terrible vide de son estomac, j'avais tendu mon Art et touché les vies qui passaient à ma portée ; en effleurant leurs pensées, je parvenais à calmer pour un temps l'appétit ardent qui m'emplissait de néant. J'en avais appris un peu sur la famille qui était sortie pêcher par jour de vent, j'avais connu les inquiétudes d'un capitaine dont la cargaison dépassait légèrement en poids ce que son bâtiment était capable de transporter ; le second du même navire se posait des questions sur l'homme que sa fille désirait épouser : en dépit de ses belles manières, c'était un paresseux ; le mousse, lui, maudissait le sort : ils allaient parvenir à Castelcerf trop tard pour la fête du Printemps ; le temps qu'ils arrivent, il ne resterait rien que des guirlandes fanées en train de brunir, accrochées aux gouttières. Il n'avait jamais de chance.

Je trouvais une vague distraction dans ces perceptions : elles me rappelaient que le monde était plus vaste que les quatre murs de ma chaumière, plus étendu que les limites de mon jardin. Mais ce n'était pas comme l'Art véritable ; ce que j'éprouvais ne pouvait se comparer à cet instant de complétude que l'on ressent quand deux esprits se joignent et qu'on voit l'ensemble du monde comme une immense entité dans laquelle on n'est qu'un grain de poussière.

Les mâchoires du loup fermement serrées sur mon poignet m'avaient tiré de mon état de transe. *Allons, ça suffit. Si tu t'évanouis ici, tu vas passer une nuit au froid et à l'humidité. Je ne peux pas te remettre sur tes pieds comme le petit. Allons, viens.*

Je m'étais levé, et les bords de mon champ de vision s'étaient obscurcis ; le phénomène avait fini par s'estomper, mais pas l'obscurité de l'esprit qu'il traînait dans son sillage. J'avais suivi le loup dans le crépuscule qui allait s'épaississant, sous les gouttes qui tombaient encore des frondaisons, jusqu'à la chaumière, où le feu s'était presque éteint dans la cheminée et où les bougies s'étaient consumées en coulant sur la table. Je m'étais préparé de la tisane d'écorce elfique, bien noire et bien amère, en sachant qu'elle ne ferait qu'accroître mon accablement, mais aussi qu'elle apaiserait ma migraine. J'avais ensuite dépensé l'énergie nerveuse que procurait l'écorce en travaillant sur un manuscrit qui décrivait un jeu où l'on se servait de cailloux, accompagné des règles qui le régissaient. Déjà, à plusieurs reprises, j'avais essayé d'achever ce traité, mais j'avais renoncé, considérant l'entreprise comme irréalisable ; on ne pouvait apprendre à y jouer qu'en y jouant, voilà ce que je me disais. Mais cette fois j'avais ajouté au texte une série d'illustrations représentant les différentes phases d'une partie typique ; quand j'avais enfin mis mon manuscrit de côté, juste avant l'aube, je n'y voyais que la plus navrante de toutes mes tentatives. Je m'étais couché très tard, ou très tôt, si l'on préfère.

Quand je m'éveillai, la moitié de la matinée était déjà passée. Au bout de la basse-cour, les poulets grattaient le sol en caquetant entre eux ; le coq poussa un cocorico retentissant. Je gémis ; il fallait que je me lève, que j'aille ramasser les œufs et jeter une poignée de graines aux volailles pour les empêcher de retourner à l'état sauvage. Dans le jardin, toute la végétation commençait à repartir, et je devais déjà le désherber ; je devais aussi resemer la plate-bande de fesque dont les limaces avaient dévoré les pousses ; il me fallait encore cueillir des iris pourpres tant qu'ils étaient en fleur ; mon précédent essai pour en obtenir de l'encre s'était soldé par un échec, mais je refusais de me tenir pour battu. Il y avait aussi le bois à couper et à mettre en réserve, le gruau à préparer, l'âtre à nettoyer ; et puis il me restait encore à grimper sur le frêne qui surplombait le poulailler pour couper la branche cassée avant qu'une tempête ne la fasse tomber sur les volailles.

Et il faudrait aussi nous rendre à la rivière voir si les premières remontées ont commencé. Un peu de poisson frais ne serait pas à dédaigner. Œil-de-Nuit ajoutait ses propres préoccupations à ma liste mentale.

L'année dernière, tu as failli mourir d'avoir mangé du poisson pourri.

Raison de plus pour y aller maintenant, tant qu'il est frais et bondissant. Tu pourrais te servir de la lance du petit.

C'est ça, pour me retrouver trempé comme une soupe et gelé de la tête aux pieds !

Mieux vaut avoir froid et être mouillé qu'avoir faim.

Je me tournai sur le flanc et me rendormis. J'allais faire la grasse matinée, pour une fois ; qui le saurait, qui s'en inquiéterait ? Les poules ? Mais j'eus l'impression de m'être assoupi quelques instants à peine quand les pensées du loup me tirèrent du sommeil.

Réveille-toi, mon frère. Un cheval inconnu arrive.

Aussitôt, mon esprit s'éclaircit. L'obliquité du rai de lumière qui traversait ma fenêtre m'apprit que plusieurs heures s'étaient écoulées. Je me levai, enfilai une robe, la serrai à ma taille d'une ceinture, et mis mes chaussures d'été ; ce n'étaient guère que des semelles de cuir munies de lanières pour les retenir à mes pieds. Je repoussai les mèches de cheveux qui me tombaient sur le visage et me frottai les yeux. « Va voir qui c'est », demandai-je à Œil-de-Nuit.

Va voir toi-même. Il est presque à la porte.

Je n'attendais personne. Astérie venait trois ou quatre fois l'an me faire une visite de quelques jours pour me rapporter les derniers ragots des Six-Duchés, du papier fin et du bon vin, mais Heur et elle ne seraient pas revenus aussi vite ; à part elle, rares étaient ceux qui frappaient à ma porte. J'avais bien un voisin, Bailor, installé dans la combe d'à côté avec ses cochons, mais il n'avait pas de cheval ; un rémouleur passait deux fois par an, depuis qu'il avait découvert ma retraite par hasard, en plein orage : son cheval s'était mis à boiter et la lumière de ma maison, entr'aperçue au milieu des arbres, l'avait attiré. Dès lors, j'avais reçu la visite de voyageurs semblables : il avait gravé un chat roulé en boule, signe d'un bon accueil, sur un arbre le long de la piste qui menait à ma cahute. J'avais découvert l'indication, mais l'avais laissée intacte afin d'inciter un visiteur occasionnel à frapper à mon huis.

L'inconnu était donc sans doute un voyageur égaré, ou bien un marchand las de la route. Je me dis qu'un hôte me ferait une agréable distraction, mais cette pensée manquait d'enthousiasme.

J'entendis le cheval s'arrêter devant la maison, puis les petits bruits que fait un homme mettant pied à terre.

Le gris, fit le loup avec un grondement sourd.

Je crus que mon cœur allait cesser de battre. J'ouvris lentement la porte à l'instant où le vieil homme tendait la main pour toquer. Il me dévisagea, et puis il eut un sourire rayonnant. « Fitz, mon garçon ! Ah, Fitz ! »

Il écarta les bras dans l'intention de me serrer contre lui. L'espace d'un instant, je demeurai figé, incapable du moindre geste. J'ignorais ce que je ressentais, mais que mon vieux mentor me retrouve après tant d'années m'effrayait ; il devait y avoir une raison, un autre motif que la simple envie de me revoir. Cependant, j'éprouvais aussi le rétablissement d'un lien de parenté, ce soudain sursaut d'intérêt qu'Umbre avait toujours suscité chez moi. Quand j'étais adolescent à Castelcerf, il me convoquait en secret la nuit, et je devais monter l'escalier dérobé qui menait à son antre, dans la tour, au-dessus de ma chambre. C'était là qu'il concoctait ses poisons, là qu'il m'avait enseigné le métier d'assassin, là qu'il m'avait irrévocablement lié à lui. Je sentais toujours les battements de mon cœur s'accélérer quand la porte secrète s'ouvrait, et, malgré les années passées, toutes les douleurs que j'avais endurées, Umbre me faisait encore le même effet. Il était entouré d'une aura de mystère et de promesse d'aventure.

C'est pourquoi, de façon impulsive, j'agrippai ses épaules voûtées et l'attirai contre moi. Le vieillard s'était de nouveau amaigri et il était aussi anguleux que lorsque j'avais fait sa connaissance ; mais à présent c'était moi le reclus vêtu d'une robe usée en laine grise ; pour sa part, il portait des chausses bleu roi et un pourpoint de la même couleur avec des crevés dont la teinte verte faisait écho à celle de ses yeux. Ses bottes de monte étaient de cuir noir, tout comme ses gants souples. Sa cape, d'un vert assorti à celui des incrustations de son pourpoint, était bordée de fourrure, et de la dentelle blanche décorait son col et ses manches. Les cicatrices, qui grêlaient son visage et l'humiliaient tant autrefois qu'il avait renoncé à se montrer en public, n'apparaissaient plus que comme des tachetures pâles sur son visage hâlé. Sa chevelure blanche tombait sur ses épaules et formait des boucles sur son front ; ses clous d'oreille étaient ornés d'émeraudes, et une pierre semblable était plantée au milieu du bandeau d'or qu'il portait au cou.

Le vieil assassin sourit d'un air narquois en me regardant examiner sa splendeur. « Ah, mais c'est que le conseiller d'une reine doit se vêtir selon son rôle, s'il veut jouir du respect que sa souveraine et lui-même méritent dans leurs négociations.

— Je comprends, dis-je d'un ton défaillant ; puis je me repris : Entrez, entrez donc ! Vous allez sans doute trouver mon logis un peu moins élégant que ce à quoi vous êtes manifestement accoutumé, mais vous êtes tout de même le bienvenu.

— Je ne suis pas venu chipoter sur ta maison, mon garçon. Je suis venu te voir, toi.

— Mon garçon ? répétai-je à mi-voix en souriant et en le faisant entrer.

— Ah, bah ! Toujours, peut-être, pour moi. C'est un des avantages du grand âge : je peux appeler qui je veux comme je l'entends, et personne n'ose me contredire. Tiens, je vois que tu as toujours le loup. Œil-de-Nuit, c'est bien ça ? Tu commences à vieillir, Œil-de-Nuit ; je ne me rappelle pas tous ces poils blancs sur ton museau. Allons, viens par ici, fais-moi plaisir. Ah, Fitz, veux-tu bien t'occuper de mon cheval ? J'ai passé toute la matinée en selle, après une nuit dans une auberge absolument épouvantable. Je ne suis plus aussi souple qu'autrefois, tu sais. Ah, et puis apporte-moi mes fontes, veux-tu ? Tu seras gentil. »

Et il se courba pour gratter les oreilles du loup, dos à moi, certain que j'allais lui obéir – ce que je fis en souriant à part moi. La jument noire qu'il montait était un bel animal au caractère amène et docile ; il y a toujours du plaisir à soigner une bête de cette qualité. Je lui donnai amplement à boire, lui fournis un peu du grain dont je nourrissais mes poules, puis la menai dans l'enclos désert de la ponette. Les fontes que je rapportai à la chaumière étaient lourdes et j'entendis dans l'une d'elles un clapotis prometteur.

Quand je rentrai, je trouvai Umbre dans mon étude, assis à mon bureau, plongé dans la lecture de mes écrits comme si c'étaient les siens. « Ah, te voici ! Merci, Fitz. Dis-moi, il s'agit bien du jeu des cailloux, n'est-ce pas ? Celui que Caudron t'a enseigné pour t'aider à détourner ton esprit de la route d'Art ? C'est passionnant. J'aimerais avoir ton traité quand tu l'auras achevé.

— Si ça vous fait plaisir », répondis-je à mi-voix. Je me sentis un instant mal à l'aise ; Umbre me jetait à la figure des expressions et des noms que j'avais enfouis dans ma tête et auxquels je n'avais plus touché depuis longtemps · Caudron, la route d'Art... Je les repoussai dans le passé. « Il n'y a plus de Fitz, déclarai-je d'un ton affable. Je m'appelle maintenant Tom Blaireau.

— Ah ? »

Du doigt, je désignai la mèche blanche de mes cheveux, résultat d'une vieille blessure. « Oui, à cause de ça ; c'est un nom facile à retenir. Je raconte aux gens que je suis né avec cette mèche et que c'est elle qui a incité mes parents à me baptiser ainsi.

— Je vois, répondit-il d'un ton neutre. Eh bien, ça se tient, et c'est judicieux. » Il se laissa aller contre le dossier de mon fauteuil en bois, qui craqua sous le mouvement. « Il y a de l'eau-de-vie dans ces fontes, si tu as des gobelets. Tu trouveras aussi quelques gâteaux au gingembre de la vieille Sara... Je parie que tu ne t'attendais pas à ce que je me souvienne de ton penchant pour eux. Ils sont sans doute un peu écrasés, mais c'est le goût qui compte. » Le loup s'était déjà redressé, et, assis, il posa son museau sur le bord de la table, pointé droit sur les sacs.

« Ainsi, Sara est toujours cuisinière à Castelcerf ? » demandai-je tout en cherchant deux gobelets présentables. Ma vaisselle ébréchée ne me dérangeait pas, mais j'éprouvais soudain de la répugnance à la montrer à Umbre.

Il quitta l'étude pour s'approcher de la table de la cuisine. « Non, plus vraiment ; ses vieilles jambes ne lui permettent plus de rester debout trop longtemps. Elle a un grand fauteuil rembourré sur une estrade dans un coin des cuisines, et c'est de là qu'elle donne ses ordres. Elle prépare encore ce qu'elle préférait, les pâtisseries à la crème, les gâteaux aux épices et les friandises. C'est un jeune homme du nom de Daff qui s'occupe des repas quotidiens, aujourd'hui. » Il vidait les fontes tout en parlant ; il en tira deux bouteilles d'eau-de-vie de Bord-des-Sables – il y avait une éternité que je n'y avais plus goûté – et les gâteaux au gingembre, un peu écrasés comme prévu ; du linge qui les enveloppait tomba une pluie de miettes. Le loup huma soigneusement l'air, puis se mit à saliver. « Ce sont ses préférés, à lui aussi, je vois », fit Umbre d'un ton désapprobateur, et il lui jeta une des pâtisseries. Le loup l'attrapa au vol et s'en alla s'installer sur le tapis devant la cheminée pour la dévorer à son aise.

Les fontes livrèrent rapidement leurs autres trésors : une liasse de papier fin, des pots d'encre bleue, rouge et verte, une grosse racine de gingembre qui commençait à germer, prête à être mise en pot pour l'été, quelques paquets d'épices, une tome de fromage affinée, luxe rare pour moi, et, dans un petit coffre en bois, d'autres objets qu'étrangement je reconnus tout en ne les reconnaissant pas, de petits objets que je croyais perdus depuis longtemps : une bague ayant appartenu au prince Rurisk du royaume des Montagnes, la pointe de la flèche qui lui avait transpercé la poitrine et avait failli causer sa mort, une petite boîte en bois que j'avais fabriquée moi-même bien des années plus tôt pour y ranger mes poisons. Je l'ouvris : elle était vide. Je rabattis le couvercle, posai la boîte sur la table, puis regardai Umbre. Sa visite n'était pas simplement celle d'un vieil homme à son ancien apprenti ; il menait derrière lui tout mon passé comme une femme sa queue en broderie dans une salle de réception. En le laissant franchir mon seuil, j'avais fait entrer mon ancien monde avec lui.

« Pourquoi ? demandai-je à mi-voix. Pourquoi venir me revoir, après tant d'années ?

— Ah, bah ! » Umbre tira une chaise près de la table et s'assit avec un soupir. Il déboucha l'eau-de-vie et nous servit. « Les raisons ne manquent pas. J'ai vu ton aide en compagnie d'Astérie, et je l'ai aussitôt identifié ; non qu'il te ressemble, pourtant, pas plus qu'Ortie à Burrich, mais il avait tes manières, la même façon que toi de rester en retrait pour observer quelque chose, la tête penchée ainsi, avant de décider s'il va se jeter à l'eau ou non. Il m'a tellement fait penser à toi au même âge que… »

Je l'interrompis.

« Vous avez vu Ortie. » Ce n'était pas une question.

« Naturellement, affirma-t-il calmement. Veux-tu que je te parle d'elle ? »

Je n'osai pas répondre ; tous mes vieux instincts de prudence m'incitaient à ne pas témoigner un trop grand intérêt envers elle. Cependant, j'éprouvais en même temps le picotement d'une prémonition : celle qu'Ortie, ma fille que je n'avais jamais aperçue que dans des visions, était le sujet de la visite d'Umbre. Je baissai les yeux vers mon gobelet, dubitatif quant à la valeur de l'eau-de-vie au petit déjeuner ; puis je pensai de nouveau à Ortie, la petite bâtarde que j'avais abandonnée sans le savoir avant sa naissance, et je bus une gorgée. J'avais oublié la douceur de l'eau-de-vie de Bord-des-Sables, et je sentis sa chaleur se répandre en moi aussi vite que s'éveillent chez un adolescent des idées de concupiscence.

Charitable, Umbre m'épargna de devoir exprimer mon intérêt. « Elle te ressemble beaucoup, en féminin et en plus maigre, dit-il, et il sourit en me voyant me hérisser. Mais, c'est curieux à constater, elle ressemble encore davantage à Burrich. Elle a plus ses gestes et ses habitudes de langage que ses cinq frères.

— Cinq ! » m'exclamai-je, abasourdi.

Umbre eut un sourire qui en disait long. « Cinq garçons, tous aussi respectueux et déférents envers leur père qu'on peut le souhaiter. Tout le contraire d'Ortie ; elle a réussi à imiter le fameux regard noir de Burrich et elle le lui retourne quand il lui fait les gros yeux – ce qui arrive rarement ; je ne dirais pas que c'est sa préférée, mais je pense qu'elle gagne mieux ses faveurs en s'opposant à lui que les garçons avec leur respect et leur empressement à lui obéir. Elle a l'impatience de Burrich, ainsi que sa claire perception de ce qui est bien ou mal. Elle possède également tout ton entêtement, mais ça, elle a pu aussi l'apprendre auprès de Burrich.

— Vous avez donc vu Burrich ? » C'était lui qui m'avait élevé, et aujourd'hui il élevait ma fille comme si c'était la sienne. Il avait épousé la femme que j'avais apparemment abandonnée, et tous deux me croyaient mort. Ils avaient poursuivi leur existence sans moi, et, à entendre des nouvelles d'eux, j'éprouvais un mélange de douleur et d'amour. J'en chassai le goût d'une rasade d'eau-de-vie de Bord-des-Sables.

« Je n'aurais jamais pu voir Ortie sans passer d'abord par Burrich. Il veille sur elle comme... ma foi, comme un père. Il va bien ; sa claudication ne s'est pas arrangée avec le temps, mais, comme il est rarement à pied, ça n'a pas l'air de beaucoup le déranger : il passe son temps en selle et il élève des chevaux, comme il en a toujours eu envie. » Il s'éclaircit la gorge. « Tu sais, je crois, que la reine et moi avons veillé à ce qu'on lui donne Rousseau et le poulain de Suie ? Eh bien, il gagne sa vie grâce à ces deux étalons. La jument que tu viens de desseller, Braise, vient de chez lui. Aujourd'hui, non content d'élever des chevaux, il les dresse. Il ne fera jamais fortune car, dès qu'il a de l'argent de côté, il s'en sert pour acheter une nouvelle bête ou une autre pâture. Mais, quand je lui ai demandé comment il se débrouillait, il m'a répondu : « Pas trop mal. »

— Et qu'a-t-il dit de votre visite ? » Je constatai avec fierté que j'arrivais à m'exprimer d'une voix claire.

Umbre sourit à nouveau, mais avec une certaine tristesse dans le regard. « Après avoir surmonté le choc de ma réapparition, il s'est montré très courtois et hospitalier ; et le lendemain matin, tandis qu'il me raccompagnait auprès de mon cheval, qu'un des jumeaux, Nim, je crois, avait sellé pour moi, il a tranquillement juré qu'il me tuerait si jamais je tentais d'intervenir dans la vie d'Ortie. Il m'a fait cette promesse d'un ton empreint de regret, mais avec une grande sincérité. Je ne l'ai pas mise en doute venant de sa part, par conséquent il n'est pas nécessaire que tu me la répètes.

— Sait-elle que Burrich n'est pas son père ? A-t-elle entendu parler de moi ? » Une foule d'autres questions se pressait dans mon esprit, mais je les repoussai. L'avidité avec laquelle j'avais posé ces deux-ci me faisait horreur, mais je n'avais pas pu résister. Cette soif de savoir, de connaître enfin les réponses au bout de tant d'années m'évoquait la dépendance à l'Art.

Umbre détourna le regard et but une gorgée d'eau-de-vie. « Je l'ignore. Elle appelle Burrich « papa », et elle l'aime passionnément, sans aucune réserve. Certes, il lui arrive de s'opposer à lui, mais c'est à propos de détails de leur existence plutôt que de Burrich lui-même. Je crois malheureusement que ses relations avec sa mère sont plus orageuses ; Ortie n'a aucun penchant pour l'élevage des abeilles ni pour les bougies, mais Molly voudrait qu'un jour sa fille reprenne son métier. Connaissant l'entêtement d'Ortie, je pense que Molly devra se rabattre sur un ou deux de ses fils. » Il jeta un coup d'œil par la fenêtre, puis ajouta dans un murmure : « Ton nom n'a pas été prononcé en présence d'Ortie. »

Je fis tourner mon gobelet entre mes mains. « Qu'est-ce qui l'intéresse ?

— Les chevaux, les faucons, les épées. À l'âge qu'elle a, quinze ans, je m'attendais au moins à l'entendre parler de jeunes gens, mais elle ne paraît pas s'en préoccuper. Peut-être la femme ne s'est-elle pas encore éveillée en elle, ou bien elle a trop de frères pour nourrir des illusions romantiques sur les garçons. Elle aimerait s'enfuir à Castelcerf et entrer dans une des compagnies de gardes ; elle sait qu'autrefois Burrich a été maître d'écurie là-bas. Un des motifs pour lesquels je suis allé le voir était la proposition que lui faisait Kettricken de reprendre son ancienne fonction. Burrich a refusé. Ortie n'arrive pas à comprendre pourquoi.

— Moi, si.

— Et moi de même. Mais, pendant ma visite, j'ai dit à Burrich que je pouvais obtenir une place pour Ortie à Castelcerf, même si lui-même ne tenait pas à y retourner. Elle aurait pu devenir mon page, à défaut de trouver une autre fonction, même si je suis convaincu que la reine Kettricken serait ravie de la prendre à son service. Donnez-lui l'occasion de se frotter à l'existence dans une forteresse et une ville, laissez-la goûter à la vie de cour, lui ai-je dit. Burrich a refusé net, et il a paru presque froissé de ma proposition. »

Sans le vouloir, je poussai un discret soupir de soulagement. Umbre but une nouvelle gorgée de son eau-de-vie et me regarda fixement. Il attendait ma question suivante, qu'il connaissait aussi bien que moi : Pourquoi ? Pourquoi était-il allé trouver Burrich, pourquoi avait-il offert d'emmener Ortie à Castelcerf ? Je bus un peu d'alcool et scrutai le vieillard devant moi. Oui, il avait pris de l'âge, mais pas comme certains hommes ; ses cheveux désormais d'un blanc immaculé faisaient ressortir davantage l'éclat farouche de ses yeux verts sous ses boucles de neige. Je me demandai quelle énergie il dépensait pour empêcher ses épaules voûtées de s'effondrer complètement, quels produits il prenait pour prolonger sa vigueur et ce qu'il lui en coûtait par ailleurs. Il était plus âgé que le roi Subtil, or Subtil était mort depuis de nombreuses années. Bâtard royal de la même lignée que moi les intrigues et les conflits paraissaient le revigorer, au contraire de moi ; j'avais fui la cour et tout ce qu'elle renfermait, tandis qu'Umbre avait préféré y demeurer et se rendre indispensable à une nouvelle génération de Loinvoyant.

« Bien ; et comment se porte Patience ? » J'avais choisi ma question avec soin. M'entendre donner des nouvelles de la veuve de mon père était très éloigné de ce que je souhaitais, mais je comptais me servir de la réponse d'Umbre pour me rapprocher de mon but.

« Dame Patience ? Ma foi, il y a plusieurs mois que je ne l'ai pas vue ; plus d'un an, même, maintenant que j'y pense. Elle réside à Gué-de-Négoce, tu sais ; c'est elle qui gouverne le duché et elle s'en acquitte à merveille. C'est d'ailleurs curieux, quand on y réfléchit : quand elle était reine, épouse de ton père, elle n'a jamais rien fait pour s'affirmer ; une fois veuve, elle s'est contentée de jouer le rôle de l'excentrique dame Patience ; mais, quand tout le monde s'est enfui, elle est devenue reine de fait, sinon de titre, à Castelcerf. La reine Kettricken a été bien avisée de lui donner un domaine personnel, car elle n'aurait plus jamais pu rester à Castelcerf moins que souveraine.

— Et le prince Devoir ?

— Il ressemble à son père autant qu'il est possible », répondit Umbre en secouant la tête. Je scrutai son expression en me demandant quel sens il donnait à sa réponse. Que savait-il ? Les sourcils froncés, il reprit : « Il faudrait que la reine lui lâche un peu la bride. Les gens parlent de Devoir comme ils parlaient de ton père, Chevalerie. « D'une correction impeccable », disent-ils, et ils ont presque raison, j'en ai peur. »

J'avais perçu un très léger changement dans son ton. « Presque ? » répétai-je à mi-voix.

Umbre me sourit comme pour s'excuser. « Ces derniers temps, ce garçon n'est plus lui-même. Il a toujours été solitaire, mais cela est inhérent à sa position de prince et d'enfant unique : depuis toujours, il doit se garder d'oublier son rang, il doit faire attention de ne pas paraître préférer un compagnon à un autre, et cela l'a poussé à l'introspection. Mais, depuis peu, son humeur s'est assombrie ; il est distrait, maussade, perdu dans ses pensées au point de n'avoir plus conscience de ce qui arrive à son entourage. Il n'est pas discourtois ni insensible, du moins pas intentionnellement. Mais…

— Quel âge a-t-il ? Quatorze ans ? fis-je. À vous écouter le décrire, je ne le trouve pas très différent de Heur, dont l'attitude m'inspire à peu près les mêmes réflexions : il faut lui laisser un peu la bride sur le cou. Il est temps qu'il quitte le nid et qu'il acquière de nouvelles connaissances auprès de quelqu'un d'autre que moi. »

Umbre acquiesça de la tête. « Je crois que tu as parfaitement raison ; la reine Kettricken et moi sommes parvenus à la même conclusion concernant le prince Devoir. »

Le ton qu'il avait employé éveilla mes soupçons. Je venais d'enfiler la tête dans le collet. « Ah ? fis-je, l'air dégagé.

— Ah ? » répéta Umbre en m'imitant, puis il se pencha pour remplir son verre d'eau-de-vie, et enfin il eut un sourire entendu qui me fit comprendre que le jeu était terminé. « Eh oui, tu l'as sans doute déjà deviné : nous aimerions que tu reviennes à Castelcerf pour former le prince à l'Art. Et Ortie également, si nous arrivons à persuader Burrich de la laisser partir et si elle y a quelque prédisposition.

— Non. » J'avais répondu promptement, avant que l'idée eût le temps de me séduire. J'ignore à quel point mon refus pouvait paraître catégorique : à peine Umbre avait-il abordé le sujet que le désir d'accéder à son souhait s'était éveillé en moi. C'était la réponse, la réponse dans toute sa simplicité, après tant d'années : former un nouveau clan d'artiseurs. Umbre, je le savais, possédait les manuscrits et les tablettes relatifs à la magie de l'Art; Galen, le maître d'Art, puis le prince Royal nous les avaient dissimulés bien des années plus tôt, mais à présent je pouvais les étudier, en apprendre davantage et former d'autres artiseurs, non à la façon de Galen, mais de manière convenable. Le prince Devoir aurait à sa disposition un clan d'Art pour l'aider et le protéger, et moi je mettrais un terme à ma solitude : quelqu'un me répondrait enfin quand je tendrais mon esprit.

Et mes deux enfants me connaîtraient, en tant que personne, sinon comme père.

Umbre n'avait pas changé : il était toujours aussi retors. Il avait dû percevoir le dilemme qui me déchirait et il laissa mon refus flotter seul entre nous. Tenant son gobelet à deux mains, il jeta un bref coup d'œil à son contenu, m'évoquant soudain Vérité avec une grande netteté. Ses yeux verts revinrent vers moi et se plantèrent sans hésitation dans les miens. Il ne posa pas de question, n'exigea rien. Il lui suffisait de se montrer patient.

Connaître sa stratégie ne m'en protégeait nullement. « Vous savez bien que ce n'est pas possible. Vous savez tous les motifs qui m'interdisent d'accepter. »

Il secoua légèrement la tête. « Pas vraiment. Pourquoi faudrait-il dénier au prince Devoir son droit de naissance en tant que Loinvoyant ? » Il ajouta plus bas : « Ou à Ortie ?

— Son droit de naissance ? » J'éclatai d'un rire amer. « Dites plutôt une maladie familiale, Umbre ! C'est une soif, et, une fois qu'on a appris comment l'étancher, cela devient un besoin, un besoin qui peut prendre de telles proportions qu'il finit par vous obliger à emprunter les chemins qui mènent au-delà du royaume des Montagnes. Vous avez vu ce qu'il est advenu de Vérité : l'Art le dévorait. Il a détourné cette soif à son profit, il a sculpté son dragon et s'y est déversé tout entier, ce qui lui a permis de sauver les Six-Duchés. Mais, même s'il n'y avait pas eu de Pirates rouges à combattre, Vérité se serait quand même rendu dans les Montagnes, dans ce lieu qui l'appelait. Telle est la fin prédestinée de tout artiseur.

— Je comprends tes craintes, répondit Umbre à mi-voix. Mais je crois que tu te trompes ; je crois que Galen t'a instillé cette peur de façon intentionnelle. Il a imposé des limites à ce que tu apprenais, et il t'a inspiré la peur par ses mauvais traitements. Mais j'ai lu les manuscrits sur l'Art ; je n'ai pas encore débrouillé tout ce dont ils parlent, mais je sais qu'ils évoquent bien davantage que la simple capacité à communiquer à distance ; l'Art permet à un homme de prolonger sa propre vie et d'améliorer sa santé ; il peut accroître le pouvoir de persuasion d'un orateur. Ta formation... j'ignore jusqu'où tu es allé, mais je gage que Galen t'en a enseigné aussi peu que possible. » Je sentais l'enthousiasme monter dans le ton du vieil homme, comme s'il discutait d'un trésor caché. « L'Art est complexe, très complexe ; certains manuscrits laissent entendre qu'il peut servir d'instrument médical, non seulement pour détecter précisément les lésions qu'a subies un guerrier blessé, mais aussi pour en activer la guérison. Un artiseur puissant est capable de voir par les yeux d'un autre, d'entendre et de ressentir ce que l'autre entend et ressent ; en outre…

— Umbre… » La douceur de ma voix trancha net sa

péroraison. L'espace d'un instant, j'avais été indigné en apprenant qu'il avait lu les manuscrits. Il n'en avait pas le droit, m'étais-je dit, avant de reconnaître que, si sa reine les lui avait donnés à déchiffrer, il en avait davantage le droit que quiconque. Qui d'autre aurait dû les lire ? Il n'existait plus de maître d'Art ; cette lignée s'était éteinte. Ou plutôt, je l'avais détruite. J'avais éliminé, un par un, les derniers artiseurs formés, le dernier clan jamais créé à Castelcerf. Ils s'étaient montrés infidèles à leur roi, et je les avais fait disparaître, eux et leur magie. La partie rationnelle de mon esprit savait qu'il valait mieux ne pas exhumer cette magie. « Je ne suis pas maître d'Art, Umbre ; non seulement ma connaissance de l'Art est incomplète, mais encore mon talent est erratique. Si vous avez lu les manuscrits, vous avez certainement découvert – à moins que Kettricken ne vous l'ait dit – qu'un artiseur ne peut faire pire que prendre de l'écorce elfique : ce produit étouffe, voire détruit le talent. Je tâche de ne pas en boire : je n'aime pas ses effets ; pourtant, même l'accablement qu'il induit reste préférable à la soif de l'Art. Il m'est arrivé d'en prendre régulièrement pendant plusieurs jours d'affilée, quand le besoin d'artiser se faisait trop insupportable. » Je détournai les yeux de son visage à l'expression soucieuse. « Quelque talent que j'aie pu avoir autrefois, il doit être à présent trop étiolé pour qu'on puisse espérer le voir renaître. »

D'une voix douce, Umbre observa : « Il me semble que ce besoin que tu ressens encore aujourd'hui indique plutôt le contraire, Fitz. Je regrette d'apprendre que tu en souffres toujours ; nous n'en avions pas la moindre idée. J'avais supposé que la soif de l'Art s'apparentait à la dépendance à l'alcool ou à la Fumée, et qu'après une période d'abstinence forcée, le besoin irait s'amenuisant.

— Ce n'est pas le cas. Parfois, il reste assoupi pendant des mois, voire des années ; et puis, sans raison apparente, il se réveille. » Je fermai les yeux un instant. Parler de l'Art, y penser était aussi douloureux que presser un furoncle. « Umbre, je sais que vous avez effectué tout ce chemin pour me faire votre proposition, et vous m'avez entendu la refuser. Pouvons-nous bavarder d'autre chose ? Cette conversation m'est... pénible. »

Il se tut un moment, puis, brusquement, d'un ton faussement enjoué, il répondit : « Bien sûr ! J'avais prévenu Kettricken que je ne pensais pas te voir accepter notre plan. » Il poussa un petit soupir. « Il ne me reste plus qu'à me débrouiller avec ce que j'ai glané dans les manuscrits. Bien ; j'ai dit ce que j'avais à dire. De quoi aimerais-tu parler maintenant ?

— Vous n'allez tout de même pas enseigner l'Art à Devoir en vous fondant sur ce que vous ont appris quelques vieux manuscrits ! » J'étais presque furieux.

« Tu ne me laisses pas le choix, fit-il observer d'un ton affable.

— Vous rendez-vous compte du risque auquel vous l'exposez ? L'Art capte son utilisateur, Umbre ! Il attire l'esprit et le cœur comme une pierre d'aimant ! Devoir n'aura plus qu'un désir : ne faire qu'un avec lui et, s'il cède à cette attraction ne serait-ce qu'un instant au cours de sa formation, il disparaîtra ; et vous n'aurez sous la main aucun artiseur pour le rattraper, le réunifier et le tirer du courant ! »

À l'expression d'Umbre, je voyais bien qu'il ne comprenait rien à ce que je lui disais. Il se contenta de déclarer d'un air buté : « D'après les manuscrits, le risque consiste à ne pas former une personne douée d'un fort talent pour l'Art ; dans certaines occasions, de jeunes gens dans ce cas se sont mis à artiser de façon presque instinctive, mais sans la moindre idée des dangers qu'ils couraient à ne pas savoir se maîtriser. Je tends à penser qu'une connaissance même limitée serait préférable à l'ignorance totale dans laquelle se trouve le prince. »

Je m'apprêtai à répondre, puis me ravisai, pris une profonde inspiration que je relâchai lentement. « Je ne participerai pas à ce projet, Umbre ; je refuse. Je m'en suis fait la promesse il y a des années ; j'étais assis à côté de Guillot et je l'ai regardé mourir, mais je ne l'ai pas tué, parce que je m'étais juré de ne plus être un assassin, ni un simple instrument. Personne ne me manipulera et personne ne m'utilisera. J'ai fait assez de sacrifices ; je pense avoir mérité ma retraite. Si Kettricken et vous n'acceptez pas ma décision et ne souhaitez plus me donner d'argent, je puis m'en débrouiller. »

Autant parler franchement. La première fois que j'avais trouvé un sac de pièces près de mon lit après une visite d'Astérie, je m'étais senti insulté. J'avais gardé au fond de moi ce sentiment d'affront pendant des mois, jusqu'au retour de la ménestrelle, mais elle avait simplement éclaté de rire et m'avait expliqué que ce n'était pas un pourboire qu'elle m'avait laissé pour mes services, si c'était là ce que je croyais, mais une pension que me versaient les Six-Duchés ; j'avais alors dû m'avouer que ce qu'Astérie savait de moi, Umbre le savait aussi ; c'était lui qui me fournissait le papier fin et les encres de qualité que ma visiteuse m'apportait parfois, et elle lui faisait sans doute son rapport chaque fois qu'elle retournait à Castelcerf. À l'époque, je m'étais convaincu que cela ne me dérangeait pas ; mais aujourd'hui je me demandais si Umbre ne m'avait pas manifesté autant d'intérêt durant toutes ces années uniquement dans l'attente du jour où je pourrais lui servir. Il dut lire ma pensée sur mes traits.

« Fitz, Fitz, du calme. » Il me tapota la main d'un geste rassurant. « La reine et moi n'avons jamais rien évoqué de tel ; nous savons tous deux non seulement ce que nous te devons, mais aussi ce que les Six-Duchés dans leur ensemble te doivent, et ils subviendront à tes besoins toute ta vie. Quant à la formation du prince Devoir, n'y pense plus ; cela ne te concerne plus vraiment. »

Une fois de plus, je me demandai ce qu'il savait de ma parenté avec Devoir, puis je m'endurcis. « En effet, cela ne me concerne plus vraiment. Tout ce que je puis faire, c'est vous avertir de vous montrer prudent.

— Allons, Fitz, ne sais-tu pas que la prudence est ma vertu cardinale ? » Et je vis ses yeux sourire au-dessus du bord de son gobelet.

Je m'efforçai de penser à autre chose, mais m'interdire de jouer avec l'idée revenait à essayer d'arracher un arbre du sol en le tirant par les racines. D'une part, je craignais que l'inexpérience d'Umbre ne mette le jeune prince en danger, et d'autre part, et c'était de loin le plus important, je me rendais compte que ce qui sous-tendait mon désir de former un nouveau clan était simplement que cela me fournirait un moyen de satisfaire ma propre dépendance. Cela posé, je ne pouvais pas, en toute bonne conscience, transmettre cette soif insatiable à une nouvelle génération.

Umbre tint parole : il n'évoqua plus une fois l'Art. Non, nous parlâmes des heures durant des gens que j'avais connus autrefois à Castelcerf et de ce qu'il était advenu d'eux. Lame était désormais grand-père, Brodette souffrait tant de ses rhumatismes qu'elle avait dû finalement renoncer à ses éternels travaux de dentelle ; Pognes occupait à présent la fonction de maître d'écurie de Castelcerf ;

il avait épousé une femme de l'Intérieur aux cheveux d'un roux ardent et au tempérament assorti ; tous leurs enfants étaient roux eux aussi. Elle tenait la bride serrée à Pognes, lequel, selon Umbre, semblait s'en porter fort bien. Depuis quelque temps, elle le relançait sans cesse pour retourner à Bauge, son duché d'origine, et il paraissait enclin à lui obéir ; d'où le voyage d'Umbre pour voir Burrich et lui proposer de reprendre son ancien poste. Ainsi, peu à peu, il ôta les strates qui s'étaient formées sur ma mémoire et fit revivre quantité de visages d'autrefois dans mon esprit. Cela me donnait l'envie douloureuse de revenir à Castelcerf, et j'étais dans l'incapacité de retenir mes questions. Quand nous eûmes passé en revue mes fréquentations d'antan, je lui fis faire le tour du propriétaire, en songeant que nous devions ressembler à deux vieilles cousines qui se rendaient visite ; je lui montrai mes poules, mes bouleaux, mon potager et mes promenades ; je lui montrai aussi mon atelier où je préparais les teintures et les encres colorées que Heur vendait au marché. Cette dernière étape le surprit. « Je t'ai apporté des encres de Castelcerf, mais je me demande maintenant si les tiennes ne sont pas de meilleure qualité. » Il me tapota l'épaule, tout comme autrefois il le faisait quand je concoctais un poison correctement, et je me sentis envahi du même sentiment de plaisir devant sa fierté.

Au cours de la visite, il en vit sans doute bien davantage que je ne l'avais prévu. Quand il observa mes platesbandes d'herbes médicinales, il remarqua probablement la prépondérance parmi elles de sédatifs et d'insensibilisants. Lorsque je l'amenai à mon banc qui surplombait la mer, il dit même à mi-voix : « Oui, Vérité l'aurait apprécié. » Pourtant, malgré ce qu'il vit et ce qu'il devina, il ne dit pas un mot sur l'Art.

Nous veillâmes tard ce soir-là, et je lui enseignai les rudiments du jeu des cailloux de Caudron. Au bout d'un moment, nos longs bavardages ennuyèrent Œil-de-Nuit qui s'en alla chasser; je perçus une légère jalousie chez lui, mais résolus de régler cela plus tard. Quand nous rangeâmes le jeu, je fis obliquer la conversation sur Umbre lui-même et sa santé. En souriant, il avoua qu'il appréciait son retour à la cour et à la société. Il me parla de sa jeunesse comme il l'avait rarement fait; il avait mené joyeuse vie avant l'accident où, à la suite d'une erreur de manipulation d'une potion, il s'était retrouvé le visage grêlé et avait conçu une telle honte de son nouvel aspect qu'il s'était retiré dans une vie discrète d'assassin royal. Au cours des dernières années, il avait apparemment repris l'existence du jeune homme qui aimait tant à danser et à participer à des soupers privés en compagnie de dames à l'esprit vif. J'en étais heureux pour lui, et c'est en plaisantant que je lui demandai : « Mais comment ménagez-vous vos activités discrètes et toutes ces réceptions et ces divertissements ? »

Il me répondit avec franchise. « Je me débrouille. En outre, mon apprenti actuel s'avère intelligent et habile; le temps ne devrait plus être loin où je pourrai remettre ces vieilles tâches entre de jeunes mains. »

Curieusement, je connus un instant de jalousie à l'idée qu'il avait pris quelqu'un pour me remplacer; aussitôt après, je me rendis compte de ma stupidité : les Loinvoyant auraient toujours besoin d'un homme capable d'appliquer la justice du roi sans se faire remarquer. J'avais déclaré que plus jamais je n'exercerais la fonction d'assassin royal, mais cela n'entraînait pas que la nécessité d'un tel poste eût disparu. Je m'efforçai de me ressaisir. « Ainsi, les mêmes vieilles expériences et les mêmes vieilles leçons se poursuivent dans la tour. »

Il acquiesça d'un air grave. « Oui. Tiens, à ce propos… » Il quitta brusquement son fauteuil près du feu. Par l'effet d'une longue habitude ressuscitée, nous avions repris nos places coutumières, lui installé dans un fauteuil devant la cheminée et moi sur la pierre d'âtre, à ses pieds. C'est seulement à cet instant que je pris conscience de la singularité de la scène et m'étonnai de son naturel. Je secouai la tête à part moi tandis qu'Umbre fouillait les fontes posées sur la table ; il finit par en tirer une outre tachée en cuir dur. « J'avais apporté ceci pour te le montrer, mais, à bavarder de choses et d'autres, j'ai failli l'oublier. Tu te rappelles ma passion pour les feux et les fumées artificiels, et tout ce genre de choses ? »

Je levai les yeux au ciel. Sa « passion » nous avait roussis plus d'une fois ; je chassai de mon esprit le souvenir de la dernière fois où j'avais été témoin de son art du feu : il avait réussi à faire émettre une flamme bleue et crachotante aux torches de Castelcerf le soir où le prince Royal s'était indûment proclamé héritier direct de la couronne des Loinvoyant. Ce même soir avait vu l'assassinat du roi Subtil et ma propre arrestation.

Si Umbre fit le même rapprochement, il n'en montra rien. Il revint d'un pas pressé auprès du feu, son outre à la main. « Aurais-tu une papillote ? Je n'en ai pas apporté. »

Je lui trouvai du papier, et je l'observai d'un air dubitatif qui en découpait une longue lanière, la pliait dans le sens de la longueur, puis tapotait avec minutie son outre pour en faire tomber une mesure de poudre au fond du pli. Soigneusement, il l'enferma en repliant le papier sur elle, puis en le pliant encore une fois, et enfin en faisant un tortillon de l'ensemble. « À présent, regarde ! » me dit-il avec ardeur.

J'ouvris grand les yeux, non sans émoi, et il plaça la papillote dans le feu. J'ignore quel était l'effet attendu, éclair, gerbe d'étincelles ou émission de fumée, mais il ne se passa rien. Le papier vira au brun, s'enflamma et se consuma en dégageant une vague odeur de soufre. Ce fut tout. Je me tournai vers Umbre, les sourcils levés.

« Ce n'est pas normal ! » s'exclama-t-il, exaspéré. À gestes vifs, il fabriqua une nouvelle papillote, mais en l'emplissant plus généreusement de poudre, puis il la plaça dans la partie la plus incandescente du feu. Je me reculai, prêt à tout, mais nous connûmes une nouvelle déception. Je me passai la main sur les lèvres pour dissimuler le sourire qu'y suscitait l'expression dépitée d'Umbre.

« Tu vas croire que j'ai perdu la main ! fit-il.

— Loin de moi cette idée ! » me récriai-je en m'efforçant, non sans difficulté, de chasser tout amusement de mon ton. Cette fois, la papillote qu'il prépara s'apparentait davantage à un gros tube, et elle perdait de la poudre par les deux bouts quand il la referma d'une torsion. Je m'éloignai de la cheminée quand il la déposa au milieu des flammes. Mais, comme précédemment, elle se contenta de se consumer entièrement.

Umbre émit un grognement mécontent. Il jeta un coup d'œil dans le col de la petite outre, puis il la secoua. Avec une exclamation exaspérée, il la reboucha. « La poudre a dû prendre l'humidité. Eh bien, voilà ma surprise gâchée ! » Il jeta l'outre dans le feu, geste de grande colère chez Umbre.

Comme je me rasseyais près de l'âtre, je perçus l'acuité de sa déception et ressentis un pincement de compassion pour le vieil homme ; je m'efforçai de passer du baume sur son amour-propre meurtri. « Ça me rappelle le jour où j'ai confondu poudre à fumée et poudre de racine de lancette. Vous vous en souvenez ? J'en ai eu les yeux qui pleuraient pendant des heures ! »

Il éclata de rire. « Ah oui, c'est vrai ! » Puis il se tut un moment, souriant, perdu dans ses pensées. Je le savais, son esprit était retourné au temps où nous travaillions ensemble. Soudain, il se pencha et posa la main sur mon épaule. « Fitz, fit-il d'un ton grave, les yeux plantés dans les miens, je ne t'ai jamais menti, n'est-ce pas ? J'ai été loyal, je t'ai expliqué dès le début ce que je t'enseignais. »

Je sentis alors la cicatrice qui courait entre nous. Je mis ma main sur la sienne ; les articulations de ses doigts étaient saillantes, sa peau fine comme du papier. Les yeux plongés dans le feu, je répondis : « Vous avez toujours été franc avec moi, Umbre. Si quelqu'un m'a menti, c'est moi-même. Nous servions tous les deux notre roi et nous faisions le nécessaire pour obéir à cette responsabilité. Je ne reviendrai pas à Castelcerf, mais non parce que vous m'avez fait du tort : à cause de celui que je suis devenu, et rien d'autre. Je ne vous en veux de rien. »

Je me retournai vers lui. Il affichait une expression grave, et je lus dans ses yeux ce qu'il ne m'avait pas dit : je lui manquais. S'il avait demandé mon retour à Castelcerf, c'était autant pour lui-même que pour toute sorte d'autres motifs. Je connus alors une petite mesure de mieux-être et de paix : quelqu'un, Umbre en tout cas, m'aimait encore. Sous le coup de l'émotion, ma gorge se serra ; j'essayai de prendre un ton badin. « Vous n'avez jamais prétendu que devenir votre apprenti m'assurerait une existence calme et sans risque. »

Comme pour confirmer cette déclaration, un éclair

jaillit brusquement de mon feu. Si je n'avais pas eu le visage tourné vers Umbre en cet instant, je me serais peut-être bien retrouvé aveugle ; en l'occurrence, je vis une lumière éblouissante, et une explosion semblable à un coup de tonnerre m'assourdit. Des braises et des étincelles me brûlèrent, et le feu poussa un rugissement d'animal enragé. Nous bondîmes de nos places comme un seul homme et nous éloignâmes en toute hâte de la cheminée. Un instant plus tard, une chute de suie du conduit mal entretenu étouffa presque entièrement les flammes. Umbre et moi nous mîmes à courir dans toute la pièce pour éteindre du talon les escarbilles incandescentes et renvoyer à coups de pied les morceaux de l'outre en feu avant que les flammes ne se propagent au plancher. La porte s'ouvrit violemment sous l'impact d'Œil-de-Nuit, qui s'arrêta après avoir griffé le sol pour freiner sa glissade.

« Je vais bien, je vais bien, lui assurai-je avant de me rendre compte que je hurlais : la détonation m'avait à demi assourdi. Œil-de-Nuit huma l'odeur qui régnait dans la maison et poussa un grognement dégoûté, puis, sans même partager une pensée avec moi, il ressortit avec hauteur dans la nuit.

Tout à coup, Umbre me frappa violemment l'épaule à plusieurs reprises. « J'éteignais une braise », m'assura-t-il d'une voix trop forte. Il nous fallut quelque temps pour remettre la pièce en ordre et refaire le feu à sa place légitime ; malgré tout, Umbre tira son fauteuil en retrait de la cheminée, et j'évitai de m'asseoir près de l'âtre. « Était-ce l'effet prévu de cette poudre ? demandai-je avec un peu de retard quand nous fûmes à nouveau installés, un verre d'eau-de-vie de Bord-des-Sables à la main.

— Par la barbe de Sa, pas du tout, mon garçon ! Crois-tu que j'aurais jeté mon outre dans ta cheminée si c'était le cas ? Ce que j'obtenais jusque-là, c'était un éclair de lumière blanche, presque aveuglant. La poudre n'aurait pas dû réagir ainsi ; mais d'où venait cette réaction ? Qu'est-ce qui avait changé ? Ah, zut ! Quel dommage que je n'arrive pas à me rappeler ce que j'avais mis dans cette outre précédemment... » Il fronça les sourcils et plongea un regard farouche dans les flammes ; je compris alors que son apprenti allait être mis à contribution pour résoudre l'énigme de cette explosion, et je ne lui enviai pas les séries d'expériences qui s'ensuivraient certainement.

Mon vieux mentor passa la nuit dans ma chaumière, prenant mon lit tandis que je m'arrangeais de celui de Heur ; mais, quand nous nous réveillâmes le lendemain, nous sûmes que sa visite touchait à sa fin. Nous avions épuisé tous les sujets de discussion, et parler de la pluie et du beau temps nous paraissait bien futile ; une sorte d'accablement me saisit : quel intérêt aurais-je à demander des nouvelles de gens que je ne reverrais plus jamais ? Pourquoi m'entretiendrait-il de l'état des intrigues politiques alors qu'elles n'avaient plus aucune incidence sur mon existence ? Le temps d'un long après-midi et d'une soirée, nos vies s'étaient entrecroisées de nouveau, mais, à présent que le jour gris pointait, il me regardait effectuer mes corvées journalières, tirer de l'eau, jeter du grain à mes volailles, préparer le petit déjeuner pour deux et laver ma vaisselle ébréchée, dans un silence gêné qui semblait nous éloigner encore l'un de l'autre. J'en arrivais presque à regretter sa venue.

À la fin du petit déjeuner, il m'annonça qu'il devait partir, et je ne cherchai pas à l'en dissuader. Je lui promis de lui faire parvenir mon traité sur le jeu des cailloux une fois que je l'aurais achevé, et je lui remis plusieurs vélins que j'avais rédigés sur le dosage des tisanes sédatives, ainsi que quelques racines à planter des rares herbes de mon jardin qu'il ne connaissait pas. Je lui donnai aussi plusieurs fioles contenant des encres de couleurs variées. Le seul effort qu'il fit pour tenter de me faire changer d'avis se borna à me faire remarquer qu'il existait à Castelcerf un meilleur marché pour ce genre de produits ; je hochai la tête, et répondis que j'y enverrais peut-être Heur un jour ; puis je sellai sa superbe jument, la harnachai et la lui amenai. Il me serra dans ses bras, mit le pied à l'étrier et s'en alla. Je le suivis des yeux tandis qu'il descendait le chemin ; à côté de moi, Œil-de-Nuit glissa la tête sous ma main.

Tu as des regrets ?

J'ai beaucoup de regrets. Mais je sais que, si je l'accompagnais et faisais ce qu'il souhaite, j'en aurais encore bien davantage. Pourtant, il m'était impossible de me détourner, de quitter Umbre des yeux. Je me tentai moi-même en me disant qu'il n'était pas trop tard, que, sur un simple cri de ma part, il ferait demi-tour. Je serrai les dents.

Œil-de-Nuit poussa ma main du bout du museau. *Allons, partons chasser. Pas d'aide, pas d'arc. Rien que toi et moi.*

« Bonne idée », m'entendis-je répondre. Nous chassâmes donc, et nous attrapâmes même un beau lapin de printemps. Quel plaisir d'étirer mes muscles et de prouver que j'en étais encore capable ! Je jugeai que je n'étais pas encore vieux, et que, à l'instar de Heur, j'avais besoin de sortir, d'avoir de nouvelles activités, d'apprendre une nouvelle discipline ; c'était toujours ainsi que Patience combattait l'ennui. Ce soir-là, je regardai ma chaumière et la trouvai étouffante plutôt que douillette ; ce qui était familier et rassurant quelques jours plus tôt me paraissait à présent nu et terne. Je savais que c'était dû au contraste entre les anecdotes d'Umbre sur Castelcerf et ma propre existence rassise, mais l'envie de bouger, une fois éveillée, est un stimulant puissant.

J'essayai de me rappeler à quand remontait la dernière fois où j'avais dormi ailleurs que dans mon lit. Ma vie était parfaitement réglée ; à la fin de l'été, chaque année, je prenais la route un mois durant et trouvais à me faire embaucher pour les foins, les moissons ou le ramassage des pommes, ce qui m'assurait un petit appoint d'argent bienvenu. Je me rendais deux fois l'an à Hosebaie troquer mes encres et mes teintures pour tissu contre des vêtements, des casseroles et d'autres articles du même genre. Mon existence s'était enfoncée dans une ornière si profonde que je ne m'en étais même pas aperçu.

Eh bien, que veux-tu faire ? Œil-de-Nuit s'étira, puis bâilla, résigné.

Je n'en sais rien, avouai-je au vieux loup. *Quelque chose de différent. Ça te dirait d'aller voir un peu le vaste monde ?*

Pendant quelque temps, il se retira dans la partie de son esprit qui n'appartenait qu'à lui, puis il demanda d'un ton un peu irrité : *Irions-nous tous les deux à pied, ou bien faudrait-il que je suive l'allure d'un cheval toute la journée ?*

Tu as raison de poser la question. Si nous voyagions tous les deux à pied ?

Si tu dois y aller…, fit-il à contrecœur. *Tu penses à ce fameux endroit des Montagnes, n'est-ce pas ?*

L'ancienne cité ? Oui.

Il n'émit pas d'objection. *Comptes-tu emmener le petit ?*

Je crois que nous laisserons Heur se débrouiller seul ici un moment. Ça peut lui faire du bien ; et puis, il faut que quelqu'un s'occupe des poules.

Donc, je suppose que nous ne partirons qu'après le retour du petit ?

J'acquiesçai, tout en me demandant si j'avais complètement perdu la tête.

Et si nous reviendrions de notre voyage.

2

ASTÉRIE

Astérie Chant-d'Oiseau, ménestrelle officielle de la reine Kettricken, a inspiré autant de chansons qu'elle en a écrit. Compagne légendaire de la reine Kettricken en quête de l'aide des Anciens pendant la guerre des Pirates rouges, elle a poursuivi son service auprès du trône des Loinvoyant durant plusieurs décennies, alors que les Six-Duchés se reconstruisaient. À l'aise dans quelque milieu qu'elle se trouvât, elle fut indispensable à la reine pendant les années troublées qui suivirent la Purification de Cerf. La ménestrelle se vit confier non seulement de signer des traités et de régler des différends entre nobles, mais aussi d'offrir l'amnistie à certaines bandes de brigands et familles de contrebandiers. Elle mit de sa propre main nombre de ces missions sous forme de chansons, mais on peut se demander si elle n'eut pas d'autres tâches à exécuter en secret pour les Loinvoyant, tâches bien trop sensibles pour faire l'objet de chansons.

*

Astérie garda Heur auprès d'elle deux bons mois. Mon amusement premier devant cette absence prolongée se changea d'abord en irritation, puis en colère, surtout contre moi-même : je m'étais rendu compte à quel point j'en étais venu à me reposer sur les solides épaules du garçon quand j'avais dû employer les miennes propres aux corvées que je lui confiais ordinairement. Ce ne furent d'ailleurs pas les seules tâches que j'entrepris durant ce mois supplémentaire d'absence ; la visite d'Umbre avait éveillé en moi un sentiment que je ne saurais nommer, mais qui m'évoquait un démon qui me mordait sans cesse pour m'obliger à remarquer tous les aspects misérables de ma petite propriété. La paix qui régnait dans ma chaumière isolée ressemblait désormais à du laisser-aller et à de l'oisiveté. S'était-il vraiment écoulé toute une année depuis que j'avais enfoncé une grosse pierre sous la marche de l'auvent qui s'affaissait en me promettant d'effectuer plus tard une réparation définitive ? Non, plutôt un an et demi.

Je redressai l'auvent, puis, non content de nettoyer le sol du poulailler à la pelle, je lavai tout l'édifice à la lessive avant d'aller couper des roseaux frais et de les répandre par terre. Je bouchai la fuite du toit de mon atelier, dans le mur duquel je découpai enfin une fenêtre fermée par de la peau huilée, comme je me le promettais depuis deux ans. J'effectuai dans ma maison un nettoyage de printemps plus complet qu'au cours des années passées ; je coupai la branche rompue du frêne et la fis tomber proprement dans mon poulailler remis à neuf, à travers le toit que je réparai ensuite. Je terminais cette tâche quand Œil-de-Nuit m'avertit qu'il entendait des chevaux. Je dégringolai de mon échelle, attrapai ma chemise au vol et me rendis à l'avant de la chaumière pour accueillir Astérie et Heur.

J'ignore si cela tenait à notre longue séparation ou à mon énergie renouvelée, mais j'eus l'impression de voir deux inconnus. Cela n'était pas entièrement dû non plus à la nouvelle tenue de Heur, bien qu'elle soulignât la longueur de ses jambes et l'ampleur croissante de sa carrure. Sur sa vieille ponette bedonnante, il avait un aspect comique dont il avait sûrement conscience et qu'il devait apprécier à sa juste valeur ; la monture était aussi mal adaptée à ce jeune homme en plein développement que le lit d'enfant dans lequel il couchait chez moi, et que mon style de vie rassis. Je compris tout à coup que je ne pouvais décemment pas lui demander de rester pour s'occuper des poules pendant que j'irais courir par monts et par vaux ; d'ailleurs, si je ne l'envoyais pas rapidement chercher fortune tout seul, le léger mécontentement que je lisais dans ses yeux vairons, réaction au fait de revenir à la maison, ne tarderait pas à se muer en amer découragement devant la vie. Heur avait été un bon compagnon pour moi, le petit abandonné que j'avais pris sous mon aile m'avait peut-être secouru autant que je l'avais sauvé. Mieux valait le laisser prendre son envol tant que nous éprouvions encore de l'affection l'un pour l'autre plutôt qu'attendre que je sois devenu un fardeau pour lui.

Heur n'était pas le seul à avoir changé à mes yeux. Rayonnante comme d'habitude, Astérie m'adressa un large sourire tout en jetant la jambe par-dessus l'encolure de son cheval et en se laissant glisser à terre ; pourtant, alors qu'elle se dirigeait vers moi, les bras grand ouverts, je pris conscience du peu que je savais de sa présente existence. Je regardai ses yeux sombres à l'expression joyeuse et remarquai pour la première fois un début de patte-d'oie à leurs coins. Sa vêture devenait plus somptueuse chaque année, ses montures de meilleure qualité, et ses bijoux plus onéreux. Ce jour-là, son épaisse toison noire était retenue par une pince en argent massif ; manifestement, sa situation s'améliorait sans cesse. Trois ou quatre fois par an, elle descendait passer quelques jours chez moi et chamboulait ma paisible existence par ses histoires et ses chansons. Pendant le temps de son séjour, elle exigeait d'épicer les plats à son goût, elle laissait traîner ses affaires sur ma table, mon bureau et mon plancher, et mon lit n'était même plus un asile où me réfugier quand l'épuisement me gagnait ; les jours qui suivaient son départ m'évoquaient une route de campagne sur laquelle flottaient de lourds nuages de poussière après le passage d'une caravane de marionnettiste : j'éprouvais la même impression de suffocation et de flou dans les yeux avant de retrouver ma monotonie quotidienne.

Je lui rendis son étreinte avec force et perçus dans ses cheveux un mélange de poussière et de parfum. Elle s'écarta de moi, scruta mon visage et demanda aussitôt d'un ton pressant : « Qu'y a-t-il ? Tu as quelque chose de changé. »

Je souris tristement. « Je t'en parlerai plus tard, promis-je en sachant tout comme elle qu'une de nos conversations nocturnes tournerait sur ce sujet.

— Va te laver, fit-elle. Tu sens aussi fort que mon cheval. » Elle me repoussa légèrement, et je me détournai d'elle pour accueillir Heur.

« Eh bien, mon garçon, comment était-ce ? La fête du Printemps de Castelcerf était-elle à la hauteur des récits d'Astérie ?

— C'était bien », répondit-il d'un ton neutre. Son

regard croisa le mien et je décelai un grand tourment dans ses yeux vairons, l'un marron, l'autre bleu.

« Heur ? » fis-je, inquiet, mais il esquiva la main que je tendais vers son épaule.

Il s'éloigna de moi, mais peut-être son attitude revêche éveilla-t-elle quelques scrupules en lui, car il déclara peu après d'une voix rauque : « Je descends faire ma toilette au ruisseau. Je suis couvert de poussière. »

Accompagne-le. J'ignore ce qui ne va pas, mais il a besoin d'un ami.

Et surtout d'un ami qui ne pose pas de questions, fit Œil-de-Nuit. La tête basse, la queue à l'horizontale, il suivit le jeune garçon. À sa façon, il éprouvait autant d'affection pour Heur que moi, et il avait participé à part égale à son éducation.

Une fois qu'ils furent hors de vue, je revins à la ménestrelle. « Tu sais ce qu'il a ? »

Elle haussa les épaules avec un sourire torve. « Il a quinze ans. A-t-on besoin d'une raison pour faire la tête à son âge ? Ne te tracasse pas ; il peut s'agir de n'importe quoi : une fille à la fête qui ne l'a pas embrassé, ou bien qui l'a embrassé, le fait de quitter Castelcerf ou de rentrer à la maison, une saucisse du petit déjeuner qui ne passe pas. Laisse-le tranquille. Il s'en remettra. »

Je le regardai disparaître dans les bois en compagnie du loup. « Les souvenirs que je garde de mes quinze ans ne sont peut-être pas les mêmes que les tiens », observai-je.

Je soignai le cheval de la ménestrelle, ainsi que Trèfle, la ponette, pendant qu'elle pénétrait dans la chaumière, et je songeai que, quelle qu'eût été mon humeur, Burrich m'aurait ordonné de m'occuper de ma monture avant de m'en aller. Oui, mais je n'étais pas Burrich ; appliquait-il la même discipline à Ortie, Chevalerie et Nim qu'à moi autrefois ? Je regrettai soudain de n'avoir pas demandé à Umbre les prénoms des autres enfants ; et puis, le temps d'en finir avec les chevaux, je regrettai la visite d'Umbre : elle avait fait remonter trop de vieux souvenirs à la surface. Je les repoussai résolument. C'étaient des os vieux de quinze ans, comme aurait dit le loup. Je touchai brièvement son esprit. Heur s'était passé de l'eau sur le visage, puis, marmonnant dans sa barbe, il s'était enfoncé à grands pas dans les arbres, avec si peu de discrétion qu'ils avaient peu de chance de voir le moindre gibier. Je les plaignis tous les deux et rentrai dans la chaumière.

Astérie avait vidé ses fontes sur la table ; ses bottes gisaient sur le seuil et sa cape pendait au dossier d'une chaise. La bouilloire commençait à siffler. La ménestrelle était montée sur un tabouret placé devant mon buffet. À mon entrée, elle me montra un petit pot marron. « Cette tisane est-elle encore bonne ? Elle a une drôle d'odeur.

— Elle est excellente quand je souffre assez pour avoir le courage de l'avaler. Descends de là. » Je la pris par les hanches et la soulevai sans mal, bien que ma vieille cicatrice au dos m'élançât quand je la posai à terre. « Assieds-toi ; je m'occupe de la tisane. Parle-moi plutôt de la fête du Printemps. »

Elle s'exécuta tandis que je sortais deux de mes rares tasses, coupais des tranches de mon dernier pain et mettais le civet à mijoter. Ce qu'elle me rapporta de Castelcerf ne sortait pas de l'ordinaire ; elle évoqua des ménestrels qui avaient bien ou mal tiré leur épingle du jeu, me répéta des ragots sur des dames et des seigneurs que je n'avais jamais connus, et critiqua ou loua la table des divers nobles chez qui elle avait été reçue. Elle racontait chaque anecdote avec esprit et me faisait éclater de rire ou secouer la tête suivant le cas, presque sans susciter en moi la douleur qu'Umbre y avait éveillée. Cela tenait, je le supposai, à ce qu'il m'avait parlé de gens que nous avions connus et aimés tous les deux, et qu'il les avait évoqués de ce point de vue intime. Ce n'était pas Castelcerf ni la vie citadine en soi qui me manquait, mais les jours de mon enfance et les amis que j'avais laissés. Sous cet aspect, je ne craignais rien : il m'était impossible de retrouver ce temps-là ; seules quelques personnes de cette époque savaient que j'étais encore vivant, et cela me convenait parfaitement. Je fis part de mes réflexions à ma visiteuse : « Parfois, tes histoires me tiraillent le cœur et me donnent envie de retourner à Castelcerf. Mais ce monde m'est désormais interdit. »

Elle fronça les sourcils. « Je ne vois pas pourquoi. »

J'éclatai de rire. « Tu ne crois pas que certains seraient étonnés de me voir vivant ? »

Elle pencha la tête et me dit avec un regard franc : « Je crois que bien rares, même parmi tes anciens amis, seraient ceux qui te reconnaîtraient. La plupart ont le souvenir d'un adolescent sans la moindre cicatrice ; ton nez cassé, ta balafre, et même ta mèche blanche te fourniraient peut-être un déguisement suffisant. En outre, tu étais vêtu comme le fils d'un prince à l'époque ; aujourd'hui tu es habillé comme un paysan ; tu avais alors la grâce d'un guerrier, tu te déplaces aujourd'hui, le matin ou par temps froid, avec la prudence d'un vieillard. » Elle secoua la tête d'un air de regret et reprit : « Tu n'as pas pris soin de ton aspect, et les années n'ont pas été charitables pour toi. Tu pourrais ajouter cinq, voire dix ans, à ton âge réel, et personne n'y verrait que du feu. »

Venant de ma maîtresse, la brutalité de ce jugement me fit mal. « Eh bien, c'est toujours bon à savoir », fis-je, mi-figue mi-raisin. J'allai retirer la bouilloire du feu pour éviter d'avoir à soutenir le regard d'Astérie.

Elle se méprit sur mes paroles et sur mon ton. « Oui ; et, si tu songes que les gens ne voient que ce qu'ils s'attendent à voir, et qu'ils sont convaincus de ta mort... je pense que tu pourrais tenter l'aventure. Envisages-tu de revenir à Castelcerf, dans ces conditions ?

— Non. » Je sentis tout ce que ma réponse avait de sec, mais je ne vis pas qu'y ajouter. D'ailleurs, la ménestrelle ne parut pas s'en offusquer.

« Dommage ; tu passes à côté de tant de choses, à vivre ainsi isolé. » Et elle se lança aussitôt dans une description du bal de la fête du Printemps. Malgré mon humeur acerbe, je ne pus m'empêcher de sourire quand elle évoqua Umbre aux prises avec une jeune admiratrice de seize étés qui le suppliait de danser avec elle. Elle avait raison : j'aurais adoré me trouver sur place.

Alors que je préparais le repas, mes pensées s'égarèrent sur la voie douloureuse des « et si… ». Et si j'avais eu la possibilité de rentrer à Castelcerf en compagnie de ma reine et d'Astérie ? Et si j'avais retrouvé Molly et notre enfant ? Comme toujours, dans quelque sens que je les retourne, ces rêveries s'achevaient en catastrophe ; si j'étais revenu à Castelcerf, vivant alors que tous me croyaient mort, exécuté pour avoir pratiqué le Vif, je n'aurais fait que provoquer des dissensions en un temps où Kettricken cherchait à réunifier le royaume ; des factions se seraient formées pour me préférer à elle comme souverain, car, tout bâtard que je fusse, je n'en demeurais pas moins de la lignée des Loinvoyant tandis qu'elle ne régnait que par droit de mariage, et une faction plus puissante aurait exigé ma mise à mort, et de façon définitive cette fois.

Et si j'étais retourné auprès de Molly pour l'emmener et l'épouser ? Cela aurait été possible si je n'avais eu d'autre préoccupation que mon sort propre. Burrich et elle me pensaient mort ; la femme qui avait été mon épouse en tout sauf en titre, et l'homme qui m'avait élevé, qui avait été mon ami, s'étaient rapprochés l'un de l'autre. Burrich avait donné un toit à Molly, il avait assuré sa vie pendant que mon enfant grandissait en elle, puis, de ses propres mains, il avait mis ma bâtarde au monde. Ensemble, ils avaient protégé Ortie des sbires de Royal, et Burrich avait pris la femme et l'enfant sous son aile, non seulement pour les mettre à l'abri, mais aussi pour les aimer. J'aurais pu aller les trouver, témoignage vivant de l'infidélité dont ils avaient fait preuve envers moi ; j'aurais pu faire du lien qui les unissait un objet de honte. Burrich m'aurait rendu Molly et Ortie ; son inflexible sens de l'honneur ne lui aurait pas permis d'agir autrement. Et, toute ma vie, je me serais demandé si Molly me comparait à lui, si l'amour qu'ils avaient partagé était plus fort et plus sincère que…

« Tu as laissé attacher le civet », fit Astérie d'un ton agacé.

C'était exact. Je nous servis en plongeant ma louche juste à la surface du ragoût, puis je rejoignis la ménestrelle à table en écartant tous mes passés, réels et imaginaires. Je n'avais pas besoin d'eux : Astérie suffisait à m'emplir l'esprit. Comme d'habitude, j'écoutais et elle parlait. Elle commença par l'évocation d'un ménestrel arriviste qui, à la fête du Printemps, avait eu le front non seulement de chanter une ballade qu'elle avait elle-même composée, en n'en modifiant qu'un vers ou deux, mais aussi de s'en prétendre l'auteur. Un bout de pain à la main ; elle appuyait son récit de grands gestes et j'étais toujours sur le point de me laisser prendre à son anecdote ; mais mes propres souvenirs d'autres fêtes du Printemps ne cessaient de faire irruption dans mes pensées. Avais-je épuisé tout le sel de la vie simple que je m'étais créée ? Mon assistant et le loup me suffisaient depuis de longues années ; qu'est-ce qui me taraudait aujourd'hui ?

De là, je passai à une autre idée discordante : où était Heur ? J'avais préparé de la tisane pour trois, et un repas pour trois aussi, et Heur avait toujours un appétit féroce après une corvée ou un voyage. Le fait qu'il n'arrive pas à surmonter son humeur sombre pour se joindre à nous me tourmentait, et, alors qu'Astérie poursuivait son récit, mes yeux se portèrent involontairement à plusieurs reprises vers son bol de civet intact. La ménestrelle surprit mes coups d'œil répétés.

« Ne t'inquiète pas pour lui, me dit-elle d'un ton presque irrité. Il est adolescent, et il a le caractère boudeur d'un adolescent. Quand il aura suffisamment faim, il viendra. »

Ou bien il gâchera du bon poisson en le laissant brûler au-dessus d'un feu. La pensée du loup me parvint en réponse à la question que je lui avais posée par le biais du Vif. Ils se trouvaient près du ruisseau ; Heur avait fabriqué une espèce de lance à partir d'un bâton, et le loup avait sauté à l'eau pour chasser sous le surplomb de la rive. Quand les poissons étaient nombreux, il n'avait aucune difficulté à en coincer un là avant de plonger la tête sous l'eau et de le saisir entre ses mâchoires. Le froid faisait souffrir ses articulations, mais le feu du garçon le réchaufferait sans tarder. Ils allaient bien. *Ne t'en fais pas.*

Le conseil était vain, mais je fis semblant de l'accepter. Nous finîmes de manger, puis je débarrassai la table. Pendant que je faisais un peu de ménage, Astérie s'assit près du feu et égrena sur sa harpe des notes qui se muèrent peu à peu en l'air de la vieille chanson sur la fille du meunier. Quand j'eus terminé de nettoyer, j'allai m'installer près d'elle en apportant pour chacun un gobelet d'eau-de-vie de Bord-des-Sables. Je pris place dans le fauteuil tandis qu'elle restait assise par terre près de l'âtre ; elle s'adossa contre mes jambes sans cesser de jouer. J'observai ses mains qui couraient sur les cordes et notai la torsion de certains de ses doigts qu'on lui avait brisés à titre d'avertissement, avertissement destiné à moi. À la fin du morceau, je me penchai et l'embrassai. Elle me rendit mon baiser, puis posa sa harpe pour être plus à l'aise.

Elle se leva et me tira par les mains pour m'obliger à en faire autant. Comme je la suivais dans ma chambre, elle fit : « Tu es pensif, ce soir. »

J'acquiesçai d'un petit grognement. Si je lui avouais que la description qu'elle avait faite de moi avait heurté mes sentiments, j'aurais eu l'impression d'être un gamin pleurnichard. Voulais-je qu'elle me mente, qu'elle me dise que j'étais encore jeune et avenant alors que c'était manifestement faux ? Le temps avait passé sur moi, voilà tout, et cela n'avait rien de surprenant. Pourtant, Astérie persistait à revenir à moi ; au cours de toutes les années écoulées, elle était toujours revenue à moi et dans mon lit. Ce n'était pas rien.

« Tu voulais me parler de quelque chose, fit-elle.

— Plus tard », répondis-je. Le passé s'accrochait à moi, mais je l'obligeai à lâcher prise, décidé à m'immerger dans le présent. La vie que je menais n'était pas si affreuse ; elle était simple, sans obstacles ni conflits. N'avais-je pas toujours rêvé d'une existence où je prendrais seul mes décisions ? Et puis je n'étais pas vraiment seul : j'avais Œil-de-Nuit, Heur, et Astérie quand elle venait me voir. J'ouvris sa tunique, puis son corsage pour dénuder sa poitrine tandis qu'elle déboutonnait ma chemise. Elle se colla à moi et s'y frotta avec le plaisir sans vergogne d'un chat câlin. Je la serrai fort et baissai le visage pour lui baiser la tête. Cela aussi, c'était simple, et d'autant plus agréable. Mon matelas, dont je venais de changer la bourre, était épais et sentait bon les herbes de prairie qui l'emplissaient. Nous nous y laissâmes tomber, et, pendant quelque temps, je cessai de penser, cependant que je m'efforçais de nous convaincre tous les deux que, malgré les apparences, je restais un jeune homme.

Un peu plus tard, je m'attardai dans l'arrière-pays de l'amour ; je songe parfois qu'on trouve mieux le repos dans cet état intermédiaire entre la veille et le sommeil que lorsqu'on dort à poings fermés. L'esprit arpente cette zone crépusculaire et y découvre des vérités que dissimulent tout autant la lumière du jour que les rêves ; des éléments de nous-mêmes que nous ne sommes pas prêts à connaître y résident dans l'attente de cette phase où l'esprit baisse sa garde.

Je me réveillai. J'avais les yeux ouverts et j'étudiais les détails de ma chambre plongée dans la pénombre avant de me rendre compte que le sommeil m'avait déserté. Le bras d'Astérie reposait en travers de ma poitrine ; en dormant, elle avait repoussé notre couverture à coups de pied. La nuit cachait sa nudité qu'elle avait révélée ainsi avec insouciance. Sans bouger, j'écoutai sa respiration et humai le mélange de transpiration et de parfum qui émanait d'elle tout en me demandant ce qui m'avait tiré du sommeil ; je n'arrivais pas à mettre le doigt dessus, mais je ne parvenais pas non plus à me rendormir. D'un mouvement de reptation, je me dégageai du bras d'Astérie, puis me levai ; dans le noir, je cherchai à tâtons ma chemise et mes chausses que j'avais laissé tomber au petit bonheur la chance.

Les braises de l'âtre émettaient une lueur hésitante dans la pièce principale, où je ne m'attardais pas; j'ouvris la porte et sortis pieds nus dans la douce nuit de printemps. Je restai un moment immobile pour laisser à mes yeux le temps de s'habituer à l'obscurité, puis, m'éloignant de la chaumière et du jardin, je me dirigeai vers le ruisseau. Le sentier de terre était dur, battu par mes trajets quotidiens pour me ravitailler en eau; les frondaisons des arbres se rejoignaient au-dessus de moi et la lune n'était pas visible, mais mes pieds et mon nez connaissaient le chemin aussi bien que mes yeux. Il me suffisait de suivre mon Vif pour rejoindre mon loup. Bientôt, je repérai la lumière orangée du feu mourant de Heur et perçus l'odeur persistante du poisson cuit.

Ils dormaient près du feu, le loup le museau dans la queue, Heur collé à lui, un bras autour du cou d'Œil-de-Nuit. Ce dernier ouvrit les yeux à mon approche, mais ne bougea pas. *Je t'avais dit de ne pas t'en faire.*

Je ne m'en fais pas. Je suis là, c'est tout. Heur avait laissé quelques bouts de bois près du feu; je les ajoutai aux braises, puis je m'assis et regardai les flammes commencer à les lécher. La lumière augmenta en même temps que la chaleur. Je savais que le petit était réveillé; on ne passe pas sa vie avec un loup sans acquérir un peu de son sens de l'observation. J'attendis qu'il parle.

« Ce n'est pas à cause de toi, fit-il. Pas de toi seul, en tout cas. »

Je ne le regardai pas. Il y a certaines choses qu'il vaut mieux dire dans le noir. J'attendis qu'il poursuive; le silence peut poser toutes les questions, alors que la langue a tendance à ne poser que les mauvaises.

« Il faut que je sache ! » s'exclama-t-il, éclatant soudain. Mon cœur sauta un battement à l'idée de la question à venir ; dans un coin de mon âme, je craignais depuis toujours qu'il ne la pose. Je n'aurais pas dû le laisser aller à la fête du Printemps ! me dis-je, éperdu. Si je l'avais gardé ici, mon secret ne serait pas en péril.

Mais il ne s'agissait pas de cette question-là.

« Étais-tu au courant qu'Astérie est mariée ? »

Du coup, je le regardai, et mon expression dut répondre à ma place, car il ferma les yeux d'un air compatissant. « Pardon, dit-il. J'aurais dû me douter que vous n'en saviez rien. J'aurais dû trouver un meilleur moyen de vous prévenir. »

Tout à coup, le simple réconfort d'une femme qui se mussait dans mes bras quand elle en avait envie, parce qu'elle désirait ma compagnie, les paisibles soirées au coin du feu où se mêlaient bavardage et musique, ses yeux noirs et rieurs plantés dans les miens, tout cela m'apparut entaché de culpabilité, de fausseté et de sournoiserie. J'avais fait preuve d'autant de stupidité qu'en mon jeune temps, non, davantage, car ce qui est crédulité chez un adolescent est sottise chez un adulte. Mariée ! Astérie mariée ! Elle pensait autrefois que nul ne voudrait d'elle pour femme car elle était stérile ; elle m'avait expliqué qu'elle devait compter sur ses chansons pour lui assurer une bonne position, parce que jamais un homme ne s'occuperait d'elle, jamais aucun enfant ne subviendrait à ses besoins quand elle serait vieille. Lorsqu'elle m'avait exposé sa situation, elle était sans doute convaincue de ce qu'elle disait. Ma sottise avait été de penser que cela ne changerait jamais.

Œil-de-Nuit s'était levé en s'étirant avec raideur, et il

vint se coucher près de moi. Il posa le museau sur mon genou. *Je ne comprends pas. Tu es malade ?*

Non. Idiot, c'est tout.

Ah ! Rien de nouveau, alors. Tu n'en es pas mort jusqu'ici.

Mais il s'en est fallu de bien peu parfois. Je pris une inspiration pour me donner du courage. « Dis-moi ce que tu sais. » Je n'avais nulle envie d'en savoir davantage, mais je sentais que Heur avait besoin de s'épancher. Mieux valait en finir une fois pour toutes.

Avec un soupir, il s'assit de l'autre côté d'Œil-de-Nuit, prit une brindille par terre et s'en servit pour attiser le feu. « Elle n'avait pas prévu que je le découvre, je pense ; son mari n'habite pas à Castelcerf. Il a effectué le trajet pour lui faire une surprise et passer la fête du Printemps avec elle. » Alors qu'il parlait, la brindille s'enflamma et il la jeta dans le feu. Il se mit à gratter Œil-de-Nuit sans y penser.

Je me représentais un vieux fermier honnête, qui, ayant atteint les années paisibles de son existence, avait épousé une ménestrelle, et avait peut-être de grands enfants d'un premier mariage. S'il s'était rendu à Castelcerf pour faire une surprise à son épouse, c'est qu'il l'aimait ; la fête du Printemps était par tradition la fête des amoureux, jeunes et vieux.

« Il s'appelle Dewin, poursuivit Heur, et c'est un parent du prince Devoir, un cousin éloigné ou quelque chose comme ça. Il est très digne et il porte toujours de superbes atours ; là, il avait une cape deux fois plus large que nécessaire, avec un col de fourrure et un bracelet d'argent à chaque poignet. En plus, il est costaud : au bal, il a soulevé Astérie à bout de bras et il l'a fait tournoyer, si bien que tout le monde s'est reculé pour les regarder. » Heur ne me quittait pas des yeux ; il devait trouver rassurante mon évidente consternation. « J'aurais dû me douter que tu n'en savais rien. Tu ne ferais pas cocu un homme aussi noble.

— Je ne ferais personne cocu, répondis-je d'une voix défaillante, du moins pas sciemment. »

Il soupira, comme soulagé. « C'est dans ces idées que tu m'as élevé. » Puis son esprit d'adolescent revint aussitôt à la façon dont la situation l'avait affecté personnellement. « Quand je les ai vus s'embrasser, j'en ai été tout retourné. Je n'avais jamais vu personne s'embrasser comme ça, à part Astérie et toi. J'ai d'abord cru qu'elle t'était infidèle, et puis quand je l'ai entendue le présenter comme son mari… » Il pencha la tête. « Ça m'a vraiment fait mal ; je pensais alors que tu étais au courant et que ça t'était égal, que tu m'avais enseigné depuis toujours une certaine attitude que tu ne respectais pas toi-même ; je me suis demandé si tu me jugeais abruti au point de ne jamais rien remarquer, si tu en riais avec Astérie, comme si tant de stupidité était un sujet de moquerie. Ça m'a tellement envahi la tête que je me suis mis à douter de tout ce que tu m'avais appris. » Il plongea les yeux dans le feu. « C'était affreux de se sentir trahi ainsi. »

Je fus soulagé de constater qu'il prenait l'événement sous l'angle personnel : mieux valait, et de loin, qu'il songe à ce qu'il représentait pour lui plutôt qu'à la souffrance que je ressentais. Je le laissai suivre le fil de ses pensées ; mon esprit avait emprunté un autre chemin, craquant comme une vieille carriole sortie de son abri et fraîchement graissée pour le printemps, tandis que je résistais à la rotation des roues qui me menait à une conclusion inévitable. Astérie était mariée ; et pourquoi pas ? Elle n'avait rien à y perdre et tout à y gagner : une demeure confortable avec son seigneur, sans doute un petit titre, de la fortune et une protection pour ses vieux jours ; quant à lui, il avait une charmante et jolie épouse, ménestrelle de renom dont il partageait la gloire par ricochet en suscitant, pour son plus grand plaisir, la jalousie des autres hommes.

Et, quand elle en avait assez de lui, elle avait la liberté de prendre la route, selon la coutume des ménestrels, et de s'amuser avec moi, sans que son mari ni son amant connaissent la véritable situation. Son amant ? Pouvais-je supposer que j'étais le seul ?

« Tu croyais qu'elle ne couchait qu'avec toi ? »

Jamais de gants avec Heur. Je me demandai quelles questions il avait posées à Astérie sur la route du retour.

Je reconnus que je n'y avais surtout jamais réfléchi. Tant d'éléments de l'existence étaient plus faciles à supporter si on n'y accordait pas trop d'attention ! Je devais pourtant me douter qu'Astérie se donnait à d'autres hommes ; pour une ménestrelle, cela n'avait rien d'extraordinaire, et j'avais excusé ainsi à mes propres yeux, comme à ceux de Heur, le fait que je couchais avec elle. Elle n'en parlait jamais, je ne l'interrogeais jamais, et ses autres amants restaient des êtres hypothétiques, sans visage et sans corps, mais assurément pas des époux. Aujourd'hui, j'apprenais que son mari et elle s'étaient juré fidélité, et cela changeait tout pour moi.

« Que vas-tu faire ? »

C'était une excellente question que j'avais pris grand soin d'éviter jusque-là. « Je ne sais pas exactement, répondis-je, ce qui était un mensonge.

— D'après Astérie, ça ne me regarde pas, et ça ne fait de tort à personne ; elle m'a dit que, si je te mettais au courant, c'est moi qui me montrerais sans cœur, qui te ferais souffrir, et pas elle. Elle a ajouté qu'elle avait toujours fait attention de ne pas te faire de mal, que tu avais connu assez de douleur dans ta vie. Quand je lui ai fait observer que tu avais le droit de savoir, elle m'a répondu que tu avais encore plus le droit de ne pas savoir. »

Astérie et sa langue trop agile ! Elle ne lui avait laissé aucune échappatoire qui lui permît de se sentir en accord avec lui-même. Il me regardait à présent, ses yeux vairons exprimant toute la fidélité d'un chien, et il attendait mon jugement. Je lui dis la vérité. « Je préfère apprendre la réalité des faits de ta bouche que me laisser abuser sans que tu réagisses.

— Je t'ai fait du mal, alors ? »

Je secouais lentement la tête. « C'est moi-même qui me suis fait du mal, mon garçon. » Et c'était vrai : je n'étais pas ménestrel, je n'avais pas à m'arroger les privilèges de ce métier. Ceux qui gagnent leur vie grâce à leurs doigts et leur langue ont sans doute le cœur plus dur que le commun des mortels. « Un ménestrel fidèle est plus rare qu'un avare dépensier », dit le proverbe. Je me demandai si l'époux d'Astérie y prêtait attention.

« J'avais peur que tu ne te mettes en colère. Elle m'a prévenu que tu risquais de piquer une telle rage que tu la battrais.

— Et tu l'as crue ? » Cette dernière phrase me poignait autant que la révélation du mariage d'Astérie.

Il retint son souffle, hésita, puis dit rapidement : « Tu n'as pas le caractère facile, et je n'avais jamais eu jusqu'ici à t'annoncer de nouvelle qui puisse te faire mal. Une nouvelle qui te donne l'impression de passer pour un imbécile. »

Il était perceptif, ce garçon, bien plus que je ne l'avais imaginé. « Oui, je suis en colère, Heur ; mais en colère contre moi. »

Il replongea le regard dans les flammes. « Je me sens mieux maintenant ; je me fais l'effet d'un égoïste.

— Je me réjouis que tu te sentes mieux et qu'il n'y ait plus de gêne entre nous. Allons, n'y pensons plus et parle-moi de la fête du Printemps. Comment as-tu trouvé Bourg-de-Castelcerf ? »

Il se mit à parler et je l'écoutai. Il avait vu Castelcerf et la fête avec les yeux d'un adolescent, et, au fur et à mesure de ses descriptions, je compris que la citadelle et la ville avaient bien changé depuis l'époque où j'y vivais. Le bourg s'était débrouillé pour s'agrandir en s'agrippant aux falaises rébarbatives qui le dominaient et en gagnant sur la mer grâce à des pilotis. Heur évoqua des tavernes et des échoppes flottantes. Il fit aussi allusion à des marchands venus de Terrilville et de terres plus lointaines encore, ainsi que des îles d'Outre-Mer : Bourg-de-Castelcerf avait pris de l'importance en tant que port de commerce. Quand il décrivit la Grand'Salle de la citadelle et la chambre qu'on lui avait fournie en tant qu'invité d'Astérie, je me rendis compte que le château avait considérablement changé lui aussi : il parla de tapis, de fontaines, de somptueuses tentures sur tous les murs, de fauteuils confortables et de lustres étincelants. Ce qu'il dépeignait m'évoquait davantage le palais raffiné de Royal à Gué-de-Négoce que l'austère forteresse que j'avais habitée autrefois, et j'y pressentais l'influence d'Umbre autant que celle de Kettricken : le vieil assassin avait toujours aimé les beaux objets ainsi que le confort. J'avais résolu de ne jamais retourner à Castelcerf ; pourquoi, dans ce cas, me sentais-je si déboussolé d'apprendre que le château que je connaissais, la farouche forteresse de pierre noire, n'existait plus vraiment ?

Heur avait d'autres anecdotes à me raconter sur les

bourgades qu'ils avaient traversées à l'aller et au retour, et l'une d'elles me glaça. « J'ai eu la frousse de ma vie un matin à Bec-de-Hardin », fit-il ; ce nom ne me dit rien : je savais vaguement que nombre de ceux qui avaient fui la côte pendant les années où les Pirates rouges y sévissaient étaient revenus fonder des villes nouvelles, pas toujours sur les cendres des anciennes. Je hochais la tête comme si je connaissais l'endroit ; sans doute, la dernière fois que j'y étais passé, ce n'était qu'un élargissement de la route. Les yeux de Heur s'étaient agrandis, et je compris que, pour le moment, il avait oublié les faux-semblants d'Astérie.

« Nous nous rendions à la fête du Printemps ; nous avions passé la nuit dans une auberge du village, grâce à Astérie qui avait obtenu le souper et le gîte contre quelques ballades, et tout le monde se montrait si aimable avec nous que je trouvais Bec-de-Hardin très sympathique. Dans la salle commune, alors qu'Astérie avait cessé de chanter, j'avais entendu des commentaires furieux sur un pratiquant du Vif qu'on avait arrêté parce qu'il avait ensorcelé des vaches pour qu'elles ne donnent plus de lait, mais je n'y avais pas prêté beaucoup d'attention ; pour moi, ce n'étaient que les paroles d'hommes qui avaient bu trop de bière et parlaient trop fort. Le patron nous a donné une chambre à l'étage ; je me suis réveillé tôt, beaucoup trop pour Astérie, mais je n'arrivais plus à me rendormir ; alors je me suis assis près de la fenêtre et j'ai regardé les gens aller et venir dans les rues. Sur la place, une foule commençait à se former, et j'ai pensé qu'il devait y avoir un marché ou une foire ; au lieu de ça, on y a traîné une femme couverte de bleus et de sang. On l'a attachée à un poteau, et j'ai cru qu'on allait lui donner le fouet ; mais, à ce moment, j'ai remarqué que certains parmi la foule avaient apporté des paniers remplis de pierres. J'ai réveillé Astérie pour lui demander ce qui se passait, mais elle m'a ordonné de me tenir tranquille, en affirmant que ni elle ni moi ne pouvions rien faire ; elle m'a aussi ordonné de m'écarter de la fenêtre, mais je n'ai pas bougé ; je ne pouvais pas. Je n'arrivais pas à en croire mes yeux ; je me répétais que quelqu'un allait intervenir. Tom, elle était attachée à un poteau, sans défense ! Un homme s'est avancé et a lu un document à voix haute, puis il s'est écarté et la foule a lapidé la femme. »

Il se tut. Il savait que, dans les villages, les sanctions étaient impitoyables pour les voleurs de chevaux et les assassins, et il avait entendu parler de flagellations et de pendaisons, mais il n'en avait jamais été témoin. Il avala sa salive pendant qu'une onde glacée se répandait en moi. Œil-de-Nuit gémit, et je posai la main sur lui.

Il aurait pu s'agir de toi.

Je sais.

Heur reprit son souffle. « Je me suis dit que je devais descendre sur la place, qu'il fallait intervenir, mais j'avais trop peur. J'en avais honte, mais j'étais paralysé. Je suis resté devant la fenêtre à regarder les pierres pleuvoir sur la femme qui essayait de se protéger la tête des bras. J'en avais la nausée ; et tout à coup j'ai entendu un bruit que je ne connaissais pas ; on aurait dit celui d'un torrent qui aurait traversé l'air. Le ciel s'est obscurci comme si des nuages d'orage arrivaient, mais il n'y avait pas de vent. C'étaient des corbeaux, Tom, un vol d'oiseaux noirs. Je n'en avais jamais vu autant à la fois ; ils croassaient et ils criaillaient, comme ils font pour chasser un aigle ou un faucon. Mais cette fois ce n'était pas à un aigle qu'ils en avaient. Ils sont apparus des collines derrière le village, ils ont rempli le ciel comme une couverture noire qui bat au vent sur une corde à linge, puis ils ont fondu sur la foule en poussant de grands cris. J'en ai vu un se poser sur la tête d'une femme et lui attaquer les yeux à coups de bec. Les gens couraient dans tous les sens en hurlant et en battant des bras pour écarter les oiseaux. Les corbeaux s'en sont pris à un attelage, les chevaux se sont affolés et ils ont foncé avec leur chariot dans la mêlée. Des cris montaient de partout, et même Astérie s'est levée pour s'approcher de la fenêtre. Bientôt, les rues se sont retrouvées désertes ; seuls restaient les corbeaux, perchés dans tous les coins, sur les toits, sur les appuis-fenêtre, et les branches des arbres pliaient sous leur nombre. La femme qui avait été attachée, celle au Vif, elle n'était plus là ; on ne voyait plus que les cordes ensanglantées toujours entortillées autour du poteau. D'un seul coup, tous les oiseaux se sont envolés et ils ont disparu. » La voix de Heur se fit murmure. « Un peu après, ce matin-là, le patron de l'auberge a déclaré que, pour lui, la femme s'était changée en oiseau et qu'elle était partie avec les autres. »

Plus tard, me dis-je ; plus tard je lui révélerais que ce n'était pas vrai, qu'elle avait peut-être appelé les oiseaux pour l'aider à s'échapper, mais que même ceux qui avaient le Vif étaient incapables de se transformer. Plus tard je lui ferais comprendre qu'il n'avait pas fait preuve de lâcheté en ne se portant pas à son secours, que la foule l'aurait simplement lapidé lui aussi. Plus tard. L'histoire qu'il venait de me rapporter était comme du pus qui s'écoule d'une plaie : mieux valait le laisser s'évacuer librement.

Je revins à Heur. « ... Et ils se font appeler le Lignage. Le patron a dit qu'ils commencent à nourrir des illusions de grandeur, qu'ils veulent prendre le pouvoir comme à l'époque où le prince Pie régnait. Mais, si ça arrive, ils se vengeront de nous tous ; ceux qui n'ont pas le Vif deviendront leurs esclaves, et, si quelqu'un tente de les défier, il sera jeté aux bêtes de ceux qui possèdent le Vif. » Il baissa encore le ton et s'éclaircit la gorge. « D'après Astérie, c'est de la bêtise pure et simple ; ceux qui ont le Vif ne sont pas comme ça ; toujours selon elle, la plupart d'entre eux ne demandent qu'à mener une existence tranquille et discrète. »

Je toussotai, surpris par la brusque reconnaissance que j'éprouvais pour Astérie. « C'est une ménestrelle, elle rencontre toute sorte de gens et possède des connaissances particulières ; tu peux donc la croire sur parole. »

Heur m'avait donné matière à réflexion, et à l'excès : c'est à peine si je parvins à prêter attention au reste de son récit. Une rumeur extravagante l'intriguait, selon laquelle Terrilville élevait des dragons et que bientôt chaque ville pourrait acheter une de ces créatures pour la protéger ; je lui assurai que j'avais vu de vrais dragons et qu'il ne fallait pas prendre ces racontars au sérieux. Plus réalistes, des bruits couraient sur le conflit entre Terrilville et Chalcède qui risquait de se propager aux Six-Duchés. « Pourrions-nous avoir la guerre chez nous ? » me demanda-t-il. Étant donné sa jeunesse, il ne conservait de notre lutte contre les Pirates que des souvenirs vagues, mais effrayants. C'était cependant un garçon, et une guerre lui semblait un événement aussi intéressant que la fête du Printemps.

« "Tôt ou tard, la guerre éclate avec Chalcède", lui répondis-je en citant un vieux proverbe. Et même quand nous ne sommes pas en conflit déclaré, il se produit toujours des incidents de frontières, sans parler de la piraterie et des razzias incessantes. Ne t'en inquiète pas ; les duchés de Haurfond et de Rippon supportent toujours le gros du choc, et ils ne s'en plaignent pas : le duché de Haurfond ne rêve que de se tailler un nouveau bout de territoire sur celui du duc de Chalcède. »

La conversation dévia ensuite vers le sujet moins sensible et plus prosaïque de la fête du Printemps. Heur évoqua des jongleurs qui lançaient en l'air des bâtons enflammés et des lames nues, me rapporta les meilleures paillardises d'un spectacle de marionnettes auquel il avait assisté, et il me parla d'une jolie sorcière des haies, nommée Jinna, qui lui avait vendu une amulette destinée à le protéger des voleurs à la tire, et qui avait promis de faire un jour un crochet par notre chaumière ; j'éclatai de rire quand il m'avoua que l'amulette lui avait été dérobée dans l'heure. Il avait mangé du poisson en saumure qui lui avait beaucoup plu, jusqu'au soir où il avait trop bu de vin et vomi les deux ensemble ; désormais, affirma-t-il, il ne pourrait plus en avaler une bouchée. Je le laissai raconter ses souvenirs, heureux qu'il prenne enfin plaisir à partager avec moi son escapade à Castelcerf ; pourtant, chaque anecdote me démontrait plus clairement que mon existence routinière ne lui convenait plus. Il était temps que je lui trouve une place d'apprenti et que je le laisse voler de ses propres ailes.

L'espace d'un instant, j'eus la sensation de me tenir au bord d'un gouffre. Je devais confier Heur à un maître capable de lui enseigner un vrai métier, et je devais aussi expulser Astérie de ma vie ; je savais que, si je lui interdisais mon lit, elle refuserait de s'humilier à revenir en tant que simple amie. Je perdrais le bien-être innocent de notre compagnie mutuelle. Semblables au bruit d'une pluie légère, les paroles de Heur continuaient à tomber autour de moi. Le garçon me manquerait.

Je sentis le poids et la chaleur de la tête du loup quand il la posa sur mon genou. Il regarda le feu sans ciller. *Autrefois, tu rêvais d'un temps où nous vivrions seuls, toi et moi.*

Le lien du Vif ne permet guère les mensonges polis. *Jamais je n'aurais cru avoir tant besoin de la compagnie de ceux de mon espèce,* reconnus-je.

Il me jeta un doux regard. *Nous sommes les seuls de notre espèce. Cela a toujours été la pierre d'achoppement dans les liens que nous avons cherché à forger avec d'autres : loups ou humains, ils n'étaient pas de notre espèce. Même ceux qui se disent de ce qu'ils appellent le Lignage ne sont pas aussi intimement entrelacés que nous deux.*

C'était la vérité, je le savais. Je plaçai la main sur sa large tête et lissai les poils de ses oreilles entre mes doigts. Mon esprit était vide.

Cela ne lui convenait pas. *Le changement vient nous emporter de nouveau. Changeur. Je le sens au bord de l'horizon, presque comme une odeur. On dirait un grand prédateur qui serait entré sur notre territoire. Tu ne le perçois pas ?*

Non, je ne perçois rien.

Mais il décela le mensonge dans ma réponse, et il poussa un long soupir.

3

SÉPARATIONS

Le Vif est une basse magie qui afflige le plus souvent les enfants d'une maison mal tenue. On y voit souvent le résultat du contact fréquent avec des bêtes, mais cette ignoble magie possède d'autres origines : le parent avisé ne permettra pas à son enfant de jouer avec des chiots ou des chatons non sevrés, ni de dormir au même endroit qu'un animal. L'esprit de l'enfant quand il est plongé dans le sommeil est extrêmement vulnérable à l'invasion des rêves d'une bête, et donc très susceptible de choisir le langage d'un animal comme langue de cœur. Souvent, cette immonde magie touche plusieurs générations d'une même maisonnée aux habitudes viles, mais il arrive qu'un enfant doué du Vif apparaisse dans une famille du meilleur sang. Quand cela se produit, les parents doivent s'endurcir et faire le nécessaire pour le bien de tous les enfants de la famille. Il faut aussi qu'ils enquêtent parmi leurs domestiques pour découvrir qui est à l'origine, par malveillance ou négligence, de cette contagion, et traiter le coupable en conséquence.

Des maladies et afflictions de SARCOGIN

*

Peu avant que les premiers oiseaux de l'aube se mettent à chanter, Heur se rassoupit. Je demeurai un petit moment près du feu à le regarder ; l'angoisse s'était effacée de ses traits. C'était un garçon calme et simple que les conflits avaient toujours mis mal à l'aise ; il n'était pas fait pour le secret. Je me réjouissais que le fait de m'avoir prévenu du mariage d'Astérie lui ait rendu sa sérénité. Le chemin que j'allais devoir emprunter pour gagner la paix serait beaucoup plus accidenté.

Quand je le quittai, il dormait dans le soleil du matin, à côté du feu. « Surveille-le », dis-je à Œil-de-Nuit. Je percevais la douleur qui vrillait la croupe du loup, écho de l'élancement incessant de ma cicatrice dans le dos. Dormir à la belle étoile n'était plus une partie de plaisir pour nous ; pourtant, j'aurais préféré me coucher sur la terre froide et humide plutôt que rentrer à la chaumière pour y affronter Astérie. Mais mieux vaut tôt que tard, en général, me dis-je, quand il faut faire face aux désagréments, et, à petits pas de vieillard, je retournai chez moi.

Je fis halte au poulailler pour ramasser des œufs. Mes pensionnaires étaient déjà occupées à gratter le sol ; le coq bondit sur le toit que je venais de réparer, agita deux fois ses ailes et poussa un vigoureux cocorico. C'était le matin, un matin que je redoutais.

Dans la maison, je tisonnai le feu pour le ranimer et mis les œufs à bouillir, puis je sortis ma dernière miche de pain, le fromage qu'avait apporté Umbre et des herbes à tisane. Astérie n'était pas une lève-tôt ; j'avais donc tout mon temps pour réfléchir à ce que j'allais dire et à ce que j'allais taire. Tandis que je rangeais la pièce, ce qui consistait surtout à ramasser les affaires de la ménestrelle disséminées ça et là, mon esprit revint sur les années que nous avions partagées. Nous nous connaissions intimement depuis plus d'une décennie ; ou plutôt moi je croyais la connaître. Puis je me traitai de menteur : je la connaissais bel et bien. Je pris sa cape jetée sur le fauteuil et sentis son parfum dans la laine de bonne qualité du vêtement ; d'excellente qualité, même, jugeai-je ; son époux ne se moquait certes pas d'elle. Le plus dur dans cette affaire était que l'attitude d'Astérie ne m'étonnait pas ; je n'avais honte que de moi-même, de ne pas l'avoir prévue.

Pendant six ans après la Purification de Cerf, j'avais vagabondé seul par le monde ; je n'étais entré en contact avec personne qui m'eût connu à Castelcerf ; je considérais comme morte mon existence de Loinvoyant, de bâtard du prince Chevalerie, d'apprenti assassin d'Umbre. J'étais devenu Tom Blaireau et je m'étais coulé sans regret dans cette nouvelle identité ; comme j'en rêvais depuis longtemps, j'avais voyagé, et je ne partageais mes décisions qu'avec mon loup. J'avais trouvé une sorte de paix avec moi-même ; je ne veux pas dire que les personnes que j'avais aimées à Castelcerf ne me manquaient pas : leur absence me torturait parfois terriblement ; mais, en me coupant d'elles, j'avais découvert une liberté vis-à-vis de mon passé. Un affamé peut rêver de viande chaude nageant dans la sauce sans pour autant dédaigner les plaisirs simples du pain et du fromage. Je m'étais construit une nouvelle vie et, si je n'y trouvais pas toutes les douceurs de l'ancienne, elle m'apportait les joies innocentes qui m'avaient longtemps été interdites. J'étais satisfait.

Et puis, par un matin brumeux, environ un an après mon installation dans la chaumière près des ruines de Forge, le loup et moi étions revenus de la chasse pour trouver le changement qui nous attendait en embuscade. Je portais sur mes épaules un cerf de l'année, et, sous son poids, ma vieille blessure dans le dos m'élançait. Alors que je débattais en moi-même pour décider si le luxe d'une longue immersion dans un bain chaud valait de me fatiguer à tirer de l'eau du ruisseau, puis d'attendre qu'elle chauffe, j'avais entendu le bruit, reconnaissable entre tous, d'un sabot ferré contre un caillou. J'avais déposé ma proie sur le sol, puis Œil-de-Nuit et moi avions fait le tour de la maison, discrètement et à distance prudente ; nous n'avions vu qu'un cheval, encore sellé, attaché à un arbre près de ma porte. Son propriétaire était sans doute entré chez nous. La monture, une jument, avait agité les oreilles quand nous nous étions approchés avec précaution, consciente de ma présence, mais pas encore certaine qu'elle avait lieu de s'inquiéter.

Reste en retrait, mon frère. Si elle sent l'odeur d'un loup, elle va se mettre à hennir ; en revanche, si je fais vite, j'arriverai peut-être à m'approcher assez pour jeter un coup d'œil dans la maison avant qu'elle ne donne l'alarme.

Silencieux comme le brouillard qui nous enveloppait, Œil-de-Nuit s'était retiré au milieu d'un tourbillon gris. Je m'étais alors rendu à l'arrière de la chaumière puis laissé glisser jusqu'à ce que le mur m'arrête, et j'avais entendu l'intrus. Un voleur ? J'avais perçu un bruit de vaisselle entrechoquée puis celui de l'eau qu'on verse dans un récipient ; un coup sourd m'avait appris qu'on venait de jeter une bûche dans le feu. J'avais froncé les sourcils, perplexe ; l'individu qui avait pénétré chez moi prenait manifestement ses aises. Un instant après, une voix avait entonné le refrain d'une vieille chanson et mon cœur avait fait un bond dans ma poitrine. Malgré les années écoulées, j'avais reconnu le timbre d'Astérie.

La chienne qui hurle, avait confirmé Œil-de-Nuit qui avait détecté son odeur. Comme toujours, j'avais fait la grimace en songeant à la façon dont le loup voyait la ménestrelle.

Laisse-moi entrer le premier. J'avais identifié ma visiteuse mais j'étais tout de même resté sur mes gardes en me dirigeant vers la porte. Elle ne se trouvait pas chez moi par hasard ; elle m'avait cherché. Pourquoi ? Qu'attendait-elle de moi ?

« Astérie », avais-je dit en ouvrant la porte. Elle s'était tournée vers moi d'un bloc, une tisanière à la main. Elle m'avait rapidement examiné du regard puis ses yeux avaient croisé les miens et elle s'était exclamée d'un ton ravi : « Fitz ! » avant de courir vers moi. Elle m'avait serré contre elle, et, au bout d'un moment, j'avais moi aussi refermé mes bras sur elle. Son étreinte était vigoureuse : comme la plupart des Cerviennes, elle était petite, avec un teint foncé et des cheveux noirs, mais j'avais senti toute la force nerveuse qui se cachait en elle.

« Bonjour », avais-je fait d'un ton hésitant, les yeux baissés sur le sommet de son crâne.

Elle avait levé les yeux vers moi. « Bonjour ? avait-elle répété, interloquée, puis elle avait éclaté de rire devant mon expression. Bonjour ? » Sans me lâcher, elle s'était écartée de moi pour poser la tisanière sur la table, puis elle avait pris mon visage entre ses mains et l'avait attiré vers le sien. Il faisait froid et humide dehors, là d'où je venais, et le contraste avec ses lèvres chaudes m'avait laissé abasourdi, autant que le fait de tenir une femme entre mes bras. Elle se serrait contre moi et c'était comme si la vie elle-même m'étreignait à nouveau. Son parfum me montait au cerveau, je sentais une chaleur m'envahir des pieds à la tête et mon cœur battre la chamade. J'avais décollé mes lèvres des siennes. « Astérie… »

Elle m'avait interrompu avec fermeté. « Non. » Elle avait jeté un coup d'œil par-dessus mon épaule, puis m'avait pris par les mains et entraîné dans l'alcôve où je dormais ordinairement. Je l'avais suivie d'un pas titubant, ivre d'étonnement. Près de mon lit, elle avait déboutonné son corsage, et, comme je restais les bras ballants à la regarder, elle avait éclaté de rire et entrepris de déboutonner ma chemise. « Ne dis rien encore », m'avait-elle soufflé, sur quoi elle s'était emparée de ma main glacée pour la poser sur son sein dénudé.

À cet instant, Œil-de-Nuit avait poussé la porte et pénétré dans la chaumine au milieu d'un tourbillon de brouillard gris. L'espace d'un moment, il s'était contenté de nous contempler, puis il s'était ébroué, et ç'avait été au tour d'Astérie de se figer. « Le loup... J'avais presque oublié. Tu l'as encore ?

— Nous sommes toujours ensemble, naturellement. » J'avais voulu retirer ma main de sa poitrine, mais elle m'en avait empêché.

« Il ne me dérange pas. Enfin, je crois. » Elle avait eu l'air mal à l'aise. « Mais est-ce qu'il est obligé de... de rester dans la maison ? »

Œil-de-Nuit s'était ébroué de nouveau, puis il avait regardé Astérie avant de détourner les yeux. Le froid qui régnait dans la pièce ne provenait pas seulement de la porte ouverte. *La viande va être glacée et dure si je t'attends.*

Eh bien, ne m'attends pas, avais-je répondu sèchement.

Il était ressorti dans le brouillard et je l'avais senti nous fermer son esprit. Par jalousie ou par courtoisie ? Je n'en savais rien. J'étais allé refermer la porte, puis j'étais demeuré là, troublé par la réaction d'Œil-de-Nuit. Les bras d'Astérie m'avaient enlacé par-derrière, et, quand je m'étais retourné vers elle, je l'avais découverte nue, offerte. Je n'avais pas réfléchi ; nous nous étions unis comme la nuit s'unit à la terre.

En me remémorant cet épisode, je me demandai si Astérie l'avait prémédité ; non, sans doute : elle s'était approprié cet aspect de mon existence sans y accorder davantage de réflexion que si elle avait cueilli une baie sur le bord de la route : elle était là, elle était savoureuse, pourquoi ne pas en profiter ? Nous étions devenus amants sans déclaration d'amour, comme si nos ébats étaient inévitables. Étais-je amoureux d'elle aujourd'hui après toutes les années où elle n'avait cessé d'entrer dans ma vie pour en ressortir peu après ? L'amour, l'honneur, le devoir... J'aimais Molly, Molly m'aimait-elle ? L'aimais-je plus que mon roi, comptait-elle plus à mes yeux que mon devoir ? Adolescent, je m'étais torturé l'esprit avec ces questions, mais avec Astérie je ne me les étais jamais posées jusque-là.

Cependant, comme autrefois, les réponses m'échappaient. Je l'aimais, non comme une personne que j'aurais choisie avec soin pour partager ma vie, mais comme une partie familière de mon existence. Si je la perdais, ce serait comme si je perdais l'âtre de ma chaumière ; j'avais fini par prendre l'habitude de sa chaleur intermittente. Pourtant, je le savais, je devais lui annoncer qu'il m'était impossible de continuer comme avant ; l'angoisse que j'éprouvais me rappela combien le temps m'avait paru long et à quel point j'avais dû endurcir mon esprit avant que le guérisseur m'arrache la pointe de flèche du dos. Je ressentais la même appréhension, la même tension des muscles, à l'idée d'une grande souffrance à venir.

Je sus qu'elle se réveillait au bruissement des couvertures, puis j'entendis son pas léger derrière moi. Sans me retourner, je continuai à verser l'eau bouillante sur les herbes à tisane ; je me trouvais soudain dans l'incapacité de lui parler. Elle ne s'approcha pas de moi, ne me toucha pas. Au bout d'un moment, elle déclara : « Alors, Heur t'a tout raconté.

— Oui, avouai-je d'un ton égal.

— Et tu as décidé de laisser ce qu'il t'a dit tout gâcher entre nous. »

Je ne vis pas que répondre.

Je sentis la colère poindre dans sa voix. « Tu as changé d'identité mais, au bout de tant d'années, tu n'as pas changé de personnalité ! Tom Blaireau est aussi prude et guindé que Fitz-Chevalerie Loinvoyant !

— Attention, Astérie », fis-je d'un ton d'avertissement, non pas à cause de son humeur mais du nom qu'elle avait employé. Nous avions toujours pris grand soin de ne me présenter à Heur que sous l'identité de Tom ; si la ménestrelle avait prononcé tout haut mon véritable nom, ce n'était pas par accident mais pour me rappeler qu'elle connaissait mes secrets.

« Ne t'inquiète pas, répondit-elle – mais le couteau, même au fourreau, restait là. Je me contente de te remettre à l'esprit que tu mènes une double vie, et que tu t'en sors très bien. Pourquoi me refuser le même droit ?

— Parce que je ne partage pas ton point de vue : je n'ai qu'une seule existence, et elle est ici et maintenant ; je m'efforce simplement de traiter ton mari comme je voudrais qu'un autre me traite dans le même cas. Tu ne vas tout de même pas prétendre qu'il est au courant de notre liaison et que ça lui est égal ?

— Bien au contraire, il ignore tout, par conséquent ça lui est égal. Si tu réfléchis bien, tu t'apercevras que ça revient exactement au même.

— Pas à mes yeux.

— C'était pourtant le cas avant que Heur juge nécessaire de tout gâter. Tu as transmis ta morale rigide à ce jeune homme ; j'espère que tu es fier de savoir que ton éducation a donné naissance à un autre père la Vertu comme toi, toujours prêt à juger les autres au nom de sa pudibonderie ! » Ses paroles étaient autant de soufflets qu'elle m'assenait ; elle se mit à faire le tour de la pièce pour ramasser ses affaires, et je me tournai vers elle. Elle avait les pommettes très rouges et elle était encore dépeignée de la nuit passée. Elle était seulement vêtue de ma chemise dont l'ourlet lui arrivait à mi-cuisse. Elle s'arrêta et me rendit mon regard, puis elle redressa le buste comme pour s'assurer que je voyais bien tout ce que je rejetais. « Quel mal faisons-nous ? demanda-t-elle d'une voix tendue.

— Ton mari en souffrira si jamais il apprend ce qu'il y

a entre nous, dis-je. Heur m'a laissé entendre qu'il s'agit d'un noble; les ragots peuvent blesser ce genre d'homme plus profondément qu'un poignard. Songe à son honneur, à celui de sa maison; évite qu'il passe pour un vieux barbon qui s'est amouraché d'une jeune femme pleine de vie…

— Un vieux barbon? » Elle parut étonnée. « Je ne... Heur t'a dit qu'il était vieux? »

Je me sentis perdre pied. « Il l'a décrit comme quelqu'un plein de dignité…

— Plein de dignité, certes, mais sûrement pas vieux, loin de là. » Elle eut un sourire singulier où se mêlaient l'orgueil et l'embarras. « Il a vingt-quatre ans, Fitz. C'est un excellent danseur et il est fort comme un jeune taureau. Qu'imaginais-tu? Que je m'étais vendue pour réchauffer le lit d'un seigneur décrépit? »

C'était en effet l'idée qui m'était venue. « Je croyais… »

Elle m'interrompit d'un ton provocant, comme si je l'avais rabaissée : « Il est beau, il est charmant, il n'avait que l'embarras du choix pour décider qui épouser, et c'est moi qu'il a choisie. À ma façon, je l'aime vraiment; avec lui, j'ai l'impression de rajeunir, d'être désirable et capable de passion.

— Et avec moi, quelle impression avais-tu? » demandai-je malgré moi, la voix basse. Je donnais le fouet pour me faire battre, je le savais, mais je n'avais pas pu retenir ma question.

Astérie resta un moment interloquée. « Je me sentais bien, répondit-elle enfin, sans égard pour mes sentiments. Acceptée, estimée. » Elle sourit soudain, et son expression me fit mal. « Généreuse aussi, car je te donnais ce que nulle autre ne voulait t'offrir. Aventureuse, ancrée dans le monde, comme un oiseau chanteur aux couleurs vives qui venait voir un petit roitelet au fond des bois.

— C'était vrai », reconnus-je. Je détournai les yeux vers la fenêtre. « Mais c'est fini, Astérie, pour toujours. Tu considères peut-être mon existence comme misérable, mais c'est la mienne. Je refuse de picorer les miettes tombées de la table d'un autre ; il me reste au moins cet orgueil-là.

— Tu n'as pas les moyens de cet orgueil », répondit-elle sans ambages. Elle écarta les mèches de cheveux qui lui tombaient sur le visage. « Regarde ce qui t'entoure, Fitz. En une dizaine d'années, qu'as-tu acquis ? Une chaumière au milieu des bois et quelques poules. Qui apporte du piment, de la chaleur, de la douceur dans ta vie ? Moi, et personne d'autre. De mon point de vue, cela ne représente peut-être qu'un jour ou deux de temps à autre, mais pour toi je suis la seule véritable présence de ton existence. » Elle durcit le ton. « Picorer les miettes tombées de la table d'un autre vaut mieux que crever de faim. Tu as besoin de moi.

— Tu oublies Heur et Œil-de-Nuit », fis-je d'un ton glacial.

Elle eut un geste dédaigneux. « Un orphelin que je t'ai amené et un vieux loup décrépit ! »

Non seulement je me sentis offensé de l'entendre déprécier ainsi mes compagnons, mais cela me contraignit à ouvrir les yeux sur l'abîme qui séparait notre façon de percevoir l'existence. Si nous avions vécu ensemble jour après jour, ces désaccords se seraient manifestés, je suppose, depuis longtemps ; mais les brefs moments que nous avions partagés n'étaient pas consacrés aux discussions philosophiques ni même aux considérations pratiques. Nous nous retrouvions quand bon lui semblait et faisions alors table et lit communs. Elle avait couché, mangé, chanté chez moi, et m'avait regardé accomplir les tâches d'une vie qui n'était pas la sienne. Les petits différends qui surgissaient entre nous étaient oubliés d'une visite à l'autre. Elle m'avait confié Heur comme elle l'aurait fait d'un chaton perdu et, depuis, elle ne s'était pas souciée de la relation qui s'était développée entre lui et moi. Notre dispute ne mettait pas seulement un point final à notre intimité ; elle révélait aussi que nous n'avions guère de choses en commun, finalement. Je m'en sentis doublement anéanti, et des paroles amères me revinrent d'une vie disparue. Le fou m'avait prévenu : « Elle n'éprouve aucune affection réelle pour Fitz, sache-le ; elle tient uniquement à pouvoir dire qu'elle a connu FitzChevalerie. » Peut-être était-ce encore exact, malgré toutes les années où elle et moi nous étions croisés.

Je me tus par crainte des paroles que je risquais de prononcer ; Astérie, elle, dut croire que mon silence indiquait une résolution vacillante, et elle me sourit d'un air las. « Ah, Fitz, nous avons besoin l'un de l'autre pour des motifs que nous n'aimons pas à reconnaître. » Elle poussa un léger soupir. « Prépare le petit déjeuner ; je vais m'habiller. On voit tout en noir le matin quand on a le ventre vide. » Et elle quitta la pièce.

Saisi d'une patience fataliste, je dressai la table pendant qu'elle se vêtait. Je savais que ma décision était prise ; c'était comme si ce que Heur m'avait appris la nuit précédente avait soufflé une bougie en moi, et mes sentiments envers Astérie avaient changé du tout au tout. Nous nous assîmes ensemble devant le petit déjeuner, et elle s'efforça de faire comme si de rien n'était, mais je ne cessai de me répéter : « C'est sans doute la dernière fois que je la vois faire tourner sa tisane dans son bol pour la faire refroidir, ou agiter sa tartine pour souligner ses propos. » Je la laissai parler et elle s'en tint à des banalités, s'efforçant de m'intéresser à ses prochaines destinations ou à la tenue de dame Amitié en certaine occasion ; mais plus elle bavardait, plus elle me paraissait s'éloigner, et j'éprouvais en la regardant l'impression très étrange d'avoir omis ou manqué quelque chose. Elle se coupa une nouvelle tranche de fromage qu'elle mangea avec du pain.

Soudain, je compris, et j'eus la sensation qu'une goutte d'eau glacée coulait le long de mon dos. J'interrompis Astérie.

« Tu savais qu'Umbre allait venir me voir. »

Avec une fraction de seconde de retard, elle leva les sourcils d'un air surpris. « Umbre ? Ici ? »

Je possédais encore des habitudes mentales dont je croyais m'être débarrassé, des façons de réfléchir qu'un mentor m'avait laborieusement enseignées pendant mes jeunes années, entre le crépuscule et l'aube ; c'était une manière de passer les faits au crible et de les assembler, une formation qui permettait à l'esprit d'emprunter des raccourcis pour aboutir à des conclusions qui n'étaient pas de simples conjectures. Une banale observation : Astérie n'avait eu aucune réaction devant le fromage ; or cette denrée était un luxe pour Heur et moi, surtout un fromage de cette qualité, affiné à cœur. Elle aurait dû trouver incongru d'en voir sur ma table, et, la veille au soir, de boire de l'eau-de-vie de Bord-des-Sables ; mais non, parce qu'elle s'y attendait. J'éprouvai une stupéfaction et un plaisir mêlés d'horreur devant la rapidité de mon esprit à relier un élément à un autre, jusqu'au moment où je contemplai le tableau inévitable que formaient les faits. « Jusqu'ici, tu n'avais jamais proposé d'emmener Heur en balade. Tu lui as offert de t'accompagner à Castelcerf pour permettre à Umbre de me voir seul. » J'en tirai une conclusion possible qui me glaça les os. « Au cas où il devrait me tuer, afin qu'il n'y ait pas de témoin.

— Fitz ! » s'exclama-t-elle, à la fois furieuse et atterrée.

C'est à peine si je l'entendis. Une fois que les cailloux de la pensée avaient commencé à rouler, l'avalanche de conclusions était inéluctable. « Toutes ces années, toutes tes visites... Tu me surveillais pour lui, n'est-ce pas ? Dis-moi, allais-tu aussi jeter un coup d'œil sur Burrich et Ortie plusieurs fois par an ? »

Elle me regarda froidement sans rien nier. « J'ai dû chercher où ils habitaient pour confier les chevaux à Burrich. C'est toi-même qui me l'avais demandé. »

Oui. Je réfléchissais à toute allure. Les chevaux devaient lui avoir fourni un excellent prétexte pour se présenter à Burrich ; il aurait refusé tout autre présent, mais Rousseau lui appartenait de droit : c'était un cadeau de Vérité. À l'époque, Astérie lui avait dit que la reine lui envoyait aussi le poulain de Suie en remerciement des services qu'il avait rendus aux Loinvoyant. J'attendis la suite sans la quitter des yeux : c'était une ménestrelle et donc une bavarde impénitente. Il suffisait que je me taise et la laisse parler.

Elle posa son morceau de pain sur la table. « Quand je suis dans la région, je vais les voir, c'est vrai, et, quand je retourne à Castelcerf et qu'Umbre sait que je leur ai rendu visite, il me demande de leurs nouvelles – tout comme il demande des tiennes.

— Et le fou ? Sais-tu aussi où il se trouve aujourd'hui ?

— Non. » Le laconisme de sa réponse me convainquit qu'elle ne mentait pas ; mais, dans le métier qu'elle exerçait, la force d'un secret réside toujours dans le fait de le révéler. Aussi ne put-elle s'empêcher d'ajouter : « Mais je pense que Burrich le sait, lui. Lors d'une ou deux de mes visites, j'ai vu traîner des jouets d'une qualité bien supérieure à ce qu'il pourrait offrir à Ortie. L'un d'eux était une poupée qui m'a beaucoup rappelé les marionnettes du fou. Une autre fois, j'ai remarqué un chapelet de perles en bois dont chacune était gravée d'un petit visage. »

Ces révélations éveillaient mon intérêt, mais je n'en laissai rien paraître dans mon regard, et je posai franchement la question que je considérais comme primordiale. « Pourquoi Umbre verrait-il en moi une menace pour les Loinvoyant ? Je sais que c'est le seul motif qui pourrait l'inciter à penser qu'il doit m'éliminer. »

Les traits d'Astérie prirent une expression proche de la pitié. « Tu es vraiment convaincu de ce que tu dis, n'est-ce pas ? Tu crois qu'Umbre serait prêt à te tuer, et que j'accepterais de l'aider en éloignant le garçon ?

— Je connais Umbre.

— Et il te connaît lui aussi. » Elle avait pris un ton accusateur. « Un jour, il m'a expliqué que tu étais incapable de te fier entièrement à quelqu'un, que ton âme serait toujours déchirée entre l'envie et la crainte de faire confiance. Non, à mon avis, il voulait simplement te voir en tête à tête afin de te parler en toute liberté, afin de t'avoir pour lui seul et de voir par lui-même comment tu allais après tes longues années de silence. »

En bonne ménestrelle, elle savait manier les mots et leur intonation ; à l'entendre, en évitant Castelcerf, je m'étais montré à la fois grossier et cruel envers mes amis, alors qu'en réalité c'était une question de survie.

« De quoi avez-vous parlé avec Umbre ? » demanda-t-elle d'un air exagérément détaché.

Je la regardai sans ciller. « Je pense que tu es au courant », répondis-je, sans savoir si j'avais tort ou raison.

Son expression se modifia et j'eus l'impression d'entendre tourner les engrenages de son esprit. Ainsi, Umbre ne lui avait pas fait part du but réel de sa visite chez moi. Cependant, elle était intelligente et vive, et elle avait en main nombre des pièces du casse-tête. J'attendis qu'elle le reconstitue.

« Le Lignage, dit-elle à mi-voix. La menace des fidèles du prince Pie. »

À de nombreuses reprises dans ma vie, j'ai été pris au dépourvu et j'ai dû le dissimuler; mais je crois que c'est cette fois-là que j'ai eu le plus de mal à rester impassible. Astérie poursuivit en scrutant mon visage : « C'est un problème qui mijote depuis quelque temps déjà, et on dirait qu'il arrive aujourd'hui à ébullition. À la fête du Printemps, lors de la nuit des Ménestrels où tous jouent des coudes pour se donner en spectacle devant leur souveraine, l'un d'eux a chanté la vieille ballade qui raconte l'histoire du prince Pie. Tu te la rappelles ? »

Je me la rappelais; elle parlait d'une princesse enlevée par un homme doué du Vif qui avait pris l'aspect d'un étalon pie. Une fois parvenu dans un lieu isolé, il reprenait forme humaine et séduisait la jeune fille; elle donnait ensuite naissance à un bâtard, tacheté noir et blanc comme son père. Poussé par la malveillance et en usant de félonie, il montait sur le trône et imposait un règne cruel avec l'assistance d'armées entières de pratiquants du Vif. Le royaume souffrait sous sa férule jusqu'au jour où, selon la ballade, son cousin de pur sang Loinvoyant ralliait les fils de six nobles à sa cause et, au solstice d'été, à l'heure où le soleil se trouvait au zénith et où les pouvoirs du prince Pie étaient les plus faibles, ils l'attaquaient et le tuaient. Ils pendaient ensuite son corps, puis le découpaient en morceaux qu'ils brûlaient au-dessus d'une rivière afin que le courant emporte son esprit au loin, de crainte qu'il ne trouve refuge dans un animal. La méthode préconisée par la chanson pour se débarrasser du prince Pie était devenue la façon traditionnelle d'éliminer une fois pour toutes une personne douée du Vif, et Royal avait éprouvé une profonde déception à ne pas pouvoir m'en faire profiter.

« Ce n'est pas ma chanson préférée, dis-je à mi-voix.

— C'est compréhensible. Cependant, Slek l'a bien interprétée, mais il a obtenu un succès bien supérieur à ce qu'il mérite : il chevrote en fin de note, et certains y perçoivent un surcroît de tendresse, alors que c'est en réalité le signe d'une mauvaise maîtrise de la voix... » Elle s'aperçut soudain qu'elle s'écartait de son sujet. « Les gens qui possèdent le Vif sont très mal vus en ce moment ; on a même inventé des termes pour les désigner : un péjoratif, les vifards, et un mélioratif, les vifiers ; ils s'en inquiètent, et les rumeurs les plus folles circulent un peu partout. Par exemple, j'ai entendu dire que, dans un village où un homme au Vif avait été pendu et brûlé, tous les moutons avaient crevé quatre jours plus tard, tombés raides morts dans les prés ; les gens du cru avaient affirmé que c'était la vengeance de la famille de l'homme, mais, quand ils avaient voulu à leur tour se venger d'elle, elle avait disparu depuis belle lurette. Ils n'avaient trouvé qu'un parchemin cloué à la porte avec ce message : « Vous l'avez mérité. » Et ce n'est pas le seul incident de ce genre. » »

Je croisai son regard. « C'est ce que Heur m'a appris », fis-je.

Elle eut un bref hochement de tête, se leva de table et s'éloigna. Ménestrelle jusqu'au bout des ongles, elle avait une histoire à raconter et elle avait besoin pour cela d'une scène, d'un cadre. « Bien ; après que Slek a chanté « Le prince Pie », un autre ménestrel s'est avancé. Il était très jeune, ce qui explique peut-être sa sottise. Il a ôté sa coiffe devant la reine Kettricken et annoncé qu'à la suite du « Prince Pie » il allait chanter une autre ballade plus récente. Quand il a affirmé l'avoir entendue pour la première fois dans un hameau de vifiers, un murmure a parcouru l'assistance. Chacun connaît des rumeurs sur de tels lieux, mais jamais je n'ai rencontré quelqu'un qui prétende s'y être rendu. Quand le silence est revenu, il s'est lancé dans une chanson qui ne me disait rien. La mélodie manquait d'originalité, mais les paroles étaient nouvelles pour moi, quoique aussi peu raffinées que sa voix. » Elle pencha la tête vers moi et me jeta un regard songeur. « Cette ballade avait pour sujet le bâtard de Chevalerie ; elle parlait de sa vie avant que ne soit révélée sa souillure du Vif. Crois-le ou non, le chanteur avait même eu le toupet d'emprunter un ou deux vers de ma ballade « La Tour de l'île de l'Andouiller » ! Ensuite, il continuait en affirmant que ce « fils des Loinvoyant et du Lignage, de sang royal et de sang sauvage » n'avait pas péri dans les cachots de l'Usurpateur. D'après la ballade, le bâtard avait survécu et il était resté fidèle à la famille de son père ; quand le roi Vérité était parti en quête des Anciens, le bâtard était sorti de la tombe pour apporter son aide à son souverain légitime. Le ménestrel a décrit dans une scène impressionnante le bâtard rappelant Vérité des portes de la mort pour lui montrer un jardin de dragons de pierre, dragons que l'on pouvait réveiller afin de défendre les Six-Duchés. Cette partie-là au moins avait l'accent de la vérité, et je me suis redressée sur mon siège sous le coup de l'étonnement pour entendre la suite, même si la voix du ménestrel commençait à s'érailler. » Elle s'interrompit, attendant une réaction de ma part, mais les mots me manquaient. Elle haussa les épaules, puis déclara d'un ton aigre : « Si tu tenais à ce qu'on écrive une chanson sur cette époque, tu aurais pu penser d'abord à moi; je t'avais accompagné, moi; les événements décrits dans cette ballade constituaient même le principal motif pour lequel je t'avais suivi. En outre, je suis bien meilleure compositrice que ce gamin. » L'outrage faisait trembler sa voix, et je précisai :

« Je n'ai aucune part dans cette chanson, tu dois bien t'en douter. Je regrette qu'on l'ait interprétée en public.

— De ce côté-là, tu n'as guère à t'en faire, dit-elle d'un ton de profonde satisfaction. Je ne l'avais jamais entendue jusque-là et je n'en ai eu aucun écho depuis. Elle était mal fichue, la mélodie était en rupture avec le thème, la versification manquait d'unité, le…

— Astérie…

— Bon, d'accord. Il a terminé sur le dénouement héroïque traditionnel : si jamais la couronne des Loinvoyant l'exigeait, le bâtard au Vif, cœur fidèle, volerait au secours du royaume. Quand il a fini, quelques injures ont fusé de la foule et quelqu'un lui a demandé s'il avait lui-même le Vif et s'il était bon à brûler. La reine Kettricken a imposé le silence, mais, à la fin de la soirée, le ménestrel a été le seul de ses collègues à ne pas recevoir de bourse. »

Je me tus, me retenant d'émettre aucun jugement. Voyant que je ne mordais pas à l'hameçon, Astérie reprit : « Il n'a pas été récompensé parce qu'il avait disparu lorsque le moment est venu pour Kettricken de remercier ceux qui l'avaient divertie. Elle l'a appelé le premier mais nul ne savait où il était passé. Son nom ne me disait rien : Tag-le-jeune. »

J'aurais pu lui répondre; c'était le fils de Tag, petit-fils de Pillard ; et ces deux hommes avaient été des soldats très compétents de la garde de Castelcerf sous Vérité. Je remontais les années et revis l'expression de Tag en train de planter un genou en terre devant son roi dans le jardin de pierre, devant les portes de la mort. Oui, c'était sans doute ainsi qu'il avait compris le phénomène : Vérité avait franchi en sens inverse les portes de la mort pour émerger d'un pilier d'Art noir comme la poix dans la lumière indécise d'un feu de camp. Tag avait reconnu son roi malgré le délabrement de Vérité à la suite des épreuves qu'il avait subies ; il lui avait réaffirmé sa fidélité, et Vérité lui avait donné l'ordre de retourner à Castelcerf annoncer à tous que le roi légitime allait revenir. En y réfléchissant, j'eus la quasi-certitude que Vérité était parvenu à Castelcerf avant le soldat : un dragon en vol est beaucoup plus rapide qu'un homme à pied.

J'ignorais que Tag m'avait reconnu aussi. Qui aurait pu prévoir qu'il allait raconter cet épisode autour de lui, et surtout qu'il aurait un fils ménestrel ?

« Tu le connais, je vois », fit Astérie à mi-voix.

Je me tournai vers elle ; elle scrutait mon visage d'un regard avide. Je soupirai. « Tag-le-jeune ? Non, ça ne me dit rien. Je repensais simplement à une phrase que tu as prononcée plus tôt : ceux du Vif sont inquiets. Pour quelle raison ? »

Elle leva les sourcils. « Je pensais que tu en aurais une meilleure idée que moi.

— Je mène une existence solitaire, Astérie, tu le sais bien ; je suis donc très mal placé pour me tenir au courant des dernières nouvelles en dehors de celles que tu me rapportes. » Je la dévisageai à mon tour. « Et celle-là, tu ne m'en avais jamais fait part. »

Elle détourna les yeux et je m'interrogeai : avait-elle

décidé de son propre chef de me dissimuler la situation ? Umbre lui avait-il demandé de ne pas m'en parler ? Ou bien la question avait-elle été simplement repoussée dans un coin de son esprit par ses anecdotes sur les nobles devant lesquels elle s'était produite et les louanges qu'elle avait reçues ? « L'histoire n'a rien de réjouissant. Tout a commencé, je pense, il y a un an et demi, peut-être deux. J'ai eu l'impression alors d'entendre parler plus souvent de vifiers qu'on aurait débusqués et punis, voire tués. Tu sais comment sont les gens, Fitz ; après la guerre contre les Pirates rouges, ils devaient être rassasiés de massacre et de sang ; mais quand l'ennemi a enfin été chassé des côtes, qu'on a rebâti sa maison, que les champs se mettent à donner et les troupeaux à croître, eh bien, il est temps de trouver de nouveau à redire sur le voisin. À mon avis, Royal a éveillé dans les Six-Duchés un appétit pour les jeux sanglants avec son Cirque du Roi et son système de jugement par le combat. Nous libérerons-nous jamais de son héritage ? »

Elle avait mis le doigt sur un vieux cauchemar. Le Cirque du Roi, à Gué-de-Négoce, les bêtes en cage, l'odeur du sang coagulé, la justice rendue l'épée à la main... tous ces souvenirs me traversèrent comme une lame de fond et me laissèrent au bord de la nausée.

« Il y a deux ans... oui », poursuivit Astérie. Incapable de se contenir, elle arpentait la pièce tout en réfléchissant. « C'est à cette époque que l'antique haine envers les gens doués du Vif s'est de nouveau embrasée. La reine a pris position publiquement contre cette intolérance, pour ton bien, j'imagine ; mais, tout aimée du peuple qu'elle soit et malgré les nombreux changements qu'elle a apportés dans le royaume en tant que souveraine, elle ne peut rien contre des traditions aussi profondément ancrées. Dans leur village, les gens se disent : bah, que peut-elle savoir de nos coutumes, elle qui a grandi dans les Montagnes ? Ainsi, en dépit de son opposition, la chasse aux vifiers a continué comme autrefois. Et puis, à Trénuri en Bauge, il y a environ un an et demi, s'est produit un incident horrible. Selon l'histoire qui est parvenue à Castelcerf, une jeune fille douée du Vif possédait un renard et elle ne se souciait pas de savoir où il allait marauder, tellement que le sang coulait chaque nuit. »

Je l'interrompis. « C'était un renard apprivoisé ?

— Le fait n'est pas courant ; plus suspect encore, la fille en question n'était pas de sang noble ni fortunée ; que faisait donc l'enfant d'un fermier avec un tel animal ? Bref, des rumeurs se sont répandues. C'étaient les volailles des villageois proches de Trénuri qui payaient le plus lourd tribut, mais la goutte d'eau qui a fait déborder le vase, c'est quand une bête s'est introduite dans la volière du seigneur Doplin et s'est repue de ses oiseaux chanteurs et de ses volatiles importés du désert des Pluies ; il a lancé ses veneurs sur la piste de la fille et du renard accusés d'être responsables de ces déprédations, et ils ont été attrapés et amenés sans ménagement devant le seigneur Doplin. La fille a juré que son renard n'y était pour rien, qu'elle n'avait pas le Vif, mais, quand on a appliqué les cautères au renard, on dit qu'elle a hurlé aussi fort que l'animal ; ensuite, pour que la preuve soit incontestable, Doplin a fait arracher les ongles des doigts et des orteils de la jeune fille, et, comme précédemment, le renard a glapi à l'unisson.

— Un moment, s'il te plaît. » Ses paroles me donnaient le tournis ; je n'imaginais que trop bien la scène.

« Je vais en terminer rapidement. Ils sont morts de mort lente. Mais, la nuit suivante, d'autres oiseaux appartenant à Doplin ont été tués, et un vieux chasseur a déclaré que le coupable était une belette, qui se contente de boire le sang de ses victimes, et non un renard qui aurait mis les oiseaux en pièces. À mon sens, c'est autant l'injustice de la mort de la jeune fille que la cruauté du seigneur qui ont soulevé les vifiers contre lui ; le lendemain, Doplin a failli se faire mordre par son propre chien, et il l'a fait abattre en même temps que son garçon de chenil ; il a ensuite soutenu que, sur son passage dans les écuries, tous ses chevaux prenaient un air affolé, rabattaient les oreilles en arrière et ruaient dans les cloisons des boxes. Il a fait pendre et brûler deux garçons d'écurie au-dessus d'une eau courante. Il s'est mis à prétendre que des essaims de mouches envahissaient ses cuisines, qu'il en trouvait tous les jours des cadavres dans les plats qu'on lui servait et que… »

Je secouai la tête. « C'est la réaction affolée d'un homme qui n'a pas la conscience en paix, non l'œuvre d'aucun vifier que j'aie connu. »

Astérie haussa les épaules. « Quoi qu'il en soit, les villageois ont imploré la justice de la reine après qu'il a fait torturer ou tuer plus d'une dizaine de ses domestiques. Alors Kettricken a envoyé Umbre sur place. »

Tiens, tiens ! Je me laissai aller contre le dossier de ma chaise et croisai les bras. Le vieil assassin restait donc l'instrument de la justice des Loinvoyant. Qui l'avait accompagné pour accomplir les tâches discrètes que requéraient ses missions ? « Et que s'est-il passé ? demandai-je comme si je ne le savais pas.

— Umbre a trouvé une solution toute simple : au nom de la reine, il a interdit à Doplin d'abriter des chevaux, des faucons, des mâtins, aucune bête, aucun oiseau dans son château. Il n'a pas le droit de monter, de chasser, seul ou au faucon, bref d'aucune façon. Umbre lui a même défendu, à lui ainsi qu'à tous ceux qui résident chez lui, de manger de la viande ou du poisson une année durant.

— La vie doit être un peu monotone là-bas.

— On dit parmi les ménestrels que plus personne ne s'invite chez Doplin sauf en cas de nécessité absolue, que ses serviteurs sont peu nombreux et revêches, et que les autres nobles le regardent de haut depuis que son hospitalité s'est réduite à une réception rébarbative. Ah, et puis Umbre l'a aussi obligé à verser l'or du sang non seulement aux familles des serviteurs qu'il avait fait tuer mais aussi à celle de la fille au renard.

— Elles l'ont accepté ?

— Celles des domestiques, oui ; ce n'était que justice. Mais celle de la fille au renard avait disparu sans que nul pût dire si ses membres étaient tous morts ou en fuite ; Umbre a exigé alors que l'argent fût remis au responsable royal des comptes, afin qu'il reste à la disposition de la famille. » Elle haussa les épaules. « Cela aurait dû mettre un terme à la situation ; au contraire, depuis lors, les incidents se sont multipliés, et il ne s'agit plus maintenant seulement de battues pour éliminer des pratiquants du Vif, mais aussi de la vengeance des vifiers sur leurs bourreaux. »

Je fronçai les sourcils. « Je ne vois pas en quoi l'intervention d'Umbre a pu susciter de nouveaux soulèvements chez ceux du Vif. Il me semble que Doplin a été sanctionné avec équité.

— Plus durement qu'il ne le méritait, ont affirmé certains, mais Umbre est resté inébranlable ; et il ne s'est pas arrêté là. Peu après cette affaire, chacun des six ducs a reçu un document de la reine Kettricken les informant qu'avoir le Vif n'était pas un délit, sauf si un vifier employait son don à de mauvaises fins ; elle annonçait aux ducs qu'ils devaient interdire à leurs nobles et autres seigneurs d'exécuter des pratiquants du Vif, hormis ceux dont les crimes avaient été prouvés aussi sûrement que ceux d'un de leurs sujets ordinaires. Cet édit n'a guère porté ses fruits, comme tu peux t'en douter ; quand on ne s'en passe pas carrément, on trouve toujours d'amples preuves de la culpabilité de l'accusé une fois qu'il est mort. Au lieu d'apaiser les esprits, la déclaration de la reine paraît avoir réveillé toutes les vieilles haines contre ceux du Vif.

» Quant à ces derniers, elle semble les avoir incités à adopter une attitude de défi. Ils n'acceptent plus sans réagir que quelqu'un de leur sang se fasse exécuter ; parfois ils se contentent de libérer leur compagnon avant qu'on ait eu le temps de le tuer, mais ils exercent assez souvent des représailles. Chaque fois ou presque qu'un vifier se fait exécuter, les responsables sont victimes d'un désastre : tout leur bétail crève ou des rats porteurs de maladies mordent leurs enfants ; en tout cas, c'est toujours en rapport avec des animaux. Dans un village de pêcheurs, la remonte annuelle ne s'est carrément pas produite ; les filets sont restés vides et les ventres creux.

— C'est ridicule ; on confond coïncidence et malveillance. Ceux du Vif ne possèdent pas les pouvoirs que tu leur prêtes. » Je m'exprimais avec assurance.

Elle m'adressa un regard de dédain. « Alors pourquoi les fidèles du prince Pie revendiquent-ils ces actes s'ils ne sont pas de leur fait ?

— Les fidèles du prince Pie ? De qui s'agit-il ? »

Elle haussa les épaules. « Nul ne le sait. Ils ne se font jamais annoncer ; ils laissent des messages cloués sur les portes d'auberge ou sur les arbres et ils envoient des missives aux nobles en chantant toujours le même air avec des paroles différentes : « Untel a été tué injustement, non parce qu'il avait commis un crime mais simplement parce qu'il possédait la magie du Lignage ; à présent vous êtes l'objet de notre courroux et, quand le prince Pie reviendra, il n'aura aucune pitié pour vous. » Et c'est signé, non d'un paraphe, mais seulement du dessin d'un étalon pie. Le peuple est furieux.

» La reine refuse d'envoyer sa garde traquer ces gens, si bien qu'aujourd'hui il se chuchote parmi la noblesse qu'elle est elle-même responsable de l'augmentation du nombre d'exécutions de vifiers : le fait qu'elle ait sanctionné le seigneur Doplin aurait laissé penser à ceux du Vif qu'ils avaient le droit d'exercer leur magie perverse. » Devant mon expression soudain renfrognée, elle dit : « Une ménestrelle ne fait que répéter ce qu'elle a entendu ; ce n'est pas moi qui lance les rumeurs ni qui mets les mots dans la bouche des gens. » Elle s'approcha de moi par-derrière et posa les mains sur mes épaules, puis elle se pencha, la joue contre la mienne. D'une voix douce, elle poursuivit : « Après tant d'années que nous nous connaissons, tu sais certainement que je ne te considère pas comme souillé. » Elle me baisa la joue.

Notre conversation m'avait presque fait oublier ma résolution et je faillis prendre Astérie dans mes bras. Mais, au contraire, je me levai, maladroitement car elle se tenait juste derrière ma chaise, et, quand elle voulut se serrer contre moi, j'endurcis mon cœur et tendis le bras pour l'empêcher d'avancer. « Tu n'es pas à moi, lui dis-je à mi-voix.

— Je ne suis pas non plus à lui ! » Son regard noir se mit soudain à flamboyer. « Je n'appartiens qu'à moi-même, et c'est moi qui décide à qui je me donne ! Je ne fais pas de mal en couchant avec vous deux ! Je ne risque pas de tomber enceinte ; si un homme pouvait me faire un enfant, il y a belle lurette que cela se serait produit ! Alors, quelle importance avec qui je partage mon lit ? »

Elle avait l'esprit agile et elle maniait les mots beaucoup mieux que moi. Incapable de répondre du tac au tac, je me contentai de lui renvoyer ses propres paroles · « Moi aussi je n'appartiens qu'à moi-même, et c'est moi qui décide à qui je me donne. Or je refuse de me donner à la femme d'un autre. »

C'est alors, je pense, qu'elle fut enfin convaincue de ma sincérité. J'avais fait une pile bien nette de ses affaires près de la cheminée ; elle se jeta à genoux devant elle, s'empara de son sac de selle et se mit à le remplir à gestes rageurs. « Je me demande pourquoi je me suis encombrée de toi ! » marmonna-t-elle entre ses dents.

Heur, fidèle à son vrai nom, Malheur, choisit cet instant pour entrer, le loup derrière lui. Devant l'expression furieuse d'Astérie, il se tourna vers moi. « Est-ce que je dois vous laisser ? demanda-t-il sans ambages.

— Non ! jeta Astérie. Toi, tu restes ; c'est moi qu'il met à la porte ! Grand merci, Heur ! Tu devrais un peu songer à ce qui te serait arrivé si je t'avais laissé fouiller dans le tas d'ordures de ton village sans m'occuper de toi ! C'est de la reconnaissance que je méritais, pas un coup de poignard dans le dos ! »

Le garçon écarquilla les yeux. Rien de ce qu'Astérie avait fait jusque-là, pas même le fait qu'elle m'eût menti par omission, rien ne pouvait égaler la colère que je ressentis devant le mal qu'elle lui fît en cet instant. Il me jeta un regard bouleversé comme s'il s'attendait à ce que je m'en prenne à lui moi aussi, puis il sortit en courant. Œil-de-Nuit m'adressa un coup d'œil empreint de tristesse puis fit demi-tour pour suivre Heur.

J'arrive tout de suite, dès que j'en ai fini avec cette affaire.

Tu aurais mieux fait de ne pas la commencer.

Je laissai passer le reproche sans réagir car je n'avais rien de valable à y répondre. Astérie me regardait d'un œil furibond, et, alors que je lui rendais la pareille, je vis comme de la peur passer sur ses traits. Je croisai les bras. « Mieux vaut que tu t'en ailles », dis-je d'une voix tendue. Son air méfiant me faisait presque aussi mal que le tort qu'elle avait fait à Heur. Je quittai la chaumière pour chercher sa jument, un bel animal équipé d'une belle selle, tous deux cadeaux sans doute du beau jeune homme. La bête perçut la tension qui m'habitait et ne cessa de piaffer pendant que je serrais ses sangles. Je pris une profonde inspiration afin de me ressaisir, posai la main sur le flanc de la jument et lui transmis de l'apaisement. Je me calmai du même coup et je caressai l'encolure lisse de l'animal. Il tourna la tête pour fourrer son museau contre ma chemise en soufflant bruyamment. Je soupirai. « Veille sur elle, veux-tu ? La prudence n'est pas sa première vertu. »

Je n'avais pas de lien avec la bête et, à ses oreilles, mes paroles n'étaient que des sons rassurants ; néanmoins, en retour, je sentis qu'elle acceptait ma domination. Je la menai à l'avant de la chaumière et restai là, les rênes dans la main. Quelques instants plus tard, Astérie sortit sous l'auvent. « Tu es pressé de me voir partir, on dirait ? » fit-elle d'un ton caustique. Elle jeta son paquetage en travers de la selle, faisant sursauter la jument.

« Ce n'est pas vrai, tu le sais très bien », répondis-je. Je m'efforçais de conserver un ton calme et uni, car la souffrance que j'avais bridée jusque-là se déchaînait en moi en se mêlant à mon humiliation devant ma propre naïveté et à ma colère d'avoir été manipulé. Notre rapport n'était pas un amour tendre issu du cœur, mais plutôt une amitié qui comprenait le partage de nos corps et la confiance mutuelle qu'implique de dormir dans les bras l'un de l'autre. La trahison d'une amie ne diffère de l'infidélité d'une maîtresse que par le degré et non par le type de douleur qu'on en ressent. Je m'aperçus tout à coup que je venais de mentir à Astérie : j'étais en effet terriblement pressé qu'elle s'en aille. Sa présence était comme une flèche fichée dans ma chair : tant qu'on ne l'avait pas extraite, on ne pouvait pas soigner la blessure.

Je tâchai néanmoins de trouver des mots pour donner quelque sens à ce que nous avions vécu, pour en préserver les bons aspects, mais rien ne me vint, et, pour finir, je restai muet, immobile, tandis qu'Astérie m'arrachait les rênes de la main et se mettait en selle. Elle baissa les yeux vers moi. Elle éprouvait sûrement du chagrin mais son visage exprimait seulement la colère que j'aie osé contrarier sa volonté. Elle secoua la tête.

« Tu aurais pu être quelqu'un. Peu importe ta naissance, on t'a donné toutes les chances de gravir les échelons et tu aurais pu devenir un personnage important. Mais non : tu as choisi cette existence-ci. N'oublie jamais ça : c'est toi qui l'as choisie. »

Là-dessus, elle tira sur les rênes pour obliger sa monture à tourner la tête, pas assez violemment pour lui blesser la bouche mais plus rudement que nécessaire, puis elle la lança au trot et s'éloigna. Je la regardai s'en aller, mais elle ne se retourna pas une fois. Malgré mon chagrin, je ne ressentais pas les regrets qu'engendre la fin d'une aventure ; j'avais plutôt la prémonition du commencement d'une autre. Un frisson me parcourut, comme si le fou en personne se trouvait tout près de moi et me chuchotait à l'oreille : « Tu ne perçois rien ? Une rupture, un tourbillon ? D'ici, tous les chemins se modifient. »

Je me tournai mais ne vis personne. J'observai le ciel : des nuages noirs arrivaient rapidement du sud et déjà la cime des arbres s'agitait sous les premières rafales de la bourrasque en préparation. Astérie allait entamer son trajet sous une pluie battante. Je fis mon possible pour me persuader que je ne m'en réjouissais pas, puis j'allai chercher Heur.

4

LA SORCIÈRE DES HAIES

Dans ces parages vivait une sorcière des haies du nom de Silva Feuillerouge dont les amulettes avaient un pouvoir si grand que, non seulement il persistait d'année en année, mais il continuait à protéger ses propriétaires de génération en génération. On raconte qu'elle fabriqua pour Baudrier Loinvoyant un filtre merveilleux qui purifiait l'eau qui le traversait, immense avantage pour un roi si exposé à l'empoisonnement.

Au-dessus de la porte de la cité fortifiée d'Eklse, elle suspendit un charme contre la peste et, de longues années durant, les cuves à grain restèrent exemptes de rats et les écuries de puces et autre vermine. La ville prospéra sous cette protection jusqu'au jour où les Anciens, dans leur stupidité, ouvrirent une seconde porte dans leurs murailles pour augmenter le trafic des marchandises ; la maladie y trouva le moyen de pénétrer dans l'enceinte et tous les habitants périrent dans la seconde vague de Peste sanguine.

Voyages dans les Six-Duchés de SELKIN

*

Le plein été nous trouva ensemble, Heur et moi, comme toujours depuis sept années ; il fallait entretenir le potager, soigner les volailles, saler et fumer le poisson en prévision de l'hiver. Les jours se suivaient en une ronde de travaux et de repas, de sommeil et de veille. Le départ d'Astérie, me disais-je, avait efficacement coupé toutes les envies d'aventure qu'avait suscitées en moi la visite d'Umbre. Sans avoir l'air d'y toucher, j'avais parlé à Heur d'un placement en apprentissage, et, avec un enthousiasme qui m'avait étonné, il avait fait l'éloge d'un ébéniste de Castelcerf dont il avait fort admiré les productions. J'avais tergiversé, n'ayant aucun désir de revoir Bourg-de-Castelcerf, mais il avait dû conclure que je n'avais pas les moyens de payer les frais d'apprentissage qu'un artisan aussi habile que Gindast devait exiger, en quoi il n'avait sans doute pas tort. Quand je lui avais demandé s'il n'avait pas repéré d'autres métiers concernant le bois, il m'avait répondu sans aucune amertume qu'il y avait à Baie-de-Martelet un charpentier de marine souvent complimenté pour son travail. C'était là un maître beaucoup plus humble que l'ébéniste de Castelcerf, et je m'étais interrogé avec gêne : le garçon n'était-il pas en train de retailler ses rêves à la mesure de mes poches ? De son apprentissage découlerait le travail de toute sa vie, et je refusais que mon indigence le condamne à un métier qu'il jugerait tout juste supportable.

Pourtant, malgré l'intérêt qu'avait manifesté le jeune garçon, sa prise en main par un maître ne resta guère qu'un simple sujet de discussion tard le soir, près de la cheminée, ce qui ne m'empêcha pas de mettre de côté ma petite réserve d'argent pour payer d'éventuels frais d'apprentissage, et je déclarai même à Heur que nous nous débrouillerions avec quelques œufs en moins aux repas s'il souhaitait laisser les poules en couver certains ; il y avait toujours un marché pour les poulets et il pourrait garder la somme qu'il en tirerait pour sa cagnotte personnelle. Toutefois, je me demandais si cela suffirait à lui assurer une bonne place ; on pouvait trouver un apprentissage dès lors qu'on ne rechignait pas au travail et qu'on avait le dos solide, certes, mais les meilleurs artisans et ouvriers exigeaient d'ordinaire un droit de placement avant de laisser entrer un garçon prometteur dans leur atelier ; c'était en tout cas la coutume de Cerf. Un façonnier ne livrait pas facilement les secrets de son art qui lui assuraient des gains confortables. Si des parents aimaient vraiment leurs enfants, ils leur enseignaient leur propre métier ou payaient cher pour les placer chez ceux qui étaient passés maîtres dans d'autres arts. Malgré la minceur de nos moyens, j'étais résolu à trouver une bonne place pour Heur, et je me répétais que c'était la raison pour laquelle j'en remettais sans cesse la recherche. Je ne redoutais pas la séparation, non ; je voulais seulement lui offrir le meilleur.

Le loup ne me posa aucune question sur le voyage que j'avais proposé quelque temps plus tôt ; je pense qu'au fond de lui il était soulagé de le voir repoussé. Certains jours, j'avais l'impression que les paroles d'Astérie avaient fait de moi un vieillard ; dans le cas du loup, les années passant en avaient fait de même, mais ce n'était pas une impression. Il devait être très âgé pour son espèce, bien que je n'eusse aucune idée de l'espérance de vie normale d'un loup ; je me demandais parfois si notre lien ne lui infusait pas une vitalité inhabituelle, et l'idée m'avait même traversé une fois l'esprit qu'il puisait dans mes années pour augmenter le nombre des siennes. Pourtant, cette pensée s'accompagnait non d'un ressentiment contre le fait qu'il pût raccourcir mon existence mais de l'espoir que nous pourrions vivre ainsi plus longtemps ensemble, car, une fois le garçon en apprentissage, qui d'autre qu'Œil-de-Nuit me resterait au monde ?

Pendant quelque temps, je jouai avec l'idée qu'Umbre allait peut-être revenir me voir, à présent qu'il connaissait le chemin ; mais les journées d'été passaient, longues et chaudes, et la piste qui menait à notre chaumière demeurait déserte. Je me rendis deux fois au marché en compagnie du garçon pour y apporter des poulets mûrs pour la vente, des encres et des teintures, ainsi que des racines et des herbes que j'estimais peu connues. Œil-de-Nuit préféra rester à la maison car il n'aimait pas plus le long chemin qu'il fallait parcourir jusqu'au carrefour où se tenait le marché que la poussière, le bruit et l'animation excessive du marché lui-même. J'inclinais aux mêmes sentiments, mais j'y allai tout de même. Nous ne fîmes pas d'aussi bonnes affaires que nous l'espérions car les clients avaient plus l'habitude du troc que de l'argent ; pourtant, ce me fut une agréable surprise de constater combien nombreux étaient ceux qui n'avaient pas oublié Tom Blaireau et exprimaient leur plaisir de le revoir au marché.

Ce fut lors de notre deuxième tournée que nous rencontrâmes la sorcière des haies de Castelcerf, celle-là même dont m'avait parlé Heur. Vers le milieu de la matinée, alors que nous exhibions nos produits sur le rabat arrière de notre carriole, elle surgit de la foule et poussa un cri de joie en reconnaissant Heur. Je restai à l'écart à les regarder bavarder. Il m'avait décrit Jinna comme jolie et c'était exact, mais, je l'avoue, je m'étonnai de son âge, plus proche du mien que de celui de mon assistant ; j'avais imaginé une jeune fille qui avait tourné la tête de Heur lors de leur rencontre à Castelcerf, mais j'avais devant moi une femme aux abords de la trentaine, aux yeux noisette, le visage moucheté de taches de rousseur et les cheveux bouclés, d'une teinte qui allait du châtain au brun. Elle avait la silhouette pleine et séduisante d'une femme faite. Quand Heur lui déclara que son amulette contre les voleurs à la tire lui avait été dérobée avant même la fin du jour, elle éclata d'un rire franc et cordial, puis, son calme revenu, lui expliqua que c'était précisément ainsi que le porte-bonheur devait opérer : le voleur l'avait pris au lieu de s'emparer de la bourse de Heur.

Quand il jeta des regards à la ronde pour m'inclure dans la conversation, Jinna, elle, m'avait déjà repéré et elle m'observait avec l'expression que les parents réservent d'ordinaire aux inconnus qui peuvent présenter une menace. Néanmoins, lorsque Heur me nomma, je souris en la saluant de la tête et en lui souhaitant la bonne journée, et elle se détendit visiblement tandis que son sourire m'apprenait qu'elle m'avait accepté. Elle s'approcha de moi pour scruter mes traits, et je m'aperçus alors qu'elle avait une mauvaise vue.

Elle avait apporté ses propres articles et elle déroula sa natte de paille à l'ombre de notre carriole. Heur l'aida à y disposer ses amulettes et ses élixirs, puis tous deux passèrent une joyeuse journée à échanger les nouvelles qu'ils avaient apprises depuis la fête du Printemps. Je tendis l'oreille quand le jeune garçon évoqua ses projets d'apprentissage, et je compris bientôt combien il aurait préféré l'ébéniste de Castelcerf au charpentier de marine de Baie-de-Martelet; je me mis alors à réfléchir en me demandant si la chose pouvait encore être arrangée : quelqu'un d'autre que moi ne pourrait-il pas non seulement payer le droit d'entrée mais aussi négocier l'apprentissage? Umbre se laisserait-il persuader de m'aider dans cette entreprise? De là, mes pensées vagabondèrent jusqu'à cette question : qu'attendrait le vieillard en retour? Ainsi plongé dans mes réflexions, je sursautai quand Heur m'enfonça son coude dans les côtes.

« Tom ! » fit-il d'un ton outré, et je sentis aussitôt que je l'avais mis dans l'embarras, j'ignorais comment. Jinna nous regardait tous deux avec l'air d'attendre quelque chose.

« Oui?

— Tu vois, je t'avais dit que ça ne le dérangerait pas, reprit Heur d'une voix rauque.

— Eh bien, je vous remercie mille fois, si vous êtes sûrs que cela ne vous gênera pas, répondit Jinna. La route est longue et les auberges rares et chères pour quelqu'un comme moi. »

J'acquiesçai de la tête et, au cours des minutes qui suivirent, je compris que Heur l'avait invitée chez nous lors de son prochain passage dans la région. Je soupirai intérieurement : les changements introduits dans son existence par un nouvel hôte le remplissaient de joie, mais, pour ma part, tout inconnu représentait encore un risque potentiel. Combien de temps faudrait-il avant que mes secrets deviennent trop surannés pour garder leur importance?

Je participai peu à leurs bavardages sinon par quelques sourires et hochements de tête. On rencontre fréquemment des sorcières des haies et des magiciens sur les marchés, les foires et lors des festivités. Au contraire de l'Art, la magie des haies n'inspire ni respect démesuré ni crainte, et, à la différence du Vif, elle n'expose pas le pratiquant à l'exécution publique. La plupart des gens la considèrent avec tolérance et scepticisme à la fois ; certains qui disent en détenir les secrets sont des charlatans purs et simples ; ils extraient des œufs des oreilles des crédules, évoquent aux filles de ferme des avenirs pleins de richesse et de mariages altiers, vendent des philtres d'amour composés principalement de lavande et de camomille et font le commerce de porte-bonheur fabriqués à partir de lapins démembrés ; bref ils sont assez inoffensifs, à mon sens.

Jinna, toutefois, n'était pas de ceux-là. Elle n'avait pas le bagout amical qui attire les passants, ni les atours criards et la verroterie clinquante qu'arborent en général les imposteurs ; elle portait la tenue simple d'une forestière, une tunique dans les tons verts qui tombait par-dessus des chausses en daim marron et des bottes souples. Les amulettes qu'elle mettait à la vente se trouvaient enfermées dans les poches traditionnelles en tissu coloré : rose pour celles qui concernaient l'amour, rouge pour les passions éteintes, vert pour les bonnes récoltes, et d'autres teintes dont j'ignorais le sens. Elle proposait aussi des sachets d'herbes séchées dont je connaissais la plupart et dont les qualités étaient correctement énoncées : écorce d'orme pour les maux de gorge, feuilles de framboisiers pour les nausées matinales, et ainsi de suite. Mêlés à ces simples se trouvaient de fins cristaux qui, selon Jinna, augmentaient leur pouvoir ; je soupçonnais qu'il s'agissait de sucre ou de sel. Plusieurs plats de terre cuite contenaient des disques de jade, de jaspe et d'ivoire polis et gravés de runes destinées à porter bonheur, à rendre la fertilité ou la paix de l'âme. Ces articles étaient moins chers que les amulettes, car leur but, quoique toujours positif, était plus général, même si, pour un supplément d'une pièce ou deux de cuivre, Jinna « affilait » les disques selon les désirs particuliers des clients.

Elle attira un nombre respectable de chalands tandis que la longue matinée se transformait lentement en après-midi ; à plusieurs reprises, on l'interrogea sur la nature des amulettes ensachées, et au moins trois clients payèrent leurs articles en bonnes pièces d'argent. S'il y avait la moindre magie attachée aux babioles qu'elle leur vendit, elle restait indétectable à mon Vif comme à mon Art. J'en entr'aperçus une, assemblage complexe de perles scintillantes, de petits bouts de bois et, me sembla-t-il, d'un bouquet de plumes, dont un homme fit l'acquisition pour attirer la bonne fortune sur lui et sa maison, car il cherchait femme. De large carrure, il était musclé comme un laboureur et aussi simple d'apparence qu'une chaumine au toit couvert d'herbe. Il devait avoir mon âge, et je lui souhaitai secrètement bonne chance dans sa quête.

La journée était déjà bien avancée quand Bailor se présenta au marché. Il arrivait avec sa carriole tirée par un bœuf et six porcelets troussés, prêts à vendre. Je ne le connaissais guère bien qu'il fût notre plus proche voisin, à Heur et moi ; il habitait la combe à côté de la mienne et y élevait ses cochons. Je croisais rarement son chemin ; à l'automne nous faisions parfois du troc, un porc gras contre des poulets, quelques journées de travail ou du poisson fumé. De petite taille, maigre mais vigoureux, il se méfiait de tout et de tous, et nous adressa un regard noir en guise de salut ; puis, malgré le peu de place dont nous disposions, il joua des coudes pour ranger sa carriole le long de la nôtre. Sa compagnie ne me réjouit pas : le Vif engendre envers tout être vivant une empathie dont j'avais appris à me protéger sans pourtant réussir à m'en couper tout à fait ; je sentis ainsi que son bœuf avait la chair à vif à cause du harnais inadapté qui le frottait sans cesse, et je perçus la terreur et l'inconfort des cochonnets ligotés en plein soleil.

Ce fut donc autant pour me défendre moi-même que par esprit de bon voisinage que je déclarai : « Je suis content de vous revoir, Bailor. C'est une belle portée de porcelets que vous avez là ; si vous les meniez à boire, ça les ranimerait un peu et vous en tireriez un meilleur prix. »

Il leur jeta un regard détaché. « Pas la peine de les énerver ni de courir le risque qu'ils s'échappent. De toute façon, ce ne seront sans doute plus que des pièces de boucherie avant ce soir. »

J'inspirai longuement pour me calmer et fis un effort pour tenir ma langue. Je me dis parfois que le Vif est une malédiction plus qu'un don, et son aspect le plus pénible est qu'il oblige à percevoir de l'intérieur la cruauté inconsciente des hommes. On parle quelquefois de la sauvagerie des bêtes, mais je la préférerai toujours au mépris aveugle de certains humains envers les animaux.

J'aurais volontiers laissé la conversation s'arrêter là mais Bailor s'approcha pour examiner nos produits, puis il eut un petit grognement de dédain comme s'il s'étonnait que nous ayons seulement pris la peine de nous installer au marché. Soudain il croisa mon regard et remarqua : « Mes porcelets sont de bonne qualité mais la portée en comptait trois de plus. L'un d'eux était plus gros que ceux-ci. »

Puis il se tut et attendit ma réponse, les yeux fixés sur moi. Ne sachant où il voulait en venir, je dis : « Ça devait faire une belle portée.

— Oui, avant. Avant que les trois autres disparaissent.

— Dommage », fis-je, compatissant. Comme il persistait à ne pas me quitter des yeux, j'ajoutai : « Ils se sont perdus pendant qu'ils paissaient avec leur mère dans vos prés ? »

Il acquiesça. « Un jour, j'en avais dix, le lendemain sept. »

Je secouai la tête. « Pas de chance ! »

Il fit un pas vers moi. « Le petit et vous, vous ne les auriez pas vus, des fois ? Je sais que ma truie cherche à manger jusque près de votre ruisseau.

— Non. » Je me tournai vers Heur. Son visage était un masque d'appréhension ; je remarquai aussi que Jinna et son client se taisaient, attirés par le ton vif de Bailor. J'avais horreur de me trouver ainsi au centre d'une telle attention et je sentis mon sang commencer à bouillir, mais c'est d'un ton amène que je demandai à mon garçon : « Heur, as-tu vu trace des trois porcelets de Bailor ?

— Pas une empreinte ni la moindre crotte », répondit-il gravement. Il se tenait parfaitement immobile, comme s'il risquait de précipiter le danger par un mouvement brusque.

Je revins à Bailor. « Je regrette, dis-je.

— Bon. Mais c'est bizarre, non ? fit-il d'un ton plein de sous-entendus. Je sais que vous vous baladez souvent dans ces collines, votre gamin, votre chien et vous ; j'aurais pensé que vous aviez remarqué quelque chose. » Le ton de sa voix était curieusement sarcastique. « Si vous les aviez vus, vous auriez su qu'ils étaient à moi, que ce n'étaient pas des bêtes errantes que vous n'aviez pas le droit de prendre. » Il continuait à me dévisager.

Je haussai les épaules en m'efforçant de garder mon calme ; mais de nouveaux badauds et vendeurs avaient cessé leurs activités pour écouter notre échange. Le regard de Bailor balaya soudain la foule, puis revint sur moi.

« Alors vous êtes sûr que vous n'avez pas vu mes cochons ? Vous n'en avez pas trouvé un coincé quelque part ou blessé ? Ou mort, et vous l'auriez donné à manger à votre chien ? »

À mon tour, je jetai un coup d'œil alentour. Heur était rouge pivoine et Jinna était manifestement mal à l'aise. La colère me prit : cet homme avait l'audace de m'accuser de vol, même si c'était sous forme de questions obliques ! Je réussis néanmoins à contenir ma fureur et, d'une voix basse et rauque mais courtoise, je répondis : « Je n'ai pas vu vos cochons, Bailor.

— Vous en êtes sûr ? » Il s'approcha encore d'un pas, prenant ma politesse pour de la passivité. « Parce que je trouve ça étrange, moi, trois porcelets qui disparaissent d'un coup. Un loup en aurait tué un, ou bien la truie pourrait en avoir égaré un, mais pas trois. Vous ne les avez pas vus ? »

Appuyé jusque-là sur la ridelle de la carriole, je me redressai de toute ma taille et me campai solidement sur mes pieds. Malgré mes efforts pour me maîtriser, je sentais les muscles de ma poitrine et de mon cou se tendre sous l'effet de la colère.

Autrefois, longtemps auparavant, j'avais été roué de coups au point de me trouver aux portes de la mort. Il y a, semble-t-il, deux réactions possibles à cette expérience ; on peut en sortir accouardi, incapable pour le restant de ses jours d'offrir la moindre résistance physique. Pendant quelque temps, j'avais connu cette peur abjecte, mais la vie m'avait forcé à m'en débarrasser et j'avais alors appris une autre attitude : celui qui fait preuve le premier d'une violence efficace est celui qui a le plus de chances de remporter la partie. À la longue, j'étais devenu cet homme-là. « Votre question commence à m'agacer », dis-je à Bailor d'une voix grondante.

Au milieu de l'animation du marché, un cercle de badauds nous observait en silence. Non seulement Jinna et son client se taisaient toujours, mais à présent le fromager d'en face nous regardait aussi, et un mitron porteur d'un plateau de pâtisseries fraîches s'était arrêté pour nous contempler, bouche bée. Heur ne bougeait ni pied ni patte, les yeux écarquillés, blême mais les pommettes cramoisies d'indignation. Cependant, le plus frappant fut le changement d'expression de Bailor. Il n'aurait pas eu l'air plus apeuré si un ours s'était soudain dressé devant lui, les crocs dénudés. Il recula et détourna le regard. « D'accord, d'accord, si vous ne les avez pas vus, alors… »

Je lui coupai la parole.

« Je ne les ai pas vus », dis-je d'un ton sans réplique. Les bruits du marché ne formaient plus qu'un bourdonnement lointain. Je ne voyais plus que Bailor. Je fis un pas vers lui.

« Euh… » Il recula encore, puis se glissa derrière son bœuf. « Je m'en doutais, bien sûr ; vous me les auriez renvoyés, j'en suis certain. Mais je voulais vous mettre au courant ; c'est quand même bizarre, non, trois porcelets qui disparaissent comme ça ? Je voulais vous prévenir au cas où vous perdriez des volailles. » Jusque-là conciliant, il prit un ton de conspirateur. « Possible qu'on ait des vifards dans nos collines et qu'ils me volent mes bêtes à leur façon ; ils n'auraient même pas à les chasser : il leur suffirait d'ensorceler ma truie et ses petits, et de s'en aller tout simplement avec eux. Tout le monde sait qu'ils savent faire ça. Si ça se trouve… »

Ma colère se changea en une fureur que je m'efforçai

de détourner en reprenant la parole. Je m'exprimai à mi-voix en détachant sèchement chaque mot. « Si ça se trouve, vos porcelets sont tombés dans un cours d'eau et le courant les a emportés ou les a séparés de leur mère. Il y a des renards, des chats sauvages et des gloutons dans ces collines ; si vous ne voulez pas avoir d'inquiétudes pour vos bêtes, surveillez-les mieux.

— Moi, j'ai un veau qui a disparu ce printemps, intervint soudain le fromager. La vache s'est égarée alors qu'elle était grosse et elle est revenue deux jours plus tard, aussi vide qu'une barrique. » Il secoua la tête. « Je n'ai pas vu le plus petit signe du veau, mais j'ai découvert une fosse à feu éteinte.

— Des vifards, dit le mitron d'un air entendu. On en a attrapé une à Bec-de-Hardin l'autre jour, mais elle s'est échappée. Allez savoir où elle est maintenant – et où elle était ! » Le soupçon faisait briller de joie ses yeux.

« Eh bien, la voilà, notre explication ! » s'exclama Bailor. Il me lança un regard triomphant et se détourna vivement devant mon expression. « C'est bien ça, Tom Blaireau, et je ne cherchais qu'à vous avertir en bon voisin : surveillez vos poulets de près. » Il hocha la tête d'un air avisé, imité par le fromager.

« Mon cousin y était, à Bec-de-Hardin ; il a vu cette putain au Vif se couvrir de plumes, comme ça, et s'envoler. Les cordes qui la retenaient sont tombées d'un coup et elle a disparu. »

Je n'essayai même pas de savoir qui avait parlé. L'animation et le bruit habituels du marché avaient repris autour de nous, mais désormais les bavardages portaient sur le Vif et avaient pris une tournure joyeusement haineuse. Je me sentais isolé au milieu de la foule, et le soleil tapait sur le sommet de mon crâne comme sur les malheureux porcelets de Bailor dans leur carriole. Ma fureur s'était muée en une sorte de tremblement intérieur ; l'envie de tuer Bailor m'avait quitté comme une poussée de fièvre brusquement retombée. Je vis Heur s'essuyer le front ; Jinna posa la main sur son épaule et lui glissa quelques mots à l'oreille. Il secoua la tête, les lèvres livides, puis il me regarda et me fit un sourire hésitant. C'était fini.

Mais les commérages se poursuivaient autour de moi ; le marché tout entier caquetait d'une seule voix, uni par la perspective d'un ennemi commun. J'en avais le cœur au bord des lèvres, et je me sentais petit et lâche de ne pas crier à tous que leur attitude était injuste. Mais je me contentai de prendre Trèfle par la bride. « Occupe-toi de notre étal, Heur. Je vais faire boire la ponette. »

Le jeune garçon acquiesça de la tête d'un air grave, et je sus qu'il me regardait alors que j'emmenais Trèfle. Je pris mon temps, et, à mon retour, Bailor m'adressa force sourires et saluts ; c'est à peine si je pus lui répondre par un hochement de tête, et je me réjouis de voir un boucher acheter le lot de porcelets à la condition que Bailor le livre à sa boutique, puis poussai un soupir de soulagement quand le bœuf éraflé par son harnais et les porcelets misérables s'éloignèrent enfin. J'étais tellement raide de tension contenue que le dos me faisait mal.

« Sympathique bonhomme », fit Jinna à mi-voix. Heur éclata de rire, et je ne pus retenir un sourire lugubre. Plus tard, nous partageâmes nos œufs durs, notre pain et notre poisson en saumure avec notre compagne. De son côté, elle avait un sac de pommes séchées et une saucisse fumée ; nous fîmes un repas du tout, et, alors que je riais d'une saillie de Heur, Jinna me fit rougir en déclarant soudain : « Vous avez l'air d'une bête féroce quand vous êtes en colère, Tom, et, quand vous serrez les poings, je n'ai pas envie d'en savoir davantage sur vous ; pourtant, lorsque vous souriez ou éclatez de rire, vos yeux démentent ces apparences. »

Heur s'esbaudit sous cape devant ma gêne, et le reste de la journée s'écoula dans une atmosphère de camaraderie où ne manquèrent pas les piques amicales. À la fin du jour, Jinna avait fait de bonnes affaires et sa réserve d'amulettes avait considérablement baissé. « Je vais bientôt devoir retourner à Castelcerf pour en fabriquer de nouvelles. J'aime mieux cela que la vente, même si j'apprécie de voyager et de rencontrer de nouvelles têtes », dit-elle en remballant les articles restants.

Heur et moi avions échangé la plupart de nos marchandises contre des objets utiles chez nous mais nous n'avions guère gagné d'espèces pour son droit d'apprentissage. Il s'efforça de dissimuler sa déception mais je vis l'inquiétude assombrir son regard : et si nous n'avions même pas assez pour le charpentier de marine ? De quel métier devrait-il se contenter ? Cette question tournait aussi sans cesse dans mon esprit.

Cependant, aucun de nous ne la posa à voix haute. Nous couchâmes dans notre carriole pour économiser le prix d'une chambre d'auberge et nous reprîmes le lendemain le chemin de notre chaumière. Jinna vint nous dire au revoir et Heur lui rappela son offre d'hospitalité ; elle lui assura qu'elle n'oublierait pas, mais elle me regarda ce faisant, comme si elle se demandait jusqu'à quel point elle serait la bienvenue ; je ne pus que hocher la tête en souriant et renchérir sur le souhait de Heur de la revoir bientôt.

Nous eûmes beau temps pour le retour. Des nuages élevés et une brise légère empêchaient la journée d'été de devenir torride ; nous grignotâmes le gâteau de miel que

Heur avait obtenu en échange d'un de ses poulets, et nous bavardâmes de tout et de rien : du marché qui avait pris de l'extension depuis notre première visite, de la ville qui avait grandi, de la route plus fréquentée que l'année précédente. Mais nous n'évoquâmes pas Bailor. Nous passâmes la bifurcation dont l'un des embranchements, envahi d'herbe, nous aurait menés à Forge ; Heur me demanda si je pensais que le village revivrait un jour, et je répondis que j'espérais que non, mais que tôt ou tard le minerai de fer attirerait des gens à la mémoire courte. De là, nous en vînmes au sort qui avait frappé Forge et aux épreuves qu'avaient imposées les guerres des Pirates rouges. Je racontai tout ce qui s'était produit à cette époque comme si je l'avais appris par ouï-dire, non parce que je prenais plaisir à parler de ce temps-là mais parce que ces événements faisaient partie de l'histoire et que Heur devait les connaître, que chaque habitant des Six-Duchés devait les connaître ; encore une fois, je me promis d'en rédiger un compte rendu, et puis je songeai à mes nombreuses et vaillantes tentatives dans ce sens, aux manuscrits entassés qui roulaient sur les étagères au-dessus de mon bureau, et je m'interrogeai : en achèverais-je jamais un seul ?

Une question inattendue de Heur me tira brutalement de mes réflexions.

« Suis-je le bâtard d'un Pirate rouge, Tom ? »

Je restai la bouche entrouverte, interdit ; je voyais renouvelées dans les yeux vairons du jeune garçon toutes les vieilles souffrances que m'avait causées ce terme. Sa mère l'avait baptisé « Malheur », et Astérie l'avait trouvé subsistant sur un tas d'ordures, orphelin dont nul ne voulait. Je n'en savais guère plus sur lui, et je me contraignis à la franchise. « Je l'ignore, Heur. Il est possible en effet que tu sois l'enfant d'un pirate. » J'avais employé l'expression la plus charitable.

Il continuait à marcher d'un pas régulier, le regard droit devant lui. « D'après Astérie, c'est le cas : j'ai l'âge requis, et c'est peut-être pourquoi nul à part toi n'a accepté de m'adopter. J'aimerais savoir... J'aimerais savoir qui je suis.

— Ah ! » fis-je après un silence pesant.

Il hocha vigoureusement la tête, et reprit d'une voix tendue : « Quand je lui ai dit que je devais tout te révéler sur elle, Astérie a répondu que j'avais un cœur de forgisé comme mon violeur de père. »

En cet instant, j'aurais voulu qu'il fût plus petit afin de pouvoir le prendre dans mes bras et le serrer contre moi ; mais je passai simplement mon bras sur ses épaules et l'obligeai à s'arrêter. La ponette poursuivit son chemin. Je ne forçai pas Heur à me regarder dans les yeux et je tâchai de ne pas prendre un ton trop solennel. « Je vais te faire un présent, fils. C'est un savoir que j'ai mis vingt ans à acquérir, aussi ne le mésestime pas du fait que tu l'apprends alors que tu es encore jeune. » Je pris mon souffle. « Peu importe qui est ton père. Tes parents ont donné le jour à un enfant, mais c'est à toi d'en faire l'homme que tu deviendras. » Je soutins un instant son regard, puis détournai les yeux. « Allons, rentrons à la maison. »

Nous reprîmes notre route, mon bras autour de son cou jusqu'au moment où il me donna une tape amicale sur l'épaule. Je le lâchai alors et le laissai marcher à son rythme et débrouiller seul ses pensées ; je ne pouvais rien faire d'autre pour lui. Mes propres réflexions sur Astérie n'avaient rien d'amène.

La nuit nous surprit avant notre arrivée à la chaumière, mais la lune brillait dans le ciel et nous connaissions tous deux le chemin. La vieille ponette avançait placidement avec quelques écarts sur la piste, et le bruit de ses sabots mêlé aux grincements de la carriole formait une musique étrange. Une brève averse d'été tomba, humectant la poussière et rafraîchissant l'atmosphère. Non loin de notre destination, Œil-de-Nuit vint à notre rencontre d'un pas nonchalant, comme s'il se trouvait là par hasard. Nous cheminâmes dans une ambiance amicale, le jeune garçon en silence, le loup et moi dans la communication aisée du Vif. Nous absorbâmes nos expériences réciproques de la journée comme on prend une inspiration, mais Œil-de-Nuit ne comprit pas mon inquiétude quant à l'avenir de Heur.

Il sait chasser et pêcher. Que lui faut-il savoir de plus ? Pourquoi envoyer l'un de nous apprendre les us d'une autre meute ? Sans sa force, nous sommes diminués ; nous ne rajeunissons pas, toi et moi.

Mon frère, c'est peut-être là le principal motif pour lequel il lui faut partir. Il doit commencer à tracer sa route dans le monde pour que, quand le temps viendra pour lui de prendre femme, il ait les moyens de subvenir à ses besoins et à ceux de ses enfants.

Et toi et moi ? Nous ne l'aiderons pas à pourvoir à leurs besoins ? Ne surveillerons-nous pas les petits pendant qu'il chassera, ou ne rapporterons-nous pas nos proies pour les partager avec lui ? Ne sommes-nous pas de la même meute, lui et nous ?

C'est ainsi que ça se passe dans les meutes humaines. C'était une réponse que je lui avais fournie bien des fois au cours de nos années de vie commune, et je savais comment il l'interprétait : il était en présence d'une coutume humaine illogique et il était vain de chercher à la comprendre.

Et nous, alors, qu'allons-nous devenir après son départ ?

Je te l'ai dit : nous allons peut-être reprendre la route.

Ah oui ! Abandonner une tanière confortable et une réserve de nourriture assurée ! Voilà qui est aussi judicieux que nous séparer du petit !

Je ne répondis pas à sa dernière pensée, car il avait raison. Peut-être le fourmillement qu'Umbre avait réveillé dans mes jambes n'était-il rien de plus que l'ultime sursaut de ma jeunesse. Peut-être aurais-je dû acheter l'amulette destinée à trouver femme que vendait Jinna. De temps à autre, j'avais envisagé de chercher une épouse, mais cela me semblait un moyen trop superficiel de prendre une compagne. Certains, je le savais, n'avaient d'autre but que de découvrir une femme ou un homme partageant leurs buts et dépourvu d'habitudes trop agaçantes, et ces associations se muaient souvent en rapports amoureux ; mais j'avais fait l'expérience d'une relation non seulement fondée sur une connaissance mutuelle datant de plusieurs années mais baignée de l'ivresse de l'amour véritable, et je ne pensais pas être capable d'accepter moins. En outre, il ne serait pas juste de demander à une autre femme de vivre toujours dans l'ombre de Molly. Au cours de toutes les années où Astérie s'était donnée à moi par intermittence, l'idée ne m'avait jamais effleuré de l'épouser. À cette occasion, je m'interrogeai : Astérie avait-elle jamais espéré une proposition de mariage de ma part ? Puis j'eus un sourire lugubre : non ; elle aurait trouvé l'offre déconcertante voire comique, mais sans plus.

Nous achevâmes notre trajet dans une pénombre plus profonde car des frondaisons se rejoignaient au-dessus de la piste étroite qui menait à notre chaumière. Des gouttes de pluie tombaient des feuilles tandis que notre carriole avançait en cahotant. « Il aurait fallu prendre une lanterne », fit Heur, et j'acquiesçai d'un grognement. Notre logis formait une masse sombre dans le creux enténébré où nous étions établis.

Je pénétrai dans la maison, attisai puis alimentai le feu et rangeai le produit de nos trocs ; Heur, une lampe à la main, s'occupa de la ponette, et Œil-de-Nuit se coucha en soupirant de soulagement sur la pierre d'âtre, aussi près des flammes que possible sans risquer de se roussir le poil. Je mis de l'eau à chauffer et ajoutai à la maigre fortune de Heur les quelques pièces que nous avions gagnées ; malgré que j'en eusse, je dus bien reconnaître que cela ne suffirait pas ; nous ne pouvions pas non plus continuer à travailler ainsi, en nous rendant régulièrement au marché, sauf à négliger nos propres poulets et notre potager. Néanmoins, si l'un de nous trouvait une embauche, nous pourrions avoir économisé assez d'argent au bout d'un an ou deux.

« Il y a longtemps que j'aurais dû commencer à épargner », fis-je d'un ton lugubre alors que Heur entrait. Il rangea la lampe sur son étagère avant de se laisser tomber lourdement dans le fauteuil libre. D'un signe de tête, je lui indiquai la bouilloire et il se servit aussitôt une tasse de tisane. Les pièces empilées sur la table formaient une pitoyable murette entre nous.

« Trop tard pour les regrets, dit-il en levant sa tasse. Il faut œuvrer à partir de ce que nous avons aujourd'hui.

— Tout à fait d'accord. Crois-tu qu'Œil-de-Nuit et toi arriveriez à vous débrouiller ici le reste de l'été pendant que je louerais mes services aux champs ? »

Il me regarda dans les yeux. « Pourquoi est-ce toi qui

irais travailler ? C'est pour mon apprentissage que cet argent est nécessaire, pas pour la chaumière. »

J'éprouvai alors un singulier déplacement de perception : la réponse traditionnelle « Parce que je suis plus grand, plus fort et que je peux donc gagner davantage que toi » n'était plus vraie. Les épaules de Heur étaient aussi larges que les miennes et, dans n'importe quelle épreuve d'endurance, son jeune dos résisterait sans doute mieux que ma vieille échine. Il eut un sourire compatissant en me voyant prendre conscience de ce qu'il savait déjà. « Peut-être parce que c'est un don que j'apprécierais de te faire », fis-je à mi-voix, et il hocha la tête ; la véritable signification de ces paroles ne lui avait pas échappé.

« Je ne pourrai jamais te rembourser tout ce que tu m'as déjà donné, y compris la capacité de régler moi-même cette affaire. »

Sur ces mots, nous allâmes nous coucher, et c'est en souriant que je fermai les yeux. Il y a une vanité monstrueuse dans la fierté que nous tirons de nos enfants, me dis-je. J'avais mené ma petite existence en compagnie de Heur sans me préoccuper vraiment de l'image de l'adulte que je lui transmettais, et voici qu'un soir un jeune homme m'annonçait, les yeux dans les yeux, qu'il était capable de voler de ses propres ailes, et je me sentais alors envahi de la chaleur bienfaisante du devoir accompli. Ce gamin s'est élevé tout seul, me répétai-je, mais je m'endormis tout de même le sourire aux lèvres.

Peut-être cette humeur détendue me laissa-t-elle l'esprit plus ouvert que d'habitude, car je fis un rêve d'Art cette nuit-là. Ces songes qui me venaient de temps en temps excitaient ma dépendance à la magie plus qu'ils ne l'apaisaient, car, incontrôlables, ils ne m'offraient que de brefs aperçus sur d'autres personnes sans la satisfaction d'un contact complet. Or le rêve que je fis alors avait un caractère plus alléchant que d'ordinaire, car je sentis que je partageais l'esprit d'un seul individu au lieu de capter les bribes de pensées d'une foule.

Ce qui apparut à la surface de mes pensées endormies tenait autant du souvenir que de la vision ; je me retrouvai tel un fantôme dans la Grand'Salle de Castelcerf, pleine d'élégants et d'élégantes vêtus de leurs plus beaux atours ; des notes de musique parvenaient jusqu'à moi et j'apercevais des danseurs, mais je me déplaçais lentement parmi des gens qui conversaient entre eux. Certains se tournaient vers moi pour me saluer au passage et je marmonnais les réponses attendues, mais mon regard ne s'attardait jamais sur leur visage ; je n'avais aucune envie de me trouver là, où rien ne m'intéressait. L'espace d'un instant, une chevelure d'un bronze luisant, véritable cascade, retint mon attention ; la jeune femme me tournait le dos. À gestes nerveux, elle rajustait sans cesse son col d'une main fine aux doigts ornés de bagues. Elle pivota soudain comme si elle avait perçu mon regard et rosit en me faisant une profonde révérence ; je m'inclinais, prononçai quelques mots de salutation et repris mon chemin à travers la presse. Je la sentis qui me suivait des yeux et cela m'agaça.

Mon agacement s'accrut quand je vis Umbre, grand et vêtu avec raffinement, debout sur l'estrade, en retrait du fauteuil de la reine et légèrement décalé. Lui aussi avait remarqué ma présence. Il se pencha pour murmurer quelques mots à l'oreille de Kettricken, dont le regard se porta sans hésiter sur moi ; d'un petit geste de la main, elle me fit signe de les rejoindre. Mon cœur se serra. Disposerais-je un jour de temps rien que pour moi, que je pourrais occuper selon mon bon plaisir ? Abattu, je me dirigeai vers l'estrade à pas lents.

Soudain, comme il arrive souvent dans les rêves, le décor changea. J'étais mollement étendu sur une couverture devant une cheminée. Je m'ennuyais. Quelle injustice ! En bas, ils dansaient, ils mangeaient, tandis que moi, ici... Une onde agita le songe. Non ; non, je ne m'ennuyais pas, j'étais simplement désœuvré pour le moment. Pour passer le temps, je sortis mes griffes et les examinai ; sous l'une d'elles, un peu de duvet d'oiseau était resté coincé. Je m'en débarrassai, puis me léchai consciencieusement toute la patte avant de me rassoupir devant le feu.

Qu'est-ce que c'était que ça ? La question ensommeillée d'Œil-de-Nuit était teintée d'amusement, mais il m'aurait fallu faire un trop grand effort pour lui répondre. En grommelant, je me retournai dans mon lit et me rendormis.

Le matin venu, je m'interrogeai brièvement sur mon rêve avant de le chasser de mon esprit, jugeant qu'il ne s'agissait que d'un mélange de mon Art vagabond et des souvenirs de mon enfance à Castelcerf, le tout associé à mes ambitions pour Heur. Alors que j'accomplissais les corvées habituelles du début de journée, je remarquai la réserve de bois en baisse ; il fallait la reconstituer, non seulement pour la cuisson des repas et le chauffage des fraîches nuits d'été, mais aussi en prévision des rudes frimas de l'hiver. Je rentrai prendre mon petit déjeuner en me promettant de m'atteler à cette tâche le jour même.

Impeccablement préparé, le sac à dos de Heur était appuyé au mur près de la porte ; le jeune homme paraissait toiletté et peigné de frais. Il m'adressa un sourire ravi en s'efforçant d'en effacer toute exultation alors qu'il remplissait nos bols de gruau. Je m'installai à ma place à table et il prit la sienne en face. « Aujourd'hui ? demandai-je en tâchant de ne pas laisser percer ma répugnance à le voir sur le départ.

— Difficile de partir plus tôt, répondit-il d'un ton amusé. Au marché, j'ai entendu dire que les foins étaient mûrs à Cormen, et ce n'est qu'à deux jours d'ici. »

Je hochai lentement la tête. Il avait raison mais, plus que tout, il était impatient. Laisse-le aller, me dis-je en ravalant mes objections. « Oui, inutile de perdre davantage de temps », déclarai-je non sans mal, et il prit ma réponse comme une approbation et même un encouragement. Tout en mangeant, il réfléchit à voix haute : après la fenaison de Cormen, il pourrait pousser jusqu'à Diveden pour voir s'il trouverait de l'embauche.

« Diveden ?

— À trois jours de marche après Cormen. Jinna nous en parlait, tu t'en souviens ? Elle a dit que les champs d'orge ressemblent à un océan quand le vent fait onduler les épis. J'ai pensé tenter ma chance là-bas.

— Ça paraît s'annoncer bien, en tout cas, convins-je. Et tu reviendrais à la maison ensuite ? »

Il acquiesça lentement. « Oui, sauf si j'apprends qu'on embauche ailleurs.

— Naturellement. Sauf si tu apprends qu'on embauche ailleurs. »

Quelques courtes heures plus tard, Heur était parti. Je l'avais forcé à emporter des vivres en supplément et quelques pièces d'argent en cas d'extrême nécessité, et mes conseils de prudence l'avaient exaspéré. Il m'avait promis de dormir le long des routes et non dans les auberges : les patrouilles de la reine Kettricken décourageaient les bandits de grand chemin, et les simples voleurs dédaigneraient une aussi piètre proie ; bref il m'avait assuré que tout irait bien. Sur l'insistance d'Œil-de-Nuit, je lui avais demandé s'il ne voulait pas emmener le loup. Il avait eu un sourire indulgent et s'était arrêté sur le seuil pour gratter les oreilles d'Œil-de-Nuit. « Le voyage risquerait d'être trop dur pour sa vieille carcasse, avait-il répondu avec douceur. Mieux vaut qu'il reste pour que vous puissiez veiller l'un sur l'autre pendant mon absence. »

Tandis qu'avec le loup je regardais notre jeune compagnon descendre le sentier qui conduisait à la grand-route, je me demandai si, à son âge, je faisais preuve d'une assurance aussi insupportable ; cependant, la douleur que je ressentais dans mon cœur se mêlait d'une certaine fierté.

J'éprouvai une curieuse difficulté à remplir le reste de la journée. Le travail ne manquait pas mais je ne parvenais pas à m'y mettre ; à plusieurs reprises, je pris soudain conscience que j'étais demeuré immobile, les yeux dans le vide, pendant quelques minutes. Je me rendis deux fois sur les falaises sans autre but que de contempler l'océan, et une fois au bout de notre chemin pour observer la route à gauche et à droite. Je ne distinguai pas la plus petite poussière en suspension ; autant que je pusse m'en rendre compte, il n'y avait de mouvement ni de bruit nulle part. Le loup me suivait partout d'un air accablé. Je me lançai dans une demi-douzaine de tâches dont je n'achevai aucune. Je me surpris à tendre l'oreille, impatient, sans savoir ce que j'attendais. Enfin, alors que j'étais en train de fendre du bois et de l'empiler pour la réserve, je m'interrompis et, en me gardant bien de réfléchir, j'enfonçai le fer de ma hache dans le billot, puis je ramassai ma chemise, l'enfilai malgré la sueur dont j'étais couvert, et pris la direction des falaises.

Œil-de-Nuit surgit devant moi. *Que fais-tu ?*

Une petite pause.

C'est faux. Tu te rends aux falaises pour artiser.

J'essuyai mes paumes sur mes chausses. Mes pensées restaient informes. « J'y allais seulement pour profiter de la brise. »

Une fois là-bas, tu vas essayer d'artiser, tu le sais bien. Je sens ta faim autant que toi. Mon frère, par pitié ! Je t'en prie, non !

Un gémissement plaintif accompagnait ses pensées. Jamais je ne l'avais vu si résolu à me dissuader, et cela me déconcerta. « Alors je n'irai pas, si ça t'inquiète tant. »

J'arrachai ma hache au billot et me remis à l'ouvrage. Au bout d'un moment, je m'aperçus que je frappais les bûches avec une violence excessive. J'achevai de fendre le tas de bois, puis m'attaquai à la tâche fastidieuse qui consistait à empiler les recoupes de façon à ce qu'elles sèchent tout en laissant la pluie s'écouler. Quand j'eus terminé, je repris ma chemise et, sans réfléchir, dirigeai mes pas vers les falaises. Le loup me barra aussitôt le passage.

Ne fais pas ça, mon frère.

Je t'en ai déjà donné ma parole. Et je me détournai en refoulant au fond de moi la rage impuissante qui me taraudait. Je désherbai le potager, je tirai de l'eau du ruisseau pour remplir la barrique de la cuisine, je creusai une nouvelle fosse, y déplaçai les latrines et comblai l'ancienne avec de la bonne terre, bref je consumai ma frustration par le travail comme un incendie déclenché par la foudre calcine une prairie en été. Mon dos et mes bras criaient grâce, non seulement par fatigue mais aussi à cause de mes anciennes blessures, pourtant je n'osais pas rester inactif ; la soif de l'Art me vrillait, impossible à oublier.

Au soir tombant, le loup et moi allâmes pêcher notre dîner. Cuisiner pour une seule personne me paraissait ridicule, mais je fis l'effort de préparer un repas convenable et de le manger. Après avoir débarrassé la table, je m'assis dans mon fauteuil. Les longues heures de la soirée s'étendaient devant moi. Je sortis du vélin et des encres sans parvenir à me décider à écrire quoi que ce fût, tant mes pensées étaient confuses. Pour finir, je pris mon matériel de couture et me mis à rapiécer, recoudre ou ravauder tous les vêtements qui en avaient besoin.

Enfin, quand mon ouvrage commença de se brouiller devant mes yeux, j'allai me coucher. À plat dos, un bras sur les yeux, je m'efforçai de ne pas prêter attention aux hameçons de l'Art qui me tiraillaient, plantés dans mon âme. Œil-de-Nuit se laissa tomber près du lit avec un soupir, et je laissai descendre mon bras libre pour poser ma main sur sa tête. Je me demandai à quel moment nous avions franchi la frontière entre la solitude et le sentiment d'abandon.

Ce n'est pas le sentiment d'abandon qui te travaille.

Je ne vis pas que répondre à cela. Je passai une nuit difficile, et je me forçai à me lever peu après l'aube. Les jours suivants, j'occupai mes matinées à récolter de l'aulne pour le fumoir et mes après-midi à prendre du poisson à fumer. Le loup se gorgea des entrailles tout son soûl, ce qui ne l'empêcha pas de surveiller d'un œil glouton les filets rouges que je salais et accrochais au-dessus d'un feu doux. J'ajoutai de l'aulne vert pour épaissir la fumée et fermai la porte que j'avais rendue le plus étanche possible. À la fin d'un de ces après-midi, à la barrique d'eau, alors que je nettoyais mes mains du mucus, des écailles et du sel qui les maculaient, Œil-de-Nuit tourna soudain la tête vers le sentier.

Quelqu'un vient.

Heur ? L'espoir jaillit en moi.

Non.

L'acuité de ma déception m'étonna moi-même, et j'en

perçus un écho chez le loup. Nous observions tous deux le chemin ombragé quand Jinna parut. Elle s'arrêta un instant, inquiétée peut-être par l'intensité de notre regard, puis leva la main en signe de salut. « Ohé, Tom Blaireau ! C'est moi, je viens répondre à votre proposition d'hébergement ! »

Une amie de Heur, expliquai-je à Œil-de-Nuit. Il n'en resta pas moins en retrait et garda un œil méfiant sur elle tandis que je me portais à sa rencontre.

« Bienvenue. Je ne pensais pas vous revoir si tôt, dis-je avant de me rendre compte de la maladresse de ma formule. Le plaisir qu'on n'attend pas est toujours le plus plaisant », ajoutai-je pour me rattraper, et je m'aperçus alors que ma phrase trop galamment tournée n'était pas plus adaptée à la situation. Avais-je donc complètement oublié comment m'adresser aux uns et aux autres ?

Mais le sourire de Jinna me rasséréna. « De si jolis mots pour brider tant de franchise, voilà qui est bien rare, Tom. Cette eau est-elle fraîche ? »

Et, sans attendre de réponse, elle se rendit auprès de la barrique tout en dénouant le mouchoir qu'elle portait autour du cou. Elle avait la démarche d'une femme habituée à la route, lasse d'avoir cheminé tout le jour sans pour autant être épuisée par le trajet, et le gros sac sur son dos semblait faire partie d'elle. Elle humecta son mouchoir et se nettoya le visage et les mains, puis mouilla plus franchement le carré de tissu pour se le passer sur la nuque et la gorge. « Ah, ça va mieux ! » fit-elle avec soulagement. Elle se retourna vers moi avec un sourire qui fit ressortir des pattes d'oie au coin de ses yeux. « Au bout d'une longue journée de marche, j'envie les gens comme vous qui mènent une vie tranquille et possèdent un logis bien à eux.

— Croyez-moi, les gens comme moi se demandent de

leur côté si une existence vagabonde ne serait pas plus agréable. Mais entrez donc et mettez-vous à l'aise ! J'allais préparer le dîner.

— Mille mercis. » Elle me suivit vers la chaumière et Œil-de-Nuit nous accompagna discrètement, de loin. Sans même le regarder, Jinna observa : « Ce n'est pas ordinaire, un loup comme chien de garde. »

Je mentais souvent en prétendant qu'Œil-de-Nuit était simplement un chien aux allures de loup, mais je sentis instinctivement que, face à Jinna, une telle réponse équivaudrait à une insulte, et je ne cherchai pas à la tromper. « Je l'ai adopté tout petit. C'est un bon compagnon.

— C'est ce que Heur m'a dit ; il m'a aussi appris qu'il n'aime pas que les inconnus le regardent trop fixement, mais qu'il acceptera de s'approcher une fois qu'il se sera fait une opinion de moi. Et moi, comme d'habitude je raconte l'histoire en commençant par le milieu ; j'ai omis de mentionner que j'ai croisé Heur sur la route il y a quelques jours. Il était plein d'entrain, sûr qu'il trouverait du travail et s'en tirerait bien, et je partage sa confiance : ce garçon a des manières si amicales, si engageantes que je n'imagine pas qu'on lui fasse mauvais accueil. Il m'a répété que je serais la bienvenue chez vous et, naturellement, il a dit la vérité. »

Elle entra dans ma chaumière derrière moi. Elle se débarrassa de son sac et l'appuya au mur, puis se redressa et s'étira le dos avec un grognement d'aise. « Alors, que préparez-vous à manger ? Autant vous résigner tout de suite à me laisser vous aider car je ne supporte pas de rester inactive dans une cuisine. Du poisson ? Ah, je possède une herbe excellente pour le poisson ! Avez-vous une grosse marmite avec un couvercle qui ferme bien ? »

Et, avec la simplicité des gens pour qui vivre en société

est naturel, elle se chargea de la moitié des préparatifs du repas. Je n'avais pas pris part aux tâches culinaires en même temps qu'une femme depuis l'année que j'avais passée chez ceux du Lignage, et Houx restait presque muette en ces occasions. Jinna, elle, ne cessait de parler au milieu du bruit des casseroles et des poêles entrechoquées et mon petit logis était plein de son énergie et de ses bavardages. Elle avait le talent rare de pénétrer sur mon territoire et de se servir de mes affaires sans que j'éprouve une impression d'éviction ou de malaise. Mes sentiments déteignirent sur Œil-de-Nuit, qui se risqua bientôt dans la maison et reprit sa surveillance habituelle de la table. Son regard intense ne démonta pas Jinna qui admira plutôt son habileté à saisir au vol les bouts de nourriture qu'elle lui lançait. Le poisson ne tarda pas à mijoter dans une marmite, accompagné des herbes de ma visiteuse. J'allai arracher de jeunes carottes et autres légumes frais dans mon potager tandis qu'elle faisait revenir d'épaisses tranches de pain dans du saindoux.

Le dîner me donna l'impression d'apparaître sur la table sans véritable effort de la part de personne ; Jinna n'avait pas oublié le loup en préparant le pain, bien qu'il le mangeât probablement par esprit de sociabilité plus que par gourmandise. Le poisson poché était moelleux et savoureux, et relevé autant par la conversation de Jinna que par ses condiments. Loin de jacasser interminablement, elle narrait des anecdotes qui appelaient des réactions, qu'elle écoutait avec le même intérêt qu'elle portait au repas. Nous débarrassâmes la table sans plus d'effort qu'il ne nous en avait fallu pour la dresser, et, quand je sortis l'eau-de-vie de Bord-de-Sables, elle s'exclama d'un ton ravi : « Ah, voilà le dessert parfait pour clore un bon repas ! »

Elle alla poser son gobelet près de l'âtre. Notre feu de

cuisine était presque éteint, et elle l'alimenta d'une bûche, plus pour éclairer la pièce que pour la chauffer, avant de s'asseoir par terre près du loup. Œil-de-Nuit ne bougea ni pied ni patte. Elle trempa les lèvres dans l'eau-de-vie et poussa un soupir satisfait, puis elle leva son gobelet en direction de mon étude dont la porte était ouverte. « Je savais que vous fabriquiez des encres et des teintures mais, à ce que je vois, vous vous en servez vous-même. Seriez-vous scribe ? »

Je haussai les épaules d'un air détaché. « Si l'on veut, répondis-je. Je ne fais pas d'enluminures, mais de simples illustrations ; en outre, ma calligraphie est tout juste passable. Je tire simplement satisfaction d'acquérir du savoir et de le coucher par écrit afin qu'il soit accessible à tous. »

Jinna me reprit : « À tous ceux qui savent lire.

— C'est exact », reconnus-je.

Elle pencha la tête vers moi et sourit. « Je ne crois pas que j'approuve cette entreprise. »

Je restai interloqué, non seulement qu'elle s'oppose à pareille œuvre, mais qu'elle le dise sur un ton aussi affable. « Pourquoi donc ?

— Il ne faut peut-être pas que le savoir soit disponible à tous ; il faut peut-être le mériter, qu'il soit seulement transmis petit à petit d'un maître à un élève qui s'en est montré digne, plutôt qu'étalé en toutes lettres sur des documents dont le premier venu risque de s'emparer et de prétendre être propriétaire de la science qu'ils contiennent.

— J'avoue nourrir pareilles inquiétudes moi-même, répondis-je en songeant aux manuscrits sur l'Art qu'Umbre étudiait. Cependant, j'ai connu des cas où un maître mourait prématurément et où tout ce qu'il savait disparaissait avec lui, avant qu'il ait eu le temps de léguer son savoir à son disciple élu. Un seul décès anéantissait les connaissances cumulées de plusieurs générations. »

Jinna se tut un moment. « C'est tragique, reconnut-elle enfin, car, même si les maîtres d'un art partagent avec d'autres une grande somme de savoir, chacun détient des secrets destinés à ses seuls apprentis.

— Prenez votre exemple, dis-je, pressant mon avantage. Vous exercez un métier qui est aussi un art, entretissé de secrets et de talents connus seulement de ceux qui, comme vous, pratiquent la magie des haies. À ce que j'ai pu remarquer, vous n'avez pas d'apprenti ; pourtant, je gage que certains aspects de votre magie n'appartiennent qu'à vous et disparaîtraient si vous mouriez ce soir. »

Elle me regarda quelque temps sans réagir, puis avala une nouvelle gorgée d'eau-de-vie. « Voilà une idée inquiétante au moment de dormir, répondit-elle d'un air mi-figue mi-raisin. Mais il y a autre chose, Tom : je ne connais pas mes lettres ; je ne pourrais pas exposer mon savoir sous cette forme à moins que quelqu'un comme vous ne m'aide. Et même alors je serais incapable de savoir si vous avez noté ce que je sais ou ce que vous pensez avoir entendu. C'est la moitié de l'enseignement : s'assurer que l'élève apprend ce qu'on lui dit et non ce qu'il croit avoir compris. »

C'était vrai, et j'en convins. Combien de fois avais-je cru comprendre les instructions d'Umbre sur ses concoctions et déclenché un désastre quand je tentais des mélanges de mon cru ? Une onde d'inquiétude me traversa à la pensée d'Umbre qui s'efforçait d'apprendre l'Art au prince Devoir à partir de documents : allait-il lui enseigner ce qu'un maître d'Art oublié avait couché sur le papier ou bien seulement ce que lui-même en comprenait ? Je chassai ce souci de mon esprit ; mon devoir n'était pas en jeu dans cette affaire. J'avais mis mon vieux mentor en garde ; je ne pouvais faire mieux.

La conversation languit bientôt et Jinna finit par aller se coucher dans le lit de Heur. Œil-de-Nuit et moi sortîmes fermer le poulailler pour la nuit et accomplir notre ronde du soir dans notre petite propriété. Tout était calme et paisible dans la douce nuit d'été. Je lançai un regard d'envie vers les falaises ; les vagues devaient être ourlées d'argent ce soir. Mais je me bridai fermement et je perçus le soulagement d'Œil-de-Nuit. Nous ajoutâmes de nouvelles branches d'aulne vert au feu bas du fumoir. « Il est l'heure de dormir, dis-je.

Par de pareilles nuits, nous allions souvent chasser ensemble.

En effet. Ce serait une nuit parfaite pour la chasse. Avec cette lune, le gibier doit être énervé et facile à repérer.

Néanmoins, il me suivit quand je repris le chemin de la chaumière. Malgré la netteté de nos souvenirs, ni lui ni moi n'étions plus les jeunes loups d'autrefois. Nous avions le ventre plein, une douce chaleur émanait de l'âtre et le repos apaiserait peut-être chez Œil-de-Nuit la douleur lancinante de sa croupe. Nous devrions nous contenter de rêver de chasse pour cette nuit.

Quand je me réveillai au matin, j'entendis Jinna verser de l'eau à la louche dans la bouilloire qu'elle avait déjà mise à chauffer au-dessus du feu lorsque j'entrai dans la cuisine. Elle me jeta un coup d'œil par-dessus son épaule tout en coupant des tranches de pain. « J'espère que vous ne me jugez pas trop sans gêne, lança-t-elle.

— Pas du tout », répondis-je, bien qu'en vérité je me sentisse un peu dépassé. Le temps que je m'occupe de ma basse-cour et récupère les œufs du jour, la table était mise, garnie d'un petit déjeuner fumant. Une fois le repas achevé, Jinna m'aida à tout ranger.

Elle me remercia de mon hospitalité, puis ajouta : « Avant que je m'en aille, peut-être pourrions-nous faire un peu de troc ? Que diriez-vous d'une amulette ou deux de ma réserve en échange d'un peu de vos encres jaune et bleue ? »

Je m'aperçus que j'étais heureux de retarder son départ, non seulement parce qu'elle était d'agréable compagnie mais aussi parce que la magie des haies m'avait toujours intrigué ; je tenais là peut-être l'occasion d'étudier de près les instruments de ce métier. Nous nous rendîmes tout d'abord dans mon atelier où je préparai sur l'établi quelques pots d'encres jaune et bleue, auxquelles j'ajoutai une petite quantité de rouge. Tandis que je fermais hermétiquement les récipients à l'aide de bouchons en bois et de cire, Jinna m'expliqua que l'usage de couleurs sur certains porte-bonheur paraissait renforcer leur efficacité, mais qu'il s'agissait d'un domaine qu'elle commençait tout juste à expérimenter. Je hochai la tête mais, quelque envie que j'en eusse, je me retins de lui demander davantage de détails ; cela me paraissait inconvenant.

Une fois revenue à la maison, elle posa les encres sur la table et ouvrit son propre paquetage, puis disposa bon nombre de ses amulettes ensachées devant moi. « Qu'allez-vous choisir, Tom ? me demanda-t-elle en souriant. Vous avez ici de quoi obtenir un potager toujours fertile, de la chance à la chasse, des enfants solides... mais celui-ci, vous n'en avez guère l'usage, je vais le ranger. Ah ! En voici un qui vous sera peut-être utile. »

D'un geste vif, elle tira une amulette de son sachet. Au même instant, Œil-de-Nuit émit un grondement, les poils hérissés, et se dirigea d'une démarche prudente vers la porte qu'il ouvrit du bout du museau ; moi-même, je reculai involontairement devant l'objet révélé. Des baguettes de bois marquées de symboles d'un noir inquiétant étaient liées entre elles selon des angles qui devaient apparemment tout au hasard, dangereusement parsemées de perles sinistres ; quelques touffes de poil torturées et tordues étaient fixées à l'ensemble par de la poix. J'éprouvais devant cet objet un sentiment d'affront et d'angoisse à la fois, et j'aurais pris mes jambes à mon cou si j'avais eu le courage d'en détourner les yeux. Je heurtai soudain le mur derrière moi et je m'y collai ; je savais qu'il existait un moyen plus efficace de m'échapper, mais j'étais incapable de me rappeler lequel.

« Je vous demande pardon. » La voix apaisante de Jinna me parvenait de très loin. Je battis des paupières et l'objet disparut, ensaché. Dehors, le grondement d'Œil-de-Nuit se mua en un gémissement sifflant puis cessa. J'avais l'impression d'émerger enfin d'un abîme. « Pardonnez mon étourderie, s'excusa Jinna en fourrant le sachet au fond de son paquetage. Cette amulette est conçue pour éloigner les prédateurs des poulaillers et des enclos à moutons. »

Je repris mon souffle. La jeune femme ne croisa pas mon regard. Nous baignions dans une atmosphère d'appréhension comme dans un miasme. J'avais le Vif et elle le savait désormais. Qu'allait-elle faire de cette découverte ? Se montrerait-elle seulement révoltée ? Éffrayée ? Ou bien assez épouvantée pour me faire exécuter ? J'imaginai Heur trouvant une chaumière réduite en cendres à son retour.

Jinna leva soudain les yeux vers moi comme si elle avait perçu mes pensées. « Un homme est ce qu'il est ; il n'y peut rien.

— En effet », marmonnai-je, honteux de mon soulagement. Par un effort de volonté, je m'écartai du mur et m'approchai de la table. Sans me regarder, Jinna fouillait dans son paquetage comme s'il ne s'était rien produit.

« Bon, eh bien, tâchons de vous trouver quelque chose de plus adapté. » Elle fit le tri parmi ses charmes en s'arrêtant parfois pour tâter un sachet afin de s'en rappeler le contenu. Elle choisit un emballage vert et le posa sur la table. « En voulez-vous un à suspendre près de votre potager pour inciter vos légumes à bien pousser ? »

J'acquiesçai sans un mot, toujours sous le coup de l'effroi. Quelques instants plus tôt, je nourrissais des doutes sur l'efficacité de ses amulettes, mais à présent je redoutais presque leur pouvoir. Je serrai les dents lorsqu'elle tira l'objet de son petit sac mais, j'eus beau l'examiner de tous mes yeux, je n'éprouvais rien. Je croisai le regard de Jinna et j'y lus de la compassion. Son sourire paisible était rassurant.

« Donnez-moi la main pour que j'accorde le charme sur vous ; ensuite nous sortirons et nous l'ajusterons pour votre potager. Une moitié de son pouvoir s'applique au sol et à ce qui y pousse, l'autre au jardinier. C'est le lien entre l'homme et son bout de terrain qui fait le jardin. Tendez-moi vos mains. »

Elle s'assit à ma table et me présenta les siennes tournées vers le haut. Je pris la chaise en face d'elle, puis, après une petite hésitation, plaçai mes paumes sur les siennes.

« Non, pas comme ça. L'existence et le caractère se révèlent dans les paumes, pas sur le dos des mains. »

Docilement, j'obéis. Au temps de mon apprentissage, Umbre m'avait enseigné à lire dans les mains, non pour dire la bonne aventure à leur propriétaire, mais pour connaître son passé : les cals que laissait une épée ne ressemblaient pas à ceux que produisaient le pinceau d'un scribe ou la houe d'un fermier. Jinna se pencha sur mes paumes, les étudia attentivement, et je me demandais si elle allait discerner la hache avec laquelle je m'étais battu autrefois ou la rame que j'avais maniée ; mais non : elle scruta ma main droite, fronça les sourcils, puis passa à la gauche. Quand elle leva les yeux vers moi, son expression n'était que perplexité, et elle avait un sourire triste.

« Vous êtes quelqu'un de singulier, Tom, ça, c'est sûr ! Si elles ne se trouvaient pas au bout de vos bras, je dirais que ces mains sont celles de deux personnes différentes. La tradition veut que la gauche révèle le bagage qu'on avait à la naissance et la droite ce qu'on en a fait, mais j'ai rarement vu autant de différence chez un même homme ! Tenez, dans celle-ci, je vois un enfant au cœur tendre, un jeune homme sensible ; et puis... votre ligne de vie s'arrête soudain. » Tout en parlant, elle lâcha ma main droite, posa l'index sur ma paume gauche et je ressentis un chatouillis quand, de l'ongle, elle suivit la ligne jusque-là où ma vie s'éteignait. « Si vous aviez l'âge de Heur, je craindrais d'avoir en face de moi un jeune homme dont la fin serait proche. Mais, puisque vous vous trouvez devant moi en chair et en os, et que votre main droite porte, elle, une belle et longue ligne de vie, c'est à elle que nous allons nous intéresser, d'accord ? » Et, délaissant ma main gauche, elle prit la droite entre les siennes.

« Pourquoi pas ? » répondis-je, mal à l'aise. Ce n'étaient pas seulement ses propos qui me troublaient ; au simple contact de ses mains tièdes, j'avais brusquement pris conscience que Jinna était une femme, et je réagissais comme l'aurait fait un adolescent. Je m'agitai nerveusement sur ma chaise. Le sourire entendu qui voleta sur les lèvres de la jeune femme acheva de me démonter.

« Alors, nous avons un jardinier, un maraîcher acharné qui se consacre à la connaissance des plantes et de leurs usages. »

J'émis un grognement qui ne m'engageait à rien. Elle avait vu mon potager ; rien ne l'empêchait de spéculer en se fondant sur ce qui y poussait. Elle examina encore ma paume droite en y passant le pouce pour gommer les rides de moindre importance, puis, d'une pression des doigts, elle m'incita à refermer légèrement les miens pour accentuer les lignes de ma paume. « Droite ou gauche, vos mains ne sont pas faciles à lire, Tom. » Elle fronça les sourcils et, encore une fois, compara les deux. « D'après la gauche, on dirait que vous avez connu un grand, un véritable amour durant votre courte existence, un amour qui n'a pris fin qu'avec votre mort. Toutefois, dans la droite, je détecte un amour qui s'en vient et s'en va au cours de vos nombreuses années ; ce cœur fidèle est absent depuis quelque temps, mais il doit bientôt revenir auprès de vous. » Elle planta ses yeux noisette dans les miens pour voir si elle avait touché juste. Je haussai les épaules. Heur lui avait-il parlé d'Astérie ? Peut-être, mais la ménestrelle n'était pas ce qu'on pouvait appeler un cœur fidèle. Comme je ne répondais pas, Jinna reporta son attention sur mes mains pour les étudier alternativement ; elle fronça légèrement les sourcils, un pli barrant son front. « Regardez ici. Vous voyez ? Colère et peur, enchaînées l'une à l'autre en un sinistre couple... un couple qui suit votre ligne de vie et la couvre d'une ombre obscure. »

Je repoussai le trouble que ces paroles suscitaient en moi et me penchai sur ma main. « C'est sans doute un peu de terre », fis-je.

Elle eut un petit gloussement amusé, puis secoua la tête ; cependant, elle ne reprit pas son inquiétant examen :

elle posa sa main sur la mienne et me regarda dans les yeux. « Je n'ai jamais vu deux paumes aussi différentes chez un seul homme. Je parie que vous vous demandez parfois si vous savez qui vous êtes réellement.

— Chacun se pose cette question de temps en temps, j'en suis sûr. » Curieusement, j'éprouvais une grande difficulté à soutenir son regard de myope.

« Hum... Mais vous avez peut-être de meilleures raisons de vous la poser. Bien, fit-elle avec un soupir, voyons ce que nous pouvons faire. »

Elle lâcha mes mains ; je les ramenai à moi et les frottai l'une contre l'autre sous la table comme pour faire disparaître le picotement que son contact y avait provoqué. Elle prit l'amulette, l'observa sous tous les angles puis dénoua un fil sur lequel elle modifia la place respective des perles, et auquel elle en ajouta une, marron, qu'elle tira de son sac. Elle raccrocha le fil, puis saisit un des pots d'encre jaune que je lui avais remis, y plongea un pinceau fin et, se penchant le plus possible sur son travail, délinéa plusieurs runes noires inscrites sur une des chevilles. Tout en œuvrant ainsi, elle déclara : « Quand je reviendrai vous voir, j'espère vous entendre dire que vous n'avez jamais connu de meilleure année pour les plantes qui portent leurs fruits sur leurs rameaux pour que le soleil les mûrisse. » Elle souffla sur le charme pour le sécher, puis rangea encre et pinceau. « À présent, venez, il faut l'accorder à votre potager. »

Une fois dehors, elle m'envoya couper une branche fourchue au moins aussi grande que moi. Quand je revins avec l'objet demandé, je constatai qu'elle avait creusé un trou à l'angle sud-est de mon petit lopin. J'y fichai la fourche comme elle me l'indiquait, puis comblai l'évidement avec la terre excavée ; ensuite, elle accrocha l'amulette à la dent de droite de la fourche, et, quand le vent agita l'objet, les perles s'entrechoquèrent et une clochette tinta. Jinna la tapota du bout du doigt. « Ça éloigne certains oiseaux.

— Merci.

— De rien ; on se sent bien dans votre propriété et c'est avec plaisir que j'y laisse une de mes amulettes. Et, à ma prochaine visite, je serai curieuse de savoir si elle a eu l'effet escompté. »

C'était la deuxième fois qu'elle évoquait un retour chez moi. Le souvenir des manières que j'avais apprises à la cour me poussa : « Et, à votre prochaine visite, vous serez la bienvenue, tout comme vous l'êtes aujourd'hui. Il me tarde déjà de vous voir revenir. »

Le sourire qu'elle m'adressa accusa les fossettes de ses joues. « Merci, Tom. Je ferai certainement halte chez vous de nouveau. » Elle pencha la tête sans me quitter des yeux et déclara avec une brusque franchise : « Je sais que vous êtes un homme très seul, Tom, mais il n'en sera pas toujours ainsi. J'ai bien vu qu'au début vous doutiez de l'efficacité de mes sortilèges, et vous avez encore des réserves sur mes capacités à lire dans la paume d'une main, mais pas moi. Votre unique et véritable amour est comme faufilé dans votre existence, et il vous reviendra. Cela, n'en doutez pas. »

Ses yeux noisette me regardaient avec tant de gravité qu'il me fut impossible de lui rire au nez ou de froncer les sourcils ; je me contentai de hocher la tête sans répondre. Je l'observai qui remettait son sac sur son dos et s'en allait à vigoureuses enjambées. Ses paroles me tiraillaient en tous sens, et des espoirs longtemps refoulés s'efforçaient de remonter à la surface ; mais je les chassai impitoyablement de mon esprit. Molly et Burrich étaient unis à jamais ; il n'y avait pas de place pour moi dans leur vie.

Je redressai les épaules. Des travaux m'attendaient, du bois à rentrer, du poisson à fumer et un toit à réparer. La journée s'annonçait belle ; mieux valait que j'en profite car, même si l'été sourit, l'hiver n'est jamais loin.

5

L'HOMME DORÉ

Certains indices, relevés dans les documents les plus anciens des territoires qui, avec le temps, devaient former les Six-Duchés, laissent entendre que le Vif n'a pas toujours été une magie méprisée. Ces documents sont fragmentaires et leur traduction souvent sujette à controverse, mais la plupart des maîtres scribes conviendront qu'à une certaine époque il existait des villages dont la majorité des habitants possédaient le Vif dès leur naissance et pratiquaient activement cette magie. Certains des manuscrits semblent indiquer que ces gens étaient les occupants originels de ces terres. C'est peut-être là qu'il faut chercher la source du terme par lequel les personnes au Vif désignent l'ensemble des leurs : le Lignage.

En ces temps reculés, la population était clairsemée, et l'on s'en remettait davantage à la chasse et à la cueillette qu'à la récolte ; de ce fait, un lien entre un homme et un animal ne paraissait peut-être pas aussi inquiétant qu'aujourd'hui, car les gens subvenaient à leurs propres besoins d'une façon proche de celle des bêtes sauvages.

Même dans les traités d'histoire plus récents, on rapporte rarement que des personnes possédant le Vif eussent été tuées ; d'ailleurs, le fait même que ces exécutions soient mentionnées révèle qu'elles étaient inhabituelles et dignes d'être signalées. Ce n'est qu'à la suite du règne du roi Chargeur, le prétendu prince Pie, qu'on commence à parler du Vif avec répulsion et qu'on pose comme principe que sa pratique doit être sanctionnée par la mort. Après le passage sur le trône de ce souverain, les comptes rendus se multiplient sur des massacres d'individus doués du Vif ; dans certains cas, des villages entiers furent rasés et leurs habitants exterminés. Passé cette époque sanglante, il ne restait guère de survivants du Lignage, ou bien la prudence leur conseillait de ne pas reconnaître qu'ils possédaient le Vif.

*

Les belles journées d'été se suivaient comme des perles bleues et vertes sur un fil. Tout allait bien dans ma vie ; je travaillais au potager, j'achevais les réparations de ma chaumière que j'avais trop longtemps négligée, et, tôt le matin ainsi qu'au crépuscule, je chassais en compagnie du loup. Je m'occupais chaque jour de tâches simples et agréables. Le temps restait au beau fixe ; le soleil me chauffait les épaules tandis que j'œuvrais, je sentais la brise vive sur mes joues quand je me promenais le long des falaises le soir et, sous mes pieds, le moelleux de la riche terre de mon potager. La paix de l'esprit m'attendait, les bras ouverts, et c'était ma faute si je m'en tenais à l'écart.

Certains jours, j'approchais de la satisfaction : le potager donnait bien, les cosses des pois grossissaient à vue d'œil, les haricots verts s'élançaient sur leurs échalas ; la viande ne manquait pas, tant à consommer sur-le-champ qu'à conserver, et jour après jour la chaumière devenait plus confortable et avenante. Je tirais fierté du travail que j'accomplissais. Pourtant, il m'arrivait parfois de me retrouver près de mon petit lopin de terre, en train de faire tourner sans y penser les perles de l'amulette, le regard fixé sur le sentier qui menait chez moi. J'attendais Heur. Maintenant que j'en avais conscience, il m'était d'autant plus difficile de patienter jusqu'à son retour. Dans le même temps, cette attente devenait comme une allégorie de mon existence. Que se passerait-il lorsqu'il reviendrait ? C'était là une question qu'il me fallait affronter. S'il avait obtenu ce qu'il désirait, il repartirait aussitôt qu'arrivé, et c'était ce que je devais espérer en tant que son protecteur. S'il n'avait pas réussi à gagner de quoi payer son droit d'entrée en apprentissage, il faudrait que je me creuse la cervelle pour inventer un autre moyen de trouver cette somme. Et, pendant tout ce temps, je serais encore en train d'attendre : l'attente du retour de Heur se transformerait en attente de son départ. Et ensuite ? Ensuite... ce serait quelque chose d'autre, me susurrait mon cœur ; à l'heure serait venue de m'engager dans une plus grande entreprise, même si j'étais encore incapable de mettre le doigt sur ce qui suscitait cette agitation en mon âme. Dans les moments où je me sentais en suspens, sans activité, je me percevais comme écorché vif par la vie elle-même ; alors le loup se levait avec un soupir et venait s'appuyer contre moi ; d'un coup de museau, il glissait sa large tête sous ma main.

Cesse de te languir. Tu empoisonnes le plaisir d'aujourd'hui à toujours tendre vers demain. Le garçon rentrera quand il rentrera. Où est la souffrance là-dedans ?

Nous allons bien, toi et moi ; demain arrivera bien assez vite.

Il avait raison, je le savais, et d'ordinaire je chassais mes idées noires pour reprendre mes tâches habituelles. Une fois, je l'avoue, je me rendis au banc qui dominait l'océan, mais je me contentai de m'y asseoir et de contempler l'étendue marine, sans tenter d'artiser. Au bout de tant d'années, j'apprenais peut-être enfin que ces quêtes mentales n'apaisaient pas ma solitude.

Le temps se maintenait au beau fixe, et chaque matin était un présent de fraîcheur et de pureté. Les soirées, songeais-je en décrochant des filets de poisson dans le fumoir, les soirées étaient encore plus précieuses que des cadeaux : elles représentaient le repos mérité après qu'on a achevé son travail ; j'y trouvais du contentement quand je les prenais comme elles venaient. Le poisson était fumé à mon goût, d'un rouge profond et brillant à l'extérieur tandis que la chair avait conservé assez d'humidité pour rester savoureuse. Un soir, dans le fumoir, je laissai tomber le dernier morceau dans un sac en filet ; quatre sacs semblables pendaient aux poutres de la chaumière. J'en avais désormais assez pour tenir tout l'hiver. Le loup entra sur mes talons et me regarda monter sur la table pour accrocher le dernier filet. Pardessus mon épaule, je lui demandai ; « Et si nous nous levions tôt demain pour chercher un cochon sauvage ?

Je n'ai égaré aucun cochon sauvage. Et toi ?

Je me retournai, interloqué. C'était un refus, formulé avec humour, mais un refus quand même, alors que je m'attendais à une réaction enthousiaste. À vrai dire, la perspective d'une chasse aussi épuisante ne m'enchantait guère, moi non plus, mais je l'avais proposée au loup dans l'espoir de lui faire plaisir ; je sentais chez lui une certaine apathie que je mettais sur le compte de l'absence de Heur. Le jeune garçon faisait un compagnon de chasse plein d'ardeur tandis que je devais paraître bien terne en comparaison. Sans le quitter des yeux, je tendis mon Vif vers lui, mais il s'était replié dans la partie privée de son esprit en ne laissant derrière lui qu'une brume de pensées distraites.

« Tu vas bien ? » fis-je d'un ton inquiet.

Il tourna brusquement la tête vers la porte. *Quelqu'un arrive.*

« Heur ? » D'un bond, je descendis de la table.

Un cheval.

J'avais laissé la porte entrebâillée ; il s'en approcha et jeta un coup d'œil à l'extérieur, les oreilles pointées. Je le rejoignis ; un moment passa, puis j'entendis un bruit de sabots, sourd et régulier. *Astérie ?*

Non, pas la chienne qui hurle. Il ne cacha pas son soulagement et j'en fus un peu blessé ; je n'avais pris que récemment la mesure de l'aversion qu'elle lui inspirait. Je ne dis rien en parole ni en pensée, mais il comprit et m'adressa un regard d'excuse avant de sortir discrètement.

Je l'imitai, puis m'arrêtai sous l'auvent pour écouter attentivement. Le cheval était de bonne race : au soir tombant, il avait encore le pas vif. Alors que le cavalier et sa monture apparaissaient, je restai le souffle coupé devant la bête, une jument : chacune de ses lignes exprimait l'excellence. Elle était blanche, et sa crinière comme sa queue de neige flottaient au vent avec grâce comme si on venait de les brosser. Des glands noirs fixés dans le long pelage de son encolure faisaient écho au noir et à l'argent de son harnais. Elle n'était pas grande, mais il y avait du feu dans sa façon de tourner un œil avisé et une oreille méfiante vers le loup invisible qui la suivait dans les sous-bois. Vigilante sans être timorée, elle se mit à lever les sabots un peu plus haut comme pour montrer à Œil-de-Nuit qu'elle ne manquait pas d'énergie, fût-ce pour se battre ou s'enfuir.

Le cavalier ne déparait pas l'animal. Il avait une assiette parfaite, et je sentis un homme en harmonie avec sa monture. Il était vêtu de noir avec des ourlets argentés, tout comme ses bottes. La combinaison de ces deux couleurs aurait pu paraître austère si l'argent ne se fût pas épanoui en une explosion de broderie tout le long de la cape d'été et n'eût pas bordé la dentelle blanche des poignets et du col. Un bandeau de la même teinte empêchait la chevelure blonde du cavalier de lui tomber sur le visage, et de fins gants noirs faisaient comme une seconde peau sur ses mains. C'était un jeune homme mince, mais, de même que le pas léger de sa monture évoquait la rapidité, sa sveltesse le laissait deviner plutôt vif que fragile. Sa peau comme ses cheveux étaient dorés par le soleil et il avait les traits fins. Il approchait sans autre bruit que celui des sabots de sa jument. Arrivé près de moi, il tira les rênes avec douceur, puis baissa vers moi ses yeux couleur d'ambre. Il souriait.

Mon cœur faillit s'arrêter de battre.

Je me passai la langue sur les lèvres mais les mots me manquèrent, et, même si je les avais trouvés, c'est le souffle qui m'aurait fait défaut. Mon cœur contredisait ce que je voyais. Lentement, le sourire s'effaça des lèvres de mon visiteur, son visage devint un masque impassible, et c'est d'une voix basse, dépourvue d'émotion, qu'il demanda : « Tu ne me souhaites donc pas la bienvenue, Fitz ? »

J'ouvris la bouche, puis écartai les bras en signe d'impuissance. Devant ce geste qui disait tout ce qu'il m'était impossible de communiquer par la parole, son expression se modifia et il se mit à rayonner, comme illuminé de l'intérieur. Au lieu de mettre pied à terre, il se jeta droit vers moi, son élan accru par l'apparition d'Œil-de-Nuit galopant brusquement dans notre direction ; à sa vue, la jument émit un reniflement d'inquiétude et fit un bond sur place. Le fou quitta donc sa selle avec plus de vigueur que prévu, mais, toujours aussi agile, il atterrit sur la pointe des pieds. La jument s'écarta prudemment, mais nous n'y prêtâmes nulle attention. D'une seule enjambée, je rejoignis le fou, puis je le serrai dans mes bras pendant que le loup gambadait joyeusement autour de nous comme un louveteau.

« Oh, fou ! m'exclamai-je d'une voix étranglée. Ça ne peut pas être toi et pourtant c'est bien toi ! Et peu importe comment c'est possible ! »

Il passa les bras autour de mon cou et m'étreignit brutalement ; je sentis le clou d'oreille de Burrich presser sur ma gorge. Un long moment, il resta agrippé à moi ainsi, à la façon d'une femme, puis le loup s'immisça entre nous à coups de museau opiniâtres ; alors le fou mit un genou en terre et, négligeant ses habits raffinés, il le serra contre lui. « Œil-de-Nuit ! murmura-t-il avec une violente satisfaction. Je ne pensais pas te revoir ! Je suis heureux de te retrouver, mon vieil ami ! » Et il enfouit son visage baigné de larmes dans le pelage du loup. Le voir pleurer ne le rabaissa pas à mes yeux : j'en faisais autant.

Il se releva d'un mouvement fluide, et chaque nuance de sa grâce naturelle me revint à l'esprit, aussi familière que le fait de respirer. Selon sa vieille habitude, il prit ma tête à deux mains et appuya son front contre le mien. Son haleine sentait l'eau-de-vie au miel et à l'abricot. Avait-il cherché à se donner du courage en prévision de nos retrouvailles ? Au bout d'un moment, il s'écarta mais garda les mains sur mes épaules, et il m'examina, son regard s'arrêtant un instant sur ma mèche blanche puis suivant les cicatrices de mon visage. Je l'observai avec autant d'avidité en m'étonnant non seulement de la nouvelle teinte de sa peau, passée du blanc au fauve, mais aussi de l'absence de tout changement par ailleurs : on eût dit le jeune homme apparemment sans expérience que j'avais connu quinze ans plus tôt. Nulle ride ne marquait ses traits.

Il s'éclaircit la gorge. « Eh bien, comptes-tu m'inviter à entrer ? demanda-t-il.

— Naturellement, dès que nous nous serons occupés de ta monture », répondis-je d'une voix altérée par l'émotion.

Le grand sourire lumineux qui s'épanouit sur ses lèvres gomma le temps et les distances qui nous avaient séparés. « Tu es toujours le même, Fitz : les chevaux d'abord, comme d'habitude.

— Toujours le même ? » Je n'en croyais pas mes oreilles. « C'est toi qui parais ne pas avoir vieilli d'une journée ! Mais pour le reste… » Je secouai faiblement la tête tout en essayant de m'approcher discrètement de sa jument qui reculait en levant haut les pattes. « Tu es devenu doré, fou, et tu es vêtu aussi somptueusement que Royal autrefois. Je ne t'ai pas reconnu quand tu es arrivé. »

Il poussa un soupir de soulagement qui s'acheva par une sorte d'éclat de rire. « Ainsi, ce n'est pas par défiance que tu m'as accueilli aussi froidement, comme je le craignais ? »

Pareille question ne méritait nulle réponse. Je tentai à nouveau de m'approcher de la jument, mais elle détourna la tête, m'empêchant de saisir ses rênes. Elle gardait le loup à l'œil. Je perçus l'amusement du fou devant notre manège. « Œil-de-Nuit, tu me gênes et tu le sais parfaitement ! » m'exclamai-je, agacé. Il baissa la tête en me lançant un regard entendu, mais il cessa de rôder non loin de la jument.

Je serais capable de la faire entrer dans la grange tout seul si tu m'en laissais seulement l'occasion.

Le fou pencha légèrement la tête en nous regardant d'un œil interrogateur. Je perçus comme un contact de sa part, l'infime tranchant de la conscience partagée. Je faillis en oublier la jument. Par pur réflexe, je touchai les empreintes argentées qu'il m'avait laissées bien des années plus tôt sur un poignet et qui avaient pris depuis une teinte gris pâle. Il sourit de nouveau et leva une main gantée, l'index tendu comme s'il voulait renouveler les marques. « Tout le temps où nous ne nous sommes pas vus, dit-il d'une voix au timbre aussi riche que la couleur de sa peau, tu es resté avec moi, aussi proche que le bout de mes doigts, même lorsque des océans nous séparaient, même lorsque les années s'accumulaient entre nous. Ta présence était comme la vibration d'une corde pincée à la limite de mon ouïe ou comme un parfum porté par la brise. Ne l'as-tu pas ressenti ? »

Je pris une profonde inspiration avant de répondre, craignant de le blesser par mes paroles. « Non, dis-je à mi-voix. Je le regrette ; trop souvent j'ai eu l'impression d'être seul au monde, en dehors de la présence d'Œil-de-Nuit. Trop souvent je me suis installé au bord de la falaise et j'ai tendu mon Art pour communiquer avec quelqu'un, n'importe qui, n'importe où. »

Le fou secoua tristement la tête. « Si j'avais vraiment possédé l'Art, tu aurais su que j'étais là, au bout de tes doigts, mais incapable de répondre. »

Sans raison que je pusse analyser, ces paroles me procurèrent un curieux sentiment d'apaisement. Soudain, le fou produisit un son curieux, mi-claquement de langue, mi-gazouillis, et la jument vint aussitôt poser le museau dans sa main tendue. Il me remit les rênes, sachant mon envie irrépressible de la monter. « Installe-toi en selle et fais l'aller-retour de ton sentier. Je gage que tu n'as jamais chevauché sa pareille de toute ta vie. »

À l'instant où je pris les rênes, la jument s'approcha de moi, mit les naseaux contre ma poitrine et renifla mon odeur à plusieurs reprises ; puis elle releva la tête contre mon menton et me donna une légère poussée, comme pour m'inciter à céder à l'offre du fou. « Vous savez depuis combien de temps je ne suis plus monté à cheval ? leur demandai-je à tous deux.

— Depuis trop longtemps. Essaye-la donc », me pressa le fou. Dans un geste typiquement adolescent, il me proposait spontanément de partager un bien sans prix à ses yeux, et je sus dans mon cœur que, malgré le temps et la distance, rien d'essentiel n'avait changé entre nous.

Sans attendre qu'il réitère son offre, je mis le pied à l'étrier, montai en selle et, en dépit des années écoulées, je sentis toute la différence entre la jeune jument et ma vieille Suie. Celle du fou était plus petite, avec une charpente plus fine, et ses flancs étaient plus étroits entre mes genoux. Avec l'impression de faire preuve de maladresse et d'avoir la main trop lourde, je la fis avancer, puis tourner d'une petite saccade sur la bride. Je déplaçai mon poids sur la selle, raccourcis les rênes, et la bête se mit à reculer sans hésiter. Un sourire béat étira mes lèvres. « Elle en remontrerait aux meilleurs chevaux de Castelcerf quand Burrich dirigeait les écuries », dis-je au fou. Je posai la main sur le garrot de la jument et perçus la flamme dansante de son petit esprit ardent. Il n'y avait en elle aucune appréhension mais seulement de la curiosité. Le loup, sous l'auvent, m'observait gravement.

« Emmène-la sur le sentier, me dit le fou avec un sourire aussi niais que le mien, et laisse-la faire à sa guise, que tu voies ce dont elle est capable.

— Comment s'appelle-t-elle ?

— Malta. C'est moi qui l'ai baptisée ainsi. Je l'ai achetée en Haurfond alors que je me rendais chez toi. »

Je hochai la tête. En Haurfond, on élevait des chevaux de petite taille et légers, adaptés aux voyages sur les vastes plaines balayées par les vents du duché. La jument du fou ne devait pas être difficile et n'exigeait sans doute que de frugaux repas pour continuer d'avancer. Je me penchai légèrement en avant. « Malta », fis-je, et elle perçut la permission que je lui donnais en prononçant son nom ; elle s'élança aussitôt.

Si le trajet jusqu'à ma chaumière l'avait fatiguée, elle n'en laissa rien paraître ; j'eus plutôt le sentiment que l'allure modérée imposée par le fou lui avait donné des fourmis dans les pattes et qu'elle savourait à présent l'occasion que je lui offrais de faire jouer ses muscles. Elle se mit à galoper fluidement sous les frondaisons, et la musique de ses sabots sur la terre battue éveilla dans mon cœur un contrepoint parfait.

Quand le chemin rejoignit la route, je tirai les rênes. La jument n'était même pas essoufflée ; au contraire, elle inclina le col et imprima une infime saccade sur son mors pour me faire comprendre qu'elle était prête à poursuivre sa course. Je l'obligeai à demeurer immobile, observai la route de part et d'autre et songeai avec étonnement que le point de vue un peu plus élevé où je me trouvais modifiait toute ma perception du monde. Sur le dos de ce superbe animal, je voyais la route comme un ruban déroulé ; le jour tombait, et pourtant je clignai les yeux dans la lumière adoucie, distinguant des possibilités dans les collines bleuissantes et les monts qui se découpaient sur l'horizon du couchant. Le cheval que je serrais entre mes cuisses rapprochait le monde de ma porte. Je m'installai commodément sur la selle et suivis du regard la route qui pouvait me ramener à Castelcerf, ou bien me conduire n'importe où, là où je le désirais. Ma vie rassise dans ma chaumière en compagnie de Heur me paraissait soudain aussi étriquée que la peau d'un serpent avant la mue ; j'avais envie de me contorsionner pour me débarrasser de mon ancienne enveloppe et émerger neuf et luisant dans un univers agrandi.

Malta s'ébroua en faisant voler sa crinière et ses glands, et je pris alors conscience du temps que j'avais passé, immobile, les yeux dans le vague. Le soleil posait un baiser sur l'horizon. La jument avança d'un pas ou deux malgré les rênes tirées ; c'était une cabocharde qui aurait préféré s'élancer au galop sur la route plutôt que regagner calmement ma chaumière. Nous trouvâmes un compromis : je la fis volter vers ma maison, mais elle déciderait de sa propre allure, et elle choisit un petit galop bien cadencé. Quand je l'arrêtai devant mon logis, le fou passa la tête par la porte entrebâillée. « J'ai mis l'eau à chauffer, me cria-t-il. Apporte mes fontes, veux-tu ? Il y a du café de Terrilville dedans. »

J'installai Malta près de la ponette, puis lui apportai à boire et toute la paille dont je disposais. Ce n'était pas grand-chose : la ponette était une fourrageuse experte et ne faisait pas la difficile devant la pâture broussailleuse de la colline derrière la chaumière. Le somptueux harnais luisant du fou contrastait étrangement avec le mur cru auquel je l'avais accroché. Je jetai ses fontes sur mon épaule, puis regagnai ma maison dans la pénombre croissante. Les fenêtres étaient illuminées et j'entendis le bruit joyeux de casseroles entrechoquées. Quand j'entrai, je vis le loup vautré devant la cheminée, en train de laisser sécher sa fourrure humide, tandis que mon visiteur impromptu le contournait pour accrocher une marmite au-dessus du feu. Je battis des paupières et, l'espace d'un instant, je me crus revenu chez le fou dans les Montagnes, me remettant de ma blessure tandis qu'il se dressait comme un rempart contre le monde afin que je puisse me reposer. Aujourd'hui comme alors, il créait la réalité autour de lui, il apportait l'ordre et la paix dans une petite île de lumière et de chaleur baignée de l'odeur simple du pain en train de cuire.

Il tourna son regard vers moi et ses yeux d'or reflétèrent la lueur des flammes. La lumière du feu détourait la ligne de ses pommettes et se fondait dans la pâleur de ses cheveux. Je secouai doucement la tête. « En l'espace d'un crépuscule, tu me montres l'étendue du monde du haut d'un cheval et toute son âme entre mes quatre murs.

— Oh, mon ami ! » fit-il à mi-voix. Il n'avait pas besoin d'en dire davantage.

Nous sommes un à nouveau.

Le fou pencha la tête à cette pensée ; on avait l'impression qu'il cherchait à se rappeler quelque chose d'important. J'échangeai un regard avec le loup : il avait raison. Comme un morceau de vaisselle cassé qui s'ajuste si parfaitement que la brisure en devient invisible, le fou s'était joint à nous et nous avait unifiés. Alors que la visite d'Umbre n'avait suscité en moi qu'interrogations et désirs insatisfaits, la présence du fou était en elle-même une réponse et un assouvissement.

Il s'était servi dans mon potager et mon armoire à provisions : dans une marmite mijotaient des pommes de terre nouvelles, des carottes et de petits navets blancs et violets. Du poisson fraîchement péché cuisait à l'étouffée sur un lit de basilic en faisant tressauter le couvercle de sa casserole. Voyant mon air étonné, il déclara simplement : « Le loup a l'air de ne pas avoir oublié mon goût pour le poisson frais. » Œil-de-Nuit rabattit les oreilles en arrière et me regarda en laissant pendre sa langue en signe de moquerie. Des gâteaux et des conserves de mûres parachevèrent notre simple chère. Le fou avait déniché mon eau-de-vie de Bord-des-Sables et la bouteille nous attendait sur la table.

Il fouilla dans son paquetage et en sortit un sac en tissu gonflé de haricots noirs luisants d'huile. « Sens-moi ça », me dit-il, après quoi il me confia la tâche de les broyer pendant qu'il mettait de l'eau à bouillir dans ma dernière casserole. La conversation se réduisait à peu de chose ; le fou fredonnait, le feu crépitait, les couvercles tressautaient et laissaient échapper de temps en temps des gouttes qui s'évaporaient en sifflant au milieu des flammes ; le pilon qui écrasait les haricots aromatiques produisait un bruit simple et familier dans le mortier. Pendant quelque temps, nous vécûmes le temps comme le fait un loup, dans la satisfaction du présent, sans nous soucier du passé ni de l'avenir. Cette soirée demeure pour moi un souvenir précieux, aussi limpide et odorant que de l'eau-de-vie dans un verre en cristal.

Par un tour de main que je n'ai jamais réussi à attraper, le fou fit en sorte que tous les éléments du repas fussent prêts en même temps, si bien que le café noir fumait à côté du poisson et des légumes tandis qu'un monticule de gâteaux cuits dans l'âtre gardait sa chaleur sous un tissu propre. Nous prîmes place ensemble à table, et le fou donna un filet de son poisson au loup qui se fit un devoir de le manger, bien qu'il l'eût préféré cru et froid. Le ciel étoilé apparaissait par la porte ouverte et la chaumière baignait dans la chaude et confortable atmosphère d'un repas pris en compagnie d'un ami par une douce soirée d'été.

Nous empilâmes la vaisselle sale à un bout de la table pour nous en occuper plus tard et allâmes prendre le café sous l'auvent. C'était la première fois que je goûtais ce breuvage étranger ; le liquide noir et brûlant était plus plaisant au nez qu'au palais, mais il aiguisait agréablement l'esprit. Le fou et moi finîmes par descendre jusqu'au ruisseau, nos tasses tièdes à la main ; le loup se désaltéra longuement de l'onde fraîche, puis nous reprîmes d'un pas nonchalant le chemin de la chaumière et fîmes halte près du potager. Le fou fit tourner entre ses doigts les perles de l'amulette de Jinna pendant que je lui en racontais l'histoire, puis, d'un index effilé, il donna une chiquenaude à la clochette ; une note argentine résonna longuement dans la nuit. Nous nous rendîmes auprès de sa monture, et je fermai la porte du poulailler pour assurer la sécurité de ma basse-cour ; enfin, nous regagnâmes la maison en flânant et je m'assis sur l'estrade qui courait sous l'auvent. Sans un mot, le fou prit mon gobelet vide et l'emporta à l'intérieur.

Il le rapporta plein à ras bord d'eau-de-vie et s'installa près de moi ; le loup s'appropria la place de l'autre côté et posa la tête sur mon genou. J'avalai une gorgée d'alcool, lissai les poils des oreilles du loup et attendis que mon visiteur prît la parole. Il poussa un petit soupir. « Je t'ai évité aussi longtemps que possible », fit-il en guise d'excuse.

Je haussai les sourcils. « Tu aurais pu venir me voir

quand tu le voulais, ça n'aurait jamais été trop tôt. Je me suis souvent demandé ce que tu devenais. »

Il hocha la tête d'un air grave. « Je suis resté loin de toi en espérant que tu trouverais dans une certaine mesure la paix et le contentement.

— Je les ai trouvés, assurai-je. Je les ai trouvés.

— Et je viens maintenant t'en dépouiller. » Il ne me regardait pas, les yeux tournés vers la nuit, vers l'obscurité des sous-bois. Il agita les jambes à la manière d'un enfant, puis prit une gorgée d'eau-de-vie.

Mon cœur se serra. Je croyais que sa visite n'avait d'autre but que de me revoir. D'un ton prudent, je demandai : « C'est Umbre qui t'envoie, alors ? Pour me demander de retourner à Castelcerf ? Je lui ai déjà donné ma réponse.

— Ah ? Tiens donc ! » Il se tut un instant et réfléchit en faisant tournoyer l'alcool dans sa tasse. « J'aurais dû me douter qu'il était déjà passé. Non, mon ami, je n'ai pas revu Umbre depuis que ma route et la tienne ont bifurqué ; mais qu'il t'ait retrouvé ne fait qu'alimenter encore mes craintes. Le temps est venu que le Prophète blanc fasse usage de son Catalyseur. Crois-moi, s'il y avait une autre solution, si je pouvais te laisser en paix, je le ferais, je te le jure.

— Qu'attends-tu de moi ? » demandai-je à mi-voix. Mais il lui était toujours aussi impossible de fournir une réponse directe qu'à l'époque où il était le fou du roi Subtil et moi son petit-fils bâtard.

« J'attends ce que je n'ai jamais cessé d'attendre de toi depuis que j'ai découvert ton existence. Si je dois modifier la course du temps, si je dois faire emprunter au monde une route meilleure qu'il n'en a jamais suivi, j'ai besoin de toi. Ton être est le levier dont je me sers pour obliger l'avenir à sauter de son ornière. »

Devant mon expression maussade, il éclata de rire. « Je fais des efforts, Fitz, je te le jure ; je m'exprime de la façon la plus simple possible, mais tu refuses de te laisser convaincre par ce que tu entends. Je suis entré dans les Six-Duchés et au service du roi il y a bien des années pour trouver le moyen de prévenir un désastre. J'ignorais comment je m'y prendrais, mais je savais que c'était mon devoir ; et sur qui suis-je tombé ? Sur toi. Bâtard, certes, mais néanmoins héritier de la lignée des Loinvoyant. Je ne t'avais vu dans aucune de mes visions de l'avenir mais, quand je me suis remémoré tout ce que je savais des prophéties de mes semblables, je n'ai cessé de t'y retrouver ; sous forme de mentions obliques, d'indications dissimulées, tu étais présent. Alors j'ai fait tout mon possible pour protéger ta vie, ce qui consistait surtout à t'inciter à te protéger toi-même. J'avançais dans les brumes, pressé par une prescience qui ne valait guère mieux comme guide que la vague trace luisante d'un escargot. J'ai agi en me fondant plus sur ce que je savais devoir empêcher que sur ce que je devais provoquer. Par ruse, nous avons évité tous les avenirs que j'avais vus ; je t'ai encouragé à te mettre en danger et je t'ai ramené de la mort, sans égard pour ce que cela te coûtait de souffrance, de blessures et de rêves brisés. Néanmoins tu as survécu et, à la fin des bouleversements dus à la Purification de Cerf, la lignée des Loinvoyant avait un héritier légitime – grâce à toi. Alors, tout à coup, j'ai eu le sentiment d'être transporté au sommet d'une montagne qui surplombait une vallée noyée dans le brouillard ; je ne prétends pas être capable de voir à travers ce brouillard, mais je le domine et je distingue dans le lointain les cimes d'un nouvel avenir possible. Un avenir qui repose sur toi. »

Il me regarda de ses yeux d'or qui paraissaient luire dans la faible lumière échappée de l'entrée. Il me regarda simplement, et je me sentis soudain très vieux ; la cicatrice qu'une flèche avait laissée dans mon dos m'élança brusquement et j'en eus un instant le souffle coupé ; puis la douleur s'estompa, mais demeura à l'arrière-plan comme un mauvais pressentiment que j'étais incapable de déterminer. Je devais être resté trop longtemps assis dans la même position, voilà tout. C'est du moins ce que je me dis.

« Eh bien ? fit le fou en me dévisageant d'un air presque avide.

— Je crois qu'il me faut encore une bonne lampée d'eau-de-vie », répondis-je, car j'avais bu tout mon alcool sans m'en rendre compte.

Il termina son gobelet, prit le mien, et nous l'imitâmes, le loup et moi, quand il se leva. Il retourna dans la chaumière, fouilla dans ses fontes et en tira une bouteille ; elle n'était qu'aux trois quarts pleine. Je remisai cette observation dans un coin de mon esprit : il s'était donc bien donné du courage pour nos retrouvailles. Qu'en avait-il redouté ? Il déboucha le récipient et remplit nos gobelets. Mon fauteuil et le tabouret de Heur se trouvaient devant la cheminée, mais nous nous installâmes sur la pierre d'âtre près du feu mourant. Avec un grand soupir, le loup s'étendit entre nous, la tête sur mes cuisses. Je le grattai entre les oreilles, puis perçus soudain chez lui un élancement ; je suivis son échine de la main jusqu'à sa croupe que je me mis à masser doucement. Œil-de-Nuit, apaisé par ce contact, laissa échapper un gémissement sourd.

Ça fait très mal ?

Occupe-toi de ce qui te regarde.

Ce qui t'arrive me regarde.

Partager la douleur ne l'adoucit pas.

Je n'en suis pas si sûr.

« Il vieillit, dit le fou, interrompant notre échange.

— Moi aussi, répondis-je. En revanche, tu parais plus jeune que jamais.

— Pourtant je suis considérablement plus âgé que vous deux réunis. Et, ce soir, je sens tout le poids de mes années. » Comme pour démentir ses propres paroles, il remonta d'un geste souple ses cuisses contre sa poitrine, referma les bras autour de ses jambes repliées et posa le menton sur les genoux.

Si tu prenais un peu d'infusion d'écorce de saule, tu aurais peut-être moins mal.

Épargne-moi tes rinçures et continue à frotter.

Un petit sourire étira les lèvres du fou. « J'arrive presque à vous entendre tous les deux ; c'est comme un moucheron qui zonzonne près de mon oreille ou un souvenir oublié qui cherche à remonter à la conscience. Ou encore comme essayer de se rappeler le goût suave d'un plat à partir d'une simple bouffée de son arôme. » Ses yeux d'or se plantèrent brusquement dans les miens. « Ça me donne l'impression d'être seul au monde.

— J'en suis navré », dis-je, incapable de trouver une meilleure réponse. Nos conversations, au loup et à moi, ne visaient pas à l'exclure de notre cercle ; c'était la nature même de notre lien de nous unir de façon si fondamentale que le fou n'y avait pas sa place.

C'est pourtant arrivé, me rappela Œil-de-Nuit. *C'est arrivé et c'était bon.*

Je ne pense pas avoir regardé le fou, mais peut-être était-il plus proche de nous qu'il n'en avait conscience, car il leva la main, en retira le gant de tissu fin, et elle apparut, élégante jusqu'au bout de ses longs doigts. Autrefois, sans le faire exprès, il avait effleuré la peau de Vérité imprégnée d'Art, et ce contact lui avait argenté le bout des doigts et donné un Art tactile qui lui permettait de connaître toute l'histoire d'un objet simplement en le manipulant. Je retournai mon poignet : il restait marqué de trois empreintes gris pâle là où le fou m'avait touché à son tour ; à cette occasion, nos esprits avaient fusionné comme si Œil-de-Nuit, lui et moi formions un véritable clan d'Art. Mais l'argent avait perdu son éclat au bout de ses doigts comme sur mon poignet, et le lien qui nous unissait s'était dissous.

Le fou dressa l'index comme dans un geste d'avertissement, puis il tendit la main vers moi comme s'il m'offrait un cadeau invisible. Je fermai les yeux pour résister à la tentation et secouai lentement la tête. « Ce ne serait pas raisonnable, fis-je d'une voix rauque.

— Et un fou doit se montrer raisonnable ?

— Tu as toujours été l'être le plus raisonnable que j'aie jamais connu. » J'ouvris les yeux pour les braquer sur son regard grave. « J'en ressens l'envie comme je ressens le besoin de respirer, fou. Écarte ta main, je t'en prie.

— Si tu es sûr de... Non, c'était une proposition cruelle. Regarde, il n'y a plus rien. » Il renfila son gant, me montra ses doigts dissimulés, puis les enferma dans sa main nue.

« Merci. » J'avalai une longue lampée d'alcool dont le goût m'évoqua un verger en été, des abeilles bourdonnant dans le chaud soleil au milieu des fruits mûrs tombés des arbres ; je sentis une saveur de miel et d'abricot sur mes papilles. C'était si bon que c'en était presque décadent.

« Je n'ai jamais rien bu de pareil, fis-je, soulagé de changer de sujet.

— Eh oui ! Je crois bien que je me suis blasé maintenant que je peux m'offrir ce qu'il y a de meilleur. Une bonne réserve de cet alcool attend à Terrilville pour être envoyée au marchand que j'indiquerai. »

Je penchai la tête en cherchant à découvrir une plaisanterie dans ses propos, puis, peu à peu, je compris qu'il énonçait la simple vérité. Ses habits fins, sa monture de haute lignée, son café de Terrilville, et à présent cette eau-de-vie... « Tu es riche ? demandai-je avec circonspection.

— Le mot est insuffisant pour décrire la réalité. » Ses joues dorées rosirent, et il parut gêné d'avoir à reconnaître sa situation.

« Raconte ! » fis-je, souriant de sa bonne fortune.

Il secoua la tête. « Ce serait beaucoup trop long ; permets-moi de condenser l'histoire. Des amis ont insisté pour partager avec moi une énorme succession commerciale ; je crois bien qu'ils ignoraient la véritable valeur de ce qu'ils me pressaient d'accepter. J'ai une amie dans une ville de négoce, loin dans le Sud, qui s'occupe de ma part, et, comme elle vend aux meilleurs prix les produits les plus rares qui se puissent commander, elle me transmet sans cesse des lettres de créance à Terrilville. » Il hocha la tête d'un air lugubre, effrayé par sa propre chance. « J'ai beau dépenser mon argent à tort et à travers, il en afflue toujours davantage.

— Je m'en réjouis pour toi », dis-je avec une sincérité non feinte.

Il sourit. « J'en étais sûr. Pourtant, le plus étrange de l'affaire est peut-être que cela ne change rien : que je dorme sur du tissu d'or ou de la paille, mon destin reste le même – comme le tien. »

Cela recommençait donc. Je rassemblai mes forces et ma volonté. « Non, fou, dis-je d'un ton ferme. Je refuse de remettre le doigt dans les intrigues politiques de Castelcerf. J'ai une vie à moi aujourd'hui, et c'est ici même qu'elle se déroule. »

Il pencha la tête de côté sans me quitter des yeux, et le fantôme de son ancien sourire de bouffon joua sur ses lèvres. « Mais, Fitz, tu as toujours eu une vie à toi, et c'est précisément là que le bât te blesse. Tu as toujours eu un destin. Quant au fait qu'il se déroule ici même… » Il parcourut rapidement la pièce du regard, « *Ici même* ne décrit rien d'autre que le lieu où tu te trouves en un instant donné. » Il prit une longue inspiration. « Je ne viens pas t'entraîner de nouveau là où tu ne veux pas aller, Fitz. C'est le temps qui m'amène chez toi, comme il t'a porté jusqu'ici, ainsi qu'Umbre et tous les incidents récents que tu as vécus. Est-ce que je me trompe ? »

Non. L'été tout entier avait été comme un nœud inattendu dans le fil jusque-là parfaitement lisse de mon existence. Je me tus car il connaissait d'avance la réponse. Il se laissa aller contre le montant de la cheminée, puis étendit ses longues jambes, mordilla pensivement le pouce de sa main dégantée, appuya la tête contre la pierre et ferma les yeux.

« Une fois, j'ai rêvé de toi », dis-je tout à coup. J'étais le premier surpris de cette déclaration.

Il ouvrit un œil jaune comme celui d'un chat. « Il me semble que nous avons déjà tenu cette conversation, il y a bien longtemps.

— Non, c'est différent cette fois. J'ignorais qu'il s'agissait de toi jusqu'à présent – du moins, je crois. » J'avais passé une nuit agitée, des années plus tôt, et, à mon réveil, le songe avait collé à mon esprit comme poix sur les mains. Je le savais important, mais ce que j'avais entrevu avait si peu de sens que j'avais été incapable d'en mesurer la portée. « Je ne savais pas que tu avais pris cette teinte dorée, alors ; mais aujourd'hui, en te voyant la tête appuyée à la cheminée, les yeux clos... Quelqu'un, toi ou un autre, était allongé sur un plancher grossier. Tu avais les yeux fermés ; tu étais malade ou blessé. Un homme se penchait sur toi et je sentais qu'il te voulait du mal ; alors je… »

J'avais repoussé l'individu en me servant du Vif comme je ne l'avais plus employé depuis des années, en lui assenant un coup brutal de pure présence animale pour l'éloigner, pour exprimer ma domination sur lui d'une façon qu'il n'avait pas comprise, mais qui lui avait inspiré à la fois effroi et horreur. Le fou se taisait, attendant que je reprisse mon récit.

« Je l'ai écarté de toi. Il était en rage, il te haïssait, il voulait te faire du mal, mais je l'ai obligé mentalement à s'en aller chercher de l'aide. Il était forcé d'annoncer que tu avais besoin de secours ; il répugnait à m'obéir mais il n'avait pas le choix.

— Parce que tu avais gravé l'ordre dans son esprit de façon indélébile en employant l'Art », dit le fou à mi-voix.

Je dus reconnaître que c'était possible ; en tout cas, toute la journée du lendemain j'avais souffert de migraine et de l'envie irrépressible d'artiser. L'hypothèse du fou me troublait, car j'étais persuadé de ne pas avoir la capacité de me servir de l'Art de cette façon. Quelques autres rêves s'agitèrent au fond de ma mémoire, mais je les repoussai fermement. Non, ils n'avaient aucun rapport.

« C'était sur le pont d'un navire, murmura le fou, et tu m'as très probablement sauvé la vie. » Il prit une inspiration. « J'ai toujours pensé que j'avais bénéficié d'une intervention du genre que tu décris, car il me paraissait illogique que l'homme ne se soit pas débarrassé de moi alors qu'il en avait l'occasion. Parfois, au plus profond de ma solitude, je me raillais d'entretenir pareil espoir, de me croire si important qu'on se déplace en rêve pour me protéger.

— Tu aurais pourtant dû savoir que c'était le cas, dis-je.

— Crois-tu ? » Il avait posé la question presque sur un ton de défi, et il me regarda dans les yeux plus intensément que jamais jusque-là. Je ne compris pas le reproche douloureux ni l'espérance que je lus dans son regard. Il attendait quelque chose de moi mais j'ignorais quoi. Je m'efforçai de trouver que répondre, mais il était déjà trop tard ; il se détourna, me libérant de sa supplique, et, quand il revint à moi, son expression s'était modifiée et il changea de sujet de conversation.

« Eh bien, qu'es-tu devenu après mon envol ? »

Je restai interdit. « Je croyais... Mais tu as dit que tu n'as pas vu Umbre depuis des années. Comment as-tu su où me trouver, dans ce cas ? »

En guise de réponse, il ferma les yeux et rapprocha ses index gauche et droit jusqu'à ce qu'ils se touchent devant lui. Il rouvrit les paupières et me sourit ; je compris que je n'obtiendrais rien de plus de sa part.

« Je ne sais pas vraiment par où commencer, dis-je.

— Moi si : par reprendre de l'eau-de-vie. »

Il se leva d'un mouvement fluide et aisé, et je le laissai saisir mon gobelet. Je posai la main sur la tête d'Œil-de-Nuit et sentis son esprit flotter entre le sommeil et l'état de veille. Si son arrière-train le faisait encore souffrir, il le cachait bien ; il parvenait à se tenir à l'écart de moi de plus en plus efficacement, et je m'interrogeai : pourquoi me dissimulait-il sa souffrance ?

Est-ce que tu souhaites me faire partager les élancements de ton dos ? Laisse-moi tranquille et cesse d'aller au-devant des problèmes. Tu n'es pas responsable de tous les malheurs du monde. Il leva la tête de mon genou et, avec un grand soupir, il s'étira encore davantage devant l'âtre, puis, comme s'il laissait retomber un rideau entre nous, il se masqua de nouveau.

Je me dressai lentement, une main pressée contre mon dos pour apaiser ma propre douleur. Le loup avait raison : parfois, partager son mal-être n'était guère utile. Le fou remplit nos gobelets d'alcool d'abricot et il posa le mien devant moi alors que je m'asseyais à la table. Il garda le sien à la main tout en flânant dans la pièce. Il fit halte devant la carte des Six-Duchés que Vérité n'avait jamais achevée et que j'avais fixée au mur, jeta un coup d'œil dans le recoin qui servait de chambre à coucher à Heur, puis passa la tête par la porte entrebâillée de ma propre chambre. Quand Heur était arrivé chez moi, j'avais ajouté à la chaumière une pièce que j'avais baptisée étude et où se trouvaient une petite cheminée, mon bureau et un casier à manuscrits. Le fou s'arrêta un instant devant l'huis ouvert, puis le franchit sans se gêner. Je l'observais avec l'impression de regarder un chat explorer une maison inconnue ; il ne touchait à rien, mais rien ne paraissait échapper à ses yeux. Je l'entendis me lancer : « Tu ne manques pas de manuscrits ! »

J'élevai la voix pour lui répondre : « Je tente de rédiger une histoire des Six-Duchés. Patience et Geairepu m'y avaient poussé il y a des années, alors que j'étais encore adolescent. Ça m'aide à passer le temps le soir.

— Je vois. Puis-je ? »

Je lui donnai mon assentiment d'un signe de la tête. Il prit place à mon bureau et déroula mon traité sur le jeu des cailloux. « Ah oui, je me rappelle ! fit-il.

— Umbre en désire un exemplaire quand je l'aurai achevé. Je lui ai fait parvenir certains objets par Astérie, de temps à autre, mais, avant le mois dernier, je ne l'avais pas revu depuis notre séparation dans les Montagnes.

— Ah ! Mais tu avais revu Astérie. » Il me tournait le dos, et je me demandai quelle expression il affichait. La ménestrelle et lui ne s'étaient jamais bien entendus ; pendant une période, ils avaient conclu une trêve précaire, mais j'étais toujours resté une pomme de discorde entre eux. Le fou n'avait jamais approuvé l'amitié qui me liait à Astérie, convaincu que c'était par intérêt qu'elle l'entretenait ; pour autant, il n'était pas plus facile à présent pour moi de l'informer qu'il avait eu raison de bout en bout.

« En effet, je l'ai revue quelque temps ; pendant sept ou huit ans, par intermittence. C'est elle qui m'a amené Heur il y a sept ans à peu près ; il vient d'avoir quinze ans. Il n'est pas là pour le moment ; il est parti chercher de l'embauche dans l'espoir de gagner de quoi payer un droit d'apprentissage. Il souhaite devenir ébéniste, et il travaille bien pour quelqu'un d'aussi jeune ; c'est lui qui a fabriqué le bureau et le casier à manuscrits. Cependant, j'ignore s'il possède la patience et l'amour du détail que doit avoir un bon artisan. Quoi qu'il en soit, c'est ce métier qu'il s'est fixé comme but et il désire entrer en apprentissage chez un ébéniste de Bourg-de-Castelcerf ; l'homme s'appelle Gindast et c'est un maître dans son art : même moi, j'ai entendu parler de lui. Si j'avais prévu que Heur mettrait la barre si haut, j'aurais davantage épargné au cours des ans, mais…

— Et Astérie ? » La brusque question du fou me tira de mes réflexions sur le garçon.

La pilule était amère, mais je fis un effort. « Elle est mariée. J'ignore depuis combien de temps. Heur l'a découvert en se rendant à la fête du Printemps de Castelcerf avec elle et il me l'a appris à son retour. » Je haussai les épaules. « J'ai dû mettre fin à notre liaison. Elle savait bien que je réagirais ainsi une fois le lièvre levé, mais ça ne l'a pas empêchée d'entrer dans une fureur noire. Elle était incapable de comprendre pourquoi nous ne pouvions pas continuer comme avant tant que son mari n'était pas au courant.

— C'est Astérie tout craché, ça. » Curieusement, on ne sentait aucune critique dans son ton, comme s'il compatissait devant une maladie qui aurait ravagé mon potager. Il se tourna sur la chaise pour me regarder par-dessus son épaule. « Et ce n'est pas trop dur ? »

Je m'éclaircis la gorge. « Je m'occupe et j'y pense le moins possible.

— Du fait qu'elle ne ressent aucun remords, tu crois devoir prendre sur toi toute la responsabilité. Les gens comme elle ont un véritable don pour se décharger de leurs fautes sur les autres. Dis-moi, l'encre rouge que tu as utilisée sur ce parchemin est magnifique. Où te l'es-tu procurée ?

— C'est moi qui l'ai concoctée.

— Vraiment ? » Curieux comme un enfant, il déboucha une des petites bouteilles de mon bureau et y trempa l'auriculaire. Il l'en ressortit couronné de rouge écarlate et l'examina un moment. « J'ai gardé le clou d'oreille de Burrich, déclara-t-il soudain. Je ne l'ai pas remis à Molly.

— J'avais remarqué. C'est aussi bien ainsi. Mieux vaut qu'aucun d'entre eux ne me sache encore en vie.

— Ah ! Encore une question qui trouve sa réponse. » Il tira un mouchoir d'un blanc immaculé de sa poche et le tacha irrémédiablement en essuyant l'encre de son doigt. « Eh bien, as-tu l'intention de me faire un récit des quinze dernières années dans l'ordre chronologique, ou bien dois-je t'arracher les renseignements un par un ? »

Je soupirai. Me rappeler cette période m'effrayait. Umbre s'était contenté d'un compte rendu des événements en relation avec la lignée des Loinvoyant, mais le fou ne s'en satisferait pas. Malgré ma répugnance, je me sentais l'obligation, j'ignore pourquoi, de lui narrer ces années par le menu. « Je pourrais essayer ; mais je suis fatigué, nous avons trop bu et la soirée ne suffirait pas à tout te raconter. »

Il s'appuya au dossier de ma chaise. « Tu pensais que j'allais partir demain ?

— C'était une possibilité. » J'ajoutai en scrutant son visage : « Mais je ne l'espérais pas. »

Il ne mit pas mes paroles en doute. « Tant mieux, dans ce cas, car tu aurais espéré en vain. Allons, au lit, Fitz. Je coucherai à la place du garçon. Demain, il sera bien assez tôt pour commencer à combler près de quinze années de séparation. »

L'eau-de-vie d'abricot du fou était plus forte que celle de Bord-des-Sables, ou peut-être étais-je simplement plus fatigué que d'ordinaire ; toujours est-il que je gagnai ma chambre d'un pas chancelant, ôtai ma chemise et m'affalai sur mon lit. Je restai allongé tandis que la pièce dansait vaguement autour de moi, et j'écoutai le fou se déplacer d'un pas léger dans la pièce principale, occupé à éteindre les bougies et à tirer la chaîne du loquet. Il entra dans mon champ de vision, et moi seul, peut-être, aurais été capable de déceler l'infime manque de sûreté de ses gestes. Il s'installa dans mon fauteuil, puis étendit ses longues jambes vers la cheminée. À ses pieds, le loup grogna et s'agita dans son sommeil. J'effleurai son esprit ; il était profondément endormi et pleinement satisfait.

Je fermai les yeux, mais ma chambre se mit à tournoyer au point de me donner la nausée. J'entrouvris les paupières et regardai le fou. Il contemplait le feu sans bouger, mais la lueur dansante des flammes donnait du mouvement à ses traits ; les ombres changeantes cachaient et révélaient alternativement les angles et les méplats de son visage. La teinte fauve de sa peau et de ses yeux paraissait une illusion due à la couleur du feu, mais je savais qu'il n'en était rien.

J'avais du mal à me convaincre que je n'avais plus devant moi le bouffon malicieux qui avait à la fois servi et protégé le roi Subtil pendant des années. D'aspect, il n'avait pas changé sinon de couleur de peau ; ses mains gracieuses aux doigts effilés pendaient au bout des accoudoirs ; ses cheveux, autrefois aussi clairs et aériens que le duvet du pissenlit, étaient à présent attachés en une queue de cheval dorée qui dégageait son visage. Il ferma les yeux et laissa aller sa tête contre le dossier du fauteuil. La lueur du feu mordorait son profil aristocratique. Sa superbe tenue pouvait évoquer sa vieille livrée de fou noir et blanc qu'il mettait en hiver, mais j'aurais gagé que plus jamais il ne portait de clochettes ni de rubans, ni de sceptre à tête de rat à la main. Son esprit vif et sa langue acérée n'influaient plus sur le cours des événements politiques. Sa vie lui appartenait désormais. Je m'efforçai de l'imaginer en homme riche, libre de voyager et de mener l'existence qui lui plaisait, quand une pensée soudaine me tira de ma passivité.

« Fou ? lançai-je dans la maison assombrie.

— Oui ? » Il n'ouvrit pas les yeux, mais, à sa réponse immédiate, je sus qu'il n'avait pas encore commencé à s'assoupir.

« Tu n'es plus le fou. Comment t'appelle-t-on aujourd'hui ? »

Un sourire étira lentement ses lèvres. « Comment qui m'appelle quand ? »

Il s'exprimait du ton taquin du bouffon qu'il avait été. Si je m'aventurais à essayer de débrouiller sa question, il allait m'entraîner dans des acrobaties verbales jusqu'à ce que je désespère d'obtenir une réponse. Je refusai donc d'entrer dans son jeu et reformulai ma phrase : « Je ne peux plus te nommer « fou »; comment veux-tu que je t'appelle ?

— Ah, comment veux-je, moi, que tu m'appelles, toi ? Je vois. C'est une tout autre affaire. » Une mélodie moqueuse sous-tendait ses paroles.

Je me dominai et énonçai ma question de la façon la plus simple possible. « Quel est ton nom, ton vrai nom ?

— Ah ! » Il redevint soudain grave et inspira lentement. « Mon nom... comme celui que m'a donné ma mère à ma naissance ?

— Oui. » Je retins mon souffle; il évoquait rarement son enfance, et je venais tout à coup de prendre conscience de l'énormité de ce que je lui avais demandé. C'était la vieille superstition classique : si je connais ton véritable nom, j'ai barre sur toi; si je te livre mon nom, je te donne barre sur moi. Comme chaque fois que je posais une question directe au fou, j'attendais la réponse avec impatience et crainte à la fois.

« Si je te le révélais, t'en servirais-tu pour t'adresser à moi ? » À l'inflexion de sa voix, je compris que je devais bien peser ma réponse.

Je réfléchis : son nom lui appartenait et je n'avais pas à le crier sur tous les toits. Aussi déclarai-je d'un ton solennel : « Seulement en privé, et uniquement si tu le désires. » Pour moi, ces paroles constituaient un serment inviolable.

« Ah ! » Il se tourna vers moi, et son visage était illuminé de bonheur. « Oui, je le désirerais, m'assura-t-il.

— Eh bien ? » fis-je. J'éprouvais un soudain malaise, convaincu qu'il m'avait encore une fois mené par le bout du nez.

« Le nom que ma mère m'a donné, je te le dévoile aujourd'hui pour que tu l'emploies en privé. » Il se tourna de nouveau vers le feu, les yeux fermés mais un sourire espiègle sur les lèvres. « Bien-Aimé. Elle ne m'a jamais appelé autrement que « Bien-Aimé ».

— Fou ! » protestai-je.

Il éclata d'un rire chaleureux de pur ravissement, parfaitement satisfait de lui-même. « C'est vrai, dit-il.

— Fou, je ne plaisante pas. » La chambre s'était mise à tourner lentement autour de moi. Si je ne dormais pas bientôt, j'allais vomir.

« Et tu crois que je plaisante ? » Il poussa un soupir théâtral. « Bon, eh bien, si tu ne te sens pas capable de m'appeler « Bien-Aimé », il faut sans doute que tu continues à me donner du « fou ». Car je suis le fou de Fitz.

— Tom Blaireau.

— Pardon ?

— Aujourd'hui, je me nomme Tom Blaireau. C'est ainsi qu'on me connaît dans la région. »

Il se tut un moment. « Pas moi, répondit-il enfin d'un ton sans réplique. Si tu tiens vraiment à ce que nous adoptions tous les deux des identités différentes, c'est moi qui t'appellerai « Bien-Aimé », et, chaque fois que je te nommerai ainsi, tu pourras m'appeler « fou ». » Il ouvrit les yeux et, sa tête roulant sur le dossier du fauteuil, il se tourna vers moi. Il m'adressa un sourire d'amoureux transi, puis poussa un soupir exagéré. « Bonne nuit, Bien-Aimé. Nous sommes restés séparés trop longtemps. »

Je capitulai. Toute conversation devenait impossible quand il était de cette humeur. « Bonne nuit, fou. » Je me retournai dans mon lit et fermai les paupières. S'il répondit, je dormais déjà trop profondément pour l'entendre.

6

LES ANNÉES CALMES

Je suis l'enfant d'un adultère, et j'ai passé les six premières années de ma vie dans le royaume des Montagnes en compagnie de ma mère ; je n'ai pas de souvenir précis de cette période. À mes six ans, mon grand-père m'a emmené à la place-forte d'Œil-de-Lune et m'a remis à mon oncle paternel. Vérité Loinvoyant. Quand mon père a appris mon existence, il l'a considérée comme le résultat d'un manquement personnel, et, politiquement, comme une faute, ce qui l'a conduit à renoncer à ses droits sur le trône des Loinvoyant et à se retirer de la vie de la cour. On m'a confié d'abord aux soins de Burrich, le maître des écuries de Castelcerf; plus tard, le roi Subtil a jugé utile de s'assurer ma fidélité et de me placer en apprentissage auprès de son assassin royal. À la mort de Subtil, due à la félonie de son dernier fils, Royal, ma loyauté s'est reportée sur le roi Vérité. Je l'ai suivi et servi jusqu'au jour où je l'ai vu déverser sa vie et son essence même dans un dragon taillé dans la pierre ; c'est alors que Vérité-le-dragon s'est animé, et c'est ainsi que les Six-Duchés ont été sauvés des déprédations des Pirates rouges venus des îles d'Outre-Mer, car Vérité a pris la tête des Anciens, eux aussi sous la forme de dragons, pour purger le royaume des envahisseurs. Après avoir servi mon roi, blessé de corps et d'esprit, je me suis retiré pendant quinze années de la cour et de la société, auxquelles je pensais ne jamais retourner.

Pendant cette période, j'ai tenté de rédiger une histoire des Six-Duchés ainsi qu'un compte rendu de ma propre existence ; je me suis aussi procuré et j'ai examiné de nombreux manuscrits et documents qui portaient sur une grande diversité de sujets. La disparité de ces études répondait en réalité à un projet concerté de ma part pour découvrir la vérité : je m'acharnais à trouver et à observer les éléments et les forces qui avaient déterminé le cours de ma vie. Cependant, plus j'approfondissais mes recherches, plus je couchais mes réflexions sur le papier et plus la vérité m'échappait. Ce que la vie m'a appris durant mes années d'érémitisme est que nul n'atteint jamais à la vérité tout entière. Seul le temps jetait une nouvelle lumière sur tout ce que je croyais autrefois de mes expériences et de moi-même ; ce qui me semblait parfaitement clair se trouvait plongé dans l'ombre et des détails que j'avais jugés sans intérêt devenaient suprêmement importants.

Burrich, le maître d'écurie, l'homme qui m'a élevé, m'a un jour mis en garde : « Quand tu retranches des parties de la vérité pour éviter le ridicule, tu finis par avoir l'air d'un imbécile. » Par expérience, j'ai constaté la véracité de ce propos ; toutefois, même sans retrancher ni rejeter de façon intentionnelle des parties de la vérité, des années après avoir consigné la description complète et objective d'un événement, on peut s'apercevoir qu'on a menti. Ces mensonges n'ont rien de délibéré et sont simplement le fruit d'éléments dont on ignorait l'existence à l'époque où l'on a rapporté les faits, ou de certains détails dont on n'avait pas perçu la portée. Nul n'apprécie de se retrouver dans pareille situation, mais celui qui prétend n'en avoir jamais fait l'expérience ne fait qu'ajouter un mensonge à un autre.

Mes tentatives de rédaction d'une histoire des Six-Duchés se fondaient sur des comptes rendus oraux et sur les anciens manuscrits auxquels j'avais accès, et je savais, alors même que je posais la plume sur le papier, que je ne faisais peut-être que perpétuer les erreurs d'autres que moi. Cependant, il ne m'était jamais venu à l'idée qu'entreprendre de raconter ma propre vie pouvait être l'objet du même défaut. J'ai appris que la vérité est un arbre qui croît à mesure qu'on acquiert de l'expérience. L'enfant voit la graine de sa vie quotidienne mais l'homme qui se retourne sur son existence en voit l'arbre.

*

Nul ne peut retrouver son enfance, mais il existe des intermèdes où, pendant quelque temps, on peut éprouver à nouveau le sentiment que le monde est clément et qu'on est immortel. J'ai toujours été convaincu que telle était l'essence de la prime jeunesse : la certitude que les erreurs n'ont rien de fatal. Le fou réveilla ce vieil optimisme chez moi, et même le loup se comporta en louveteau étourdi pendant les jours qu'il passa parmi nous.

Notre hôte ne s'inséra pas de force dans notre existence, et je n'éprouvai nul besoin de m'adapter à sa présence ni de modifier mes habitudes à cause de lui ; il se joignit à nous, tout simplement, calquant ses horaires sur les nôtres et faisant sien mon travail d'écriture. Il était toujours debout avant moi ; quand je me réveillais, je trouvais la porte de mon étude ouverte, ainsi que celle de ma chambre, et, bien souvent, celle de l'entrée. De mon lit, je le voyais assis en tailleur sur la chaise de mon bureau ; il avait déjà fait sa toilette et il était habillé de pied en cap, prêt pour une nouvelle journée. Sa somptueuse tenue avait disparu après le premier jour, remplacée par un pourpoint et des chausses toutes simples, ou, le soir, par une robe douillette. Dès que j'émergeais du sommeil, il le sentait et il tournait son regard vers moi avant que j'aie le temps de prononcer un mot. Il était toujours en train de lire, que ce soit les manuscrits et les documents que j'avais laborieusement accumulés ou ceux que j'avais écrits moi-même ; certains d'entre ces derniers renfermaient mes essais avortés d'une histoire des Six-Duchés, d'autres mes efforts sans queue ni tête pour trouver un sens à ma vie en la couchant sur le papier. Me voyant éveillé, le fou haussait les sourcils, puis rangeait avec soin le document qu'il était occupé à étudier, à l'endroit précis où il l'avait pris. S'il l'avait voulu, il aurait pu me laisser dans l'ignorance absolue de l'examen auquel il soumettait mes textes, mais non ; il manifestait son respect pour mon intimité en ne m'interrogeant jamais sur ce qu'il avait lu. Les réflexions que j'avais confiées au vélin restaient privées, mes secrets scellés derrière les lèvres du fou.

Il se coula dans ma vie avec aisance et y remplit une place dont je ne m'étais pas aperçu qu'elle était vacante ; tant qu'il séjourna chez moi, j'oubliai presque l'absence de Heur, ce qui ne m'empêchait pas de mourir d'envie de lui présenter le brave garçon que mon pupille était devenu et de lui en parler fréquemment. Parfois, le fou me prêtait main-forte pour les travaux d'extérieur, par exemple lorsque je réparai l'enclos de pierres et de rondins ; quand un seul homme suffisait à la tâche, par exemple pour creuser de nouveaux trous afin d'y planter des poteaux, il s'asseyait non loin et me regardait œuvrer. En ces occasions, nos échanges se limitaient à quelques commentaires sur le labeur que j'effectuais ou aux plaisanteries sans méchanceté de deux hommes qui se sont connus dans leur jeunesse. S'il me prenait l'envie de l'entretenir d'affaires plus graves, il balayait mes questions par quelque bouffonnerie. Nous montions Malta à tour de rôle, le fou soutenant qu'elle était capable de sauter n'importe quel obstacle, ce dont elle nous apporta la preuve en franchissant des barrières que nous avions dressées sur mon sentier. Pleine de feu, la petite jument paraissait y prendre autant de plaisir que nous.

Après notre souper, nous nous rendions parfois au sommet des falaises ou bien nous descendions aux plages à l'heure où la marée se retirait. Au crépuscule, nous chassions le lapin en compagnie du loup, puis nous rentrions et allumions un feu, davantage pour son côté convivial que pour sa chaleur. Le fou avait apporté plusieurs bouteilles d'alcool d'abricot, et sa voix n'avait rien perdu de sa qualité ; aussi, le soir, il chantait, bavardait et racontait des histoires à la fois amusantes et extraordinaires. Certaines paraissaient tirées de ses propres tribulations, d'autres étaient à l'évidence des contes traditionnels qu'il avait glanés en chemin. Ses mains gracieuses étaient encore plus expressives que les marionnettes qu'il fabriquait autrefois, et ses traits mobiles lui permettaient de donner chair et vie aux personnages de ses anecdotes.

C'est seulement plus tard, après que le feu s'était réduit

en braises et que son visage avait pris l'aspect d'une tache sombre sans forme distincte, qu'il dirigeait mes bavardages dans le sens qui lui convenait. Le premier soir, dans un murmure ralenti par l'eau-de-vie, il s'enquit : « Sais-tu ce qu'il m'en a coûté de me laisser emporter par la fille au dragon en t'abandonnant derrière moi ? J'ai dû me raccrocher à ma conviction que les roues du destin étaient en branle et que tu survivrais, il m'a fallu toute ma foi en moi-même pour m'envoler en te laissant sur place.

— Ta foi en toi-même ? fis-je en feignant d'être vexé. N'avais-tu donc aucune foi en moi ? » Le fou avait étendu les draps et la couverture du lit de Heur par terre devant l'âtre, et nous avions quitté nos sièges pour le confort douteux de cet aménagement. Le loup, le museau sur les pattes, somnolait à ma gauche tandis qu'à ma droite le fou était couché à plat ventre, appuyé sur les coudes, le menton dans les mains.

Les dernières flammèches de la cheminée se reflétaient dans ses yeux en une danse joyeuse. « En toi ? Ma foi, je te répondrai seulement que je me sentais grandement rassuré de savoir le loup à tes côtés. »

En cela, sa confiance était bien placée, intervint Œil-de-Nuit d'un ton ironique.

Je croyais que tu dormais.

J'essaye.

D'une voix rêveuse, le fou poursuivit : « Tu avais survécu à tous les cataclysmes que j'avais vus dans ton avenir ; je t'ai donc quitté en m'efforçant de me convaincre que s'ouvrait devant toi une période de calme, voire d'apaisement.

— Elle a eu lieu, d'une certaine façon. » Je pris une inspiration, prêt à évoquer ma veillée mortuaire auprès de Guillot, dont je m'étais servi pour m'emparer par l'Art de l'esprit de Royal et lui imposer ma volonté ; mais je me tus. M'écouter ne lui serait utile en rien, et revivre cet épisode ne m'apporterait rien non plus. Je relâchai ma respiration. « J'ai trouvé la paix, par morceaux, petit bout par petit bout. » Et je souris bêtement ; curieux, les détails qu'on peut juger amusants quand on a bu assez.

Je narrai au fou l'année que j'avais passée dans les Montagnes ; le loup et moi étions retournés dans la vallée aux sources chaudes, où j'avais bâti une cabane en prévision de l'hiver, car les saisons changent vite dans ces régions élevées. Un matin, on s'aperçoit que les feuilles des bouleaux se sont veinées de jaune et que les aulnes ont viré au rouge dans le courant de la nuit. Quelques jours encore et il ne reste plus que des branches aux doigts nus qui se tendent vers un ciel bleu et glacé. Les persistants courbent le dos pour résister à l'hiver prochain, puis la neige arrive, cache-misère immaculé.

Je relatai au fou mes jours de chasse avec Œil-de-Nuit pour toute compagnie. Mes proies les plus fuyantes étaient la guérison et le repos de l'esprit. Nous vivions simplement, comme des prédateurs, sans attache sinon l'un avec l'autre, et cette solitude absolue constituait l'onguent le plus efficace pour combattre les blessures que j'avais subies dans ma chair et dans mon âme. Pareils traumatismes ne guérissent jamais vraiment, mais j'avais appris à m'en accommoder, comme Burrich avait appris à vivre avec sa mauvaise jambe. Nous avions chassé le cerf et le lapin, et j'avais fini par accepter l'idée que j'étais mort, que j'avais perdu tout ce qui comptait dans mon existence. Les vents hivernaux s'étaient mis à tourbillonner autour de notre petit abri, et j'avais compris que Molly n'était plus mienne. Ces journées glaciales ne duraient pas longtemps, intermèdes lumineux où la blancheur scintillante de la neige réfléchissait le soleil, avant que le crépuscule aux doigts bleutés ne revînt tirer sur nous la nuit profonde. J'avais aussi appris à tempérer ma peine en songeant que ma petite fille grandirait protégée par le bras de Burrich, tout comme moi autrefois.

J'avais cherché à me débarrasser du souvenir de Molly. J'éprouvais une douleur poignante chaque fois que je me remémorais la confiance qu'elle me portait et que j'avais trahie ; c'était la pierre la plus brillante d'un collier étincelant de réminiscences déchirantes. J'avais toujours rêvé de me libérer de mes devoirs et de mes obligations, mais à présent que ces liens étaient rompus, j'éprouvais un sentiment d'émancipation, certes, mais aussi de mutilation. Tandis que les brefs jours d'hiver se succédaient, entrecoupés de longues nuits froides, j'avais passé le temps en dénombrant les gens que j'avais perdus ; ceux qui me savaient encore en vie tenaient sur moins de cinq doigts : le fou, la reine Kettricken, Astérie, la ménestrelle, et, par leur biais, Umbre. Voilà les quatre personnes au courant de ma survie. Quelques autres m'avaient vu après ma mort, parmi lesquels Pogne, le maître d'écurie, et un certain Tag, garde royal, mais les circonstances dans lesquelles s'étaient déroulées ces brèves rencontres permettaient de penser qu'elles ne susciteraient que l'incrédulité et rien de plus.

Tous ceux que j'avais connus par ailleurs, y compris ceux pour qui j'avais été le plus cher, tous me croyaient mort et enterré, et il était hors de question que je les détrompe : j'avais déjà été exécuté une fois pour pratique de la magie du Vif. Je ne tenais pas du tout à risquer une mise à mort plus définitive. Même s'il avait été possible de me laver de la répugnance attachée à mon don, je n'aurais pas pu me présenter à Burrich ni à Molly sous peine de nous anéantir tous ; en imaginant que Molly eût été capable de tolérer ma magie des bêtes et de pardonner les nombreuses fois où je lui avais menti, comment défaire les liens de son mariage avec Burrich ? Quant à ce dernier, se voir brusquement comme un usurpateur auprès de mon épouse et de ma fille l'aurait tué. Aurais-je pu fonder mon bonheur sur un tel socle ? Et Molly ?

« Je me suis efforcé de me consoler en songeant qu'ils étaient à l'abri et heureux.

— Ne pouvais-tu pas te servir de l'Art pour t'en assurer ? »

Les ombres s'étaient approfondies dans la pièce et le fou contemplait le feu. J'avais l'impression de me raconter à moi-même ma propre histoire.

« Je pourrais te répondre que j'avais acquis assez de discipline pour les laisser à leur intimité ; mais, en vérité, je craignais de devenir fou de jalousie, je pense, si j'étais témoin de l'amour qu'ils partageaient. »

Je regardais moi aussi le feu tout en évoquant ces souvenirs, mais je sentis que le fou tournait les yeux vers moi. Je ne bougeai pas. Je ne voulais pas lire la moindre compassion sur ses traits ; il y avait longtemps que je n'éprouvais plus le besoin d'attirer la pitié.

« J'ai trouvé la paix de l'âme, repris-je ; lentement, peu à peu, mais je l'ai trouvée. Un matin, Œil-de-Nuit et moi revenions d'une chasse commencée à l'aube ; nous étions satisfaits de notre sortie et nous rapportions une chèvre des montagnes que les grosses chutes de neige avaient forcée à quitter ses hauteurs habituelles. Le versant que nous descendions était escarpé, la carcasse éviscérée lourde sur mes épaules et la peau de mon visage raide comme un masque à cause du froid mordant qui tombait du ciel bleu. Je voyais un mince ruban de fumée s'échapper de ma cheminée, et, juste derrière ma cabane, la vapeur monter des sources chaudes. Au sommet de la dernière éminence, j'ai fait une halte pour reprendre mon souffle et m'étirer le dos. »

Toute la scène me revenait avec limpidité. Œil-de-Nuit s'était arrêté à côté de moi, le museau baigné de la buée de sa respiration haletante. J'avais protégé le bas de mon visage à l'aide du col de mon manteau, à présent à demi agrégé à ma barbe par le froid. J'avais contemplé la vallée en songeant que nous avions de la viande pour plusieurs jours, que notre petite maison résistait victorieusement à la poigne glacée de l'hiver, et que nous étions presque arrivés chez nous. J'étais gelé, épuisé, mais c'était la satisfaction qui dominait en moi. J'avais chargé notre proie sur mes épaules. *Nous sommes presque chez nous,* avais-je dit à Œil-de-Nuit.

Presque chez nous, avait-il répété. Et, dans cette pensée partagée, j'avais perçu une signification que nul n'aurait pu y introduire par la simple parole. Chez nous ! Un lieu où nous avions notre place ! Il y avait quelque chose de définitif dans ces deux mots. L'humble cabane était devenue « chez nous », une destination rassurante où je savais trouver tout ce dont j'avais besoin. Soudain, alors que je la regardais, j'avais éprouvé un tiraillement de conscience, comme si j'avais oublié de remplir une obligation, et il m'avait fallu un moment pour saisir ce qu'était cette omission : toute une nuit avait passé sans que je songe une seule fois à Molly ! Où donc avaient disparu ma douleur et mes regrets ? Quel esprit superficiel étais-je donc pour oublier mon deuil et ne m'intéresser qu'à ma dernière chasse ? Alors j'avais tourné mes pensées vers le lieu et les gens que recouvrait autrefois l'expression *chez moi.*

Quand je me vautre dans le cadavre d'une proie pour m'en remémorer le goût, tu me fais des reproches.

J'avais regardé Œil-de-Nuit, mais il avait refusé de braquer ses yeux sur les miens. Il était assis dans la neige, les oreilles pointées vers notre cabane. Une désagréable petite brise glacée agitait ses poils mais sans pénétrer jusqu'à sa peau.

Ce qui veut dire ? demandai-je, bien que le sens de sa déclaration fut parfaitement clair.

Tu dois cesser de renifler la dépouille de ton ancienne vie, mon frère. Tu aimes peut-être souffrir sans arrêt, mais pas moi. Il n'y a pas de honte à se détourner de vieux os, Changeur. Il tourna enfin la tête pour me regarder de ses yeux profondément enfoncés dans leur orbite. *Il n'y a pas de sagesse particulière à s'infliger constamment des blessures. Quel sentiment de fidélité te rattache-t-il à cette douleur ? T'en détourner ne t'amoindrira pas.*

Puis il s'était levé, ébroué pour faire tomber la neige de son pelage et engagé d'un trot résolu dans la pente immaculée. Je lui avais emboîté le pas, mais plus lentement.

Je lançai un regard au fou. Ses yeux étaient fixés sur moi, mais restaient indéchiffrables dans la pénombre. « C'est là, je crois, la première miette de paix intérieure que j'ai trouvée. Je ne tire cependant aucune gloire de sa découverte, car c'est Œil-de-Nuit qui a été obligé de me mettre le nez dessus. Un autre aurait peut-être compris du premier coup cette évidence : il ne faut pas réveiller les souffrances passées. Quand elles cessent leurs visites, mieux vaut ne pas les inviter à nouveau. »

La voix du fou s'éleva, très douce dans la pièce envahie par l'ombre. « Il n'y a rien de déshonorant à se débarrasser de la douleur. Parfois, on trouve rapidement l'apaisement quand on cesse simplement de l'éviter. » Il remua légèrement dans le noir. « Et tu ne restes plus éveillé la nuit, les yeux grand ouverts, à penser à ceux que tu as aimés. »

J'eus un petit grognement. « Je le souhaiterais, mais le mieux dont je puis me vanter, c'est d'avoir cessé de susciter volontairement chez moi cet accablement. Quand l'été est enfin arrivé et que nous nous sommes remis en chemin, j'ai eu l'impression de changer de peau. » Je me tus et le silence se prolongea un moment.

Puis le fou dit : « Ainsi, tu as quitté les Montagnes pour revenir en Cerf. »

Ce n'était pas le cas, il le savait bien ; il m'aiguillonnait seulement pour m'obliger à poursuivre ma narration.

« Pas tout de suite, répondis-je. Malgré les objections d'Œil-de-Nuit, il me semblait impossible de m'en aller des Montagnes sans d'abord refaire une partie du trajet que nous y avions effectué. Je suis retourné à la carrière où Vérité avait sculpté son dragon ; je me suis tenu là même où se dressait la statue. Ce n'était qu'une étendue nue et plane entre de hautes murailles noires, sous un ciel gris ardoise ; on ne voyait nulle trace de ce qui s'y était produit, à part les tas d'éclats de pierre et quelques outils émoussés. Je me suis rendu jusqu'à notre bivouac. Je savais que les tentes écroulées et les objets éparpillés çà et là nous avaient appartenu autrefois, mais ils avaient pour la plupart perdu toute signification à mes yeux. Je n'avais plus devant moi que des lambeaux anonymes de tissu virant au gris, trempés, étalés sur le sol. J'ai ramassé quelques petites choses... les cailloux du jeu de Caudron, entre autres. » Je repris mon souffle pour la suite. « Puis je suis descendu là où Carrod avait péri. Il ne demeurait plus de lui que des ossements et des bouts de vêtements moisis, mais il n'avait pas été dérangé. Les animaux n'aiment pas la route d'Art, comme tu le sais.

— Oui, je le sais », murmura le fou. J'avais l'impression qu'il m'avait accompagné dans la carrière abandonnée.

« J'ai passé un long moment sans bouger, à contempler ces restes, en m'efforçant en vain de me rappeler le Carrod dont j'avais fait la connaissance des années plus tôt. Cependant, la vue de sa dépouille m'apportait comme une confirmation : tout avait bien été réel, et tout était bien fini ; je pouvais désormais laisser derrière moi les événements que j'avais vécus et les lieux où ils s'étaient produits sans craindre qu'ils ne ressuscitent pour me suivre. »

Œil-de-Nuit grogna dans son sommeil. Je posai la main sur son flanc, heureux de le sentir si proche à la fois physiquement et mentalement. Il n'avait pas approuvé ma visite de la carrière, il avait détesté voyager le long de la route d'Art, même si ma capacité à lutter contre l'attirance qu'elle exerçait sur moi et à conserver la conscience de mon identité s'était accrue, et il s'était montré encore plus contrarié quand j'avais affirmé devoir retourner aussi au Jardin de pierre.

J'entendis un petit cliquetis, celui de la bouteille contre le bord d'un gobelet ; le fou nous resservait à boire. Par son silence, il m'invitait à continuer mon récit.

« Les dragons étaient revenus là où nous les avions trouvés et je me suis promené parmi eux. La forêt commençait à regagner du terrain, l'herbe les entourait, haute et drue, et les plantes grimpantes couraient déjà sur eux. Ils étaient aussi magnifiques et fascinants que le jour où nous les avions découverts – et aussi inertes. »

Ils avaient crevé le dôme des frondaisons quand ils étaient sortis de leur sommeil pour voler au secours de

Cerf, et ils n'avaient pas fait preuve de plus de délicatesse à leur retour, si bien que de larges rais de soleil traversaient la végétation luxuriante pour couvrir d'or leurs écailles luisantes. J'avais déambulé parmi eux et, comme la première fois, j'avais perçu un frémissement de Vif dans les statues profondément endormies. J'avais trouvé le dragon du roi Sagesse, orné d'andouillers, et poussé la hardiesse jusqu'à poser ma main nue sur son épaule ; je n'avais senti sous mes doigts que des écailles finement ciselées, dures et froides comme la pierre dans laquelle elles avaient été sculptées. Ils étaient tous là : le dragon à forme de sanglier, le félin ailé, tout le bestiaire incroyablement varié qui était l'œuvre des Anciens et des clans d'Art passés.

« J'ai vu la fille au dragon. » Je souris, le regard plongé dans les flammes. « Elle dort bien. La cavalière est aujourd'hui couchée en avant, les bras affectueusement serrés autour du cou du dragon qu'elle chevauche toujours. » J'avais eu peur de la toucher : je me rappelais trop nettement la faim de souvenirs qui la dévorait et que j'avais apaisée avec les miens ; peut-être craignais-je de reprendre ce que je lui avais donné autrefois de mon plein gré. J'étais passé devant elle en silence tandis qu'Œil-de-Nuit me suivait, rasant le sol, le poil hérissé, tous les crocs dénudés. Il avait compris le but réel de ma recherche.

« Vérité, dit le fou à mi-voix, comme exprimant tout haut l'idée que j'avais laissée informulée.

— Oui, Vérité, répondis-je. Mon roi. » Avec un soupir, je repris mon récit.

Je l'avais découvert dans le Jardin de pierre. Quand j'avais aperçu sa peau turquoise qui luisait dans les tachetures de lumière, sous les arbres, Œil-de-Nuit s'était assis, avait soigneusement rabattu sa queue sur ses pattes de devant et refusé d'approcher davantage. Faisant taire ses pensées, il m'avait prudemment accordé l'intimité de mon esprit. Je m'étais avancé en direction de Vérité-le-dragon à pas lents, mon cœur cognant dans ma poitrine ; là, dans une enveloppe taillée dans l'Art et la pierre, dormait l'homme qui avait été mon roi. Pour l'amour de lui, j'avais subi des tourments et des blessures si terribles que j'en porterais les marques dans mon âme et dans ma chair jusqu'à la fin de mes jours ; pourtant, alors que j'atteignais la forme immobile, j'avais senti des larmes me piquer les yeux et j'aurais tout donné pour entendre à nouveau sa voix familière.

« Vérité ? » avais-je fait d'un ton rauque. Mon âme le cherchait de toutes ses forces, parole, Vif et Art mélangés pour retrouver mon roi, mais en vain. J'avais posé mes mains à plat sur son épaule froide, appuyé mon front contre ce dur ressaut, et tendu à nouveau mon esprit sans me soucier des conséquences. Je l'avais alors senti, mais comme un reflet vague et lointain de ce qu'il avait été ; autant prétendre toucher le soleil quand on capte dans ses mains une moucheture de lumière dans la forêt. « Vérité, je vous en supplie », avais-je dit d'un ton implorant, et j'avais encore une fois tendu vers lui jusqu'à la moindre parcelle de mon Art.

Revenu à moi, je m'étais découvert affaissé contre le dragon. Œil-de-Nuit n'avait pas bougé, toujours vigilant. « Il n'est plus, lui avais-je annoncé – déclaration vaine et inutile. Vérité n'est plus. »

Alors, courbant la tête sur mes genoux repliés, j'avais pleuré, j'avais pleuré mon roi infiniment plus que le jour où son enveloppe humaine avait disparu dans sa forme de dragon.

J'interrompis ma narration pour m'éclaircir la gorge,

puis je bus un peu d'alcool. Quand je baissai mon gobelet, je vis les yeux du fou posés sur moi. Il s'était rapproché pour entendre les mots que je prononçais d'une voix rauque ; la lueur du feu dorait sa peau, mais son regard restait impénétrable.

« C'est à ce moment-là, je pense, que j'ai accepté sans restriction le fait que mon ancienne existence n'était plus que cendres. Si Vérité était demeuré sous une forme avec laquelle j'aurais pu communiquer, s'il avait encore existé pour partager l'Art avec moi, je crois qu'une partie de moi-même aurait souhaité rester FitzChevalerie Loinvoyant. Mais il n'était plus là, et la disparition de mon roi entraînait inéluctablement la mienne. Quand je me suis relevé et que j'ai quitté le Jardin de pierre, je savais avoir enfin à ma portée ce dont je rêvais depuis des années : l'occasion de déterminer par moi-même qui j'étais, et le temps de vivre l'existence que je choisirais. Désormais, je prendrais mes décisions tout seul. »

Ou presque. Le loup se moquait de moi ; je poursuivis sans lui prêter attention : « J'ai encore fait une halte avant d'abandonner les Montagnes. J'imagine que tu n'as pas oublié le pilier où je t'ai vu te transformer. »

Le fou hocha la tête en silence et je continuai mon récit.

Arrivé au carrefour où se dressait une grande pierre d'Art, je m'étais arrêté, assailli par la tentation, noyé sous un déferlement de souvenirs. La première fois que j'étais passé là, c'était en compagnie d'Astérie, de Caudron, du fou et de la reine Kettricken, à la recherche du roi Vérité ; nous avions pris un peu de repos, et, lors d'un rêve éveillé qui n'avait duré que le temps d'un éclair, j'avais vu la forêt verdoyante alentour remplacée par un marché grouillant de monde ; à la place du fou qui s'était juché sur un pilier de pierre se tenait une femme, comme lui au teint blanc et aux yeux quasiment sans couleur. En ce lieu et cette époque inconnus, elle avait le front ceint d'une couronne de bois gravée de têtes de coq et ornée de plumes, et, à l'instar du fou, elle attirait l'attention de la foule par des bouffonneries. Tout cela, je l'avais vu en un instant, comme si j'avais jeté un bref coup d'œil par une fenêtre donnant sur un autre monde, puis tout était revenu à la normale autour de moi, et j'avais assisté à la chute du fou de son perchoir précaire, à demi assommé. Apparemment, il avait partagé ma vision d'un autre monde et d'un autre temps.

C'est le mystère de cet épisode qui m'avait conduit à ce carrefour. Le monolithe noir dressé au centre d'un cercle pavé était exempt de toute trace de mousse ou de lichen, et les symboles gravés sur ses différentes faces m'invitaient vers des destinations inconnues. Je savais maintenant quel était son usage, ce que j'ignorais lors de ma première rencontre avec une de ces portes d'Art, et j'en avais fait lentement le tour, reconnaissant au passage le glyphe qui m'aurait ramené à la carrière de pierre. Un autre, j'en avais la quasi-certitude, me transporterait à nouveau dans la cité abandonnée des Anciens, et, sans réfléchir, j'avais tendu le doigt pour suivre les contours de la rune en question.

Malgré sa taille et son poids, Œil-de-Nuit est capable de se déplacer très vite et presque sans bruit. Il avait saisi mon poignet entre ses mâchoires en même temps qu'il s'interposait d'un bond entre la colonne et moi, et j'avais roulé à terre avec lui pour éviter qu'il ne m'arrache la chair de ses crocs. Je m'étais retrouvé couché sur le dos tandis qu'il se tenait tout près de moi, mon poignet toujours dans l'étau de sa gueule. *Je t'interdis de faire ça.*

« Je n'avais pas l'intention d'utiliser la pierre, mais seulement de la toucher !

On ne peut pas se fier à cette chose. Je suis entré dans les ténèbres qui règnent dans la pierre. Si je dois t'y suivre à nouveau pour te sauver la vie, tu sais que je n'hésiterai pas. Mais ne me demande pas d'y retourner par pure curiosité de louveteau.

Et si je me rendais un court moment dans la cité, tout seul ?

Tout seul ? Tu sais bien que « tout seul » ne veut plus rien dire ni pour toi ni pour moi.

Je t'ai bien laissé partir seul pour tenter de te joindre à une meute de loups.

Ça n'a rien à voir, tu le sais très bien.

Il avait raison. Il m'avait lâché, je m'étais relevé, épousseté, et nous n'étions pas revenus sur le sujet. C'est là un des grands avantages du Vif : il évite les longues discussions laborieusement détaillées visant à s'assurer que les deux parties se sont comprises. Un jour, des années plus tôt, Œil-de-Nuit m'avait quitté pour partager la vie de ceux de son espèce ; à son retour, j'avais su sans qu'il eût à le dire qu'il se sentait plus à sa place avec moi qu'auprès d'autres loups, et, au cours des ans qui avaient suivi, nous nous étions encore rapprochés l'un de l'autre. Comme il l'avait remarqué une fois, je n'étais plus tout à fait un homme ni lui un loup ; nous ne formions plus deux entités véritablement distinctes. Quand je devais prendre une décision, il ne m'imposait pas son opinion ; j'avais plutôt le sentiment de débattre avec moi-même de l'à-propos de tel ou tel choix. Cependant, notre bref affrontement au pied du pilier nous avait obligés à regarder en face ce dont nous avions jusque-là détourné les yeux. « Notre lien devenait plus fort et plus complexe, dis-je au fou, et nous ne savions ni l'un ni l'autre comment réagir à cette situation. »

Le loup leva la tête. Ses yeux profonds se plantèrent dans les miens. Il éprouvait les mêmes doutes que moi, mais il s'en remettait à ma décision.

Devais-je révéler au fou notre destination suivante et tout ce que nous y avions appris ? Avais-je le droit d'évoquer mon séjour chez ceux du Lignage et l'expérience que j'en avais tirée ? De nombreuses vies dépendaient des secrets que je détenais. En ce qui me concernait, j'étais tout prêt à confier la mienne au fou les yeux fermés ; mais pouvais-je de mon propre chef partager des secrets qui n'étaient pas exclusivement les miens ?

J'ignore comment le fou interpréta mon hésitation, mais je ne pense pas qu'il la prit pour le reflet de mon indécision.

« Tu as raison », déclara-t-il brusquement. Il saisit son gobelet et le termina d'un trait, puis il le posa d'un geste ferme par terre ; il fit effectuer un demi-tour à une de ses mains gracieuses qui s'immobilisa, son index effilé pointé en l'air dans un geste qui m'était familier depuis longtemps et signifiait « Attends ».

Comme tiré par les fils d'un marionnettiste, il se leva d'un mouvement fluide. L'obscurité avait envahi la pièce, mais il se dirigea sans la moindre hésitation vers son paquetage, dans lequel je l'entendis fouiller. Peu après, il revint muni d'un sac de toile ; il s'assit tout près de moi, comme s'il s'apprêtait à me dévoiler des secrets trop intimes pour que même la nuit les surprenne. Le sac posé sur ses genoux était taché et usé. Le fou dénoua le fil qui le maintenait fermé, et il en sortit un objet enveloppé dans une superbe étoffe. Le souffle court, je le regardai le déplier ; jamais je n'avais vu un tissu aussi aérien ni un motif aussi complexe aux couleurs aussi éclatantes. Malgré la faible lueur du feu mourant, les rouges flambaient et les jaunes chatoyaient. Rien qu'avec cette longueur de textile, le fou aurait pu acheter les faveurs de n'importe quel seigneur.

Pourtant, ce n'était pas ce tissu extraordinaire qu'il souhaitait me montrer. Il le déroula sans se préoccuper du plancher grossier sur lequel le superbe matériau s'amoncelait. Je me penchai en retenant mon souffle pour voir quelle merveille encore plus grande allait apparaître. L'extrémité du tissu glissa enfin souplement au sol, et je me penchai davantage, abasourdi, afin de m'assurer que mes yeux ne me jouaient pas des tours.

« Je croyais l'avoir seulement rêvée, dis-je enfin.

— Et c'était vrai. Nous l'avions tous les deux rêvée. »

Entre ses mains, la couronne de bois montrait l'usure de l'âge. Disparues, les plumes et la peinture aux teintes vives qui l'ornaient autrefois ; c'était un simple objet de bois, sculpté avec art, mais d'une beauté austère.

« Tu l'as fait fabriquer ? demandai-je.

— Je l'ai trouvée », répondit-il. Puis il ajouta d'une voix tremblante : « Ou bien c'est elle qui m'a trouvé, peut-être. »

J'attendis qu'il poursuive, mais en vain. J'approchai la main de la couronne, et il eut un imperceptible mouvement de recul comme s'il voulait la garder pour lui ; il se reprit aussitôt et il me la tendit. Tout en l'acceptant, je compris qu'il partageait ainsi avec moi bien davantage encore de lui-même, beaucoup plus même que lorsqu'il me laissait monter sa jument. J'examinai l'antique diadème sous toutes ses faces et découvris des traces de peinture à l'éclat encore vif au fond des lignes en creux qui dessinaient les têtes de coq, dont deux possédaient encore leurs yeux de pierre précieuse ; des trous dans le pourtour de l'objet indiquaient où se logeait chaque plume. Je ne reconnaissais pas le bois dans lequel on l'avait taillé : léger mais résistant, il me donnait l'impression de murmurer entre mes doigts, de chuchoter des secrets dans une langue mystérieuse.

Je rendis la couronne au fou. « Mets-la », dis-je à mi-voix.

Je vis sa pomme d'Adam monter et descendre. « Crois-tu que ce soit raisonnable ? demanda-t-il d'une voix aussi basse que la mienne. Je l'ai déjà essayée, je l'avoue, et rien ne s'est produit. Mais à présent que nous sommes réunis, Prophète blanc et Catalyseur ensemble... Fitz, nous risquons d'ouvrir la porte à une magie que nous ne comprenons ni l'un ni l'autre. De temps à autre, je fouille dans mes souvenirs, mais dans aucune prophétie qu'on m'a enseignée je ne trouve mention de cette couronne. J'ignore complètement ce qu'elle signifie, ou même si elle signifie quelque chose. Tu te rappelles la vision que tu as eue de moi ; pour ma part, je n'ai de cet épisode que des souvenirs des plus vagues, comme d'un rêve semblable à un papillon, trop fragile pour le rattraper mais d'une beauté incomparable dans son vol. »

Je me tus. Il tenait la couronne entre ses mains, aujourd'hui aussi dorées qu'elles étaient blanches autrefois. Sans rien dire, nous songeâmes au défi que représentait cet ornement, la curiosité le disputant à la prudence ; pour finir, parce que c'était lui, parce que c'était moi, une solution, une seule, s'imposa à nous. Lentement, un sourire insouciant apparut sur les traits du fou, le même, me dis-je, que le soir où il avait posé ses doigts imprégnés d'Art sur la chair sculptée de la fille au dragon. Au souvenir de la souffrance qu'il avait provoquée sans le vouloir, je connus soudain un instant d'appréhension ; mais, avant que j'eusse pu rien dire, il leva la couronne et la posa sur sa tête. Je retins mon souffle.

Rien ne se passa.

Je dévisageai mon compagnon, écartelé entre le soulagement et la déception. L'espace d'une seconde, nous nous tûmes ; puis le fou se mit à pouffer, et nous éclatâmes de rire tous les deux. Toute tension exorcisée, nous rîmes à en pleurer, et, quand notre hilarité se calma, je regardai le fou, toujours couronné, toujours mon ami comme il n'avait jamais cessé de l'être. Il s'essuya les yeux.

« Tu sais, dis-je, le mois dernier, mon coq a laissé la plupart des plumes de sa queue dans une bagarre contre une belette. Heur les a récupérées ; veux-tu que nous les essayions sur la couronne ? »

Il la retira et l'observa avec un feint regret. « Demain, peut-être. Et je me servirai peut-être aussi de certaines de tes encres pour repasser les couleurs. Te les rappelles-tu ? »

Je haussai les épaules. « Je préférerais m'en remettre à ton coup d'œil, fou. Tu as toujours eu un don dans ces domaines-là. »

Avec une solennité exagérée, il inclina la tête pour me remercier de mon compliment. D'un geste vif, il ramassa le tissu entassé par terre et entreprit de remballer la couronne. Le feu n'était plus que braises et nous baignait d'une lueur orangée qui me permettait de me persuader que la peau du fou n'avait pas changé de couleur, qu'il restait le bouffon au teint crayeux de mon enfance et que, par conséquent, nous n'avions vieilli ni l'un ni l'autre. Il leva les yeux vers moi, surprit mon regard posé sur lui et me le rendit avec une curieuse expression d'avidité. Il y mit une telle intensité que je finis par m'en détourner. Peu après, il dit :

« Eh bien, au sortir des Montagnes, tu t'es rendu... où ? »

Je pris mon gobelet. Il était vide. Je me demandai quelle quantité d'alcool j'avais ingurgitée, puis me rendis compte tout à coup que c'était plus qu'assez pour une soirée. « Demain, fou. Demain. Laisse-moi une nuit pour réfléchir à la meilleure façon de te raconter mes aventures. »

Une main aux doigts fuselés se referma soudain sur mon poignet. Comme toujours, sa peau était plus fraîche que la mienne. « Réfléchis, Fitz ; mais n'oublie pas. » Les mots parurent lui manquer brusquement. Ses yeux se plantèrent à nouveau dans les miens et il dit à mi-voix, d'un ton où perçait une supplication : « Sois le plus complet possible, en toute sincérité ; car je ne sais jamais ce qu'il me faut entendre tant que je ne l'ai pas entendu. »

Une fois de plus, la ferveur de son regard m'effraya. « Encore des énigmes ! » déclarai-je en m'efforçant de prendre un ton railleur ; au lieu de cela, ma réponse sonna comme une confirmation de ses propos.

« Des énigmes, oui, dit-il. Des énigmes dont nous sommes les solutions, pour peu que nous parvenions à découvrir les questions. » Il baissa les yeux sur mon poignet et relâcha sa prise. Il se leva soudain avec la grâce d'un chat, et il s'étira en un mouvement sinueux qui donnait l'impression qu'il se désarticulait, puis remettait chacun de ses os en place. Il posa sur moi un regard empreint d'affection. « Va te coucher, Fitz, fit-il comme s'il s'adressait à un enfant. Repose-toi tant que tu le peux. Pour ma part, je dois rester encore un peu éveillé afin de mettre de l'ordre dans mes idées – si j'y arrive. L'eau-de-vie m'est montée à la tête.

— À moi aussi », répondis-je. Il me tendit la main, je la pris, et il me remit sur pied sans effort, avec une force qui me parut comme toujours surprenante chez quelqu'un d'apparence aussi frêle. Mal assuré sur mes jambes, je fis un pas de côté ; le fou m'imita, puis me saisit par le coude pour me redresser. « Tu veux danser ? plaisantai-je faiblement alors qu'il rectifiait ma position.

— Nous sommes déjà en train de danser », répondit-il d'un ton mi-plaisant, mi-sérieux. Puis, comme s'il remerciait une cavalière, il s'inclina courtoisement sur ma main alors que je retirais mes doigts de la sienne. « Ne m'oublie pas dans tes rêves, ajouta-t-il avec des accents d'amoureux transi.

— Bonne nuit », dis-je, refusant stoïquement de mordre à l'hameçon. Je me rendis dans ma chambre et le loup se leva en grognant pour me suivre ; il dormait rarement à plus d'un bras de distance de moi. Je me déshabillai sans me préoccuper de savoir où tombaient mes vêtements, enfilai une chemise de nuit et me glissai lourdement dans mon lit. Le loup avait déjà trouvé sa place sur le sol frais près de moi. Je fermai les yeux et laissai mon bras descendre jusqu'à ce que j'effleure sa fourrure du bout des doigts.

« Dors bien, Fitz ! » lança le fou. J'entrouvris les yeux : il s'était installé à nouveau dans le fauteuil devant le feu mourant et me souriait par la porte ouverte de ma chambre. « Je monte la garde », fit-il d'un ton mélodramatique. Je secouai la tête devant sa fantaisie, agitai vaguement la main et sombrai dans le sommeil.

7

CŒUR DE LOUP

Une des conceptions du Vif les plus répandues et les plus erronées veut qu'il s'agisse du pouvoir que possède un humain d'imposer sa volonté à une bête. Dans presque toutes les mises en garde sous forme de contes que l'on entend à propos de cette magie, on retrouve un personnage mauvais qui emploie son influence sur les animaux, à poils ou à plumes, pour nuire à ses voisins ; dans nombre de ces histoires, le magicien à l'âme noire reçoit un juste châtiment quand ses serviteurs inférieurs se retournent contre lui pour le rabaisser à leur niveau, révélant ainsi à ses victimes humaines sa véritable nature.

En réalité, le don du Vif se partage également entre les animaux et les hommes. Tous les humains ne manifestent pas la capacité de tisser avec une bête le lien particulier qui forme le cœur du Vif, et tous les animaux ne possèdent pas une aptitude absolue pour ce lien. En outre, parmi les créatures qui en sont dotées, seul un petit nombre désire une telle attache avec un humain. Pour que le lien se crée, il doit y avoir réciprocité et égalité entre les deux protagonistes. Dans les familles au Vif, lorsque le plus jeune des enfants parvient à la majorité, on lui confie une sorte de quête : chercher un compagnon animal. Il ne s'en va pas le nez au vent prendre la première bête douée qu'il rencontre pour la plier à sa volonté ; non, il se met en route avec l'espoir de rencontrer une créature, sauvage ou domestique, dotée d'une forme d'esprit similaire à la sienne et attirée par la perspective d'un lien de Vif. En termes simples, pour que naisse un lien de Vif, animal et humain doivent posséder un don égal. Un vifier peut parvenir à un certain degré de communication avec tout animal ou presque, mais il ne formera aucun lien s'il ne trouve pas d'animal qui partage un talent et une inclination semblables aux siens.

Cependant, toute relation porte en soi le germe du dérèglement. De même qu'un mari peut battre sa femme ou une épouse rogner l'âme de son conjoint en le rabaissant constamment, un humain peut dominer son compagnon de Vif. Ce cas trouve peut-être sa forme la plus classique quand un individu choisit un compagnon animal alors que ce dernier est encore beaucoup trop jeune pour prendre toute la mesure d'une décision qui engage sa vie entière. À l'inverse, il arrive que des animaux avilissent ou régentent ceux qui se trouvent liés à eux ; on en voit des exemples, bien qu'ils restent rares. Chez ceux du Lignage, on dit que la ballade bien connue de Vagabond Filsgris est tirée de l'histoire d'un homme qui aurait eu la stupidité de se lier à un jars sauvage et passé ensuite sa vie à migrer au fil des saisons à la suite de son oiseau.

Contes du Lignage de TOM BLAIREAU

*

Le matin se leva, trop tôt et trop lumineux, sur le troisième jour de visite du fou. Mon hôte s'était réveillé avant moi, et, si l'alcool ou un coucher tardif avait quelque effet sur lui, il n'en manifestait rien. La journée promettant déjà d'être torride, il avait réduit le feu de cuisine au plus doux, de quoi faire bouillir de l'eau pour le gruau, sans plus. Je sortis, ouvris mon poulailler pour libérer mes volailles et menai la ponette et la jument du fou sur un versant herbu face à l'océan ; je laissai ma petite monture errer à sa guise mais attachai Malta à un piquet. Après m'avoir lancé un regard de reproche, elle s'attaqua à l'herbe touffue comme si elle ne pouvait rêver mieux. Je restai un moment sur le pré à contempler la mer calme. Sous le soleil vif du matin, on eût dit une vaste plaque bleutée en acier martelé, d'où montait une brise imperceptible qui agitait les mèches de mes cheveux. J'eus l'impression qu'on me prononçait une phrase à l'oreille et je la répétai tout haut : « Il est temps de changer. »

Un temps de changement, fit le loup comme un écho – ce n'était pourtant pas exactement ce que j'avais dit, mais sa version paraissait mieux rendre compte de la réalité. Je m'étirai, puis fis rouler mes épaules en laissant le vent léger emporter ma migraine. Mes yeux se posèrent sur mes mains tendues devant moi, et je me mis soudain à les examiner attentivement ; c'étaient celles d'un fermier, rudes et calleuses, couvertes de taches sombres dues au contact avec la terre et à l'exposition aux intempéries. Je passai mes doigts sur mes joues hérissées d'un chaume dru ; je ne m'étais pas donné la peine de me raser depuis plusieurs jours. Mes vêtements, propres et encore bons à l'usage, portaient néanmoins comme mes mains les traces de mon travail quotidien, en plus des pièces que j'y avais cousues au cours des années. Cette tenue qui me paraissait confortable et parfaitement séante prit soudain des allures de déguisement, de costume endossé pour me protéger durant mes années de repos et de tranquillité ; l'envie me saisit tout à coup de me dépouiller de cette existence et de devenir, non le Fitz que j'avais été, mais celui que j'aurais pu être si on ne m'avait pas cru mort. Un frisson étrange me parcourut et il me revint brusquement en mémoire un matin d'été de mon enfance où j'avais observé les efforts victorieux d'un papillon pour s'extraire de sa chrysalide ; avait-il éprouvé alors ce que je ressentais aujourd'hui, cette impression que l'enveloppe rigide et translucide qui l'abritait jusque-là était soudain d'une exiguïté insupportable ?

Je pris une profonde inspiration, la bloquai, puis la relâchai en un long soupir. Je pensais qu'elle emporterait le brutal sentiment d'insatisfaction qui s'était emparé de moi, et cela fut vrai, mais en partie seulement. Un temps de changement, avait dit le loup. « Eh bien, en quoi allons-nous nous changer, alors ? »

Toi ? Je n'en sais rien. Je constate seulement que tu es en train de changer, et parfois cela m'effraie. En ce qui me concerne, la transformation est plus simple : je vieillis.

Je lui lançai un coup d'œil par-dessus mon épaule. « Moi aussi », fis-je.

Non, c'est faux. Tu avances en âge, mais tu ne vieillis pas comme moi. C'est la vérité, tu le sais aussi bien que moi.

Le nier n'aurait pas rimé à grand-chose. « Eh bien ? » lui demandai-je d'un ton de défi en dissimulant sous un masque de bravade le malaise qui m'avait envahi tout à coup.

Eh bien, le temps d'une décision approche. Et il faudra que ce soit une décision prise de notre propre chef et non dictée par les événements. Je crois que tu devrais parler au fou de notre séjour chez ceux du Lignage, non parce qu'il voudra ou pourra décider à notre place, mais parce que nous réfléchissons mieux, toi et moi, quand nous partageons nos pensées avec lui.

De la part du loup, c'était là un discours minutieusement structuré, un raisonnement presque trop humain pour la partie de moi-même qui marchait à quatre pattes.

Je mis un genou en terre à côté de lui et jetai mes bras autour de son cou. Effrayé pour un motif que je préférai laisser dans l'obscurité, je le serrai fort contre moi, comme si je pouvais l'attirer à l'intérieur de ma poitrine et l'y maintenir à jamais. Il supporta un moment mon étreinte, puis il baissa brusquement la tête et s'écarta d'un bond. Il s'ébroua du museau à la queue pour remettre de l'ordre dans son pelage ébouriffé, puis se tourna vers la mer comme s'il étudiait un nouveau terrain de chasse. « Je lui parlerai ce soir », dis-je.

Il me regarda par-dessus son épaule, la truffe baissée, les oreilles pointées vers moi. Ses yeux brillaient et j'y vis danser une étincelle de son espièglerie d'antan. *Je le sais, petit frère. Ne crains rien.*

Puis, avec un saut d'une grâce qui démentait ses années, il s'élança et se changea en un brouillard gris qui se fondit aussitôt dans les buissons broussailleux et les grosses touffes d'herbe du versant. Je ne le voyais plus tant il était maître dans l'art du camouflage, mais mon cœur l'accompagnait comme toujours ; mon cœur saura toujours le trouver, me dis-je. Il saura toujours détecter un lieu où nous serons en contact et ne ferons qu'un. Je lui envoyai cette pensée, mais il n'y répondit pas.

Je regagnai la chaumière et ramassai au passage les œufs du jour dans le poulailler. Le fou en fit cuire quelques-uns dans les braises de l'âtre pendant que je préparais la tisane, puis nous emportâmes notre repas à l'extérieur, dans le matin bleu, et nous prîmes notre petit déjeuner sous l'auvent. La brise de mer ne parvenait pas jusqu'à ma combe et les feuilles des arbres restaient immobiles ; les seuls bruits provenaient des poules qui gloussaient en grattant la terre de la cour. Cependant, je ne pris conscience du silence que j'avais gardé jusque-là qu'au moment où le fou le rompit. « Il fait bon vivre ici, fit-il en désignant de sa cuiller les arbres alentour. Le ruisseau, les bois, les falaises et les grèves non loin... Je comprends que tu préfères cela à Castelcerf. »

Il avait toujours eu le talent de semer la confusion dans mes idées. « Je ne sais pas vraiment si c'est une question de préférence, répondis-je d'une voix lente. Je n'ai pas comparé les deux pour décider où je voulais m'installer. Le premier hiver que j'ai passé ici, c'était à cause d'un orage qui nous avait poussés à nous abriter sous les arbres ; nous avons découvert une vieille piste carrossable qui nous a conduits à une chaumière abandonnée – celle où nous nous trouvons aujourd'hui – où nous avons cherché refuge. » Je haussai les épaules. « Nous n'en sommes jamais repartis. »

Il pencha la tête. « Ainsi, avec le monde tout entier où t'installer à ta guise, tu n'as pas choisi ; tu as simplement cessé un jour de vagabonder.

— Oui, tu dois avoir raison. » Je faillis retenir les mots qui me vinrent alors, car ils n'avaient apparemment aucun rapport avec notre conversation. « Forge se situe au bout de la route, là-bas.

— Et c'est ce qui t'a attiré ici ?

— Je ne crois pas. J'y suis retourné, en effet, en voir les ruines et me rappeler le village tel que je l'avais connu autrefois. Il est désert aujourd'hui ; d'ordinaire, il y a toujours des gens pour fouiller les décombres et récupérer ce qui peut l'être, mais pas à Forge.

— Trop de souvenirs sinistres y restent associés, dit le fou. Forge n'a été que le premier d'une longue série, mais c'est lui qui a le plus marqué les esprits et c'est de son nom qu'on a tiré celui qui a servi à désigner l'horreur qui s'en est suivie. J'aimerais savoir combien de personnes se sont fait forgiser, au bout du compte. »

Je m'agitai, mal à l'aise, puis me levai pour prendre au fou son assiette vide. Quinze ans après, j'éprouvais encore du mal à évoquer l'époque dont il parlait. Depuis des années, les Pirates rouges lançaient des attaques rapides sur nos côtes pour s'emparer de nos richesses, mais c'est seulement quand ils s'étaient mis à dépouiller nos compatriotes de leur humanité que nous avions laissé notre courroux contre eux donner sa pleine mesure. Leur fléau s'était abattu d'abord sur Forge; les villageois qu'ils avaient enlevés étaient revenus sains et saufs dans leurs familles, mais ce n'étaient plus que des monstres dépourvus d'âme. Pendant quelque temps, j'avais eu pour mission de chercher les forgisés et de les éliminer. Il s'agissait là d'une de mes nombreuses et déplaisantes responsabilités en tant qu'assassin royal. Mais cela se passait il y a bien longtemps, me dis-je. Ce Fitz-là n'existe plus. « C'est loin dans le passé, répondis-je au fou. Tout cela est fini, aujourd'hui.

— Certains le prétendent, en effet; d'autres le contestent. Certains ne démordent pas de leur haine des Outrîliens et affirment que les dragons que nous leur avons envoyés se sont montrés trop cléments. D'autres, naturellement, répondent que la guerre est derrière nous et doit y rester, car les relations qu'entretiennent les Six-Duchés et les îles d'Outre-Mer ont oscillé de tout temps entre le commerce et le conflit déclaré. En venant chez toi, je suis passé par une taverne où j'ai entendu dire que la reine Kettricken cherche à négocier à la fois la paix et une alliance marchande avec les Outrîliens; il paraîtrait qu'elle va donner le prince Devoir comme époux à une narcheska d'Outre-Mer, pour sceller le traité qu'elle propose.

— Une narcheska ? »

Le fou haussa les sourcils. « L'équivalent d'une princesse, je suppose ; à tout le moins, la fille d'un noble de grande influence.

— Ah ! Bon, bon ! » Je m'efforçai de dissimuler le trouble dans lequel me jetait cette nouvelle. « Ce ne sera pas la première fois que l'on conclut ainsi des tractations diplomatiques ; songe à la façon dont Kettricken est devenue l'épouse de Vérité : leur union n'avait d'autre but que de confirmer notre alliance avec le royaume des Montagnes, et pourtant elle s'est révélée beaucoup plus profonde, à la longue.

— Oui, c'est vrai », répondit le fou, mais d'un ton neutre qui me laissa perplexe.

J'emportai nos bols à l'intérieur pour les laver, tout en me demandant comment Devoir appréciait de servir de gage dans un traité ; je chassai néanmoins cette interrogation de mon esprit. Kettricken avait dû l'élever dans la tradition des Montagnes, où le souverain était toujours au service du peuple. Devoir... eh bien, Devoir accomplirait son devoir, me dis-je. Il l'accepterait certainement sans poser de questions, tout comme Kettricken avait accepté son mariage arrangé avec Vérité. Je remarquai que la barrique d'eau était déjà presque vide ; le fou avait toujours été d'une propreté et d'une hygiène méticuleuses, et il utilisait pour cela trois fois plus d'eau que quiconque. Je pris les seaux et ressortis. « Je descends au ruisseau. »

Il se leva d'un bond agile. « Je t'accompagne. »

Il descendit donc à mes côtés le sentier moucheté de taches de soleil jusqu'à la cuvette que j'avais creusée et bordée de pierres dans la berge du petit cours d'eau afin de remplir plus facilement mes seaux. Le fou profita de l'occasion pour se laver les mains et se désaltérer longuement.

En se redressant, il balaya soudain les alentours du regard. « Où est Œil-de-Nuit ? »

Je me redressai à mon tour, les seaux pleins au bout des bras, leur poids s'équilibrant. « Bah, il aime bien courir seul de temps en temps ; il… »

Une violente douleur me saisit, et je lâchai mes seaux pour porter les mains à ma gorge avant de me rendre compte que ce n'était pas moi qui avais mal. Le fou croisa mon regard, et l'or de son teint était devenu couleur de plomb. Il dut percevoir, je pense, une bribe de l'effroi qui me tenaillait. Je tendis mon esprit vers Œil-de-Nuit, le trouvai et partis en trombe.

Je fonçai droit devant moi dans les bois, sans égard pour mes vêtements ni ma personne, à travers halliers et broussailles qui me barraient la route et s'accrochaient à moi. Le loup suffoquait ; ses efforts angoissés pour avaler quelque goulée d'air faisaient un contrepoint moqueur à ma respiration saccadée, et je m'efforçais d'empêcher son affolement de me contaminer. Tout en courant, je dégainai mon poignard, prêt à en découdre avec celui qui s'en prenait à Œil-de-Nuit ; mais, quand j'émergeai dans la clairière proche du bassin aux castors, je découvris le loup seul, en train de se tordre sur la rive. D'une patte, il se griffait la gueule, mâchoires grandes ouvertes ; un gros poisson à demi dévoré gisait sur les galets près de lui. Œil-de-Nuit se mit à reculer par sursauts, en agitant la tête en tous sens pour déloger ce qui bloquait sa trachée.

Je me jetai à genoux à ses côtés. « Laisse-moi faire ! » lui criai-je d'un ton suppliant, mais il ne devait même pas m'entendre. Le rouge de la terreur et de l'affolement colorait toutes ses pensées. Je tentai de le saisir d'un bras pour l'immobiliser mais il s'écarta de moi d'une violente ruade et secoua frénétiquement la tête sans parvenir à se dégager la gorge. Je me précipitai sur lui et le plaquai au sol; je tombai sur sa cage thoracique et lui sauvai ainsi la vie sans le faire exprès : le poids de mon corps expulsa le morceau de poisson qui bloquait sa respiration. Sans prendre garde à ses crocs, j'enfonçai la main dans sa gueule, saisis le bout de chair à demi mâchée et le jetai au loin. Je sentis le loup inspirer brutalement, et je m'écartai de son poitrail. Il se releva en chancelant; pour ma part, je n'avais pas la force de me tenir debout.

« Tu t'étranglais avec du poisson ! m'exclamai-je d'une voix chevrotante. J'aurais dû m'en douter ! Ça t'apprendra à vouloir avaler tout rond sans mâcher ! »

Je repris mon souffle, plus soulagé que je n'aurais su le dire. Cependant, mon soulagement fut de courte durée : le loup fit deux pas en titubant, puis il s'effondra brutalement. Il ne suffoquait plus, mais une violente douleur grandissait en lui.

« Que se passe-t-il ? Que lui arrive-t-il ? » s'écria le fou derrière moi. Je ne m'étais pas rendu compte qu'il m'avait suivi, et je n'avais pas le temps de m'occuper de lui. Je m'approchai à quatre pattes de mon compagnon, posai avec terreur la main sur lui et sentis ce contact amplifier notre lien. Une souffrance intérieure lui broyait la poitrine, si insupportable qu'il parvenait à peine à respirer, son cœur tonnait à coups irréguliers dans ses oreilles, et ses paupières entrouvertes laissaient voir ses yeux qui roulaient follement dans leur orbite. Sa langue pendait de sa gueule, inerte.

« Œil-de-Nuit ! Mon frère ! » lui criai-je tout en sachant qu'il m'entendait à peine. Je tendis ma volonté vers lui pour lui donner ma force, et ce que je perçus me laissa incrédule : il m'évitait ! Il s'écartait de mon esprit, il refusait, autant que son état le lui permettait, le lien que nous partagions depuis si longtemps ! Alors qu'il jetait un voile sur ses pensées, je le sentis s'éloigner de moi pour s'enfoncer dans une grisaille que je ne pouvais pénétrer.

Je ne pus en supporter davantage.

« Non ! » hurlai-je en jetant ma conscience sur ses traces. Comme la barrière grise ne cédait pas devant mon Vif, j'employai l'Art pour la crever, me servant instinctivement, et sans me préoccuper des conséquences, de toutes les magies dont je disposais pour rattraper le loup. Et, de fait, je le rattrapai ; je me retrouvai soudain avec lui, mon esprit mêlé au sien d'une façon que je n'avais jamais connue. Son corps était devenu le mien.

Bien des années auparavant, quand Royal m'avait tué, j'avais fui l'enveloppe meurtrie de ma chair pour chercher refuge dans celle d'Œil-de-Nuit. J'avais pris place dans le corps du loup, perçu ses pensées, vu le monde par ses yeux ; où il allait, j'allais, passager de sa vie. Pour finir, Burrich et Umbre nous avaient rappelés auprès de ma tombe et m'avaient restauré dans ma dépouille glacée.

Mais, cette fois-ci, le phénomène était différent : j'avais pris possession de son corps et ma conscience d'humain dominait la sienne. Je m'installai en lui et lui imposai de se calmer, de mettre fin à sa résistance éperdue ; je ne prêtai aucune attention au dégoût que lui inspirait mon attitude et lui expliquai seulement qu'elle était nécessaire. Si je n'agissais pas ainsi, il allait mourir. Il cessa de lutter contre moi, mais pas comme s'il se rendait à mes raisons ; on eût plutôt dit qu'il abandonnait dédaigneusement ce que je lui avais dérobé. Je décidai de m'en inquiéter plus tard ; son amour-propre était le cadet de mes soucis pour le moment. J'éprouvais une sensation curieuse à me trouver ainsi dans son corps, un peu comme si j'avais endossé les vêtements d'un autre. J'avais la perception précise de tout son organisme, des griffes jusqu'au bout de la queue ; l'air glissait bizarrement sur ma langue et, malgré mon angoisse, je comprenais avec acuité les messages que portaient les odeurs du jour. Je humais la transpiration de mon corps de Fitz, non loin de là, et j'avais vaguement conscience du fou qui le secouait, accroupi auprès de lui, mais je n'avais pas le temps de m'en préoccuper : j'avais découvert l'origine de la douleur qui taraudait celui que j'occupais. Elle provenait de mon cœur agité de soubresauts. En contraignant le loup au calme, j'avais quelque peu aidé son organisme, mais le flux et le reflux de son sang, irréguliers, erratiques, indiquaient un grave désordre.

Jeter un coup d'œil dans une cave n'a rien à voir avec le fait d'y descendre pour l'inspecter. C'est là un piètre parallèle, je le sais, mais je n'en trouve pas de meilleur. Ayant pris conscience du cœur du loup, je devins tout à coup ce même cœur. J'ignore comment je m'y pris ; j'eus l'impression que je m'étais acharné à ouvrir une porte verrouillée parce que le salut m'attendait de l'autre côté, et qu'elle avait brusquement cédé sous mes assauts. Je devins donc cœur et compris aussitôt ma fonction dans l'organisme ; je compris aussi que quelque chose entravait cette fonction. Le muscle s'était aminci et fatigué avec l'âge. Toujours en tant que cœur, je m'apaisai et cherchai, avec le peu de force qui me restait, un rythme plus équilibré. Quand j'y parvins, la douleur qui m'oppressait s'atténua et je me remis au travail.

Œil-de-Nuit s'était retiré dans un coin éloigné de notre conscience. Je le laissai bouder là et me concentrai sur la tâche que je devais accomplir. À quoi comparer ce que je fis ? À du tissage ? À la construction d'un mur ? Peut-être plutôt au raccommodage du talon élimé d'une chaussette.

Je sentis que je bâtissais, ou plus exactement que je rebâtissais ce que le temps avait fissuré ; je savais aussi que ce n'était pas moi, Fitz, qui agissais, mais qu'en tant que partie de l'organisme d'un loup j'aidais cet organisme à retrouver les pas d'une danse familière ; grâce à ma concentration, il effectuait simplement son travail plus rapidement. C'était tout, me disais-je, mal à l'aise, en sentant que quelque part, quelqu'un devrait payer cette accélération des fonctions corporelles.

Quand je perçus que l'ouvrage était achevé, je me reculai. Je n'étais plus « cœur », mais c'est avec fierté que je constatai la vigueur et la régularité nouvelles avec lesquelles il battait. Toutefois, je ressentis en même temps une brusque terreur : je ne me trouvais pas dans mon corps, et j'ignorais complètement ce qui lui était arrivé pendant que j'étais dans celui d'Œil-de-Nuit. Je n'avais pas la moindre idée du temps qui s'était écoulé depuis que je l'avais quitté. Désorienté, je me tournai vers le loup, mais il garda ses distances.

C'était seulement pour t'aider ! protestai-je.

Il resta muet. J'avais du mal à débrouiller ses pensées, mais ses émotions étaient parfaitement nettes ; il se sentait insulté et humilié plus qu'il ne l'avait jamais été.

Très bien, dis-je d'un ton glacé. *Prends-le comme tu veux.* Et je me retirai, furieux.

Du moins, je voulus me retirer, mais tout avait pris un aspect extrêmement déconcertant. Je savais que je devais aller quelque part, mais les concepts de « quelque part » et d'« aller » n'avaient plus de signification. Cela me rappela un peu la sensation qu'on éprouve quand on se laisse emporter par le flux de l'Art sans y être préparé ; ce fleuve de magie peut mettre en lambeaux un pratiquant inexpérimenté, étirer un homme sur les eaux de l'esprit au point qu'il ne lui reste nulle conscience de soi. Cependant, ce que j'éprouvais était différent : je ne me sentais ni ouvert aux quatre vents ni réduit en charpie, mais pris au piège de l'écheveau de moi-même, flottant au gré du courant sans rien à quoi me raccrocher sinon le corps d'Œil-de-Nuit. J'entendais le fou crier mon nom, mais cela ne me servait à rien car je percevais sa voix par les oreilles du loup.

Tu vois ? fit ce dernier d'un ton lugubre. *Tu vois ce que tu nous as fait ? J'ai tenté de te prévenir de rester à l'écart.*

J'arriverai à tout remettre à sa place ! affirmai-je, éperdu. Il sentit comme moi que c'était moins un mensonge que l'expression de mes efforts frénétiques pour réaliser ce vœu.

Je me séparai de lui ; je me coupai de ses sens, refusai le toucher, la vue, l'ouïe, niai le goût de poussière sur ma langue et l'odeur de mon corps proche. Je détachai ma conscience de la sienne, mais restai ensuite ballant, en suspens : j'ignorais comment regagner ma propre enveloppe charnelle.

Puis me vint une perception, un tiraillement infime, moins sensible encore que si quelqu'un avait arraché un fil de ma chemise. Je me tendis vers cette sensation à peine discernable qui me venait de mon corps, mais, quand je voulus la saisir, ce fut comme si j'essayais d'attraper un rayon de soleil ; je me démenai comme un diable, puis finis par retomber dans mon moi informe avec l'impression de n'avoir réussi qu'à disperser le vague message en cherchant à m'y raccrocher. Alors je concentrai ma conscience et l'obligeai à se tenir immobile, prête à passer à l'action comme un chat aux aguets devant un trou de souris. Le tiraillement réapparut, aussi imprécis que la lumière de la lune tamisée par les frondaisons. Par un effort de volonté, je ne bougeai pas, m'imposant le calme pendant que la sensation me cherchait. Pareille à un mince fil d'or, elle me toucha enfin. Elle me sonda puis, une fois certaine qu'il s'agissait bien de moi, elle me saisit et me ramena vers elle par à-coups ; bien qu'insistante, elle était aussi fragile qu'un cheveu, et je ne pouvais rien faire sans la rompre. Non, il me fallait demeurer inerte, redoutant à chaque instant que le contact ne se brise, et la laisser m'entraîner à sa façon hésitante loin du loup, vers moi-même. La traction devint de plus en plus rapide, et je pus soudain agir de ma propre volonté.

Je sentis brutalement la forme étriquée de mon corps et m'y déversai, horrifié de constater à quel point le récipient de mon âme s'était refroidi et rigidifié. Mes paupières étaient collantes et mes yeux secs d'être restés ouverts sans ciller, et tout d'abord je n'y vis rien. De même, j'étais incapable de parler, car j'avais la bouche et la gorge des séchées comme du vieux cuir. Je voulus rouler sur le flanc, mais mes muscles raidis par les crampes refusaient de m'obéir, et je ne parvins qu'à m'agiter faiblement. Pourtant, la douleur que je ressentis m'emplit de bonheur, car c'était la mienne, c'était la sensation de ma chair à moi qui reprenait contact avec mon esprit. Je poussai un soupir de soulagement qui ressemblait à un croassement.

Les mains en coupe, le fou fit couler sur mes lèvres entrouvertes un filet d'eau qui humecta ma gorge sèche. La vue me revint, d'abord brouillée, puis assez nette pour me révéler que le soleil avait largement dépassé le zénith , j'étais donc resté plusieurs heures en dehors de mon corps. Quelque temps après, je parvins à me redresser sur mon séant, et je tendis aussitôt mon esprit vers Œil-de-Nuit. Il était toujours couché dans la poussière près de moi ; il ne dormait pas : il était plongé dans une inconscience plus profonde que le sommeil. Je posai la main sur lui et je perçus son esprit, très loin, semblable à une petite luciole ; je sentis aussi le battement régulier de son cœur, et une immense satisfaction m'envahit. J'essayai avec douceur de contacter sa conscience.

Va-t'en! Il m'en voulait toujours, mais cela ne parvint pas à m'affecter. Sa respiration fonctionnait, son cœur battait rythmiquement ; il était peut-être épuisé, j'étais peut-être encore désorienté, mais je ne regrettais rien s'il avait la vie sauve.

Peu après, je localisai le fou : il était agenouillé près de moi, un bras autour de mes épaules. Je ne m'étais pas rendu compte qu'il me tenait. Je me tournai vers lui, la tête ballottante. La fatigue tirait ses traits et des rides de souffrance creusaient son front, mais il parvint à m'adresser un sourire contraint. « J'ignorais si cela marcherait, mais c'est tout ce qu'il m'est venu à l'esprit de tenter. »

Il fallut un moment pour que ses propos prennent un sens pour moi. Je baissai les yeux sur mon poignet : l'empreinte de ses doigts avait retrouvé de l'éclat ; elle n'était pas argentée comme lorsqu'il m'avait touché du bout de ses doigts enduits d'Art, mais sa teinte grise était plus sombre que naguère. Le fil de conscience qui nous reliait avait gagné un toron. Son geste me laissa épouvanté.

« Je dois sans doute te remercier », dis-je sans amabilité. J'avais l'impression d'un viol ; je lui en voulais de m'avoir touché de cette manière sans mon assentiment – réaction puérile, certes, mais que je n'avais pas la force de surmonter.

Il éclata d'un rire moqueur, mais exagérément fort. « Je pensais bien que ça ne te plairait pas ; pourtant, mon ami, je n'ai pas pu m'en empêcher ; je ne pouvais pas faire autrement. » Il reprît son souffle, la respiration hachée.

D'une voix plus douce, il ajouta : « Et voici que tout recommence. Je suis à tes côtés depuis deux jours à peine que déjà le destin t'appelle. Sera-ce toujours le prix à payer pour que nous nous retrouvions ? Devrai-je toujours t'agiter devant la gueule de la mort afin d'attirer ce monde sur une voie meilleure ? » Son bras se serra sur mes épaules. « Ah, Fitz, comment arrives-tu à me pardonner constamment ce que je te fais subir ? »

Je n'y arrivais pas, mais je me tus et détournai le regard. « J'ai besoin de rester seul un moment, je t'en prie. »

Une bulle de silence grossit entre nous, puis le fou répondit : « Naturellement. » Il laissa tomber son bras de mes épaules et s'écarta brusquement de moi, à mon grand soulagement. À son contact, le lien d'Art qui nous unissait se renforçait, et cela me donnait une impression de vulnérabilité. Le fou ignorait comment franchir la distance qui séparait nos deux esprits pour venir fouiller dans le mien, mais cela n'atténuait pas ma peur. Un couteau posé sur ma gorge restait une menace même si la main qui le tenait obéissait aux meilleures intentions.

Je m'efforçai de ne pas songer au revers de la pièce : le fou, sans en avoir la moindre notion, m'était totalement ouvert dans ces moments-là aussi. Cette idée me taquina et, tentatrice, me donna l'envie d'essayer d'établir un contact plus total ; il me suffisait de demander au fou de poser à nouveau les doigts sur mon poignet. Je savais les possibilités que m'offrait ce toucher : je pouvais m'engouffrer dans l'esprit de mon compagnon, découvrir tous ses secrets, voler toute son énergie. Je pouvais faire de son corps une extension du mien, me servir de sa vie à mes propres fins.

Mais c'était là une envie honteuse ; j'avais été témoin

de ce qu'il advenait de ceux qui y cédaient. Comment aurais-je pu pardonner au fou de l'avoir réveillée en moi ?

La douleur familière d'une migraine d'Art battait mes tempes et tous mes muscles étaient endoloris comme si je venais de livrer une longue bataille. J'avais l'impression d'avoir été écorché vif, au point que même le contact d'un bras ami me faisait souffrir. Je me levai tant bien que mal et me dirigeai vers le ruisseau d'un pas chancelant ; la bouche desséchée, je voulus m'agenouiller sur la berge, mais il m'apparut plus facile de me coucher à plat ventre pour boire à même le courant. Une fois désaltéré, je m'aspergeai le visage et les cheveux, puis me frottai les yeux à m'en faire pleurer ; avec soulagement, je les sentis à nouveau humectés et ma vision s'éclaircit.

Je me retournai vers mon loup toujours inerte, puis jetai un coup d'œil en direction du fou. Il se tenait à l'écart, les épaules voûtées, les lèvres serrées. Je l'avais blessé, et je le regrettais ; il avait essayé de bien faire, et pourtant une partie de moi-même persistait, entêtée, à lui en vouloir. Je cherchai une justification à cette attitude stupide et n'en trouvai pas ; parfois, malheureusement, savoir qu'on n'a pas le droit d'être en colère ne suffit pas à chasser cette colère. « Ah, ça va mieux ! » fis-je en secouant la tête pour faire tomber l'eau de mes cheveux, comme si je pouvais convaincre le fou aussi bien que moi-même que seule la soif était responsable de ma conduite. Il ne réagit pas.

Je recueillis de l'eau dans le creux de mes mains et m'assis près du loup pour en faire couler un filet sur sa langue pendante. Au bout de quelques instants, il s'éveilla légèrement, assez pour rentrer sa langue dans sa gueule.

Je fis un nouvel essai auprès du fou. « Je sais que tu as fait ce que tu as fait pour me sauver la vie. Merci. »

Il nous a sauvé la vie à tous les deux. Il nous a évité une existence qui nous aurait anéantis tous les deux. Le loup n'avait pas ouvert les yeux, mais sa pensée brûlait de passion.

N'empêche que ce qu'il a fait...

Était-ce pire que ce que tu m'as fait, toi ?

Je ne sus que répondre. Il m'était impossible de regretter de l'avoir maintenu en vie, et pourtant...

Choisissant la facilité, je m'adressai au fou plutôt que de poursuivre le fil de cette idée. « Tu nous as sauvés tous les deux. J'étais... j'ignore comment, j'étais entré dans Œil-de-Nuit – grâce à l'Art, je pense. » Je m'interrompis, pris d'une brusque intuition : était-ce à cela qu'Umbre faisait allusion quand il m'avait affirmé que l'Art pouvait servir à soigner ? Un frisson de répulsion me parcourut. J'avais imaginé un partage d'énergie, mais ce que j'avais fait... Non, je préférais écarter ce souvenir de mon esprit. « Il fallait que j'essaye de le tirer d'affaire, et... je l'ai aidé, en effet. Mais ensuite je ne parvenais plus à ressortir de lui. Si tu ne m'avais pas ramené... » Je laissai ma phrase en suspens. Il n'existait pas de façon simple d'expliquer au fou le danger dont il nous avait écartés ; je compris alors, sans le moindre doute, que je lui raconterais l'année que le loup et moi avions passée parmi ceux du Lignage. « Retournons à la maison. J'ai de quoi préparer de la tisane d'écorce elfique, et j'ai besoin de repos autant qu'Œil-de-Nuit.

— Et moi donc », fit le fou d'une voix sans force.

Je le regardai, notant son teint plombé et ses traits tirés par la fatigue, ainsi que les rides profondes qui barraient son front, et je me sentis envahi de remords. Profane en la matière, sans assistance, il avait pourtant réussi à se servir de l'Art pour me replacer dans mon corps. La magie ne coulait pas dans ses veines comme dans les miennes, et il n'y avait aucune prédisposition héréditaire ; tout ce qu'il possédait, c'étaient de vieilles marques d'Art au bout des doigts, souvenir du jour où il avait effleuré par accident les mains de Vérité, ses mains gantées d'Art, et le lien bien mince que nous avions tissé autrefois par le biais de ces marques ; sans autres outils, il avait risqué sa vie pour me ramener dans mon enveloppe charnelle. Il ne s'était laissé arrêter ni par la peur ni par sa méconnaissance du phénomène, ce qui l'avait empêché de prendre la mesure du péril auquel il s'exposait. Cela ajoutait-il à la bravoure de son acte ou la diminuait-il ? Je n'en savais rien, mais je n'avais rien trouvé de mieux pour le remercier que de le rembarrer.

Je me remémorai la première fois où Vérité avait puisé dans mon énergie pour renforcer son Art : je m'étais effondré, comme saigné à blanc. Pourtant, le fou, lui, tenait debout ; il vacillait légèrement, mais il tenait debout, et il ne se plaignait pas non plus de la migraine qui devait lui marteler les tempes. Je m'étonnai, ainsi que cela m'était déjà souvent arrivé, de la résistance que cachait sa mince silhouette. Il dut sentir que je le regardais, car il tourna les yeux vers moi ; je lui fis un sourire hésitant, auquel il répondit par une grimace mi-figue mi-raisin.

Œil-de-Nuit roula sur le ventre, puis se leva gauchement. Du pas chancelant d'un poulain nouveau-né, il se rendit au ruisseau et se désaltéra. Sa soif étanchée, nous nous sentîmes tous deux un peu mieux, même si mes jambes tremblaient d'épuisement.

« Le chemin va être long jusqu'à la maison », dis-je.

D'un ton qui se voulait neutre, le fou me demanda : « Tu y arriveras ?

— Avec un peu d'aide. » Je lui tendis la main, il s'approcha, la saisit et la tira tandis que je me redressais. Le bras passé dans le mien, il se mit en route à mes côtés, mais je pense que je le soutenais plus que je ne m'appuyais sur lui. Le loup nous emboîta lentement le pas. Je serrai fermement les dents et me retins de tendre mon esprit vers celui du fou par le biais du lien d'Art qui pendait entre nous comme une chaîne d'argent. Je résisterai à la tentation, me dis-je. Si Vérité y est parvenu, moi aussi.

Le fou rompit le silence de la forêt, que le soleil mouchetait de taches lumineuses. « J'ai cru tout d'abord que tu avais une crise comme cela t'arrivait autrefois ; et puis, en te voyant étendu par terre, complètement immobile... j'ai craint que tu ne sois en train de mourir. Tu avais les yeux ouverts, le regard fixe et je ne sentais plus ton pouls ; pourtant, tu avais parfois un soubresaut et tu reprenais ton souffle. » Il se tut un instant. « Comme tu ne réagissais à rien, je n'ai pas vu d'autre solution que de plonger à ta recherche. »

Ces paroles m'horrifièrent ; je n'étais pas sûr de vouloir apprendre ce que mon corps avait fait en mon absence. « C'était sans doute l'unique moyen de me sauver la vie.

— Et la mienne, répondit-il à mi-voix. Car, quoi qu'il nous en coûte à l'un ou à l'autre, je dois t'empêcher de mourir ; tu es le coin qu'il me faut enfoncer, Fitz. Et j'en suis plus navré que je ne saurais l'exprimer. »

Tout en parlant ainsi, il s'était tourné vers moi. La franchise de son regard ambre se combina au lien qui nous unissait, or et argent entremêlés, et je reconnus et refusai aussitôt une vérité que je n'avais nulle envie d'accepter.

Derrière nous, le loup marchait lentement, la tête basse.

8

LE LIGNAGE

« ... Et j'espère que les mâtins vous parviendront en bonne santé en même temps que la présente missive. S'il devait en être autrement, je vous prie de m'en aviser par oiseau messager afin que je puisse vous conseiller sur les soins à leur prodiguer. Pour terminer, je me permets de vous demander, s'il vous plaît, de transmettre mes respects à sire Chevalier Loinvoyant. Informez-le en le saluant de ma part que le poulain qu'il m'a confié souffre toujours d'avoir été trop brutalement séparé de sa mère. Par nature, il est ombrageux et méfiant, mais nous espérons que la douceur et la patience alliées à une main ferme effaceront ce tempérament ; il présente aussi une tendance à se montrer buté, à la grande contrariété de son dresseur, mais nous pouvons, je pense, attribuer ce trait de caractère à son ascendance paternelle. Avec de la discipline, nous parviendrons peut-être à faire de ce travers une qualité, la force de volonté. Enfin, je reste comme toujours l'humble serviteur de monseigneur.

Mes meilleurs souhaits à votre dame et à vos enfants, Grandhomme, et j'attends avec impatience votre prochaine venue à Castelcerf pour que nous tranchions notre pari sur la ténacité de ma Renarde contre celle de votre Courtequeue sur la piste d'un gibier. »

Burrich, maître des écuries, CASTELCERF
Extrait d'une lettre envoyée à Grandhomme,
maître des écuries, FLETRIBOIS

*

Le temps d'arriver à la chaumière, l'obscurité pesait sur le pourtour de mon champ de vision. Je saisis l'épaule délicate du fou pour le guider vers la porte ; il gravit les marches en trébuchant et le loup nous suivit. Je poussai le fou vers une chaise sur laquelle il se laissa littéralement choir. Œil-de-Nuit se rendit tout droit dans ma chambre ; il grimpa non sans mal sur mon lit, se fit un nid de fortune dans les couvertures, s'y installa et sombra aussitôt dans un sommeil de plomb. Je tendis mon Vif vers lui mais le trouvai fermé à mon sondage ; je dus donc me contenter d'observer sa cage thoracique qui se soulevait et s'abaissait rythmiquement, pendant que j'allumais le feu et mettais de l'eau à chauffer. Chaque étape de la préparation de la tisane, opération pourtant simple, nécessitait toute ma concentration ; le tonnerre qui roulait sous mon crâne me poussait à m'effondrer, mais je me l'interdisais.

À la table, le fou, le front posé sur ses bras croisés, était l'image même du martyr. Alors que je sortais ma provision d'écorce elfique, il tourna le visage vers moi et fit une grimace en se remémorant l'amertume mordante de la noire décoction. « Ainsi, tu en as toujours une réserve sous la main ? » Sa voix n'était qu'un croassement rauque.

« Oui », répondis-je en mesurant la quantité d'écorce qu'il me fallait. Je la broyai ensuite dans un mortier, et, dès qu'une partie en fut réduite en poudre, j'y plongeai l'index, puis portai mon doigt à ma langue. La douleur qui me vrillait les tempes s'atténua légèrement.

« Et tu t'en sers souvent ?

— Seulement quand je ne peux pas faire autrement. »

Il inspira longuement, soupira, puis, à contrecœur, se leva pour aller chercher deux chopes. Une fois l'eau à ébullition, je préparai une infusion bien forte d'écorce elfique ; elle apaiserait la migraine de l'Art, mais nous laisserait ensuite à la fois moroses et d'une nervosité inquiète. J'avais entendu dire que les grands propriétaires de Chalcède en donnaient à leurs esclaves afin d'augmenter leur énergie au travail tout en sapant chez eux toute volonté de s'enfuir ; on prétend aussi qu'on peut devenir dépendant de ce produit, mais cela ne m'est jamais arrivé. Peut-être un usage régulier entraîne-t-il une intoxication, mais, pour ma part, je ne m'en suis jamais servi que ponctuellement, à titre de médication. On lui prête enfin le pouvoir d'étouffer toute capacité à artiser chez les jeunes, et d'entraver le développement de l'Art chez les pratiquants plus âgés. De mon point de vue, ç'eût pu être une bénédiction, mais, selon mon expérience, si l'écorce elfique peut émousser l'Art chez quelqu'un, elle n'en atténue pas pour autant la soif dévorante d'artiser.

Après l'avoir laissée longuement infuser, j'en remplis nos deux chopes et la sucrai avec du miel ; je songeai un instant me rendre au potager cueillir de la menthe, mais la distance à parcourir me découragea. Avant de prendre place en face de lui, je posai une chope devant le fou.

Il la leva en une parodie d'hommage. « À nous deux : le Prophète blanc et le Catalyseur ! »

Je répétai son geste, mais modifiai ses paroles : « Le fou et le fitz. » Nous entrechoquâmes nos chopes.

Je pris une gorgée du breuvage. L'amertume de l'écorce elfique envahit ma bouche, puis, comme j'avalais le liquide, je sentis les muscles de ma gorge se crisper. Le fou me regarda boire, puis m'imita. Il fit la grimace mais, presque aussitôt, les rides qui barraient son front s'atténuèrent. Il contempla sa chope, les sourcils froncés.

« N'existe-t-il aucun moyen d'obtenir les bénéfices de cette potion sans les inconvénients ? »

J'eus un sourire lugubre. « Une fois, à bout de ressources, j'ai dû manger de l'écorce. J'ai eu l'impression qu'on me découpait l'intérieur des joues en lanières et l'amertume m'a laissé la bouche et la gorge si crispées que c'est à peine si j'ai réussi à boire de l'eau pour me débarrasser du goût.

— Ah ! » Le fou rajouta une généreuse tombée de miel dans sa tisane, prit une nouvelle lampée et fronça les sourcils derechef.

Le silence s'installa ; un vague malaise persistait entre nous que nulle excuse ne pouvait effacer, mais qu'une explication contribuerait peut-être à éclaircir. Je jetai un coup d'œil au loup endormi sur mon lit, puis toussotai pour me dégager la gorge. « Après avoir quitté le royaume des Montagnes, nous sommes revenus jusqu'aux limites de Cerf. »

Le fou leva les yeux, posa un coude sur la table, appuya son menton dans le creux de sa main et planta son regard dans le mien, m'accordant son entière attention. Il attendit patiemment que je trouve mes mots, peu empressés à venir. Lentement, je dévidai l'histoire de ce que nous avions vécu à l'époque, le loup et moi.

Nous avions voyagé sans hâte ; il nous avait fallu presque une année, en suivant une route très détournée qui traversait les Montagnes puis les vastes plaines de Bauge, pour parvenir au voisinage de Corvecol en Cerf. L'automne avait lancé ses premières sommations quand nous étions arrivés à la bâtisse de pierres et de rondins, au toit surbaissé, accrochée au versant d'une colline boisée. Les grands arbres persistants étaient restés impassibles devant les menaces de l'automne, mais le gel venait d'effleurer les feuilles des buissons et des petites plantes qui poussaient sur le toit moussu, en détourant certaines d'un liséré jaune, en rougissant d'autres. La large porte béait dans l'air frais de l'après-midi, et une onde presque transparente de fumée montait de la cheminée courtaude. Il n'avait pas été nécessaire de frapper ni de signaler notre présence à grands cris : ceux du Lignage qui se trouvaient dans la maison l'avaient détectée sans plus d'hésitation que nous-mêmes avions senti celle de Rolf et de Fragon. C'est donc sans manifester d'étonnement que Rolf le Noir était apparu sur le seuil ; il s'était planté devant la pénombre caverneuse de son logis et nous avait regardés en fronçant les sourcils.

« Alors, vous avez enfin compris que vous avez besoin de ce que je peux vous enseigner », avait-il déclaré en guise de salut. La forte odeur d'ours qui imprégnait les alentours nous mettait mal à l'aise, Œil-de-Nuit et moi, mais j'avais néanmoins acquiescé de la tête.

Rolf avait alors éclaté de rire, et son sourire de bienvenue avait ouvert une brèche dans la forêt de sa barbe. J'avais oublié sa taille impressionnante ; il s'était avancé d'un pas lourd et m'avait engouffré dans une étreinte amicale qui avait bien failli me broyer les côtes. Puis j'avais eu l'impression de capter la pensée qu'il avait envoyée à Hilda, l'ourse qu'il avait prise comme compagnon de lien.

« Le Lignage salue le Lignage », avait dit Fragon d'un ton grave en sortant à son tour de la maison. L'épouse de Rolf était aussi mince et peu diserte que dans mes souvenirs. Sa bête de Vif, Grésil, était perchée sur son poignet ; le faucon avait posé sur moi un œil brillant avant de s'envoler alors que Fragon s'approchait de nous. Avec un sourire et en secouant la tête, elle l'avait regardé s'éloigner. Son accueil avait eu plus de retenue que celui de Rolf, mais aussi plus de chaleur. « Bienvenue ; notre toit est le vôtre », avait-elle déclaré, puis elle avait légèrement tourné la tête pour nous observer obliquement de ses yeux noirs. Un petit sourire avait illuminé ses traits alors même qu'elle baissait le visage pour le dissimuler, puis elle s'était placée près de Rolf, aussi frêle qu'il était massif, et, comme un oiseau lisse ses plumes, elle avait écarté ses cheveux noirs et luisants de son front. « Entrez partager quelque nourriture, nous avait-elle proposé.

— Ensuite, nous irons trouver un bon coin pour votre tanière et nous commencerons à la bâtir », avait ajouté Rolf, toujours direct, voire abrupt. Il jeta un coup d'œil au ciel couvert au-dessus de la forêt. « L'hiver approche. Ce n'est pas malin d'avoir attendu si longtemps pour revenir. »

Et c'est ainsi, sans autre forme de procès, que nous étions devenus membres de la communauté de vifiers des environs de Corvecol. C'étaient des forestiers qui ne se rendaient en ville que pour se procurer ce qu'ils ne pouvaient fabriquer eux-mêmes ; ils cachaient leur magie aux villageois, car avoir le Vif, c'était inviter la corde et la lame à sa porte. Rolf et Fragon ne se disaient d'ailleurs pas vifiers, qui était pour eux une épithète dont se servaient ceux qui détestaient la magie des Bêtes tout en la craignant, un terme injurieux qui pouvait mener au gibet. Entre eux, ils se désignaient comme ceux du Lignage, et ils plaignaient les enfants issus de leurs propres entrailles qui se révélaient incapables de former un lien d'âme et d'esprit avec un animal, tout comme les gens ordinaires s'apitoient sur un enfant né aveugle ou sourd.

Les représentants du Lignage n'étaient guère nombreux : à peine cinq familles disséminées à l'écart les unes des autres dans les bois environnant Corvecol ; les persécutions les avaient convaincus de ne pas se regrouper exagérément. Ils se reconnaissaient entre eux et cela suffisait à souder leur communauté. Les membres du Lignage exerçaient en général des métiers solitaires qui leur permettaient de vivre à part des gens ordinaires tout en restant assez proches pour pratiquer le troc et jouir des avantages de la ville ; ils étaient bûcherons, trappeurs, et j'en passe. Une famille s'était installée avec ses loutres sur les rives argileuses d'un cours d'eau et créait des poteries d'une exquise délicatesse ; un vieil homme lié à un sanglier vivait dans l'abondance grâce à l'argent que les habitants fortunés de la ville lui donnaient en échange des truffes qu'il déterrait. En somme, c'étaient des gens paisibles, des gens qui acceptaient sans mépris leur rôle de membres du monde naturel ; on ne saurait en dire autant de leur attitude face à l'humanité dans son ensemble. Je percevais chez eux un fort dégoût pour ceux qui vivaient entassés dans les villes et ne voyaient dans les animaux que des serviteurs ou une simple compagnie, des « bêtes » dans tous les sens du terme. Ils dénigraient aussi ceux du Lignage qui faisaient leur vie au milieu des gens ordinaires et niaient leur propre magie pour ce faire. On supposait souvent que je provenais d'une de ces familles, et j'avais grand-peine à dissiper ce genre d'idées sans en révéler trop sur moi-même.

« Et y es-tu parvenu ? » s'enquit le fou à mi-voix.

J'eus le sentiment gênant qu'il posait la question parce qu'il savait la réponse négative. Je soupirai. « À vrai dire, j'étais constamment sur le fil du rasoir, plus que je ne l'avais jamais été au cours de mon existence. Les mois passaient et je me demandais si je n'avais pas commis une erreur en revenant dans cette communauté. Des années auparavant, lorsque je les avais rencontrés pour la première fois, Rolf et Fragon avaient appris que je m'appelais Fitz ; ils n'ignoraient rien non plus de ma haine pour Royal. De là à reconnaître en moi Fitz le bâtard au Vif, il n'y avait qu'un pas, que Rolf a franchi car il a cherché un jour à en parler avec moi. Je lui ai rétorqué qu'il se trompait, qu'il s'agissait d'une coïncidence extraordinaire et malheureuse qui m'avait valu bien des ennuis ; je me suis montré si catégorique que même lui, tout buté qu'il fût de nature, a fini par se rendre compte que jamais il ne m'acculerait à me contredire. Je mentais et il le savait, mais je lui ai fait clairement comprendre que ce mensonge devait rester la vérité entre nous, et, de fait, le sujet n'a plus jamais été soulevé. Fragon, j'en mettrais ma main à couper, en savait autant que son époux mais pas une fois elle n'a évoqué la question, et je pense que personne d'autre n'a fait le rapprochement. Je m'étais présenté sous le nom de Tom et tout le monde m'appelait ainsi, même Fragon et Rolf. Je formais le vœu ardent que Fitz demeure mort et enterré.

— Ainsi, ils étaient au courant. » Le fou voyait ses soupçons confirmés. « Ce groupe, tout au moins, savait que Fitz, le bâtard de Chevalerie, n'avait pas péri. »

Je haussai les épaules. À mon grand étonnement, la vieille épithète me cuisait toujours, même dans la bouche de mon ami ; pourtant, il y avait beau temps qu'elle n'aurait plus dû me toucher. Autrefois, à mes propres yeux, je n'étais que « le bâtard » et rien d'autre, mais j'avais dépassé ce stade depuis des années, en prenant conscience qu'on était ce qu'on faisait de soi-même et non ce que la naissance avait décidé. Il me revint soudain en mémoire la perplexité de la sorcière des haies devant les révélations contradictoires de mes paumes ; je refrénai mon envie de regarder mes mains et nous resservis, le fou et moi, de tisane d'écorce elfique, puis j'allai voir dans mon garde-manger ce que je pouvais trouver pour chasser l'amertume de ma bouche. Je pris la bouteille d'eau-de-vie de Bord-des-Sables, puis la rangeai résolument et choisis à la place le reste de fromage, un peu dur mais encore savoureux, que j'accompagnai de la moitié d'une miche de pain. Nous n'avions rien mangé depuis le petit déjeuner, et, à présent que ma migraine s'atténuait, je me découvrais une faim dévorante. Le fou devait partager mon appétit car, alors que je coupais des morceaux de fromage, il en faisait autant du pain.

Ma narration restait en suspens entre nous, inachevée.

Je soupirai. « À part nier en bloc, j'étais démuni devant ce que ces gens savaient ou non de moi. Œil-de-Nuit et moi avions besoin de leur science ; eux seuls étaient en mesure de nous enseigner ce qu'il nous fallait apprendre. »

Le fou hocha la tête, puis entassa des morceaux de fromage sur une tranche de pain dans laquelle il mordit à belles dents en attendant que je poursuive.

Les mots me venaient à contrecœur ; je n'aimais pas me rappeler cette année-là. Pourtant, j'avais beaucoup appris, non seulement par les cours que m'avait dispensés Rolf, mais aussi par le simple contact avec la communauté du Lignage. « Rolf n'était pas le meilleur des précepteurs ; le tempérament vif, impatient, surtout quand approchait l'heure du repas, il avait la manie d'envoyer des taloches en grondant, voire de rugir d'exaspération quand son élève se montrait trop lent. Il ne mesurait absolument pas l'étendue de mon ignorance des us et coutumes du Lignage ; j'imagine qu'à ses yeux j'étais aussi mal élevé qu'un enfant qui fait exprès d'être grossier. Mes conversations « à pleine voix » avec Œil-de-Nuit gâchaient la chasse des autres prédateurs du Lignage ; on ne m'avait jamais appris qu'il fallait annoncer sa présence par le Vif quand on changeait de territoire. À l'époque où j'habitais à Castelcerf, je ne savais pas qu'une telle communauté existait chez les vifiers, et surtout pas qu'elle avait ses propres règles.

— Une seconde, dit le fou. Tu prétends donc que les personnes douées du Vif peuvent échanger des pensées, tout comme cela se passe avec l'Art ? » Cette idée paraissait l'enthousiasmer.

« Non, fis-je en secouant la tête. Ça ne fonctionne pas ainsi. Je puis effectivement sentir si un vifier communique avec son animal de lien... s'ils font preuve d'autant de laisser-aller et d'incurie qu'Œil-de-Nuit et moi autrefois ; là, oui, je perçois l'usage du Vif, même si je ne capte pas les pensées qu'ils échangent. C'est comme si j'entendais les harmoniques d'une corde de harpe qu'on pince. » J'eus un sourire triste. « C'est de cette façon que Burrich, une fois qu'il eut découvert que j'avais le Vif, me surveillait pour s'assurer que je ne m'y adonnais pas. Il maintenait toujours ses remparts mentaux dressés contre cette magie dont il ne se servait jamais, afin de se garder des bêtes qui tendaient leur esprit vers lui ; c'est d'ailleurs pourquoi il est resté longtemps sans savoir que je l'employais, tant étaient solides ses murailles de Vif, similaires aux murailles d'Art que Vérité m'avait appris par la suite à établir autour de moi. Mais dès l'instant où il s'est rendu compte que j'avais le Vif, je pense qu'il les a un peu baissées pour me tenir à l'œil. » Je m'interrompis en remarquant l'air vaguement égaré du fou. « Tu comprends ?

— Pas complètement, quoique assez pour te suivre. Mais... es-tu capable de surprendre les propos d'un animal à son compagnon de Vif humain ? »

Je fis non de la tête, puis faillis éclater de rire devant sa mine perplexe. « Ça me paraît tellement évident que j'ai du mal à l'expliquer en termes clairs. » Je réfléchis un instant. « Imagine que toi et moi possédions un langage privé que nous serions les seuls à pouvoir décoder.

— C'est peut-être bien le cas », fit-il avec un sourire.

Je poursuivis sans me laisser distraire : « Les pensées qu'Œil-de-Nuit et moi échangeons sont les nôtres et en grande partie incompréhensibles à qui nous écouterait à l'aide du Vif. Nous partageons ce langage depuis toujours, mais Rolf nous a enseigné à diriger nos pensées précisément l'un vers l'autre au lieu d'en faire profiter tout le voisinage. Un vifier parviendrait peut-être à sentir que nous communiquons s'il voulait vraiment nous entendre, nous et personne d'autre, mais, dans l'ensemble, nos échanges se fondent à présent dans le chuchotement de Vif du reste du monde. »

Le fou plissait le front. « Ainsi, seul Œil-de-Nuit peut te parler ?

— C'est à moi qu'il parle le plus clairement. Quelquefois, une autre créature dénuée de tout lien avec moi partage ses pensées avec moi, mais le sens en est le plus souvent difficile à saisir ; c'est un peu comme essayer de s'entretenir avec un étranger dont la langue ressemble à celle qu'on parle soi-même : on agite les mains, on hausse la voix, on répète les mêmes mots en les soulignant à grands gestes, et on finit par dégager le sens général de la communication sans en percevoir aucune des finesses. » Je me tus pour réfléchir. « Le phénomène fonctionne mieux, je pense, si l'animal est lié à quelqu'un d'autre. J'ai parlé une fois avec l'ourse de Rolf ; avec un furet aussi. Et entre Œil-de-Nuit et Burrich... ç'a dû être une humiliation singulière pour Burrich, mais il a autorisé

Œil-de-Nuit à communiquer avec lui quand je me trouvais dans les cachots de Royal. Ils se comprenaient de façon imparfaite, mais assez bien quand même pour nous permettre, à Burrich et moi, de mettre sur pied un plan destiné à me sauver. »

Je restai quelques instants à errer dans ces souvenirs, puis je revins à mon récit. « Rolf m'a enseigné les rudiments de la courtoisie entre gens du Lignage, mais sa pédagogie n'avait rien d'aimable ; il était aussi prompt à la correction après que nous avions pris conscience de nos erreurs qu'avant. Œil-de-Nuit le supportait mieux que moi, peut-être parce qu'il était plus sensible au sens de la hiérarchie telle qu'elle existe dans une meute. Pour ma part, j'avais plus de mal à apprendre, habitué que j'étais, je pense, à ce qu'on fasse preuve à mon égard du respect auquel a droit un homme adulte. Si j'avais connu Rolf plus jeune, j'aurais peut-être accepté plus aveuglément ses manières abruptes ; mais les expériences vécues au cours des récentes années avaient fait de moi un être violent envers quiconque se montrait agressif avec moi, et j'ai dû le choquer la première fois que je lui ai adressé un grondement de fureur, les dents découvertes, parce qu'il m'avait tancé sans douceur à cause d'une erreur. Il est resté froid et distant pendant toute la journée, et j'ai compris que je devais me plier à ses façons si je voulais poursuivre mon apprentissage auprès de lui. J'ai donc courbé la tête, mais j'avais l'impression d'être un enfant obligé d'apprendre à se dominer, et, de fait, j'ai souvent eu bien du mal à maîtriser ma colère contre lui. L'impatience que lui inspirait ma lenteur l'exaspérait autant que ma "pensée humaine" le rendait perplexe. Dans ses plus mauvais jours, il me rappelait Galen, le maître d'Art, et il me paraissait aussi étroit d'esprit et cruel que lui quand il critiquait la mauvaise éducation que j'avais reçue parmi ceux qui n'appartenaient pas au Lignage ; je n'appréciais pas du tout qu'il parle ainsi de personnes que je considérais comme ma famille. Je le savais aussi, il me jugeait comme une nature soupçonneuse et méfiante qui ne baissait jamais complètement ses barrières devant lui ; il est vrai que je lui dissimulais bien des pans de ma personnalité. Il exigeait que je lui expose par le menu la façon dont j'avais été élevé, les souvenirs que je conservais de mes parents, la première fois où j'avais senti le Lignage s'éveiller en moi, et mes réponses peu détaillées ne le satisfaisaient pas ; néanmoins, il m'était impossible de lui en dire davantage sans trahir mon ancienne identité. D'ailleurs, le peu que je lui distillais le faisait déjà tellement bondir qu'un compte rendu plus complet l'aurait complètement révulsé. Il approuvait Burrich de m'avoir empêché de me lier jeune, mais il condamnait en même temps tous les motifs qui l'avaient poussé à agir ainsi ; le fait que j'étais parvenu à tisser un lien avec Martel malgré la vigilance de Burrich l'avait convaincu de mon tempérament sournois ; il revenait toujours à mon enfance et à mon caractère rebelle comme étant à l'origine de toutes mes difficultés pour trouver la magie du Lignage cachée en moi, et là aussi il me rappelait Galen et son mépris pour le bâtard qui s'évertuait à maîtriser l'Art, la magie des rois. Encore une fois, chez des gens auprès desquels je croyais trouver la tolérance, je découvrais que je n'étais ni carpe ni lapin ; et, si je me plaignais à Œil-de-Nuit de sa façon de nous traiter, Rolf m'intimait d'un air menaçant l'ordre de cesser de pleurnicher sur l'épaule de mon loup et de m'appliquer à apprendre de meilleures manières. »

Œil-de-Nuit apprenait plus facilement et c'est souvent lui qui parvenait à me faire comprendre un concept que

Rolf s'était acharné en vain à m'enfoncer dans le crâne. Le loup percevait aussi plus nettement que moi l'indignation que j'inspirais à Rolf, mais il n'y réagissait pas bien, car le sentiment de notre professeur se fondait sur l'idée que je ne traitais pas Œil-de-Nuit aussi bien que mon devoir l'exigeait. Il était révolté à la pensée que j'étais presque adulte et mon compagnon à peine plus qu'un louveteau lorsque nous nous étions liés, et il me reprochait sans cesse de ne pas considérer Œil-de-Nuit comme mon égal, accusation que nous rejetions l'un comme l'autre.

Le premier heurt à ce sujet avait eu lieu lors de la mise en place de notre logis pour l'hiver. Nous avions choisi un emplacement facile d'accès depuis la maison de Rolf et de Fragon mais assez isolé pour éviter toute promiscuité gênante. Ce premier jour, j'avais entrepris de construire une cabane pendant qu'Œil-de-Nuit s'en était allé chasser ; Rolf était passé et m'avait critiqué parce que j'obligeais le loup à vivre dans une habitation exclusivement humaine. Sa propre maison comprenait une grotte naturelle dans la colline et elle était conçue pour la cohabitation d'une ourse et d'un homme ; il avait affirmé d'un ton péremptoire qu'Œil-de-Nuit devait d'abord se creuser une tanière que j'incorporerais ensuite dans ma propre demeure. Quand j'en avais discuté avec Œil-de-Nuit, il m'avait répondu qu'habitué aux maisons des hommes depuis son enfance il ne voyait pas pourquoi je ne m'occuperais pas tout seul de nous bâtir un logement confortable. J'avais rapporté ces propos à Rolf, qui était entré dans une violente colère contre nous deux ; il avait déclaré à Œil-de-Nuit qu'il ne voyait rien de comique dans le fait d'abdiquer sa nature pour le bien-être égoïste de son compagnon. Son point de vue était si éloigné du nôtre que nous avions été à deux doigts de quitter Corvecol sur-le-champ ; mais Œil-de-Nuit, après réflexion, avait jugé qu'il valait mieux que nous restions pour mener à bien notre apprentissage. Nous avions donc obéi aux instructions de Rolf ; le loup avait laborieusement excavé une tanière, puis j'avais construit ma cabane autour de son entrée. Mon compagnon avait passé très peu de temps dans ce trou, préférant la chaleur de mon âtre, mais Rolf ne l'avait jamais découvert.

Nombre de mes désaccords avec Rolf puisaient à la même source. À ses yeux, Œil-de-Nuit était trop humanisé tandis qu'il voyait trop peu du loup en moi ; dans le même temps, il nous reprochait l'entretissage trop serré de nos esprits, l'impossibilité où il se trouvait de percevoir l'un sans l'autre. Ce qu'il nous avait appris de plus important était peut-être la façon de nous séparer ; par mon biais, il avait fait comprendre à Œil-de-Nuit que chacun a besoin d'intimité, de solitude, pour certains aspects de la vie comme l'accouplement ou le deuil. Pour ma part, je n'avais jamais réussi à convaincre le loup de la nécessité d'une pareille dichotomie. Là encore, Œil-de-Nuit avait appris la leçon plus vite et mieux que moi : quand il le désirait, il était capable de disparaître complètement à mes sens. Je n'aimais pas cette sensation d'être ainsi coupé de lui ; j'avais l'impression de perdre la moitié de moi-même, voire davantage parfois ; cependant nous comprenions toute la sagesse de cet apprentissage et nous nous acharnions à parfaire notre compétence dans ce domaine. Malgré tout, alors que nous nous réjouissions de nos progrès, Rolf continuait à soutenir que, même lors de nos séparations, nous partagions une unité si fondamentale que nous n'en avions même pas conscience. Un jour, j'avais haussé les épaules, considérant la question comme sans importance, et j'avais cru qu'il allait exploser.

« Et que se passera-t-il quand l'un de vous mourra ? La mort nous prend tous, tôt ou tard, et il est impossible de tricher avec elle ! Deux esprits ne peuvent cohabiter longtemps dans un seul corps sans que l'un prenne le dessus et l'autre devienne une ombre. C'est une abomination, quel que soit le plus fort ! Voilà pourquoi les traditions du Lignage repoussent avec dégoût cette avidité de vivre, tout effort pour se raccrocher égoïstement à la vie. » Rolf m'avait alors regardé d'un air encore plus sévère que d'habitude. Soupçonnait-il que j'avais déjà échappé à la mort grâce à ce genre de ruse ? Non, c'était impossible. Je lui avais retourné un regard candide.

Il avait froncé ses sourcils noirs d'un air inquiétant. « Quand la vie d'une créature est finie, elle est finie, et c'est pervertir toute la nature que la prolonger. Cependant, seul le Lignage sait la vraie profondeur de la souffrance qu'engendre la séparation de deux âmes qui ont été unies. C'est ainsi, et vous devez être capables de vous couper de l'autre quand l'heure viendra. » Ses sourcils broussailleux se touchaient presque. Œil-de-Nuit et moi avions cessé de communiquer, plongés chacun dans nos réflexions, et Rolf lui-même avait paru finalement percevoir l'angoisse que ses propos avaient fait naître en nous. D'un ton à la fois plus bourru et plus doux, il avait repris : « Notre coutume n'est pas cruelle, du moins pas plus que nécessaire. Il existe un moyen de conserver la mémoire de tout ce qui a été partagé, de préserver la voix de la sagesse de l'autre et l'amour de son cœur.

— Un des membres du couple pourrait donc poursuivre sa vie dans l'enveloppe de l'autre ? » avais-je demandé, l'esprit embrouillé.

Rolf m'avait adressé un regard de dégoût. « Non. Je

viens de vous le dire, c'est une pratique que nous n'admettons pas. Quand l'heure de votre mort sonnera, vous devrez vous couper de votre compagnon pour mourir, non vous cramponner à lui comme une sangsue. »

Œil-de-Nuit avait poussé un petit gémissement sifflant. Il était aussi perdu que moi. Rolf avait paru reconnaître qu'il nous exposait un concept ardu, car il s'était tu pour se gratter bruyamment la tête. « Écoutez-moi : ma mère est morte et enterrée depuis longtemps, mais je me rappelle encore le son de sa voix quand elle me chantait une berceuse, et j'entends ses mises en garde quand je m'apprêtais à faire une bêtise. Vous me suivez ?

— Je crois », avais-je répondu. Nous touchions à une autre pomme de discorde entre Rolf et moi : il refusait d'accepter l'idée que je n'avais aucun souvenir de ma mère alors que j'avais passé les six premières années de ma vie auprès d'elle. Devant la tiédeur de ma réponse, il avait plissé les yeux.

« C'est le cas de la majorité, avait-il repris d'une voix forte, comme s'il pouvait me persuader par sa seule puissance sonore. Et c'est ce que vous pourrez conserver d'Œil-de-Nuit quand il mourra – ou lui de vous à votre mort.

— Des souvenirs », avais-je fait à mi-voix en hochant la tête. La simple évocation de la disparition d'Œil-de-Nuit me perturbait.

« Non ! s'était exclamé Rolf. Pas seulement des souvenirs ! N'importe qui peut avoir des souvenirs ! Ce que le membre d'un couple laisse à son compagnon est plus profond et plus riche : c'est une présence. Il n'est pas question de poursuivre sa vie dans l'esprit de l'autre, de partager des pensées, des décisions et des expériences, mais simplement... d'être là, tout près. Maintenant, vous comprenez », avait-il affirmé catégoriquement.

J'avais voulu répondre par la négative, mais Œil-de-Nuit s'était appuyé avec insistance sur ma jambe et je m'étais contenté d'un grognement qui pouvait passer pour un acquiescement. Pendant le mois qui avait suivi, Rolf nous avait entraînés avec obstination, nous ordonnant de nous séparer, puis nous laissant nous réunir, mais d'une façon vague et impalpable que je trouvais extrêmement insatisfaisante, au point de me convaincre que nous nous y prenions mal, que ce que nous éprouvions n'avait rien à voir avec le bien-être et la « présence » dont avait parlé Rolf. À ma grande surprise, quand je lui avais fait part de mes doutes, il s'était déclaré d'accord avec moi, mais il avait poursuivi en affirmant que nous étions encore beaucoup trop mêlés l'un à l'autre, que le loup et moi devions nous séparer davantage. Nous l'avions écouté, nous nous étions exercés sans feindre, mais nous nous étions réservé le droit d'agir comme bon nous semblerait quand la mort viendrait prendre l'un de nous.

Nous n'avions jamais exprimé tout haut notre résolution, mais je suis sûr que Rolf l'avait perçue car il s'était acharné à nous « démontrer » que nos façons de vivre étaient erronées, et les exemples qu'il nous avait montrés étaient de véritables crève-cœur. Par incurie, une famille du Lignage avait laissé des hirondelles faire leur nid sous les chéneaux de leur maison, là leur fils nouveau-né pouvait non seulement entendre leurs gazouillis mais aussi observer leurs allées et venues; et il n'avait plus jamais cessé alors même qu'il avait grandi et approchait de la trentaine. À Bourg-de-Castelcerf, on l'eût qualifié de simple d'esprit, et on ne se fut pas trompé; mais, quand Rolf nous avait ordonné de le sonder de façon plus précise à l'aide du Vif, la raison de son état nous était apparue clairement : le malheureux était lié, non à une seule hirondelle, mais à toute la nichée. Dans sa tête, il était un oiseau, et, quand il barbotait dans les flaques, agitait les mains en tous sens et cherchait à gober les insectes, c'était sous l'action de son esprit d'oiseau.

Voilà ce qui arrive lorsqu'on se lie trop jeune », avait conclu Rolf d'un air sombre.

Il avait soumis un autre couple à notre observation, mais de loin. Un matin, de bonne heure, alors que la brume s'étendait encore lourdement dans les vallons, nous nous étions retrouvés couchés à plat ventre au bord d'une combe, silencieux comme des souches aussi bien en parole qu'en pensée. Dans le brouillard, une biche blanche s'approchait à pas légers d'une mare, se déplaçant non avec la prudence propre à son espèce mais avec la grâce languide d'une femme, et j'avais songé que sa compagne devait se trouver non loin, dissimulée dans la brume. La biche avait baissé le museau jusqu'au niveau de l'eau et s'était mise à boire à longues goulées fraîches, puis elle avait lentement relevé la tête et tourné ses grandes oreilles vers l'avant. Son Vif m'avait effleuré, interrogateur. J'avais cillé, m'efforçant de me concentrer sur elle tandis qu'un petit gémissement d'incompréhension échappait au loup.

Rolf s'était relevé brusquement sans chercher à se cacher et avait refusé le contact avec froideur. J'avais senti son dégoût alors qu'il s'éloignait à grandes enjambées, mais nous étions restés, les yeux braqués sur la biche. Peut-être avait-elle perçu notre ambivalence, car elle nous avait rendu notre regard avec une hardiesse très atypique de son espèce. Une étrange sensation de vertige s'était emparée de moi et j'avais plissé les yeux pour tâcher de distinguer dans la silhouette de l'animal les deux êtres que, mon Vif me l'assurait, j'avais devant moi.

À l'époque où je faisais mon apprentissage auprès d'Umbre, mon mentor s'était servi de différents exercices pour m'enseigner à voir ce qui se trouvait vraiment sous mes yeux et non ce à quoi mon esprit s'attendait. La plupart étaient simples : observer un emmêlement de corde et déterminer s'il s'agissait d'un nœud complexe ou d'un enchevêtrement dû au hasard, regarder des gants éparpillés et repérer ceux qui étaient dépareillés ; il m'avait enseigné une technique plus curieuse qui consistait à écrire le nom d'une couleur en utilisant une encre d'une autre teinte, par exemple « rouge » en bleu vif. Lire tout haut une liste de noms de couleurs ainsi rédigée sans se tromper, en disant ce qui était écrit et non les teintes employées, exigeait plus de concentration que je ne l'aurais cru.

Je m'étais donc frotté les yeux, j'avais regardé à nouveau et n'avais vu qu'une biche. La femme n'était qu'une fabrication de mon cerveau fondée sur ce qu'annonçait mon Vif ; physiquement, elle n'était pas là. Sa présence dans la biche faussait ma perception de l'animal. L'anomalie de la situation m'avait donné la chair de poule et c'est l'esprit confus qu'Œil-de-Nuit et moi avions rattrapé Rolf qui continuait de s'éloigner à grands pas de la combe abritée et de son étang paisible. Au bout de quelque temps, je lui avais demandé : « Qu'est-ce que c'était ? »

Il avait pilé net et s'était tourné d'un bloc vers moi, insulté par mon ignorance. « Qu'est-ce que c'était ? C'était vous deux d'ici une dizaine d'années, si vous ne changez pas vos façons d'être ! Vous avez vu ses yeux ! Ce n'est pas une biche qu'il y avait dans ce vallon, mais une femme dans la peau d'une biche ! Je voulais que vous le voyiez vous-mêmes, que vous vous rendiez compte de l'abomination que c'est, de la perversion absolue de ce qui aurait dû être une confiance mutuelle. »

Je l'avais regardé sans rien dire, attendant qu'il poursuive, il avait dû espérer que j'acquiescerais à son jugement, car il avait émis un grondement grave. « C'est Delayna que vous avez vue ; elle est tombée dans l'étang gelé d'Eroble et s'y est noyée il y a deux hivers. Elle aurait dû mourir à ce moment-là, mais non : elle s'est accrochée à Parela. La biche n'a pas eu le courage ou bien la force de l'en empêcher, et vous avez été témoin du résultat : une biche avec l'esprit et le cœur d'une femme, et Parela privée de toute pensée propre ou presque. C'est absolument contre nature ! Ce sont des gens comme Delayna qui sont à la racine de tous les racontars malveillants de ceux qui n'appartiennent pas au Lignage ! C'est elle qui les incite à nous pendre et à nous brûler au-dessus de l'eau ! Elle n'a que ce qu'elle mérite ! »

J'avais détourné le regard, gêné par sa véhémence. J'avais frôlé de trop près le même sort pour croire que quiconque pût le mériter : mon corps glacé était resté des jours dans ma tombe tandis que je partageais la chair et la vie d'Œil-de-Nuit. J'avais alors eu la certitude que Rolf en avait le soupçon, et je m'étais demandé, s'il me méprisait à ce point, pourquoi il s'était fait mon professeur ; comme s'il avait capté un écho de mes pensées, il avait ajouté d'un ton brusque : « Quelqu'un qui n'a pas d'éducation peut commettre une mauvaise action ; mais, une fois qu'il a appris, il n'a aucune excuse s'il recommence. Aucune. »

Là-dessus, il avait repris sa route, et nous l'avions suivi, Œil-de-Nuit avec la queue raidie à l'horizontale. Tout en cheminant à pas lourds, Rolf marmonnait dans sa barbe. « C'est l'égoïsme de Delayna qui les a détruites toutes les deux. Parela n'a plus d'existence à elle, ni mâle, ni faon, et, quand elle mourra, elle cessera tout simplement d'exister, et Delayna avec elle. Delayna n'a pas pu accepter sa mort en tant que femme, mais elle n'accepte pas non plus sa vie en tant que biche. Quand le cerf brame, elle empêche Parela de lui répondre ; elle doit s'imaginer faire preuve de fidélité envers son mari ou une stupidité du même tonneau. Quand Parela mourra et Delayna en même temps qu'elle, qu'auront-elles gagné, à part quelques années d'une existence insatisfaisante pour l'une comme pour l'autre ? »

Je ne pouvais rien objecter : je frissonnais encore de répulsion au souvenir de ce que mon Vif m'avait montré. « Et pourtant… » Je dus lutter avec moi-même pour faire cet aveu au fou. « Et pourtant, au fond de moi, je me demandais si quelqu'un, en dehors de cette femme et de cette biche, était vraiment en mesure de saisir toute la portée de la décision qu'elles avaient prise. Qui sait si, malgré les apparences, elles ne trouvaient pas leur situation juste et normale ? »

J'interrompis un instant ma narration. Le souvenir de ces deux êtres mêlés me bouleversait toujours. Si Burrich n'avait pas réussi à faire sortir mon esprit du loup pour le réintégrer dans mon corps, était-ce le sort qui nous aurait attendus ? Si le fou n'avait pas été présent ce jour d'hui, Œil-de-Nuit et moi habiterions-nous la même enveloppe charnelle en ce moment ? Je ne jugeai pas utile d'exprimer tout haut mes interrogations, car, je le savais, le fou avait déjà dû parvenir seul à ces questions. Je m'éclaircis la gorge.

« Nous avons beaucoup appris auprès de Rolf pendant cette année-là, mais, tout en acquérant les techniques de notre magie commune, Œil-de-Nuit et moi avons refusé de nous soumettre à toutes les coutumes du Lignage. J'estimais que nous avions le droit d'en connaître les secrets à cause de ce que nous étions, mais je ne me sentais nullement tenu d'accepter les règles que Rolf cherchait à nous imposer. Il aurait peut-être été plus judicieux de dissimuler mon point de vue, mais j'en avais plus qu'assez des faux-semblants et des épaisseurs de mensonge dont il fallait les protéger. Je suis donc resté à l'écart de ce monde, et Œil-de-Nuit a consenti à m'imiter. Nous avons donc observé cette communauté du Lignage sans jamais nous intégrer complètement à la vie de ses membres.

— Et Œil-de-Nuit s'en est tenu à l'écart lui aussi ? » Le ton du fou n'avait rien d'agressif et je tâchai de me convaincre qu'il ne celait aucun reproche, aucun questionnement quant à savoir si je n'avais pas contraint le loup pour des motifs purement égoïstes.

« Il partageait mon sentiment. Ces gens avaient le devoir de nous enseigner leur science de la magie que nous portions en nous. Mais quand Rolf nous l'agitait devant le nez comme une carotte, comme une récompense à laquelle nous n'aurions droit qu'après avoir accepté le joug de ses règles... ma foi, ça, c'est une forme d'exclusion, mon ami. » Je jetai un regard au loup grisonnant roulé en boule dans mes couvertures, profondément endormi, il payait le prix de mon intervention sur son organisme.

« Personne ne vous a donc simplement tendu une main amicale ? » La question du fou me ramena à mon récit. Je réfléchis.

« Si, Fragon a essayé ; je pense qu'elle avait pitié de moi. Elle possédait une nature farouche et solitaire, tout comme moi. Grésil et sa femelle s'étaient installés dans un grand arbre au-dessus de la maison de Rolf, sur le versant de la colline, et Fragon avait coutume de passer des heures entières juchée sur une plate-forme bâtie non loin en dessous du nid de Grésil. Elle ne s'est jamais montrée bavarde avec moi, mais elle m'a témoigné sa gentillesse par de nombreux petits gestes, parmi lesquels le don d'un matelas de plumes, bénéfice des chasses de Grésil. »

Je souris. « Et elle m'a montré quantité de petites recettes pour vivre seul que je n'avais jamais apprises à Castelcerf, où je n'avais pas à m'occuper de subvenir à mes propres besoins. Il y a un réel plaisir à préparer du pain au levain ; en outre, elle m'a enseigné à cuisiner d'autres plats que le gruau et les ragoûts de Burrich. Et aussi, mes vêtements étaient élimés, en haillons, à mon arrivée ; elle me les a demandés, non pour les ravauder, mais pour m'apprendre à les entretenir moi-même. Assis près de sa cheminée, je me suis exercé à raccommoder des chaussettes sans faire de mottes de fil, à retourner mes ourlets avant qu'ils soient effilochés au-delà de tout espoir de réparation… » Je secouai la tête, souriant à ces souvenirs.

« Et, bien entendu, Rolf était ravi de vous voir vous tenir mutuellement compagnie si souvent et si amicalement ? » Au ton qu'il avait employé, le fou posait en réalité une autre question : avais-je donné à Rolf un motif de jalousie et de rancœur ?

J'avalai ce qui restait de tisane tiède et me laissai aller contre le dossier de ma chaise. La morosité familière qu'induisait l'écorce elfique commençait à m'envahir. « Il n'y a jamais rien eu entre nous, fou. Moque-toi si tu veux, mais j'avais plutôt l'impression d'avoir trouvé une mère. Elle n'était pourtant pas tellement plus âgée que moi, mais elle avait une douceur, une tolérance, une bienveillance toutes maternelles. Cependant... (je m'éclaircis la gorge) tu as raison : Rolf était jaloux, même s'il ne l'a jamais reconnu expressément. Quand il rentrait chez lui, arrivant du froid, il tombait sur Œil-de-Nuit vautré devant son âtre et moi-même les mains encombrées de fils, occupé à réaliser un ouvrage de couture que m'avait confié Fragon, et il lui trouvait aussitôt une tâche quelconque à effectuer pour lui. Il ne la traitait pas mal, non, mais il s'arrangeait toujours pour me faire comprendre qu'elle était sa femme. Fragon n'a jamais abordé le sujet avec moi, mais je crois que ce n'est pas par hasard qu'elle s'occupait de moi : elle voulait rappeler à Rolf que, malgré toutes les années qu'ils avaient passées ensemble, elle conservait une vie et une volonté propres. Toutefois, elle n'a jamais rien fait qui puisse embraser la jalousie de son compagnon.

» De fait, avant la fin de l'hiver, elle avait tenté de m'intégrer à la communauté du Lignage; sur son invitation, des amis passaient chez elle et elle faisait en sorte de me présenter à chacun d'eux. Plusieurs familles avaient des filles en âge de se marier, et c'étaient de toutes les plus souvent présentes quand j'étais moi-même invité à manger chez Rolf et Fragon. Quand il recevait, Rolf buvait, riait et devenait démonstratif, bref, il appréciait visiblement ces moments de réjouissance. Il déclarait souvent que c'était l'hiver le plus joyeux qu'il eût connu depuis bien des années, ce dont je déduisais que Fragon n'avait pas l'habitude d'ouvrir sa porte à tant d'hôtes. Elle n'a cependant jamais fait preuve d'une ostentation gênante dans sa recherche d'une compagne pour moi; à l'évidence, elle considérait Vita comme la meilleure candidate : une femme à peine plus âgée que moi de quelques années, grande, à la chevelure noire et aux yeux d'un bleu profond. Son compagnon de Vif était un corbeau, aussi gai et malicieux qu'elle. Nous sommes devenus bons camarades, mais mon cœur n'était pas mûr pour aller au-delà, et mon manque d'ardeur froissait davantage le père de Vita que la jeune fille elle-même, si j'en juge par quelques remarques appuyées qu'il a faites selon lesquelles il ne fallait pas faire attendre trop longtemps une femme. Pour ma part, je sentais que trouver un compagnon intéressait Vita beaucoup moins que ses parents ne le croyaient, et nous sommes restés amis pendant tout le printemps et jusqu'au début de l'été, moment où Ollie, le père de Vita, a précipité mon départ de Corvecol en rapportant certains propos à Rolf. Il avait sommé sa fille de cesser de me voir ou bien de me presser de déclarer mes intentions ; en réponse, elle lui avait exposé avec force ses propres intentions, qui étaient de n'épouser personne qui ne lui convienne pas, et surtout pas, selon ses propres termes, un homme beaucoup plus jeune qu'elle, tant d'âge que de cœur ; elle avait poursuivi en accusant son père de vouloir, sous prétexte d'avoir des petits-enfants, la pousser dans le lit de quelqu'un qui n'avait pas été élevé parmi ceux du Lignage et dont le sang charriait la souillure des Loinvoyant.

» Ses paroles sont parvenues à mes oreilles, non par le biais de Rolf mais de Fragon. Elle me les a répétées à mi-voix, les yeux baissés comme si elle avait honte de colporter de tels ragots ; mais quand elle les a relevés avec une expression très douce et qu'elle a attendu calmement ma dénégation, les mensonges que j'avais préparés sont morts sur mes lèvres. Je l'ai remerciée de m'avoir informé des sentiments de Vita, en ajoutant qu'elle m'avait donné matière à réflexion. Rolf n'était pas là ; j'étais venu emprunter son merlin, car c'est en été qu'on fait les réserves de bois pour l'hiver, mais je suis reparti les mains vides : Œil-de-Nuit et moi avions compris que nous ne passerions pas la saison froide parmi ceux du Lignage. Le temps que la lune se montre, nous avions de nouveau laissé le duché de Cerf derrière nous. J'espérais qu'on mettrait notre brusque départ sur le compte de la réaction d'un amoureux éconduit plutôt que sur celle du Bâtard fuyant ceux qui l'avaient démasqué. »

Le silence tomba entre nous. Le fou savait que je lui avais avoué ma peur la plus tenace ; le Lignage connaissait mon identité, mon nom, et cela lui donnait barre sur moi. Ce que je n'aurais jamais confessé à Astérie, je l'exposai clairement à mon ami : il était dangereux que des gens qui ne me portaient pas dans leur cœur détiennent un tel pouvoir sur moi, mais je n'y pouvais rien. Je vivais seul, loin de ceux du Lignage, mais il ne se passait pas un instant sans que je fusse plus ou moins conscient de ma vulnérabilité. Je songeai à raconter au fou l'histoire qu'Astérie m'avait rapportée à propos du ménestrel et de sa prestation à la fête du Printemps. Non, plus tard. Plus tard. On eût dit que j'essayais de me cacher derrière ma main. Je me sentais tout à coup morose et amer. Je levai les yeux et vis le regard du fou braqué sur moi.

« C'est l'écorce elfique, fit-il à mi-voix.

— Oui, l'écorce elfique », répétai-je d'un ton revêche, sans parvenir à me convaincre que le désespoir qui m'avait envahi était uniquement dû aux effets secondaires de la tisane ; l'absence de but dans ma vie n'y avait-elle pas aussi sa part ?

Le fou se leva et se mit à arpenter la pièce, incapable de tenir en place ; deux fois, il alla de la porte à la fenêtre en passant par la cheminée, puis il se dirigea vers le buffet pour y prendre l'eau-de-vie et deux gobelets qu'il posa sur la table. C'était une idée qui en valait une autre. Il nous servit.

Je me rappelle que nous bûmes jusque tard dans la nuit et que le fou se chargea de la conversation. Il essaya, je pense, de se montrer spirituel pour me tirer de ma morosité, mais son humeur paraissait aussi triste que la mienne. À partir de certaines anecdotes sur les Marchands de Terrilville, il se lança dans une histoire farfelue où des serpents de mer s'enfermaient dans des cocons pour en ressortir sous forme de dragons. Quand je lui demandai comment il se faisait que je n'avais jamais vu aucun de ces dragons, il secoua la tête. « Leur croissance a été interrompue, dit-il d'un ton apitoyé. Ils ont émergé de leurs chrysalides à la fin du printemps, chétifs et faibles comme des chatons nés trop tôt. Il n'est pas impossible qu'ils grandissent pour atteindre un jour leur pleine gloire, mais, pour l'instant, ces malheureuses créatures ont honte de leur débilité ; elles ne sont même pas capables de chasser pour se nourrir seules. » Je garde le souvenir net du remords que je lus dans les yeux agrandis du fou. Son regard doré me transperça. « Se peut-il que je sois responsable ? fit-il d'une voix douce, sans que je voie de rapport entre sa question et son récit. Me suis-je attaché à la mauvaise personne ? » Là-dessus, il remplit son verre et l'avala avec une détermination qui m'évoqua Burrich dans ses humeurs les plus noires.

Je n'ai pas souvenir d'être allé me coucher ce soir-là, mais je me vois en revanche étendu sur mon lit, le bras jeté sur le loup endormi, observant le fou d'un œil somnolent. Il avait tiré de son paquetage un drôle de petit instrument à trois cordes seulement ; assis devant le feu, il en jouait distraitement, tirant des accords dissonants qu'il atténuait en les accompagnant d'une chanson triste écrite dans une langue que je n'avais jamais entendue. Je posai mes doigts sur mon poignet, et je sentis sa présence dans l'obscurité. Il ne se retourna pas vers moi mais un courant de conscience fit trembler l'air entre nous ; sa voix me parvint plus nettement, et je compris qu'il chantait le chant d'un exilé qui se languit de sa terre natale.

9

REGRETS D'UN MORT

On entend souvent dire que l'Art est la magie héréditaire des Loinvoyant, et il est de fait que c'est dans cette lignée qu'il semble apparaître le plus régulièrement. Il arrive cependant que l'Art surgisse sous la forme d'un don latent en n'importe quel point des Six-Duchés. Sous le règne des monarques d'autrefois, la coutume voulait que le maître d'Art au service du souverain Loinvoyant de Castelcerf se mette en quête de jeunes gens qui manifestaient quelque prédisposition à l'Art; on les amenait à Castelcerf, on les formait à la magie s'ils possédaient un talent suffisant et on les encourageait à constituer des clans, groupes de six personnes qui se choisissaient mutuellement et soutenaient le Trône selon les besoins du monarque en place. Malgré une incroyable rareté des documents sur les clans, rareté qui pourrait laisser à penser qu'ils ont été systématiquement détruits, la tradition orale indique qu'il n'existait pas plus de deux ou trois de ces groupes simultanément, et que les artiseurs puissants ont toujours été des exceptions. La méthode des maîtres d'Art pour repérer les enfants doués d'un embryon de talent s'est perdue : le roi Bonté, père du roi Subtil, a rompu avec l'habitude de former des clans, croyant peut-être que la restriction de la science de l'Art à l'usage des seuls princes et princesses augmenterait le pouvoir de ceux qui possédaient ce savoir. Voilà pourquoi, lorsque la guerre parvint aux côtes des Six-Duchés sous le règne du roi Subtil, il n'existait nul clan d'Art qui pût aider les Loinvoyant à défendre le royaume.

*

Je m'éveillai en sursaut au milieu de la nuit. Malta ! J'avais laissé la monture du fou attachée à un piquet sur la colline ! La ponette avait dû rentrer toute seule et même reprendre sa place dans la grange, mais la jument était restée sur son versant toute la journée, sans eau pour se désaltérer.

Il n'y avait pas trente-six solutions. Je me levai sans bruit et sortis de la maison sans refermer la porte derrière moi pour éviter que le cliquetis du loquet ne réveille le fou. Je laissai même le loup tranquille et m'enfonçais seul dans l'obscurité, faisant une brève halte à la grange : comme je l'avais prévu, la ponette s'y trouvait. Je l'effleurai de mon Vif ; elle dormait et je ne la dérangeai pas.

Je gravis la colline où j'avais attaché la jument, en me félicitant de n'être pas en hiver et que la nuit soit claire. Les étoiles et la pleine lune paraissaient toutes proches ; pourtant, je me laissais moins guider par mes yeux que par ma connaissance du sentier, due à une longue habitude. Quand j'arrivai près de Malta, elle émit un reniflement de reproche. Je dénouai la corde du piquet et repris mon chemin en sens inverse, la jument derrière moi. Parvenu au ruisseau qui coupait notre route pour aller se jeter dans la mer, je m'arrêtai pour la laisser boire tout son soûl.

La nuit estivale était magnifique : sous la douce brise, le bourdonnement léger des insectes nocturnes emplissait l'air, accompagné par les bruits du cheval en train de se désaltérer. Je laissai mon regard errer autour de moi pour m'imprégner de l'instant présent. La pénombre dépouillait l'herbe et les arbres de leurs couleurs, et pourtant les noirs et les gris crus donnaient au paysage un aspect plus complexe qu'en plein jour. L'humidité du vent léger réveillait tous les parfums d'été qui somnolaient pendant le jour. J'ouvris la bouche et pris une grande inspiration pour savourer plus complètement la nuit, puis je m'abandonnai à mes sens, oubliai mes soucis d'humain pour saisir l'instant et le laisser s'étendre éternellement autour de moi. Mon Vif se déploya et je ne fis plus qu'un avec la splendeur nocturne.

Le Vif porte en lui une euphorie naturelle, semblable à celle de l'Art et pourtant différente ; avec le Vif, on a conscience de toute la vie dont on est entouré. Pour ma part, je sentais non seulement la chaleur de la jument toute proche, mais aussi les formes scintillantes des myriades d'insectes qui peuplaient la végétation, et même l'obscure force vitale du grand chêne qui tendait ses branches entre la lune et moi. Un peu plus haut sur la colline, un lapin se tenait immobile, tapi au milieu des herbes de l'été ; je percevais sa présence indistincte non comme une flammèche de vie située en un lieu précis, mais comme parfois on capte soudain le timbre d'une voix particulière dans le brouhaha d'un marché. Par-dessus tout, cependant, j'éprouvais un lien de parenté physique avec tout ce qui vivait dans le monde. J'avais le droit de me trouver où je me trouvais ; j'appartenais autant à cette nuit d'été que les insectes ou le ruisseau qui murmurait à mes pieds. À mon sens, cette antique magie tire une grande part de sa force de la reconnaissance de ce fait : nous faisons tous partie du monde, pas davantage que le lapin de la colline, mais certainement pas moins non plus.

La justesse de cette unité déferla en moi, me lavant de la souillure que ma récente soif de l'Art avait laissée sur mon âme. J'inspirai profondément puis relâchai ma respiration comme s'il s'agissait de mon dernier soupir et usai de toute ma volonté pour ne faire plus qu'un avec cette belle nuit immaculée.

Ma vision se brouilla, se dédoubla puis s'éclaircit. Pendant une brève exhalaison de temps suspendu, je ne fus plus moi-même, je ne me trouvai plus sur le versant de la colline près de ma maison en plein été, et je ne fus plus seul.

J'étais redevenu un adolescent et je venais de m'échapper d'étouffants murs de pierre et de draps emmêlés. Légèrement chaussé, je traversais en courant une pâture parsemée de touffes d'herbe que les moutons avaient laissées intactes, et je m'efforçais en vain de soutenir le rythme de ma compagne. Elle avait la beauté du ciel piqueté d'étoiles et sa robe fauve était rayée d'obscurité. Elle se déplaçait sans plus de bruit que la nuit elle-même. Je la suivais, non grâce à mes yeux d'homme, mais à l'aide du lien de Vif qui nous unissait. J'étais ivre d'amour d'elle, ivre d'amour de cette nuit, soûl de la fièvre capiteuse de cette folle liberté. Je savais que je devais rentrer avant le lever du soleil, mais elle savait, avec la même conviction, que rien ne m'y obligeait, qu'il n'y avait pas d'instant plus propice pour nous enfuir.

Je repris ma respiration et le contact se rompit. La nuit séductrice fleurissait toujours autour de moi, mais j'étais de nouveau un homme fait et non plus un jeune garçon perdu dans l'émerveillement de son premier lien de Vif. J'ignorais qui étaient ces enfants que mes sens avaient effleurés, où ils se trouvaient et pourquoi nos consciences s'étaient si intimement mêlées ; l'adolescent avait-il perçu autant de moi que moi de lui ? Cela n'avait pas d'importance. Où qu'ils fussent, lui et sa compagne, quelle que fût leur identité, je leur souhaitais bonne chance pour leur chasse nocturne et j'espérais que leur lien les unirait longtemps et profondément.

Un tiraillement interrogateur parcourut la longe. Malta avait fini d'étancher sa soif et n'avait nulle envie de rester sans bouger tandis que les insectes piqueurs se repaissaient d'elle. Je m'aperçus alors que la chaleur de mon corps avait elle aussi attiré tout un essaim de bestioles assoiffées de sang. La jument agita la queue et je battis l'air autour de moi avant de reprendre notre descente de la colline. J'installai Malta dans l'écurie, puis me glissai sans bruit dans la chaumière et retournai me coucher ; Œil-de-Nuit s'était étiré pendant mon absence et m'avait laissé moins de la moitié du lit, mais cela m'était égal. Je m'étendis contre lui et posai une main légère sur son flanc : les battements de son cœur et les mouvements réguliers de son poitrail qui obéissaient au rythme de sa respiration étaient plus apaisants qu'une berceuse. Alors que je fermais les yeux, j'éprouvai une paix de l'âme que je n'avais plus ressentie depuis des semaines.

Je m'éveillai tôt le lendemain, l'œil vif et l'esprit clair ; mon escapade sur la colline paraissait m'avoir mieux reposé qu'une nuit ininterrompue dans mon lit. En revanche, le loup ne se portait pas aussi bien : il dormait toujours profondément d'un sommeil réparateur. J'éprouvai un léger remords que j'écartai aussitôt ; mon intervention sur son cœur puisait apparemment dans les ressources de son organisme, mais cela valait sûrement mieux que si je l'avais laissé mourir. Je lui abandonnai le lit et ne tentai pas de le réveiller.

Je ne vis le fou nulle part, et la porte ouverte m'indiqua qu'il était sorti. J'allumai un petit feu, mis de l'eau à chauffer, puis fis ma toilette et me rasai. Je terminais de lisser mes cheveux humides quand j'entendis les pas du fou sous l'auvent ; il entra, un panier rempli d'œufs dans le creux du bras. Je me séchai le visage et, quand je levai les yeux vers lui, il s'arrêta net, un sourire s'élargissant sur ses lèvres.

« Mais c'est Fitz ! Un peu plus âgé, un peu plus décati, mais Fitz quand même ! Je me demandais de quoi tu avais l'air sous cette broussaille ! »

Je me regardai dans le miroir. « C'est vrai, je ne fais plus guère attention à mon apparence. » Je me fis une grimace, puis essuyai une petite goutte de sang sur ma joue : comme toujours, je m'étais coupé là où l'ancienne cicatrice, souvenir de mon séjour dans les cachots de Royal, barrait mon visage. Merci, Royal. « D'après Astérie, je fais beaucoup plus vieux que mon âge, ce qui me permettrait de retourner à Bourg-de-Castelcerf sans crainte d'être reconnu. »

Le fou eut un petit grognement dédaigneux en déposant les œufs sur la table. « Astérie a tort sur tous les points, pour ne pas changer. Étant donné le nombre d'années et d'existences que tu as vécues, tu as l'air exceptionnellement jeune. Certes, l'expérience et le temps ont modifié tes traits, et ceux qui ont gardé le souvenir du Fitz enfant ne le verraient pas adulte en toi. Mais certains d'entre nous, mon ami, te reconnaîtraient même écorché vif et au milieu des flammes.

— Eh bien, voilà qui est rassurant ! » Je posai le miroir et entrepris de préparer le petit déjeuner. « Pour ta part, tu as changé de couleur, dis-je quelques instants plus tard, alors que je cassais des œufs dans un grand bol, mais tu ne parais pas avoir vieilli d'un jour depuis la dernière fois que je t'ai vu. »

Le fou remplissait la tisanière d'eau bouillante. « C'est l'évolution normale de mon espèce, répondit-il à mi-voix. Notre existence est plus longue que la vôtre, nous la parcourons donc plus lentement. Pourtant, j'ai changé, Fitz, même si tu ne le constates qu'à la teinte de ma peau. La dernière fois que tu m'as vu, j'abordais à peine l'âge adulte ; toutes sortes de sentiments et d'idées inconnus s'épanouissaient en moi, si nombreux que j'avais du mal à me concentrer sur ce que je faisais. Quand je me rappelle ma conduite d'alors, ma foi, j'en suis moi-même scandalisé. Je suis beaucoup plus mûr aujourd'hui, je te le garantis ; je sais qu'il y a un temps et une place pour chaque chose, et que les buts que m'assigne mon destin doivent toujours et en tout prendre le pas sur mes désirs personnels. »

Je versai les œufs battus dans une poêle que je posai tout près du feu, puis je dis d'une voix lente : « Quand tu t'exprimes par énigmes, ça m'exaspère ; mais quand tu parles clairement de toi-même, ça m'effraie.

— Raison de plus pour ne pas parler de moi du tout ! s'exclama-t-il avec un entrain simulé. Allons, quelles tâches nous attendent aujourd'hui ? »

Je réfléchis en touillant les œufs qui se solidifiaient, puis en les rapprochant encore du feu. « Je n'en sais rien », murmurai-je.

Le fou parut inquiet de mon ton. « Fitz ? Tu te sens bien ? »

J'étais moi-même incapable de m'expliquer ma brusque saute d'humeur. « J'ai l'impression tout à coup que rien n'a de sens. Quand je savais que Heur passerait l'hiver en ma compagnie, je prenais toujours soin de préparer des réserves pour nous deux. Mon potager couvrait le quart de sa surface actuelle avant l'arrivée du petit, et nous chassions chaque jour, Œil-de-Nuit et moi, pour nous procurer de la viande ; si nous nous débrouillions mal, nous passions une journée le ventre creux et ça n'avait guère d'importance. À présent, je regarde tout ce que j'ai mis de côté et je songe que, si Heur passe l'hiver auprès d'un maître pour commencer un apprentissage, eh bien, j'ai déjà plus qu'assez pour Œil-de-Nuit et moi. Parfois, je n'en vois même pas l'intérêt, et alors je me demande si mon existence elle-même présente encore un intérêt quelconque. »

Le fou fronça les sourcils, une ride verticale au milieu du front. « Quelle mélancolie ! À moins que ce ne soit l'écorce elfique qui parle ?

— Non. » Je pris les œufs auxquels j'avais ajouté de la crème et les posai sur la table. C'était presque un soulagement d'exprimer des sentiments que je refoulais depuis longtemps. « C'est sans doute pour ça qu'Astérie m'a confié Heur ; elle a dû se rendre compte que ma vie ne rimait plus à rien et elle m'a amené quelqu'un pour donner de la substance à mes jours. »

Le fou mit le couvert sans douceur et nous servit à grandes louchées sans chercher à cacher son aversion. « Je crois que tu lui attribues indûment le mérite d'avoir pensé à autre chose qu'à ses propres besoins. À mon avis, elle s'est chargée du petit sur un coup de tête, et elle te l'a laissé sur les bras quand elle s'est lassée de lui. C'est pure chance si Heur et toi avez pu vous aider mutuellement. »

Je me tus. La véhémence de son antipathie envers Astérie m'étonnait. Je m'assis et me mis à manger, mais il n'en avait pas terminé.

« Si Astérie voulait que quelqu'un donne de la substance à ta vie, ce quelqu'un était elle-même. Je doute qu'elle ait jamais imaginé que tu puisses avoir besoin d'une autre compagnie que la sienne. »

J'eus le soupçon désagréable qu'il avait raison, surtout quand je me rappelai ce qu'elle avait dit d'Œil-de-Nuit et de Heur lors de sa dernière visite.

« Écoute, fis-je, sa façon de penser m'est égale ; je suis résolu à faire en sorte, j'ignore encore comment, que Heur bénéficie d'un bon apprentissage. Mais une fois cela fait…

— Une fois cela fait, tu seras libre de reprendre ta propre existence, et j'ai le pressentiment qu'elle va te rappeler à Castelcerf.

— Un pressentiment ? répétai-je d'un ton sec. Le pressentiment d'un fou ou celui d'un Prophète blanc ?

— Comme tu n'ajoutes jamais foi à mes prophéties, quelle importance ? » Il me fit un sourire malicieux et se mit à manger ses œufs.

« C'est vrai, en une ou deux occasions, ce que tu avais prédit a paru se réaliser ; mais tes prédictions étaient toujours si nébuleuses qu'on aurait pu leur donner n'importe quelle signification, du moins à mon avis. »

Il avala sa bouchée. « Ce ne sont pas mes prophéties qui étaient nébuleuses, mais ta façon de les comprendre. À mon arrivée chez toi, je t'ai prévenu que j'étais réapparu dans ta vie parce que j'en avais le devoir, non parce que j'en avais envie. Cela ne veut pas dire que je ne voulais pas te revoir, mais seulement que, si je pouvais t'épargner ce que nous sommes tenus d'accomplir, j'en serais le premier heureux.

— Et que sommes-nous tenus d'accomplir, exactement ?

— Exactement ? demanda-t-il en haussant les sourcils.

— Exactement, et précisément, répondis-je d'un ton de défi.

— Oh, très bien, d'accord. Ce que nous devons faire, exactement et précisément... nous devons sauver le monde, toi et moi. Encore une fois. » Il se laissa aller contre le dossier de sa chaise et poussa encore pour la faire tenir en équilibre sur ses pieds de derrière. Ses sourcils clairs montèrent brusquement vers la racine de ses cheveux tandis qu'il me regardait en agrandissant démesurément les yeux.

J'enfouis mon visage dans mes mains, mais il souriait comme un dément et je ne pus m'empêcher de rire. « Encore une fois ? Je n'ai pas souvenir que nous ayons déjà sauvé le monde.

— Mais si, voyons ! Tu es vivant, non ? Et le trône des Loinvoyant a un héritier ? Par conséquent, nous avons complètement modifié le cours du temps. Tu as été le caillou dans l'ornière du destin, mon cher Fitz, et tu en as fait sauter la roue implacable pour la placer sur une nouvelle trajectoire. À présent, naturellement, il faut veiller à ce qu'elle y reste, et c'est ce qui sera peut-être le plus difficile.

— Et que devons-nous faire, exactement et précisément, pour nous en assurer ? » Je le savais, il m'appâtait pour mieux se moquer de moi, mais, comme toujours, je ne pouvais m'empêcher de mordre à l'hameçon.

« C'est très simple. » Il prit une bouchée et la mâcha lentement, savourant de me savoir suspendu à ses lèvres. « Oui, très simple. » Il poussa ses œufs de-ci de-là dans son assiette, en découpa un morceau, puis posa sa cuiller. Il leva les yeux vers moi, son sourire s'effaça, et il déclara d'un ton grave : « Je dois veiller à ce que tu ne meures pas, encore une fois. Et toi, tu dois veiller à ce que l'héritier Loinvoyant monte bien sur le trône.

— Et c'est le fait que je ne dois pas mourir qui t'attriste ? demandai-je, perplexe.

— Oh non, bien sûr que non ! Mais j'ai de sombres

pressentiments quand je songe à ce que tu devras endurer pour survivre. »

Je repoussai mon assiette ; j'avais perdu l'appétit. « Je ne comprends toujours rien à tes discours, dis-je d'un ton irrité.

— Que si, répliqua-t-il, impitoyable. Tu prétends le contraire, je suppose, parce que c'est plus facile pour nous deux ; mais, cette fois, mon ami, je vais t'assener la vérité toute nue. Rappelle-toi nos aventures d'autrefois. N'as-tu pas connu des occasions où la mort aurait constitué une voie plus simple et moins pénible que la vie ? »

J'avais l'impression qu'il m'enfonçait des aiguilles de glace dans le ventre ; cependant, l'obstination est ma vertu cardinale. « D'accord ; mais y a-t-il des occasions où cela ne soit pas vrai ? »

Rares sont les moments de ma vie où j'ai réduit le fou au silence. Celui-ci en fut un. Il me regarda, bouche bée, tandis que ses yeux étranges n'en finissaient pas de s'élargir, et puis un grand sourire apparut sur ses traits. Il se leva si brusquement qu'il faillit renverser sa chaise et se précipita sur moi pour me serrer dans ses bras à m'en étouffer. Il inspira profondément comme si une gêne dans ses poumons venait de disparaître. « Bien sûr, tu as raison », murmura-t-il à mon oreille. Puis il hurla à m'en faire éclater les tympans : « Bien sûr que tu as raison ! »

Avant que j'eusse le temps de me dégager de son étreinte suffocante, il s'écarta de moi d'un bond. Il exécuta une cabriole si vive que les teintes de ses vêtements se fondirent les unes dans les autres, puis, d'un saut léger, il monta sur ma table. Il ouvrit grand les bras comme s'il se donnait à nouveau en spectacle devant toute la cour du roi Subtil et non devant un public qui se résumait à ma seule personne. « Mourir est toujours moins pénible et plus facile que vivre ! Et pourtant, jour après jour, nous ne choisissons pas de mourir, parce que, tout bien considéré, la mort n'est pas le contraire de la vie, mais le contraire du libre arbitre. C'est à la mort qu'on parvient quand il n'y a plus de choix possible. Ai-je raison ? »

Si contagieuse que fût son humeur fantasque, je réussis à secouer la tête. « Tort ou raison, je n'en ai aucune idée.

— Alors crois-moi sur parole : j'ai raison ! Car ne suis-je pas le Prophète blanc ? Et n'es-tu pas mon catalyseur, qui vient changer le cours du temps ? Regarde-toi ! Non, pas le héros : le Changeur, celui qui, par sa seule existence, permet à d'autres de devenir des héros. Ah, Fitz, Fitz, nous sommes ce que nous sommes et ce que nous devons toujours rester. Or, lors d'un instant d'abattement où je perds courage au point de me dire « Mais pourquoi ne puis-je le laisser tranquille afin qu'il trouve quelque paix de l'âme ? », voilà que tu t'exprimes avec la voix du Catalyseur et modifies ma perception de mes propres actes, et tu me permets à nouveau d'être ce que je dois être : le Prophète blanc. »

Je le regardai sans bouger de ma chaise, et, malgré moi, je sentis un sourire étirer mes lèvres. « Je croyais que je permettais à d'autres de devenir des héros, pas des prophètes.

— Ah, bah ! » D'un bond gracieux, il sauta au sol. « Certains d'entre nous doivent endosser les deux rôles, malheureusement. » Il s'ébroua comme un chien, puis il ajusta son pourpoint et adopta une attitude plus posée. « Pour en revenir à nos moutons, quelles tâches nous attendent aujourd'hui ? À mon tour de te fournir la réponse : la première sera de ne pas penser au lendemain. »

Je suivis son conseil, ce jour-là du moins, et m'adonnai

à de menues occupations que je m'étais refusées jusque-là sous prétexte qu'il ne s'agissait pas de travaux sérieux destinés à préparer l'avenir, mais de passe-temps qui m'apportaient simplement du plaisir. Je m'intéressai de nouveau à mes encres, dans le but non de les vendre au marché mais d'essayer de créer un vrai violet qui chante à mes yeux. Je n'arrivai à rien : toutes mes tentatives se soldèrent par un résultat marronnasse après séchage ; néanmoins, je me délectai de ces recherches. Le fou, lui, se divertit en sculptant mes meubles. Le raclement de mon couteau de cuisine sur le bois attira mon attention, et le fou surprit mon regard. « Excuse-moi », fit-il aussitôt ; il me montra le couteau qu'il tenait entre deux doigts, puis le posa soigneusement à sa place ; il quitta sa chaise et alla fouiller ses fontes ; au bout d'un moment, il en tira un rouleau de tissu qui, une fois déployé, révéla une collection d'instruments à lame fine. En fredonnant, il revint auprès de la table et s'attaqua aux chaises à mains nues, après avoir ôté le gant de cuir souple qui dissimulait habituellement ses doigts imprégnés d'Art. À mesure que la journée avançait, mes sièges rustiques se garnirent d'entrelacs végétaux qui escaladaient leur dossier et, çà et là, de petits visages qui apparaissaient dans les feuillages.

En milieu d'après-midi, je levai les yeux de mon ouvrage et vis le fou rentrer, les bras chargés de morceaux de bois secs tirés de ma réserve ; je me redressai pour l'observer. Il examina chaque pièce sous toutes les coutures et en suivit le fil du bout de ses doigts argentés d'Art, comme s'il pouvait y déchiffrer des secrets pour moi indécelables. Pour finir, il en choisit une incurvée sur laquelle il se mit au travail aussitôt en chantonnant tout bas. Je le laissai à sa tâche.

Œil-de-Nuit s'éveilla une fois dans le courant de la

journée ; avec un soupir il descendit lourdement de mon lit et sortit de la maison d'un pas chancelant. À son retour, je lui offris à manger, mais il refusa d'un air dégoûté. Il avait bu autant qu'il le pouvait, et il s'allongea en soupirant sur le sol frais de la chaumière. Il se rendormit, mais moins profondément qu'auparavant.

Je passai ainsi tout le jour dans le plaisir, c'est-à-dire à des activités dont j'avais envie plutôt qu'à d'autres auxquelles je me croyais astreint. Je pensai souvent à Umbre, et je me demandai – ce qui m'était rarement arrivé jusque-là – comment le vieil assassin occupait les longues heures de ses longues journées en haut de sa tour isolée avant que je devinsse son apprenti ; puis je chassai dédaigneusement cette image de lui. Umbre était assassin royal bien avant mon arrivée, chargé de dispenser discrètement la justice du roi partout où cela était nécessaire ; la considérable collection de manuscrits qu'abritaient ses appartements, et ses expériences sans fin sur les poisons et les artifices destinés à donner la mort prouvaient qu'il avait amplement de quoi s'affairer. En outre, la protection du règne des Loinvoyant suffisait à donner un but à son existence.

J'avais partagé ce but autrefois, mais je m'en étais dégagé pour mener ma vie propre. Il était curieux de constater que, ce faisant, je m'étais coupé de celle-là même que je désirais : pour gagner la liberté de jouir d'une existence indépendante, j'avais tranché tous les liens qui me rattachaient à mon ancienne vie et j'avais perdu contact avec tous ceux qui m'avaient aimé et que j'avais aimés.

Ce n'était pas tout à fait exact, mais ce point de vue convenait à mon humeur du moment. Quelques instants plus tard, je pris conscience que je me vautrais dans la délectation morose. Les résultats de mes trois derniers essais pour obtenir de l'encre violette viraient au brun en séchant, bien que l'un d'eux fut d'un marron très joliment teinté de rose ; je mis de côté l'échantillon de papier après avoir noté au dos comment j'étais parvenu à cette couleur, en songeant qu'elle siérait pour des illustrations de botanique.

Je me levai en m'étirant. Le fou quitta son travail des yeux pour me regarder. « Tu as faim ? » lui demandai-je.

Il réfléchit. « Un repas ne me ferait pas de mal. Mais c'est moi qui cuisine ; ce que tu prépares est nourrissant, mais pas davantage. »

Il posa la figurine qu'il était en train de sculpter. Il me vit y jeter un coup d'œil et il la couvrit d'un tissu, d'un geste presque jaloux. « Quand j'aurai fini », promit-il, sur quoi il se mit à fouiller mes placards de fond en comble ; tandis qu'il émettait des bruits dépréciateurs sur l'absence d'épices intéressantes, j'allai faire un tour. Je franchis le ruisseau qui, si je l'avais suivi, m'aurait doucement amené jusqu'à la grève ; en flânant, je gravis la colline, croisant au passage la jument et la ponette qui paissaient en liberté. Arrivé au sommet, je ralentis encore mon allure pour gagner mon banc sur lequel je m'assis. À quelques pas à peine, la pente herbue s'interrompait brusquement pour laisser place à une falaise d'ardoise qui surplombait une plage rocheuse, mais, de mon banc, je ne voyais que l'immensité de l'océan. Je me sentais à nouveau fébrile, et je songeai au rêve que j'avais fait du jeune garçon et de sa chatte de chasse, sa marguette, en train de courir dans la nuit ; avec un sourire, je me rappelai que l'animal avait pressé l'adolescent de tout laisser derrière lui et de s'enfuir, et j'adhérais à cette idée.

Je l'avais personnellement appliquée bien des années plus tôt, et j'y avais gagné une existence paisible où je me suffisais à moi-même, une existence qui aurait dû me satisfaire. Pourtant, voici que je me retrouvais sur ce banc.

Quelque temps après, le fou me rejoignit. Œil-de-Nuit, qui l'accompagnait, s'étendit à mes pieds avec un soupir à fendre l'âme. « La soif de l'Art te tourmente ? me demanda le fou avec une discrète sympathie.

— Non », répondis-je, sur quoi je faillis éclater de rire : cette dépendance qu'en toute innocence il avait réveillée en moi restait provisoirement limitée par l'écorce elfique que j'avais consommée. En d'autres circonstances, j'eusse peut-être éprouvé le désir ardent d'artiser, mais pour l'instant cette capacité était hors de portée de mon esprit.

« J'ai mis le dîner à cuire à feu doux, dit le fou ; ainsi la chaleur de l'âtre ne nous chassera pas de la maison. Nous avons du temps devant nous. » Il se tut, puis demanda d'un ton circonspect : « Et, après avoir quitté ceux du Lignage, où es-tu allé ? »

Je soupirai. Le loup avait raison : converser avec le fou m'aidait à mieux penser – mais peut-être cela me poussait-il aussi à trop réfléchir. Je plongeai mon regard dans les années passées et réunis les fils de mon récit.

« Un peu partout. À notre départ, nous n'avions aucune destination en tête, alors nous avons vagabondé de-ci delà. » Mes yeux se perdirent sur l'horizon. « Pendant quatre ans, nous avons sillonné les Six-Duchés ; j'ai vu Labour en hiver, alors que les rafales de vent recouvraient les grandes plaines de quelques pouces de neige à peine, mais que le froid semblait pénétrer jusqu'à l'ossature de la terre. J'ai traversé tout Bauge pour me rendre en Rippon, après quoi j'ai poursuivi jusqu'à la côte. Parfois je cherchais de l'embauche comme journalier et j'achetais du pain, et parfois Œil-de-Nuit et moi chassions comme des loups et nous mangions notre viande crue. »

Je jetai un coup d'œil au fou. Il était tout ouïe et ses yeux d'or brillaient d'intérêt ; s'il me jugeait, il n'en manifestait rien.

« Parvenus à la côte, nous avons pris un bateau pour le nord, et Œil-de-Nuit n'a pas apprécié le voyage. J'ai visité le duché de Béarns au plus noir d'un hiver.

— Béarns ? » Le fou prit un air songeur. « Autrefois, tu avais été promis à dame Célérité de Béarns. » Sa voix était neutre mais son visage avait une expression interrogatrice.

« Ce n'était pas par ma volonté, tu ne l'as sûrement pas oublié, et je ne cherchais pas à revoir Célérité en pénétrant dans ce duché. Cependant, j'ai entrevu dame Félicité, duchesse de Béarns, alors qu'elle passait à cheval dans une rue pour regagner le château de Castellonde. Elle ne m'a pas remarqué, et, même dans le cas contraire, je suis sûr qu'elle n'aurait pas reconnu sire Fitz Chevalerie sous mes haillons de vagabond. J'ai entendu dire que Célérité a fait un bon mariage, tant sur le plan amoureux que foncier, et qu'elle est à présent dame des Tours de Glace, près de la ville homonyme.

— Je m'en réjouis, fit le fou d'un ton grave

— Moi aussi. Mon cœur n'a jamais battu pour elle, mais j'admirais sa force d'âme et je l'appréciais. Sa bonne fortune me fait plaisir.

— Et ensuite ?

— Je me suis rendu aux îles Proches ; de là, je souhaitais gagner les îles d'Outre-Mer afin de voir de mes propres yeux ces gens qui nous avaient harcelés et avaient fait notre malheur pendant si longtemps, mais le loup a refusé catégoriquement d'endurer une si longue traversée.

» Nous sommes donc retournés sur le continent et nous

avons pris la route du Sud. Nous voyagions surtout à pied, mais nous avons emprunté un bateau pour passer Castelcerf sans nous y arrêter. Nous avons suivi la côte de Rippon et de Haurfond jusqu'à quitter les Six-Duchés. La Chalcède ne m'a pas plu, aussi avons-nous embarqué sur un navire pour nous en éloigner le plus vite possible. »

Je me tus, et le fou, pour me relancer, demanda :

« Jusqu'où êtes-vous descendus ? »

Je sentis un sourire suffisant naître sur mes lèvres. « Très loin, jusqu'à Terrilville.

— Vraiment ? » L'intérêt du fou s'accrut. « Et comment as-tu trouvé cette cité ?

— Active et prospère ; elle m'a rappelé Gué-de-Négoce, avec tous ces gens élégamment vêtus et leurs demeures chargées d'ornements aux fenêtres garnies de vitres. On y vend des livres sur des étals en plein vent, et, dans une des rues de leur marché, chaque boutique a sa spécialité de magie ; j'avais la tête qui tournait rien qu'à passer devant elles. Je ne saurais te dire de quelles magies il s'agissait, mais elles assaillaient mes sens et m'étourdissaient comme un parfum trop fort… » Je secouai la tête. « J'avais l'impression de n'être qu'un rustaud d'étranger, et c'est sans doute ainsi que les habitants me voyaient, avec mes habits grossiers et un loup à mes côtés. Pourtant, malgré tout ce que j'y ai vu, la réalité de la ville n'était pas à la hauteur de sa légende. Quelle est la phrase classique, déjà ? “Si on peut l'imaginer, on peut l'acheter à Terrilville” ? Eh bien, j'ai vu beaucoup de choses qui dépassaient mon imagination, mais ce n'est pas pour autant que j'avais envie de les acheter. J'ai vu aussi beaucoup de laideur : des esclaves, par exemple, qui débarquaient d'un navire, le bas des jambes couvert d'ulcères provoqués par le frottement des fers. Nous avons également vu un de leurs bateaux parlants ; jusque-là, j'avais toujours considéré leur existence comme une simple fable. » Je me tus un moment en me demandant comment décrire au fou les émotions que cette magie inquiétante avait suscitées chez Œil-de-Nuit et moi. « C'est un art devant lequel je ne me sentirais jamais à l'aise », dis-je finalement.

L'aspect exclusivement humain de la cité avait accablé le loup, et c'est avec grand plaisir qu'il avait accueilli ma proposition de la quitter. Pour ma part, cette visite m'avait rendu plus modeste, et j'éprouvais une attirance renouvelée pour la nature sauvage et isolée de la côte de Cerf ainsi que pour la rigueur austère de Castelcerf. Je regardais autrefois la citadelle comme le centre de toute civilisation, mais à Terrilville on nous traitait de barbares incultes ; les remarques dans ce sens que j'avais surprises étaient cuisantes, et pourtant il m'était impossible de les contredire. C'est donc plus humble qu'à mon arrivée que je m'étais éloigné de la ville, résolu à parfaire mes connaissances et à mieux mesurer les véritables dimensions du monde. Je secouai la tête à ce souvenir : avais-je respecté cet engagement ?

« Même si Œil-de-Nuit avait accepté la perspective de rentrer en bateau, nous n'avions pas assez d'argent pour payer le voyage. Nous avons donc décidé de remonter la côte à pied. »

Le fou me regarda d'un air abasourdi. « Mais c'est impossible !

— C'est ce que tout le monde m'avait dit, mais je n'y avais vu que l'avertissement de gens de la ville habitués à voyager dans le confort. Pourtant, ils avaient raison. »

Dédaignant toute mise en garde, nous nous étions donc mis en route le long de la côte, et, dans les territoires sauvages près de Terrilville, nous avions dû faire face à des phénomènes étranges qui n'étaient pas loin de dépasser ceux que nous avions rencontrés par-delà le royaume des Montagnes. Cette partie du littoral s'appelle les Rivages Maudits et elle porte bien son nom. Des visions à demi achevées ne cessaient de m'assaillir, et, parfois, mes rêves éveillés prenaient des aspects vertigineux et menaçants ; le loup ressentait une angoisse profonde à me voir marcher ainsi sur le fil de la folie, et, aujourd'hui encore, j'ignore l'explication de mon état. Je n'avais pas de fièvre et ne manifestais aucun symptôme d'une maladie qui pût affecter l'esprit ; pourtant, il est sûr que je n'étais pas moi-même durant notre traversée de cette contrée rude et inhospitalière. Criants de réalisme, des songes où apparaissaient Vérité et nos dragons étaient venus me hanter ; même éveillé, je me rongeais à l'infini pour des décisions stupides que j'avais prises par le passé, et je pensais souvent à mettre un terme à mon existence. Seule la compagnie du loup m'empêchait de commettre l'irréparable. Quand je me remémore cette période, je ne revois ni jour ni nuit, mais une suite de rêves nets et inquiétants ; je n'avais pas connu pareille distorsion de mes pensées depuis la dernière fois où j'avais arpenté la route d'Art, et ce n'est pas une expérience que j'ai envie de renouveler.

Jamais je n'avais vu de région d'où l'humanité fût à ce point absente, et je n'en ai jamais rencontré d'autre depuis. Même les animaux qu'elle abritait apparaissaient à la fois trop distincts et anormaux à mon Vif. Quant aux aspects physiques de la côte, ils nous étaient aussi étrangers que son atmosphère ; il y avait des fondrières fumantes d'où émanait une puanteur qui nous piquait les narines, des marécages luxuriants où les plantes semblaient tordues et déformées malgré leur exubérance et leur abondance. Nous avions fini par atteindre la Pluie, que les gens de Terrilville appellent le fleuve du désert des Pluies, et je ne sais quelle lubie malsaine m'avait convaincu d'en remonter le cours vers l'intérieur des terres ; en tout cas, j'avais essayé, mais les berges au sol mouvant, la végétation étouffante et les rêves incompréhensibles nous avaient bientôt contraints à rebrousser chemin. Un composant du terrain rongeait les coussinets des pattes d'Œil-de-Nuit et avait tant attaqué le cuir épais de mes bottes qu'il n'en restait guère que des lambeaux. Nous avions fini par nous avouer vaincus, mais nous avions alors couronné notre folle entreprise par notre plus grande erreur : nous avions abattu de jeunes arbres pour confectionner un radeau. Le flair d'Œil-de-Nuit nous avait déconseillé de nous abreuver de l'eau du fleuve, mais il n'avait pas mesuré pleinement le danger qu'elle présentait. Notre embarcation de fortune avait tenu juste assez pour nous ramener à l'embouchure, mais nous n'avions pas pu éviter tout contact avec le liquide que charriait le fleuve et nous étions couverts de plaies ulcéreuses ; c'est donc avec soulagement que nous nous étions plongés dans de l'honnête eau de mer qui, malgré la morsure du sel, s'était avérée des plus efficaces pour cicatriser nos lésions.

Chalcède prétend depuis longtemps détenir un droit de propriété sur les terres qui s'étendent jusqu'à la Pluie et affirme que Terrilville se trouve sous sa domination, mais nous n'avions relevé aucun signe de peuplement sur la côte. Œil-de-Nuit et moi avions poursuivi vers le Nord notre longue route semée d'embûches, et, trois jours après avoir quitté le fleuve, nous étions sortis de la région des phénomènes étranges, mais nous avions encore marché dix jours avant de rencontrer des signes de présence humaine ; à ce moment-là, nos plaies étaient en grande partie guéries grâce aux bains d'eau salée que nous prenions régulièrement, et j'avais retrouvé la maîtrise de mes pensées, mais je présentais l'apparence d'un vagabond épuisé accompagné d'un chien galeux. Les gens ne nous faisaient pas bon accueil.

Ma traversée de Chalcède, rude pour mes pieds meurtris, m'avait convaincu que les habitants de ce pays sont les plus inamicaux du monde, et ce que m'en avait raconté Burrich était le reflet de l'exacte vérité. Même leurs cités magnifiques m'avaient laissé de marbre ; leurs merveilles architecturales et les sommets de leur civilisation reposent sur les fondations de la misère humaine, et j'étais resté horrifié devant la réalité ordinaire et généralisée de l'esclavage.

J'interrompis mon récit pour poser les yeux sur le clou d'oreille que portait le fou. Il avait appartenu à la grand-mère de Burrich, récompense durement méritée, symbole de la liberté acquise par une esclave. Le fou leva la main pour le toucher du bout de l'index. Au milieu de plusieurs autres bijoux en bois sculpté, sa résille d'argent attirait le regard.

« Burrich et Molly..., fit le fou à mi-voix. Je te pose franchement la question, cette fois : as-tu cherché à les revoir ? »

Je baissai la tête un moment. « Oui, avouai-je enfin. Il est étrange que tu me parles d'eux maintenant, car c'est pendant mon passage en Chalcède que j'ai été pris de l'envie soudaine et pressante de les retrouver. »

Un soir, alors que nous campions très à l'écart de la route, j'avais senti un songe puissant prendre les rênes de mon sommeil. Peut-être m'était-il venu parce que, dans un recoin de son cœur, Molly me gardait encore une place ; cependant, je n'avais pas rêvé d'elle comme un homme amoureux rêve de sa bien-aimée. Je m'étais retrouvé dans mon propre corps, m'avait-il semblé, un corps très petit, brûlant et malade à en mourir. C'était un songe obscur, tout de sensations, sans image aucune. J'étais roulé en boule, serré contre la poitrine de Burrich, et seules sa présence et son odeur m'apportaient quelque réconfort dans ma détresse. Puis des mains insupportablement froides avaient touché ma peau enfiévrée ; elles avaient tenté de me soulever, mais je m'étais débattu en criant et en m'accrochant à Burrich. Son bras vigoureux s'était refermé sur moi. « Laisse-la », avait-il dit d'une voix rauque.

J'avais alors entendu la voix de Molly, lointaine, vacillante et déformée. « Burrich, tu es aussi mal en point qu'elle. Tu n'es pas en état de t'en occuper ; laisse-moi la prendre pendant que tu te reposes.

— Non. Elle est bien près de moi ; charge-toi de Chev et de toi-même.

— Ton fils n'a rien. Lui et moi nous portons bien ; il n'y a qu'Ortie et toi qui êtes malades. Laisse-moi la prendre, Burrich.

— Non », avait-il répondu dans un gémissement. Sa main s'était posée sur moi dans un geste protecteur. « C'est ainsi que l'épidémie de Peste sanguine a débuté quand j'étais enfant. Elle a tué tous ceux que j'aimais, Molly. Si tu me prends Ortie et qu'elle meure, je ne m'en remettrai jamais ; je t'en prie, laisse-la près de moi.

— Pour que vous puissiez mourir ensemble ? » avait-elle lancé d'une voix lasse et trop aiguë.

Celle de Burrich était empreinte d'une terrible résignation. « S'il le faut. La mort est plus froide quand on l'attend seul. Je tiendrai chaud à la petite jusqu'à mon dernier souffle. »

Il délirait, et j'avais perçu la colère de Molly et la peur

qu'elle éprouvait pour lui. Elle lui avait apporté de l'eau, et je m'étais agitée quand elle l'avait aidé à se redresser à demi pour boire. J'avais tenté moi aussi de boire au gobelet qu'elle avait porté à ma bouche, mais j'avais les lèvres crevassées et douloureuses, la migraine me martelait les tempes et la lumière était trop vive ; j'avais repoussé le récipient et un peu d'eau était tombée sur ma poitrine, froide comme glace. J'avais poussé un hurlement, puis m'étais mise à geindre. « Chut, Ortie, chut ! » avait fait Molly, mais ses mains étaient gelées sur ma peau brûlante. Je ne voulais rien avoir à faire avec ma mère, et j'avais capté un écho de la jalousie d'Ortie envers cet autre enfant qui accaparait le trône de son giron. Je m'étais agrippée à la chemise de Burrich, et il m'avait reprise contre lui en fredonnant tout bas de sa voix grave ; j'avais enfoui mon visage contre sa poitrine pour échapper à la lumière et j'avais essayé de dormir.

J'y avais mis tant d'acharnement que cela m'avait réveillé. J'avais ouvert les yeux et entendu ma respiration rauque ; j'étais en nage, mais je restais englué dans le souvenir de mon rêve d'Art et de ma peau tendue, brûlante et desséchée. Je m'étais enroulé dans mon manteau quand je m'étais couché ; à présent, je me débattais pour échapper à son étreinte. Nous avions décidé de passer la nuit sur la rive d'un ruisseau ; débarrassé du manteau, je m'étais rendu d'un pas mal assuré au bord de l'eau et j'avais bu longuement. En relevant la tête, j'avais remarqué le loup qui m'observait, assis très raide, la queue ramenée proprement sur les pattes.

« Il avait compris que je devais me mettre à leur recherche, et nous avons pris la route la nuit même.

— Et tu savais quelle direction suivre, où les trouver ? » demanda le fou.

Je secouai la tête. « Non, je ne savais rien, sinon que, quand ils avaient quitté Castelcerf, ils s'étaient installés près d'un village du nom de Capelan ; et je connaissais aussi le... comment dire ? l'"atmosphère" de la région où ils habitaient. Sans plus de renseignements, nous nous sommes mis en chemin.

» Après des années d'errance, j'éprouvais un sentiment curieux à m'être donné une destination, et plus encore à me hâter pour l'atteindre. Je ne songeais pas à la folie de mon entreprise, mais une partie de moi-même en reconnaissait l'inanité : nous étions trop loin du but, je n'y parviendrais jamais à temps ; quand j'arriverais, Burrich et Ortie seraient déjà morts ou guéris. Néanmoins, nous nous étions lancés dans ce voyage et je ne pouvais plus m'en détourner. Pendant des années, j'avais fui tous ceux qui risquaient de m'identifier, et, tout à coup, voilà que j'étais prêt à resurgir dans leurs vies ? Mais je refusais de réfléchir à ces questions et j'avançais avec entêtement. »

Le fou hocha la tête d'un air compatissant. Il en devinait bien plus, je le craignais, que je ne lui en racontais.

Après avoir passé une partie de mon existence à nier et à repousser les avances trompeuses de l'Art, je m'y étais brusquement laissé aller à nouveau. L'intoxication qu'induit cette magie m'avait saisi entre ses griffes et je lui avais rendu son étreinte, déconcerté par la force avec laquelle elle me revenait, mais refusant de la combattre. Malgré les migraines qui me vrillaient les tempes après chaque tentative, j'avais essayé d'artiser Molly et Burrich presque chaque soir, sans résultats encourageants. Rien n'égale l'ivresse de la rencontre de deux esprits formés à l'Art, mais se servir de l'Art pour espionner, c'est une autre paire de manches ; on ne m'avait jamais enseigné cette technique et je ne disposais que de la mince connaissance que j'avais acquise par l'expérience. Mon père avait fermé Burrich à l'Art de crainte qu'on utilise son ami contre lui, et Molly, autant que je le sache, n'avait aucune prédisposition à cette magie. En employant l'Art pour me projeter chez eux, il m'était impossible d'établir le moindre contact mental et je ne parvenais qu'au résultat frustrant de les observer sans pouvoir leur révéler ma présence ; et j'avais bientôt découvert que je n'arrivais même pas automatiquement à cette piètre fin. Laissé à l'abandon, mon talent s'était rouillé ; le moindre effort pour artiser me laissait épuisé, affaibli par la souffrance. Pourtant, j'étais incapable de résister à l'envie d'essayer ; je m'évertuais à établir ces brefs contacts en quête de renseignements : vision fugitive de collines derrière leur maison, odeur de la mer, moutons à tête noire paissant sur un versant éloigné – j'accumulais comme autant de joyaux ces aperçus de leur environnement, en espérant qu'ils suffiraient à me guider jusqu'à eux. Je ne maîtrisais pas mes observations : souventes fois je me retrouvais témoin des tâches les plus banales, la corvée quotidienne d'un bac de linge sale à laver et à étendre, la récolte et le séchage d'herbes aromatiques et médicinales, et, oui, l'entretien des ruches. Il m'arrivait d'entrevoir un nourrisson que Molly appelait Chev, dans le visage de qui je retrouvais les traits de Burrich et dont la vue m'inspirait à la fois étonnement et jalousie brûlante.

J'avais fini par atteindre un village du nom de Capelan, et j'avais découvert la chaumière où ma fille avait vu le jour. La demeure avait connu d'autres occupants depuis et je ne pus y déceler aucune trace de Molly et Burrich ; cependant, le museau du loup était plus efficace que mes yeux et Œil-de-Nuit m'assura qu'ils étaient bien passés par là, mais qu'ils étaient partis depuis longtemps, et j'ignorais pour quelle destination. Je n'avais pas osé me renseigner franchement au village car je ne tenais pas à ce qu'on avertisse Burrich ou Molly qu'un inconnu les recherchait. Mon périple jusqu'à Capelan avait duré plusieurs mois, et, dans chaque bourg ou hameau que je traversais à présent, je voyais des tombes fraîchement creusées. Quelle qu'eût été la maladie dont souffraient Burrich et Ortie, elle s'était largement répandue et avait fait de nombreuses victimes ; or, dans aucune de mes visions, je n'avais vu Ortie ; l'épidémie l'avait-elle emportée, elle aussi ? Décrivant des cercles de plus en plus grands autour de Capelan, j'avais visité les auberges et les tavernes des villages voisins, en me faisant passer pour un voyageur légèrement excentrique, obsédé par l'élevage des abeilles et prétendant tout savoir sur le sujet ; cela me permettait de lancer des discussions où certains de mes interlocuteurs corrigeaient mes erreurs et se mettaient à évoquer les éleveurs qu'ils avaient connus. Pourtant, tous mes efforts pour récolter le moindre renseignement sur Molly étaient restés stériles jusqu'à une fin d'après-midi où, alors que je suivais une piste étroite qui menait au sommet d'une colline, j'avais brusquement reconnu un bosquet de chênes.

Tout mon courage m'avait abandonné en un instant. J'avais quitté la piste pour m'enfoncer discrètement dans les bois qui la bordaient. Le loup m'avait accompagné sans poser de questions, sans même s'introduire dans mon esprit, tandis que je me mettais à l'affût de mon ancienne existence. En début de soirées, nous étions parvenus à un versant qui dominait leur chaumière. La propriété paraissait bien tenue et prospère ; des poules grattaient la terre de la basse-cour, et trois ruches en paille piquetaient la prairie qui s'étendait au-delà. Il y avait un jardin potager soigné, et, derrière la maison, se dressait une grange manifestement récente, entourée de plusieurs enclos de troncs écorcés. J'avais alors senti une odeur de cheval. Burrich se débrouillait bien. Assis dans le noir, j'avais regardé l'unique fenêtre de la chaumière s'illuminer de la clarté jaune d'une bougie, puis s'obscurcir au bout d'un moment. Le loup avait chassé seul pendant que je poursuivais ma veille, aussi incapable de me rapprocher que de m'en aller, immobilisé, pris au piège comme une feuille d'automne à la lisière d'un remous d'eau. J'avais soudain compris les légendes des fantômes condamnés à hanter pour toujours les mêmes aîtres : aussi loin que m'emmèneraient mes errances, une partie de moi-même resterait éternellement enchaînée à cette chaumière.

À l'aube, Burrich était sorti. Sa claudication était plus prononcée que dans mes souvenirs, et sa mèche blanche plus visible. Il avait levé le visage vers le ciel couleur de grisaille en inspirant longuement par le nez, et, le loup en moi s'éveillant un instant, j'avais craint qu'il ne flaire ma présence. Mais non : il s'était simplement dirigé vers le puits, avait tiré un seau d'eau et l'avait emporté dans la maison avant de ressortir peu après pour jeter du grain aux poules. De la fumée s'était élevée de la cheminée : Molly aussi était debout et déjà au travail. Burrich avait pris la direction de la grange et, en imagination mais avec autant de netteté que si je l'avais accompagné, j'avais suivi sa tournée quotidienne : il allait examiner chacune de ses bêtes, après quoi il ressortirait. Et il était effectivement ressorti, pour tirer à nouveau de l'eau du puits et emporter des seaux dans la grange en une longue noria.

Ma gorge se noua un instant et je m'étranglai, puis j'éclatai de rire. Des larmes brouillaient ma vue mais je n'y prêtai pas attention. « Crois-le ou non, fou, mais c'est à ce moment-là que j'ai été le plus près de lui révéler ma présence : j'avais l'impression de n'avoir rien accompli d'aussi contre nature que de le regarder travailler sans m'activer à ses côtés. »

Le fou hocha la tête sans rien dire, suspendu à mes lèvres.

« Quand il est réapparu pour la dernière fois, il menait un étalon rouan par la bride. Je suis resté le souffle coupé devant l'animal ; la moindre de ses lignes le désignait comme appartenant à la fine fleur de Castelcerf ; la courbe de son encolure proclamait sa force de caractère, son garrot et sa croupe, sa puissance. J'ai senti mon cœur se gonfler de joie à sa simple vue, et je me suis réjoui de le savoir aux soins de Burrich. Il a lâché le cheval dans un enclos, puis il a rempli l'abreuvoir en tirant encore plusieurs seaux du puits.

» Lorsque ensuite il a sorti Rousseau, une grande partie du mystère s'est dissipée. J'ignorais alors qu'Astérie, après de longues recherches, avait retrouvé Burrich et fait en sorte qu'on lui confie son ancienne monture et le petit de Suie, mais j'éprouvais simplement du plaisir à voir l'homme et le cheval réunis. Rousseau paraissait avoir acquis un tempérament stable et accommodant ; néanmoins, Burrich ne l'a point parqué dans l'enclos contigu à celui de l'autre étalon mais dans le plus éloigné. Il a tiré de nouveau quelques seaux d'eau pour Rousseau, auquel il a assené une claque amicale sur la croupe avant de retourner à la chaumière.

» C'est alors que Molly est sortie. »

La respiration bloquée, je me tournai vers l'océan, mais ce n'est pas l'immensité liquide que je vis : devant mes yeux dansait l'image de celle qui avait été ma bien-aimée. Ses cheveux sombres, aux mèches autrefois rebelles et flottant au vent, étaient à présent sagement tressés et maintenus en place, à grand renfort d'épingles, pour former la coiffure classique en couronne d'une bonne mère de famille. Un petit garçon la suivait d'une démarche encore branlante. Un panier au bras, elle s'était dirigée avec une grâce tranquille vers le potager, son ventre arrondi drapé d'un tablier blanc. La jeune fille vive et mince avait disparu, mais j'avais trouvé la femme non moins attirante, et mon cœur se mourait d'amour pour elle et tout ce qu'elle représentait : un foyer accueillant, une vie posée, le partage des années à venir qu'elle remplirait d'enfants et de chaleur.

« J'ai prononcé son nom tout bas et, à ma grande surprise, elle a soudain levé la tête. L'espace d'un douloureux instant, j'ai cru qu'elle avait perçu ma présence, mais, au lieu de regarder vers la colline où je me trouvais, elle a éclaté de rire et s'est exclamée : "Chevalerie, non ! Ce n'est pas bon à manger !" Elle s'est penchée pour retirer une poignée de fleurs de pois de la bouche de l'enfant, puis elle l'a pris dans ses bras, et j'ai bien vu l'effort que cela lui demandait. Elle s'est tournée vers la maison et a crié : "Mon amour, viens prendre ton fils avant qu'il n'arrache tout le potager ! Et dis à Ortie qu'elle vienne me déterrer quelques navets !"

» J'ai entendu Burrich répondre : "Une minute !" Peu après, il est apparu sur le seuil et il a lancé par-dessus son épaule : "Nous terminerons la vaisselle plus tard. Viens aider ta mère." Il a traversé la cour en quelques enjambées et il a pris son fils, l'a soulevé à bout de bras, et le petit a poussé un cri de ravissement quand Burrich l'a installé sur son épaule. Molly a posé une main sur son ventre et s'est jointe à leurs rires en les regardant avec une expression de parfaite félicité. »

Je me tus. Je ne distinguais plus l'océan ; les larmes m'aveuglaient comme un épais brouillard.

Je sentis la main du fou sur mon épaule. « Tu ne t'es pas montré, n'est-ce pas ? »

Je secouai la tête, incapable de prononcer un mot.

Je m'étais enfui, enfui pour échapper à la jalousie dévorante qui me taraudait et à la peur d'apercevoir ma fille et de ne pas pouvoir résister à l'envie d'aller la voir. Je n'avais aucune place dans leur vie, pas même aux plus lointaines limites de leur monde, je le savais, comme je le savais depuis le jour où j'avais compris qu'ils allaient se marier. Si je frappais à leur porte, je n'apporterais chez eux que le malheur et la destruction.

Je ne suis pas meilleur qu'un autre ; en moi bouillonnaient de la rancœur et de la colère contre ces deux êtres, mais, en même temps, je me sentais envahi par un sentiment de solitude absolue devant le destin qui nous avait tous trahis. Je ne pouvais leur en vouloir de s'être tournés l'un vers l'autre, mais je ne pouvais pas non plus me tenir responsable des tourments atroces qu'ils m'avaient infligés en m'excluant ainsi pour toujours de leur vie. Tout était consommé, et les regrets étaient vains. Les morts, me disais-je, n'ont pas le droit de se lamenter. Le seul mérite que je puis m'accorder est celui de m'en être allé sans laisser ma douleur empoisonner leur bonheur ni risquer de détruire le foyer de ma fille. J'avais au moins trouvé cette force-là en moi.

Je pris une longue inspiration et retrouvai ma voix. « Et mon histoire s'achève là, fou. L'hiver suivant, nous étions installés ici même ; nous avions découvert cette chaumine, y avions pris nos quartiers, et nous ne l'avons plus jamais quittée. » Je soupirai, puis repensai au récit que je venais de faire. Je n'y trouvai rien d'admirable.

La question que me posa soudain le fou m'ébranla. « Et ton autre enfant ? fit-il à mi-voix.

— Comment ?

— Devoir. Ne l'as-tu pas vu ? N'est-il pas ton fils, tout autant qu'Ortie est ta fille ?

— Je... non. Non, ce n'est pas mon fils, et je ne l'ai jamais vu. C'est l'enfant de Kettricken et l'héritier de Vérité ; je suis sûr que c'est ainsi que Kettricken le considère. » Je me sentis rougir, gêné que le fou eût soulevé le sujet. Je posai la main sur son épaule. « Mon ami, toi et moi sommes les seuls à savoir que Vérité s'est servi de moi... de mon corps. Quand il m'en a demandé la permission, j'ai mal compris sa requête, et je n'ai aucun souvenir de la conception de Devoir. Tu dois bien te le rappeler : j'étais en ta compagnie, prisonnier de la chair malmenée de Vérité. Mon roi a fait ce qu'il a fait pour avoir un héritier. Je ne lui en tiens pas rigueur, mais je préfère oublier cet épisode.

— Astérie n'est pas au courant ? Ni même Kettricken ?

— Astérie dormait, cette nuit-là. Si elle avait nourri le moindre soupçon, je parie qu'elle en aurait parlé depuis longtemps : une ménestrelle n'aurait jamais laissé passer pareil événement sans en faire une ballade, même si la sagesse lui recommandait de le taire. Quant à Kettricken, ma foi... l'Art consumait Vérité comme un feu de joie, et elle n'a vu que son roi dans son lit cette nuit-là. Je suis sûr que si elle avait eu un doute… » Un brusque soupir m'échappa, et j'avouai : « J'ai honte de m'être prêté à cette mise en scène. Je sais que je n'ai pas à contester la volonté de Vérité dans cette affaire, mais enfin… » Ma voix mourut. Même au fou, j'étais incapable de confesser la curiosité que m'inspirait Devoir, ce fils qui était de moi tout en ne l'étant pas – et envers qui j'avais fait le même choix que mon père envers moi, celui de ne pas le connaître afin de le protéger.

Le fou posa la main sur la mienne et la serra fermement. « Je n'en ai parlé à personne, et je te promets de garder le secret. » Il se tut un instant. « Ainsi, tu es arrivé ici, où tu t'es installé en paix. C'est vraiment la fin de ton histoire ? »

Oui, c'était la fin ; après mes derniers adieux au fou, j'avais passé le plus clair de mes jours à chasser ou à me cacher, et la chaumine où j'habitais désormais constituait la tanière où je m'étais égoïstement retiré du monde, ainsi que je le déclarai à mon compagnon.

« À mon avis, Heur ne partagerait pas ce point de vue, répondit-il avec douceur. En outre, la plupart des gens considéreraient qu'ils ont assez mérité en sauvant le monde une fois dans leur vie, et ils n'envisageraient même pas d'en faire davantage. Mais, comme ton cœur paraît décidé, je ferai tout ce qui est en mon pouvoir pour te permettre de recommencer. » Et il haussa les sourcils d'un air engageant.

J'éclatai de rire, mais je me sentais mal à l'aise. « Je n'ai nul besoin de me voir en héros, fou. Je me contenterais volontiers d'avoir l'impression que je ne suis pas le seul à accorder de l'importance à mes actes quotidiens. »

Il se laissa aller un peu en arrière sur mon banc et me regarda un moment d'un air grave, puis il haussa les épaules. « Rien de plus facile. Une fois Heur placé en apprentissage, viens me retrouver à Castelcerf. Je te promets toute l'importance que tu souhaites.

— Ou bien une belle tombe, si jamais on me reconnaît. N'es-tu pas au courant de l'hostilité à laquelle se heurtent actuellement ceux qui possèdent le Vif ?

— Non, je ne suis pas au courant, mais cela ne

m'étonne nullement. Quant au risque qu'on te reconnaisse, tu m'as déjà confié cette inquiétude dans un contexte différent, et je me trouve obligé de tomber d'accord avec Astérie : à mon avis, tu passerais presque inaperçu. Tu ne ressembles plus guère au Fitz Chevalerie Loinvoyant d'il y a quinze ans, celui dont on a conservé le souvenir ; tes traits présentent les caractéristiques de la lignée royale, si on cherche bien, mais les croisements consanguins sont fréquents à la cour, et de nombreux nobles portent les traces de la même ascendance. Si, par hasard, quelqu'un t'examinait un peu attentivement, de quels points de comparaison disposerait-il ? De vieux portraits fanés dans des salles mal éclairées ? Tu es le seul adulte de ta lignée encore en vie. Subtil s'est éteint il y a des années, ton père s'est retiré à Flétribois avant de mourir, et Vérité était devenu un vieillard avant l'âge. Je sais qui tu es, et c'est pour cela que je remarque la ressemblance ; je ne pense pas que tu aies à redouter le regard inattentif d'un courtisan. » Il s'interrompit, puis me demanda d'un ton grave : « Alors, t'attendrai-je à Castelcerf avant que la neige tombe ?

— Peut-être », répondis-je sans m'engager. Je doutais d'être fidèle au rendez-vous, mais je préférais ne pas user ma salive à discuter avec le fou.

« Parfait, je t'attendrai », fit-il d'un ton sans réplique. Puis il me donna une claque sur l'épaule. « Retournons à la maison ; le dîner doit être prêt, et je veux terminer mes sculptures. »

10

UNE CONVOCATION ET UNE ÉPÉE

Peut-être chaque royaume a-t-il sa propre légende d'un protecteur secret mais puissant, prêt à se dévoiler pour prendre la défense du pays si la nécessité en est assez pressante et les prières qu'on lui adresse assez ferventes. Dans les îles d'Outre-Mer, on parle de Glasfeu, créature enfouie au cœur du glacier qui recouvre tout le centre de l'île d'Aslevjal. Les Outrîliens affirment que, quand des tremblements de terre ébranlent leur archipel, c'est à cause de Glasfeu qui se retourne et s'agite dans ses rêves hivernaux, au fond de sa tanière de glace. Les légendes des Six-Duchés, elles, évoquent toujours les Anciens, dont la race antique et formidable résidait au-delà du royaume des Montagnes et fut notre alliée en des temps reculés. Il fallait un souverain aux abois comme le roi-servant Vérité Loinvoyant pour accorder à ces fables non seulement du crédit, mais encore une importance telle qu'il laissât son trône à la garde de son père souffrant et de son épouse d'origine étrangère afin de se mettre en quête des Anciens et d'implorer leur aide. Ce fut peut-être cette foi de celui qui n'a plus rien à perdre qui lui donna le pouvoir à la fois de réveiller les dragons sculptés, formes matérielles des Anciens, pour les rallier à la cause des Six-Duchés, et de se tailler lui-même dans la pierre un corps de dragon afin de prendre leur tête dans la défense de son royaume.

*

Le fou poursuivit son séjour chez moi, mais, après la fin du récit de mes errances, il évita soigneusement tout travail et tout sujet de conversation graves, et je dois bien avouer que je suivis son exemple. Évoquer les années calmes que j'avais coulées dans ma petite maison parut apaiser les spectres du passé ; lors, j'aurais dû retrouver mes vieilles habitudes avec plaisir, mais non : de nouveau, je ne tenais plus en place. Une époque en modification, un temps de changement... Changeur... Catalyseur... Les mots et les pensées qui accompagnaient ces termes s'entrelaçaient dans mes journées et s'enchevêtraient dans mes songes la nuit. Désormais, c'était moins le passé qui me tourmentait que l'avenir qui me raillait. En repensant à ma propre jeunesse, je m'apercevais que je m'inquiétais fort de ce que Heur allait faire de la sienne, et il me semblait que j'avais gaspillé les années où j'aurais dû le préparer à faire face à une existence indépendante. Il avait bon cœur et un excellent caractère, je le savais ; je me préoccupais davantage du fait que je ne lui avais enseigné que les rudiments de la façon d'ouvrir son chemin dans le monde. Il n'avait aucune connaissance, aucune formation particulière pour fonder une carrière ; il savait l'essentiel pour vivre dans une chaumière isolée, cultiver la terre et chasser afin de subvenir à ses besoins fondamentaux, mais c'était dans le monde des hommes que je m'apprêtais à le lâcher ; comment s'y débrouillerait-il ? La nécessité de lui trouver une bonne place d'apprenti commençait à m'empêcher de dormir.

Si le fou s'en rendait compte, il n'en manifestait rien. Ses gouges et ses ciseaux s'activaient dans toute ma maison, et des plantes grimpantes apparaissaient sur le manteau de ma cheminée, des lézards pointaient le museau sur le linteau de ma porte, d'étranges petits visages me lançaient des regards malicieux aux coins des portes des placards et depuis les extrémités des marches de mon auvent. Aucun objet en bois n'était à l'abri des instruments aigus et des doigts agiles du fou. Les occupations auxquelles se livraient les elfes aquatiques dont il décora la barrique où je récupérais l'eau de pluie auraient fait rougir le plus aguerri des soudards.

Pour ma part, je m'adonnais également à des travaux calmes, aussi bien d'extérieur que d'intérieur, malgré le beau temps ; ce choix tenait en partie au besoin que j'éprouvais de m'accorder une période de réflexion, mais surtout à la lenteur du loup à reprendre ses forces. Surveiller ses progrès ne les rendait pas plus rapides, je le savais, mais j'étais incapable de me départir de mon inquiétude. Quand je tendais mon Vif vers lui, je ne percevais qu'un mutisme morose qui ne lui ressemblait pas du tout. Parfois, je levais les yeux de mon ouvrage et le trouvais en train de m'observer, son regard profond empreint d'une expression méditative. Je ne lui demandais pas à quoi il songeait ; s'il avait voulu partager ses pensées avec moi, il m'aurait ouvert son esprit.

Peu à peu, il reprit ses activités de naguère, mais il avait perdu de son dynamisme. Il se déplaçait avec prudence sans jamais chercher à outrepasser ses limites ; il ne m'accompagnait plus alors que je passais d'une tâche à l'autre, mais restait étendu sous l'auvent à observer mes allées et venues ; nous chassions encore le soir avec le fou, mais avec une lenteur que le loup et moi affections de mettre sur le compte de l'inefficacité de notre hôte. Œil-de-Nuit se contentait souvent de repérer le gibier et d'attendre ma flèche plutôt que de bondir lui-même à la curée. Ces changements me troublaient, mais je m'efforçais de faire taire mes inquiétudes. Je me répétais qu'il avait simplement besoin de temps pour se remettre complètement, et je songeais, pour appuyer mon argument, qu'il n'était jamais au mieux de sa forme pendant la canicule ; l'automne venu, il retrouverait toute sa vigueur.

Nous finîmes par nous installer tous les trois dans une routine confortable. Nous prîmes l'habitude, le soir, d'échanger des contes, des histoires, et de petites anecdotes de nos existences respectives. L'eau-de-vie finit par manquer, mais nos bavardages se poursuivirent, aussi moelleux et pleins de chaleur que l'alcool. Je racontai au fou la scène dont Heur avait été témoin à Bec-de-Hardin et lui rapportai les propos que nous avions entendus au marché à propos des vifiers ; je lui narrai aussi ce qu'Astérie avait observé à la soirée des ménestrels lors de la fête du Printemps, ce qu'Umbre m'avait dit penser de Devoir et ce qu'il m'avait demandé à ce sujet. Le fou paraissait absorber mes propos comme un tisserand réunit des fils divergents pour créer une tapisserie nouvelle.

Un soir, nous essayâmes les plumes de coq sur la couronne, mais les trous prévus pour leur logement étaient trop larges et elles s'inclinaient exagérément dans toutes les directions. Sans avoir besoin de nous consulter, nous comprîmes que nous faisions erreur. Un autre jour, à la nuit tombante, le fou posa la couronne sur ma table, puis choisit des pinceaux et des encres dans ma réserve. Je m'installai à côté de lui pour le regarder travailler. Il disposa soigneusement tout son matériel devant lui, trempa un pinceau dans un pot d'encre bleue, puis suspendit son geste, l'air songeur. Nous restâmes si longtemps sans bouger ni parler que les petits crépitements du feu enflèrent bruyamment à mes oreilles, puis mon compagnon reposa son pinceau. « Non, dit-il à mi-voix. Ce n'est pas le moment, pas encore. » Il remballa l'ornement et le remit dans son paquetage. Enfin, un autre soir, alors que j'essuyais les larmes de rire que m'avait tirées une de ses chansons paillardes, il posa sa harpe et annonça : « Je dois partir demain.

— Non ! m'exclamai-je, saisi par cette déclaration inattendue. Pourquoi ?

— Bah, tu sais bien, répondit-il d'un air dégagé. C'est la vie d'un Prophète blanc ; il faut que je m'occupe de prédire l'avenir, de sauver le monde, enfin de ce genre de petites tâches sans grand intérêt. Et puis tu n'as plus de meubles à sculpter.

— Non, sans plaisanter, dis-je. Tu ne peux pas rester encore quelques jours ? Au moins jusqu'au retour de Heur ? Pour faire sa connaissance ? »

Il poussa un soupir. « Pour ne rien te cacher, je suis resté chez toi bien davantage que prévu, surtout du fait que tu affirmes ne pas pouvoir m'accompagner à mon départ. À moins que… » Il se redressa, une étincelle d'espoir dans les yeux. « À moins que tu n'aies changé d'avis ? »

Je secouai la tête. « Tu sais bien que non. Je ne peux pas m'en aller comme ça, en laissant la maison à l'abandon. Je dois être là pour accueillir Heur.

— Ah oui ! » Ses épaules se voûtèrent. « Son apprentissage ; et puis tu as des poulets qui comptent sur toi. »

Son ironie me piqua au vif. « Mon existence ne te paraît peut-être pas très glorieuse, mais c'est la mienne », fis-je d'un ton mordant.

Il sourit, ravi de ma réaction. « Je ne suis pas Astérie, mon ami ; je ne dénigre pas la vie d'autrui. Songe à la mienne et dis-moi si elle est plus glorieuse. Non : je vaque à mes propres travaux, qui doivent sembler bien ternes à celui qui doit s'occuper de toute une troupe de poulets et biner des rangées de haricots. Pourtant, mes responsabilités sont aussi importantes : j'ai toute une troupe de rumeurs à partager avec Umbre et des rangées de nouvelles relations à cultiver à Castelcerf. »

Je ressentis un pincement d'envie. « Tout le monde va être ravi de te revoir, j'imagine. »

Il haussa les épaules. « Certains, oui, probablement. D'autres étaient tout aussi ravis de me voir partir, et la plupart m'auront complètement oublié – la plupart, voire tous, si j'ai bien mené ma barque. » Il se leva brusquement. « Je regrette de devoir m'en aller d'ici, avoua-t-il à mi-voix. J'aimerais croire, comme cela paraît être ton cas, que je suis seul maître de mon destin ; malheureusement, je sais que ce n'est vrai ni pour toi ni pour moi. » Il s'approcha de la porte ouverte et son regard se perdit dans les ombres tièdes du soir d'été. Il ouvrit la bouche comme s'il s'apprêtait à poursuivre, puis il soupira et continua de contempler le paysage. Enfin il redressa les épaules comme s'il venait de prendre une décision et se tourna vers moi. Il affichait un sourire lugubre. « Non, il vaut mieux que je parte demain. Tu me rejoindras bientôt.

— N'y compte pas, répliquai-je.

— Mais je ne peux pas faire autrement ! Les temps l'exigent de nous deux.

— Oh, que d'autres que nous se chargent de sauver le monde cette fois-ci ! On doit bien pouvoir trouver un autre Prophète blanc quelque part. » J'avais pris un ton badin pour ce que je considérais comme pure plaisanterie, mais je vis les yeux du fou s'agrandir et il prit une inspiration qui rendit un son rauque dans sa gorge nouée.

« N'évoque jamais pareil avenir ! Le simple fait que le germe de cette idée réside dans ton esprit m'emplit de sinistres prémonitions, car, en vérité, il existe quelqu'un, une femme, qui rêve de s'approprier le manteau du

Prophète blanc et de lancer le monde sur la route de ses visions. Depuis toujours je lutte contre son influence, mais, dans le changement de direction que nous connaissons aujourd'hui, sa puissance croît; tu sais maintenant ce que j'hésitais à t'expliquer clairement. Ta force va m'être indispensable, mon ami. Ensemble, tous les deux, nous suffirons peut-être à la tâche; après tout, il arrive qu'un seul petit caillou parvienne à faire sauter une roue de l'ornière.

— Hum ! N'empêche, il me semble que le petit caillou se passerait bien de cette expérience. »

Il se tourna vers moi. Ses yeux d'où toute couleur avait disparu avaient retrouvé leur éclat d'or et reflétaient la flamme dansante de la lampe, et c'est d'une voix à la fois chaleureuse et lasse qu'il répondit : « Oh, n'aie crainte, tu n'en mourras pas ! Il ne faut pas que tu meures, je le sais; en conséquence, je concentrerai toutes mes forces sur ce but : assurer ta survie. »

Je fis semblant d'être atterré. « Et tu me demandes de ne pas avoir peur ? »

Il acquiesça d'un air exagérément solennel. Je tentai de détourner la conversation. « Qui est cette femme dont tu parles ? Est-ce que je la connais ? »

Il revint au milieu de la pièce et se rassit à table. « Non, tu ne la connais pas, mais moi si, depuis longtemps. Ou plutôt, pour être plus exact, je connaissais son existence alors que c'était déjà une femme faite et que je n'étais encore qu'un enfant… » Il me lança un regard perçant. « Il y a bien des années, je t'ai révélé une bribe de mon passé. T'en souviens-tu ? » Il poursuivit sans attendre ma réponse. « Je suis né très loin dans le Sud, de gens ordinaires – pour autant qu'il se trouve des gens vraiment ordinaires... J'ai eu une mère qui m'aimait, et mes deux pères étaient frères, comme le voulait la coutume de notre pays. Mais, dès que je suis sorti du ventre de ma mère, il est apparu clairement que mon ascendance s'était exprimée en moi. Dans un passé reculé, un Blanc avait mêlé son sang à celui de ma famille, et j'étais venu au monde pour reprendre à mon compte et poursuivre les missions de ce peuple antique.

» Mes parents m'aimaient et me chérissaient, mais ils savaient que mon destin n'était pas de rester parmi eux ni d'apprendre aucun de leurs métiers. Ils m'ont envoyé là où je recevrais une éducation et une préparation adéquates à ma destinée. On m'y a bien traité, et mieux encore ; mes précepteurs me choyaient, eux aussi, à leur façon. Chaque matin, on m'interrogeait sur mes songes de la nuit, et tout ce que je m'en rappelais était couché par écrit pour être soumis à la réflexion d'hommes sages. Quand j'ai grandi et que des rêves éveillés ont commencé à envahir mon esprit, on m'a enseigné l'art de la plume pour que je puisse noter seul mes visions, car nulle main n'est plus précise que celle de l'observateur lui-même. » Il eut un rire d'autodérision et secoua la tête. « Quelle façon d'élever un enfant ! Le moindre de mes propos était considéré comme le sommet de la sagesse ! Pourtant, malgré mon ascendance, je ne valais pas mieux que les autres gamins. Toujours prêt à toutes les malices, j'inventais des histoires à dormir debout à propos de sangliers volants et d'ombres issues de lignées royales ; chacune de mes fables était plus outrée que la précédente, et pourtant je m'apercevais peu à peu d'un phénomène étrange : j'avais beau puiser à ce que je croyais être ma seule imagination, la vérité se dissimulait toujours dans mes contes les plus échevelés. »

Il me jeta un regard rapide comme s'il s'attendait à une objection de ma part, mais je gardai le silence.

Il baissa les yeux. « Je ne peux sans doute m'en prendre qu'à moi-même si nul n'a voulu me croire quand la plus grande vérité de toutes a fleuri en moi et s'est imposée sans que je puisse la refuser. Le jour où j'ai proclamé que j'étais le Prophète blanc qu'attendait notre temps, mes maîtres m'ont intimé le silence. "Calme tes ambitions excessives", m'ont-ils dit – comme si on pouvait convoiter pareille destinée ! Ils m'ont appris que quelqu'un d'autre, une femme, avait déjà endossé ce manteau. Elle s'était mise en route avant moi pour façonner l'avenir du monde suivant ce que lui indiquaient ses visions. Chaque époque ne voit l'émergence que d'un seul Prophète blanc, chacun le savait, et moi le premier. Je leur ai alors demandé ce que j'étais, dans ces conditions ; ils l'ignoraient, mais ils n'avaient en revanche aucun doute sur ce que je n'étais pas : je n'étais pas le Prophète blanc, car ils l'avaient déjà préparé et envoyé remplir sa mission. »

Le fou reprit son souffle et se tut un long moment, du moins en eus-je l'impression. Enfin, il haussa les épaules.

« Je savais qu'ils se trompaient. Je sentais l'évidence de leur erreur aussi clairement que je savais ce que j'étais. Ils ont tenté de faire en sorte que je me satisfasse de la vie que je menais parmi eux. Ils n'ont pas imaginé un seul instant, je pense, que je pourrais me rebeller, mais c'est pourtant ce qui s'est passé : je me suis enfui et j'ai pris la direction du Nord, par des voies et des époques que je serais incapable de te décrire ; malgré les obstacles, j'ai persévéré jusqu'au jour où je suis parvenu à la cour du roi Subtil Loinvoyant. Je me suis vendu à lui selon des termes assez semblables aux tiens : ma fidélité en échange de sa protection. Une saison s'était à peine écoulée depuis mon arrivée que la rumeur de ton apparition a ébranlé la cour : un bâtard, un enfant inattendu, un Loinvoyant non reconnu ! Tout le monde en est resté abasourdi, tout le monde sauf moi, car j'avais déjà vu ton visage en rêve et je savais qu'il me fallait te trouver, même si on m'avait partout assuré que tu n'existais pas et que tu ne pouvais pas exister. »

Il se pencha soudain et avança sa main gantée. Il ne saisit mon poignet qu'un instant et nos peaux ne se touchèrent pas, mais, en un éclair, je sentis un lien entre nous. Je ne sais comment décrire cette impression ; ce n'était pas l'Art, ce n'était pas le Vif, ce n'était pas de la magie, du moins telle que je la connais. Cela se rapprochait de la sensation de déjà vu dont on est parfois saisi dans un lieu pourtant inconnu ; j'eus l'impression que nous nous étions déjà trouvés assis face à face, que nous avions déjà prononcé les mêmes paroles, et qu'à chaque fois elles s'étaient achevées sur ce bref contact. Je détournai les yeux du visage du fou, mais ce fut pour croiser le regard du loup qui me brûla jusqu'à l'âme.

Je m'éclaircis la gorge et m'efforçai de trouver un autre sujet de conversation. « Tu dis connaître cette femme. Sais-tu son nom ?

— Tu ne l'as jamais entendu prononcer ; cependant, tu as entendu parler d'elle. Tu te rappelles que, pendant la guerre des Pirates rouges, nos ennemis avaient à leur tête un certain Kebal Paincru ? »

J'acquiesçai. Il s'agissait d'un chef de tribu outrîlien qui, par le fer et le sang, était parvenu à une soudaine domination de son peuple, et qui avait connu une chute tout aussi rapide à l'éveil de nos dragons. Certaines histoires voulaient que le dragon de Vérité l'eût dévoré, d'autres qu'il eût fini noyé.

« As-tu jamais ouï dire qu'il avait un conseiller ? La Femme Pâle ? »

Cette expression rendait un son étrangement familier à mes oreilles. Fronçant les sourcils, je fouillai mes souvenirs. Oui, des rumeurs avaient couru à ce sujet, mais rien de plus précis. Je hochai la tête.

« Eh bien… » Le fou se laissa aller contre le dossier de sa chaise et dit d'un ton presque badin : « C'était elle. Un autre détail encore : aussi fermement qu'elle se croit le Prophète blanc, elle est convaincue que Kebal Paincru est son catalyseur.

— Celui qui permet aux autres de devenir des héros ? »

Il eut un geste de dénégation. « Non, pas celui-là. Son catalyseur à elle vient jeter les héros à bas. Il incite les hommes à devenir inférieurs à ce qu'ils doivent être, car là où je construirais, elle détruit, là où j'unirais, elle divise. » Il secoua la tête. « Elle est persuadée que tout doit s'achever avant de pouvoir recommencer. »

J'attendis qu'il complète son affirmation, mais il se tut, et je dus le relancer. « Et toi, que crois-tu ? »

Un sourire apparut lentement sur ses lèvres. « Je crois en toi. Mon recommencement, c'est toi. »

Je ne vis pas que répondre à cela, et le silence retomba dans la pièce.

Il porta la main à son oreille. « Ce bijou ne m'a pas quitté depuis que nous nous sommes séparés, mais je pense que je dois te le rendre. Là où je vais, je ne puis le porter ; il est trop particulier, et les gens risquent de se rappeler en avoir vu un semblable sur toi, ou sur Burrich, voire sur ton père. Sa vue pourrait bien réveiller des souvenirs que je préfère endormis. »

Et il entreprit, non sans mal, de défaire le système de fermeture. Le clou d'oreille était constitué d'une résille d'argent qui renfermait une pierre bleue. Burrich en avait fait don à mon père ; j'en avais ensuite hérité, puis, à mon tour, je l'avais confié au fou en lui demandant de le remettre à Molly après ma mort, afin qu'elle sût que je ne l'avais jamais oubliée. Plus avisé que moi, le fou l'avait conservé. Et maintenant ?

« Non, dis-je soudain. Garde-le. »

Il me regarda d'un air déconcerté

« Camoufle-le s'il le faut, mais porte-le, je t'en prie. »

Il baissa lentement les mains. « Tu es sûr de ce que tu fais ? demanda-t-il d'un ton incrédule.

— Oui. » Et j'étais sincère.

*

À mon réveil le lendemain, je trouvai le fou déjà debout, lavé et habillé, en train de remuer le gruau. Son paquetage trônait sur la table. Je parcourus la pièce du regard : toutes ses affaires avaient disparu. Il avait remis ses beaux atours, insolite contrepoint à l'humble tâche à laquelle il était occupé.

« Tu t'en vas donc ? fis-je stupidement

— Tout de suite après le petit déjeuner », répondit-il à mi-voix.

Nous devrions l'accompagner.

C'était la première fois depuis des jours que le loup me transmettait une pensée aussi directe. Je sursautai, puis me tournai vers lui en même temps que le fou. « Mais Heur ? » demandai-je.

Œil-de-Nuit se contenta de me retourner mon regard comme si j'avais dû connaître la réponse à ma propre question, mais ce n'était pas le cas. « Il faut que je reste ici », dis-je à mes deux compagnons, qui ne parurent convaincus ni l'un ni l'autre. Leur opposer un refus me donnait l'impression d'être un rabat-joie pantouflard et je n'appréciais pas cette image de moi-même. « J'ai des responsabilités, repris-je, presque en colère. Je ne peux pas m'en aller le nez au vent en laissant le petit rentrer dans une maison vide !

— Non, tu as raison », répondit le fou ; pourtant, même son approbation me piqua au vif, car j'eus le sentiment qu'il cherchait seulement à m'apaiser, et une humeur maussade m'envahit. Le repas se passa dans une ambiance morose, et, quand nous quittâmes la table, les bols et la marmite sales me firent soudain horreur ; la vue de ces symboles de mes corvées quotidiennes, terre à terre, me paraissait tout à coup intolérable.

« Je vais seller ta monture, déclarai-je brusquement au fou. Inutile de crotter tes beaux habits. »

Il ne dit rien et je sortis en coup de vent.

Malta devait percevoir l'excitation du voyage à venir car elle était agitée, bien qu'elle se laissât faire sans difficulté. Je pris mon temps pour la préparer, et, quand j'eus fini, sa robe luisait autant que son harnais. J'avais retrouvé une certaine sérénité, mais, alors que je menais la jument hors de la grange, je vis le fou debout sous l'auvent, une main sur l'échine d'Œil-de-Nuit, et je m'assombris à nouveau. Par une réaction puérile, je l'en rendis responsable : s'il n'était pas venu me rendre visite, je n'aurais jamais pris conscience du vide que son absence laissait dans ma vie ; j'aurais continué à regretter le passé mais je n'aurais pas commencé à désirer un avenir.

C'est avec un sentiment d'amertume et l'impression d'être devenu un vieillard avant l'âge que j'attendis son étreinte, et le fait de savoir que mon attitude n'avait rien d'admirable n'arrangea rien. Quand il me serra dans ses bras, je restai raide comme un piquet et c'est à peine si je lui rendis son accolade. Je pensais qu'il n'allait pas réagir, mais, lorsque sa bouche s'approcha de mon oreille, il murmura d'un ton énamouré : « Adieu, Bien-Aimé. »

Malgré ma mauvaise humeur, je ne pus m'empêcher de sourire. Je l'étreignis sur mon cœur, puis le lâchai. « Sois prudent, fou, dis-je, bourru.

— Toi aussi », répondit-il avec gravité en se mettant en selle. Je l'observai : le jeune homme aristocratique assis à dos de cheval ne ressemblait aucunement au fou que j'avais connu enfant, et c'est seulement quand son regard croisa le mien que je retrouvai mon ami d'antan. Nous demeurâmes un moment les yeux dans les yeux, sans rien dire, puis, d'une légère saccade sur ses rênes accompagnée d'un déplacement de son assiette, il fit avancer sa monture. Malta encensa pour lui demander de la laisser choisir son allure ; il accepta et elle partit aussitôt avec empressement au petit galop, sa queue soyeuse flottant au vent comme un pennon. Je regardai le fou s'éloigner, et, même quand je l'eus perdu de vue, je restai les yeux fixés sur la poussière qui retombait lentement sur le sentier.

Lorsque je me décidai à rentrer dans la chaumine, je constatai qu'il avait fait la vaisselle, récuré la marmite et tout rangé. Au milieu de ma table, là où était posé son paquetage, je découvris un cerf Loinvoyant profondément gravé dans le bois, les andouillers baissés, prêt à charger. Je suivis des doigts les contours du dessin, le cœur serré. « Qu'attends-tu de moi ? » demandai-je au silence qui m'entourait.

*

Les jours passèrent et le temps s'écoula pour moi aussi, mais difficilement. Toutes les journées paraissaient semblablement monotones, et les soirées s'étendaient, interminables, devant moi. Le travail ne manquait pas pour remplir les heures, et je l'accomplissais, mais non sans observer qu'il ne semblait déboucher que sur du travail supplémentaire : préparer le repas n'aboutissait qu'à faire la vaisselle, et planter une graine qu'à passer les jours suivants à désherber et à l'arroser. La satisfaction que je tirais naguère de la simplicité de mon existence me glissait désormais entre les doigts.

Le fou me manquait, et je me rendais compte qu'il m'avait toujours manqué au cours de mes années de solitude. C'était comme une vieille blessure qui se réveillait et m'élançait à nouveau. Je ne pouvais même pas compter sur le loup pour la supporter : une étrange humeur méditative l'avait envahi, et nous passions souvent nos soirées chacun plongé dans ses réflexions. Une fois, alors que je ravaudais une chemise à la lueur d'une bougie, Œil-de-Nuit s'approcha de moi et posa la tête sur mon genou en poussant un soupir. Je lui caressai les oreilles, puis les grattai. « Ça va ? » lui demandai-je.

La solitude ne te vaudrait rien. Je suis content que le Sans-Odeur soit revenu. Je suis content que tu saches où le trouver.

Puis, avec un gémissement, il ôta son museau de ma jambe et alla se rouler en boule sur la terre fraîche, non loin de l'auvent.

Les dernières chaleurs de l'été s'abattirent sur nous comme une couverture suffocante, et je transpirais à grosses gouttes en rapportant deux fois par jour des seaux d'eau pour le jardin. Les poules cessèrent de pondre. Il me paraissait impossible de survivre dans une atmosphère aussi torride et dans un marasme aussi pesant. Et puis, alors que je me morfondais ainsi. Heur revint. Je ne pensais pas le revoir avant la fin du mois des pleines récoltes, mais un soir Œil-de-Nuit leva brusquement la tête, se mit debout avec raideur et se rendit à la porte pour observer le sentier. Au bout d'un moment, je posai le couteau que j'aiguisais et allai rejoindre le loup. « Qu'y a-t-il ? » lui demandai-je.

Le petit est de retour.

Déjà ? Mais, alors même que je formulais cette pensée, je me rendis compte qu'il ne rentrait pas si tôt que cela : les mois qu'il avait passés en compagnie d'Astérie avaient dévoré le printemps ; il était resté avec nous au début de l'été, mais ensuite il avait été absent tout le mois des primes récoltes et une partie de celui des pleines. Il ne s'était écoulé qu'une lune et demie, et pourtant cela m'avait paru horriblement long. J'aperçus une silhouette au loin, sur le chemin, et Œil-de-Nuit et moi nous hâtâmes de nous porter à sa rencontre. Quand il nous vit, il se mit à courir à petites foulées lasses pour nous rejoindre. Je le serrai sur ma poitrine et je sentis qu'il avait encore grandi et qu'il avait maigri ; je me reculai sans le lâcher et je lus sur son visage l'humiliation et la défaite. « Bienvenue à la maison, lui dis-je, mais il haussa les épaules d'un air lugubre.

— Je rentre la queue entre les jambes, fit-il avec accablement, puis il s'agenouilla pour prendre Œil-de-Nuit dans ses bras. Mais il n'a plus que la peau sur les os ! s'exclama-t-il, consterné.

— Il a été malade, mais il se remet, répondis-je en m'efforçant de prendre un ton enjoué, sans prêter attention au pincement d'inquiétude que j'avais ressenti. Je te signale qu'on pourrait en dire autant de toi, ajoutai-je. Il y a de la viande sur le plat et du pain sur la planche ; viens manger, et tu nous raconteras comment tu t'es débrouillé dans le vaste monde.

— Je peux te le dire tout de suite, en quelques mots », fit-il alors que nous nous dirigions d'un pas pesant vers la chaumière. Il avait la voix grave d'un adulte, et l'amertume aussi. « Ça ne s'est pas bien passé. Les récoltes étaient bonnes mais, où que j'aille, j'étais le dernier embauché : les cousins du propriétaire passaient en premier, ou bien les amis des cousins. Moi, je restais partout l'étranger, celui à qui on donnait les tâches les plus sales et les plus dures. Je trimais comme un homme mais on me payait comme une souris, Tom, avec des miettes de pain et des pièces rognées. En plus, on me regardait avec méfiance ; je n'avais pas le droit de coucher dans les granges ni de parler aux filles de la maison. Et, entre deux embauches, il fallait quand même que je me nourrisse, et tout coûtait beaucoup plus cher que je ne m'y attendais. Je n'ai aujourd'hui qu'une poignée de pièces en plus de ce que j'avais en partant. Quel imbécile j'ai été de m'en aller ! J'aurais aussi bien fait de rester ici pour vendre des poulets et du poisson salé ! »

La hargne s'échappait de sa bouche comme un torrent de cailloux. Sans rien dire, je le laissai s'épancher, et nous finîmes par arriver devant la porte. Il se plongea la tête dans la barrique d'eau que j'avais remplie pour arroser le jardin, tandis que j'entrais mettre de quoi manger sur la table. À son tour, il pénétra dans la maison et, comme il parcourait la pièce du regard, je compris sans qu'il eût à l'exprimer que tout lui paraissait avoir rapetissé. « Ça fait du bien de se retrouver chez soi », dit-il. Puis, dans le même souffle, il poursuivit : « Mais j'ignore comment je vais me procurer mon droit d'apprentissage ; en cherchant de l'embauche comme journalier l'année prochaine, peut-être ? Mais, après ça, on risque de me juger trop vieux pour apprendre correctement. J'ai déjà croisé quelqu'un sur la route qui m'a dit n'avoir jamais connu d'artisan qui n'ait entamé sa formation avant l'âge de douze ans. C'est du miel, ça ?

— Oui. » Le pot rejoignit le pain et le poulet froid sur la table, et Heur attaqua son repas comme s'il n'avait rien mangé depuis des jours. Je préparai de la tisane, puis m'installai en face de mon garçon et le regardai se restaurer. Malgré son appétit féroce, il prenait le temps de donner de petits morceaux de viande au loup assis près de lui ; Œil-de-Nuit les acceptai, non parce qu'il avait le ventre vide, mais pour faire plaisir au petit et pour partager de la nourriture avec un membre de la meute. Quand il ne resta plus du poulet qu'une carcasse sans même assez de chair accrochée aux os pour faire une soupe. Heur se laissa aller contre le dossier de sa chaise avec un soupir de satisfaction. Soudain, il se pencha de nouveau en avant et suivit du bout de l'index le cerf à la tête baissée qui ornait le plateau de la table. « C'est splendide ! Où as-tu appris à graver comme ça ?

— Nulle part. C'est un vieil ami qui est venu me rendre visite et qui a passé une partie de son séjour à décorer la maison. » Je souris à part moi. « Quand tu auras un moment, va donc jeter un coup d'œil à la barrique d'eau de pluie.

— Un vieil ami ? Je croyais que tu ne connaissais personne en dehors d'Astérie. »

Il ne l'avait pas fait exprès, mais le coup porta. Encore une fois, il suivit les contours du dessin du bout du doigt. Autrefois, FitzChevalerie Loinvoyant avait arboré le même cerf aux andouillers baissés sur un blason brodé. « Oh, si, j'ai quelques amis, répondis-je, mais je n'ai pas souvent de nouvelles d'eux, tout simplement.

— Ah ! Et les nouveaux ? Jinna a-t-elle fait halte ici en retournant à Castelcerf ?

— Oui. En remerciement de lui avoir offert le gîte pour la nuit, elle nous a laissé une amulette destinée à rendre le potager plus productif. »

Il me lança un regard oblique. « Elle a donc passé la nuit ici. Elle est gentille, hein ?

— En effet. » Il attendit que je poursuive mais je me tus. Il rentra la tête dans les épaules et tenta en vain de cacher un sourire égrillard derrière sa main. Me penchant vers lui, je lui donnai une taloche affectueuse sur la tête ; il écarta mon bras, puis il saisit soudain ma main et son sourire laissa la place à une expression angoissée. « Tom, Tom, que vais-je faire ? Je croyais que ce serait facile et je me trompais. J'étais prêt à travailler dur pour un salaire honnête, je me montrais poli et je ne volais pas mon argent, et pourtant tout le monde me traitait comme un moins que rien ! Que vais-je faire ? Je ne peux tout de même pas passer mon existence ici, dans ce trou perdu ! Je ne peux pas !

— Tu ne peux pas, c'est vrai. » Et, en cet instant, deux révélations se firent dans mon esprit ; d'abord, mon style de vie, coupé de tout et de tous, avait mal préparé le petit à se débrouiller seul dans le monde, et ensuite, quand j'avais déclaré vouloir cesser mon métier d'assassin, Umbre avait dû éprouver les mêmes sentiments que moi en cet instant. On ressent une impression étrange quand on se rend compte qu'en donnant à un enfant ce que l'on considérait comme le meilleur de soi-même, on n'a réussi qu'à l'estropier. Devant le regard éperdu de Heur, je me sentais petit et honteux. J'aurais dû m'occuper mieux de lui. J'allais mieux m'occuper de lui. Je m'entendis parler avant même de savoir ce que j'allais dire. « J'ai quelques vieux amis à Castelcerf. Je peux leur demander de me prêter la somme pour ton droit d'apprentissage. » Le cœur serré, je songeai au genre d'intérêts qu'un tel emprunt risquait de me valoir, mais je m'armai de courage. Je solliciterais d'abord Umbre et, si le remboursement qu'il exigeait se révélait trop élevé, je me tournerais vers le fou. M'abaisser à quêter ainsi n'aurait rien de réjouissant, mais…

« Tu serais prêt à ça ? Pour moi ? Alors que je ne suis même pas ton vrai fils ? » Heur paraissait ne pas en croire ses oreilles.

Je pris sa main entre les miennes. « Oui, j'y serais prêt, parce que tu m'es aussi cher que le fils que je n'aurai sans doute jamais.

— Je t'aiderai à rembourser cette dette, je te le jure.

— Certainement pas. Cette dette sera la mienne, que j'aurai librement acceptée. De ta part, j'attendrai que tu sois attentif à ton maître et que tu t'appliques à connaître ton métier sur le bout des doigts.

— Je te le promets, Tom ; je te le promets. Et je te jure que tu ne manqueras de rien quand tu seras vieux. » Il prononça ces mots avec la ferveur ardente et sans méchanceté de la jeunesse, et je les pris ainsi, en feignant de ne pas remarquer la lueur d'amusement qui s'était allumée dans le regard d'Œil-de-Nuit.

Tu vois combien c'est agréable quand on te considère comme un vieillard qui s'avance d'un pas chancelant vers la mort ?

Je n'ai jamais prétendu que tu étais au bord de la tombe !

Non, en effet. Tu me traites simplement comme si j'étais aussi fragile qu'une vieille carcasse de poulet.

Et j'ai tort ?

Oui. Mes forces me reviennent. Attends que les feuilles tombent et que le temps se rafraîchisse ; alors je pourrai à nouveau t'épuiser à la marche, comme d'habitude.

Mais si je dois partir en voyage avant cela ?

Avec un soupir, le loup posa sa tête sur ses pattes antérieures tendues devant lui. *Et si tu sautes à la gorge d'un cerf et que tu le manques ? À quoi bon s'inquiéter de ce qui n'est pas encore arrivé ?*

D'une voix tendue, Heur rompit le silence apparent.

« Est-ce que tu penses la même chose que moi ? »

Je soutins son regard soucieux. « Peut-être. Que te dis-tu ? »

Il répondit avec hésitation : « Que plus vite tu parleras à tes amis de Castelcerf, plus vite nous saurons à quoi nous en tenir pour l'hiver prochain.

— Passer encore un hiver ici ne ferait pas tes affaires, n'est-ce pas ? demandai-je lentement.

— Non. » Sa franchise naturelle l'avait poussé à répondre du tac au tac, et il s'efforça d'adoucir son propos. « Ce n'est pas que je ne me plaise pas ici, avec Œil-de-Nuit et toi ; mais c'est que… » Il chercha ses mots. « As-tu déjà eu l'impression de sentir le temps s'écouler en te laissant en arrière ? Comme si le fleuve de la vie poursuivait sa course pendant que tu restes coincé dans un bras mort au milieu des poissons crevés et des vieux troncs moisis ? »

Je te laisse le rôle du poisson crevé ; moi, je ferai le vieux tronc moisi.

Je ne prêtai pas garde à Œil-de-Nuit. « Oui, il me semble avoir déjà eu ce sentiment, une fois ou deux. » Et, en jetant un coup d'œil à la carte des Six-Duchés que Vérité n'avait jamais achevée, je poussais un soupir que j'espérais inaudible. « Je me mettrai en route dès que possible.

— Je peux être prêt dès demain matin. Une bonne nuit de sommeil et je serai... »

Je l'interrompis fermement mais sans brutalité. « Non. » Je m'apprêtais à lui expliquer que je devais voir seul à seul les amis que j'avais évoqués, mais je me repris : je ne tenais pas à lui donner matière à s'interroger. Je désignais Œil-de-Nuit de la tête. « Je tiens à ce que la chaumière et la basse-cour ne restent pas sans surveillance pendant mon absence. Je t'en confie la responsabilité. »

Heur eut l'air dépité, mais, et ce fut à son honneur, il redressa aussitôt les épaules et acquiesça.

Par terre près de la table, Œil-de-Nuit roula sur le flanc, puis sur le dos. *Voilà, le loup est mort. Autant l'enterrer, s'il n'est plus bon qu'à rester allongé dans une cour poussiéreuse à regarder des poulets qu'il n'a pas le droit de tuer.* Et il agita vaguement les pattes en l'air.

Idiot! C'est à cause des poulets que je demande au petit de rester, pas à cause de toi.

Ah bon? Alors, si tu les trouvais tous crevés demain matin, plus rien ne nous empêcherait de partir ensemble?

Je ne te conseille pas d'essayer, répondis-je.

Il ouvrit la gueule et laissa sa langue pendre d'un côté. Le garçon le regarda avec un sourire affectueux. « Quand il fait ça, j'ai toujours l'impression qu'il rit. »

Je ne partis pas le lendemain. Levé bien avant Heur, je sortis mes vêtements encore convenables et les étendis pour les aérer, car ils avaient pris une odeur de renfermé à force de ne pas servir. La chemise avait jauni avec le temps; c'était un cadeau qu'Astérie m'avait fait bien des années plus tôt, et je n'avais dû la porter qu'une fois, le jour où je l'avais reçue. Je l'examinais avec un sentiment mitigé, en songeant qu'elle épouvanterait Umbre mais amuserait le fou. Bah ! Comme pour bien d'autres aspects de ma vie, je ne pouvais rien y changer.

Il y avait aussi une grande boîte que j'avais fabriquée autrefois et qui reposait sur les poutres de mon atelier. Je l'en descendis non sans mal et l'ouvris. Malgré les tissus imprégnés d'huile qui l'enveloppaient, l'épée de Vérité s'était ternie au fil des ans. Je pris la ceinture à laquelle était suspendu le fourreau et la fermai sur ma taille, en notant au passage qu'il me faudrait y ajouter un cran pour la porter confortablement ; en attendant, je rentrai le ventre et la bouclais telle quelle. Je passai un chiffon huilé sur la lame, puis l'engainais à mon côté ; quand je la ressortis, je la sentis lourde dans ma main, mais toujours aussi merveilleusement équilibrée. Je m'interrogeais : était-il judicieux de la porter ? Je me trouverais dans une situation embarrassante si quelqu'un la reconnaissait et se mettait à poser des questions ; d'un autre côté, ma situation serait bien plus gênante si je me faisais trancher la gorge parce que je n'avais pas d'arme sous la main.

Je résolus le dilemme en enroulant des lanières de cuir sur la garde pour en dissimuler les incrustations de pierres précieuses. Le fourreau, lui, avait un aspect usé mais encore bon pour le service, ce qui convenait tout à fait à mon propos. Je dégainais l'épée à nouveau et me fendis, tirant sur des muscles qui avaient perdu l'habitude de tels mouvements. Je me redressais et donnai quelques coups de taille dans l'air.

Je perçus de l'amusement. *Tu ferais mieux de prendre une hache.*

Je n'en ai plus. C'était Vérité lui-même qui m'avait fait don de l'épée, mais Burrich et lui ne m'avaient pas caché que ma façon de combattre appelait plus la brutalité de la hache que la grâce et l'élégance de l'arme que je tenais à la main. J'essayai un nouveau coup de taille ; mon esprit se rappelait tout ce que Hod m'avait enseigné, mais mon corps avait des difficultés à exécuter les gestes.

Tu en as bien une pour couper le bois.

Ce n'est pas une hache de guerre. J'aurais l'air malin avec un machin pareil ! Je glissai l'épée dans son fourreau et me tournai vers le loup.

Il était assis dans l'encadrement de la porte, la queue méticuleusement rabattue sur les pattes, et un éclat moqueur brillait dans ses yeux sombres. Son regard prit soudain une expression innocente et lointaine à la fois. *Je crois qu'une poule n'a pas passé la nuit. C'est bien triste. Pauvre petite bête ! Mais la mort finit toujours par nous attraper tous.*

Il mentait, naturellement, mais il eut la satisfaction de me voir rengainer mon arme et me précipiter pour voir s'il disait vrai. Mes six gélines étaient là, au grand complet, occupées à se couvrir de poussière en gloussant au soleil. Perché sur un poteau de la clôture, le coq surveillait ses femelles.

Voilà qui est curieux ! Hier, j'aurais juré que la grosse poule blanche était mal en point. Je vais m'installer pour garder un œil sur elle. Et, joignant le geste à la pensée, il se laissa tomber à l'ombre mouchetée des bouleaux, le regard braqué sur la basse-cour. Je rentrai sans lui prêter davantage attention.

J'étais en train de pratiquer un nouveau trou dans la ceinture d'épée quand Heur se leva. L'air endormi, il s'approcha de la table pour observer mon travail, et il se réveilla brusquement quand ses yeux se posèrent sur l'épée dans son fourreau. « Je n'avais jamais vu cette arme !

— Il y a longtemps que je l'ai.

— Tu ne l'as jamais portée quand nous allions au marché ; tu n'avais que ton couteau de ceinture.

— Castelcerf, c'est un peu différent du marché. » Mais sa remarque m'incitait à réfléchir aux motifs qui me poussaient à me munir d'une épée. Lors de mon dernier séjour à Castelcerf, quantité de gens souhaitaient ma mort ; si j'en rencontrais certains et qu'ils me reconnussent, je tenais à pouvoir leur faire face. « On trouve beaucoup plus de malandrins et de fripouilles dans une ville comme celle que domine la citadelle que dans un simple marché de campagne. »

Ma ceinture avait désormais un nouveau cran, et je l'essayai : elle m'allait mieux. Je tirais l'épée du fourreau et j'entendis Heur pousser une exclamation étouffée ; malgré le cuir sans apprêt dont j'avais enveloppé sa garde, elle n'avait manifestement rien d'une arme de basse qualité ; c'était la création d'un maître.

« Je peux la prendre ? »

J'acquiesçais de la tête et Heur saisit l'épée avec précaution ; il ajusta sa prise à son poids, puis imita maladroitement la posture d'un bretteur. Je ne lui avais jamais appris à se battre avec une arme, et je me demandai un instant si c'était une erreur ; j'avais espéré qu'il n'aurait jamais besoin de ce genre de connaissance, mais, en refusant de le former au combat, je l'avais laissé à la merci du premier qui le provoquerait.

Tout comme Devoir que j'avais refusé de former à l'Art.

Je chassai cette pensée de mon esprit et, sans mot dire, j'observai Heur qui faisait des moulinets avec l'épée. Très vite, il se retrouva épuisé : les muscles durs du fermier ne sont pas ceux qui servent pour l'escrime ; la résistance nécessaire pour manier une telle arme exigeait un entraînement et des exercices constants. Il la posa sur la table et me regarda.

« Je partirai pour Castelcerf demain à l'aube, déclarai-je. Il me reste encore à nettoyer cette lame, à graisser mes bottes, à préparer des vêtements et des vivres…

— Et à te couper les cheveux, dit-il calmement.

— Hmm… » Jusque-là, c'était Astérie qui me rendait ce service quand elle venait me voir. J'allai à l'autre bout de la pièce prendre notre petit miroir et j'examinai ma coiffure, surpris de la longueur de mes cheveux ; alors, dans un geste que je n'avais plus accompli depuis des années, je les ramenai en arrière et les nouai en queue de guerrier. Heur me dévisagea, les sourcils levés, mais ne fit aucun commentaire sur mon apparence martiale.

J'achevai mes préparatifs bien avant le crépuscule, aussi portai-je mon attention sur ma petite propriété et m'occupai-je avec le petit de prévenir tous les problèmes qui pourraient se poser à lui pendant mon absence. Quand nous nous assîmes devant notre dîner, nous avions pris de l'avance sur toutes les corvées qui m'étaient venues à l'esprit ; Heur me promit d'arroser le potager et de récolter les derniers pois ; il refendrait aussi les bûches restantes pour finir de remplir la réserve de bois. Quand je m'aperçus enfin que je lui répétais des consignes qu'il connaissait depuis des années, je me tus, et il sourit de mes inquiétudes.

« J'ai réussi à survivre seul sur la route, Tom ; je me débrouillerai parfaitement à la maison. Je regrette seulement de ne pas t'accompagner.

— À mon retour, si tout se passe comme je le souhaite, nous nous rendrons ensemble à Castelcerf. »

Œil-de-Nuit se redressa brusquement sur son arrière-train, les oreilles droites. *Des chevaux.*

Je m'approchai de la porte ouverte, le loup près de moi, et, au bout de quelques instants, je perçus des bruits de sabots. Les animaux venaient dans notre direction à un trot soutenu. Je m'avançai sur le chemin, m'arrêtai là où je distinguais l'amorce d'un tournant, et j'entrevis le cavalier. Ce n'était pas le fou, comme je l'avais espéré, mais un inconnu qui montait un cheval rouan de grande taille et en menait un autre derrière lui. Des traînées de sueur zébraient la poussière qui couvrait le garrot de la bête. Un mauvais pressentiment grandit en moi à mesure que le groupe progressait vers moi, et le loup partagea mon trouble : ses poils se hérissèrent sur son dos et le grondement qui s'échappa de sa gorge attira Heur à la porte.
« Que se passe-t-il ?

— Je l'ignore, mais je peux te dire que nous n'avons pas affaire à un voyageur de passage ni à un colporteur. »

À ma vue, le nouveau venu tira les rênes, leva une main en signe de salut, puis reprit sa route vers nous, mais plus lentement. Les chevaux dressèrent les oreilles en flairant l'odeur du loup, et je perçus à la fois leur inquiétude et leur envie de l'eau qu'ils avaient également sentie proche.

« Vous vous êtes égaré, l'ami ? » demandai-je à l'homme alors qu'il se trouvait encore à une distance que je jugeais sans risque.

Sans répondre, il continua d'avancer. Le loup se mit à gronder plus fort, mais le cavalier ne parut pas entendre l'avertissement.

Attends, dis-je à Œil-de-Nuit.

Sans bouger, nous regardâmes l'homme approcher. Le cheval qu'il menait était sellé et harnaché. L'inconnu avait-il perdu un compagnon ou bien volé la monture ?

« Ça suffit ; pas plus près, fis-je tout à coup. Que venez-vous faire ici ? »

Il m'observait avec attention. Sans tenir compte de mon injonction, il montra d'abord ses oreilles, puis sa bouche. Je levai la main. « Arrêtez-vous », lui ordonnais-je ; il comprit mon geste et obéit. Sans mettre pied à terre, il fouilla dans une sacoche sanglée sur sa poitrine et il en tira un manuscrit qu'il me tendît.

Reste vigilant, transmis-je à Œil-de-Nuit tout en m'avançant pour prendre le rouleau. Il portait un sceau que je reconnus aussitôt : dans l'épaisse cire rouge était imprimé mon emblème personnel, le cerf qui charge. Un trouble d'un ordre différent me saisit alors. Je restai un moment les yeux fixés sur la missive, puis donnai d'un geste l'autorisation au sourd-muet de descendre de cheval. Je pris une inspiration pour me calmer, puis, d'une voix ferme, je dis à Heur : « Emmène-le à l'intérieur et donne-lui à manger et à boire ; et fais-en autant pour ses chevaux, s'il te plaît. »

J'ajoutai à l'intention d'Œil-de-Nuit : *Surveille-le, mon frère, pendant que je lis le message.*

Le loup cessa de gronder sourdement mais il suivit de très près l'homme à qui Heur, l'air perplexe, faisait signe d'entrer dans la maison. Les chevaux fatigués restèrent sur place jusqu'à ce que, peu après, le garçon ressorte pour les mener boire. Je me retrouvai seul dans la cour à regarder fixement le manuscrit roulé dans ma main. Enfin, je me décidai à briser le sceau et je déchiffrai l'écriture penchée d'Umbre à la lumière déclinante du jour.

Cher cousin,

Certaines affaires familiales requièrent votre attention. Ne retardez point davantage votre retour. Vous le savez, je ne vous rappellerais pas aussi cavalièrement si la nécessité ne s'en faisait pas sentir de façon pressante.

La signature au bas de ce bref courrier n'était qu'un gribouillis ; en tout cas, ce n'était pas celle d'Umbre. Le véritable message, c'était le sceau lui-même : mon ancien mentor ne s'en serait jamais servi dans des circonstances normales. Je roulai le vélin et levai les yeux vers le soleil couchant.

Le messager se leva quand je rentrai dans la maison. La bouche encore pleine, il s'essuya les lèvres du dos de la main et me fit comprendre qu'il était prêt à reprendre la route sur-le-champ. Umbre avait dû lui donner des instructions très précises : ni homme ni bête n'avait de temps à perdre à se reposer ni à dormir. Je lui fis signe de reprendre son repas en me félicitant d'avoir fini de préparer mon paquetage.

« J'ai dessellé les chevaux et je les ai un peu bouchonnés, annonça Heur en passant la porte d'entrée. On dirait qu'ils ont fait un sacré bout de chemin, aujourd'hui. »

Je m'endurcis. « Remets leurs selles. Dès que notre ami se sera restauré, nous partons. »

L'espace d'un instant, il resta bouche bée, abasourdi ; puis, d'une petite voix, il demanda : « Où allez-vous ? »

Je m'efforçai de sourire d'un air convaincant. « À Castelcerf, mon garçon, et plus vite que prévu. » Je réfléchis : non, il m'était impossible d'estimer quand je reviendrais, ou même si je reviendrais. Pareil message de la part d'Umbre ne pouvait laisser augurer que du danger – et, stupéfait, je pris alors conscience de la facilité avec laquelle j'avais décidé de répondre à son appel. « Je veux que vous nous suiviez, le loup et toi, demain dès l'aube. Harnache la ponette et emmène-la : si Œil-de-Nuit se fatigue, il pourra se reposer dans la carriole sans vous ralentir. »

Heur me regardait comme si j'étais devenu fou. « Mais

les poules ? Et les travaux que je devais terminer pendant ton absence ?

— Il faudra que les poules se débrouillent seules. Ou plutôt non : une belette les aurait toutes saignées avant une semaine. Confie-les à Bailor ; il s'en occupera pour les œufs. Prends un jour ou deux pour tout mettre en ordre, puis boucle bien la maison. Nous risquons de ne pas revenir avant un moment. » Devant l'incompréhension qu'exprimait le visage de Heur, je détournai le regard.

« Mais… » La peur que je perçus dans sa voix ramena mes yeux vers lui. Il me dévisageait comme s'il ne me reconnaissait pas. « Où dois-je aller une fois arrivé à Bourg-de-Castelcerf ? Tu me retrouveras là-bas ? » Dans sa question vibrait l'écho des émotions de l'enfant abandonné qu'il était.

Je remontai de quinze ans dans mes souvenirs à la recherche du nom d'une auberge convenable ; mais, avant que j'en eusse trouvé un, il déclara d'un ton plein d'espoir : « Je connais l'adresse de Jinna et de sa nièce ; elle m'a dit que je l'y trouverais lorsque je reviendrais à Castelcerf. Sa maison porte une enseigne de sorcière des haies, une main ouverte avec des lignes sur la paume. Nous pourrions nous y donner rendez-vous.

— D'accord. »

Un grand soulagement se peignit sur ses traits : il savait où il allait. Je me réjouis qu'il pût se reposer sur cette assurance, car, pour ma part, je ne disposais pas d'un tel appui. Pourtant, malgré mes inquiétudes, je me sentais envahi d'un curieux sentiment d'exaltation. Je m'étais laissé rattraper par Umbre et ses vieux envoûtements : mystères, secrets et aventures…

Le loup s'appuya contre ma jambe. *Un temps de changement.* Puis il ajouta d'un ton bourru : *Je pourrais essayer de soutenir l'allure des chevaux. Castelcerf n'est pas si loin que ça.*

Tant que je ne sais pas de quoi il retourne, mon frère, je préfère que tu restes auprès de Heur.

Et tu espères ainsi éviter défroisser ma fierté ?

Non. J'espère apaiser mes craintes.

Alors je le protégerai jusqu'à Bourg-de-Castelcerf. Mais ensuite, c'est près de toi que je serai.

Naturellement. Toujours.

Avant que le soleil donne un dernier baiser à l'horizon, j'étais monté sur le cheval gris et sans trait particulier qu'avait amené le messager. Camouflée, l'épée de Vérité pendait à ma hanche, mon paquetage était fermement fixé derrière ma selle, et je suivais mon compagnon silencieux qui nous entraînait rapidement sur la route de Castelcerf.

11

LA TOUR D'UMBRE

Les Six-Duchés et les îles d'Outre-Mer sont unis par le sang, tant celui qu'ils ont versé entre eux que celui qu'ils partagent par les liens familiaux. Malgré l'inimitié qu'ont réveillée la guerre des Pirates rouges et les attaques sporadiques des Outrîliens sur nos rivages au cours des années qui l'ont précédée, chaque habitant ou presque des duchés côtiers peut affirmer avoir « un cousin d'outremer », et il est bien connu que les occupants de ces territoires descendent de mélanges entre les deux peuples. Les documents d'époque ne laissent aucun doute sur le fait que les premiers souverains de la lignée des Loinvoyant étaient des pirates venus des îles d'Outre-Mer pour piller, puis coloniser ce qui deviendrait plus tard les Six-Duchés.

De même que l'histoire du royaume fut façonnée par sa géographie, de même celle des îles d'Outre-Mer. Ce pays est plus rude que le nôtre ; la glace règne toute l'année sur ses îles montagneuses qu'entaillent des fjords profonds et que séparent des eaux violentes. Elles paraissent vastes à nos yeux, mais la domination des glaciers n'y laisse qu'une étroite zone habitable sur le pourtour. Les rares terres arables dont disposent les hommes sur les côtes sont chiches de récoltes, interdisent le développement de grandes villes et permettent tout juste l'approvisionnement de quelques bourgades. Obstacles naturels et isolement sont les traits distinctifs de cet archipel, si bien que les hommes vivent dans des villages et des cités-États où règne un esprit de farouche indépendance. Dans les temps anciens, ils étaient pirates autant par nécessité que par inclination, et ils se dépouillaient mutuellement aussi souvent qu'ils s'aventuraient sur les mers pour aller mettre à sac les côtes des Six-Duchés ; cependant, lors de la guerre des Pirates rouges, Kebal Paincru obtint par la force une brève alliance entre les clans des îles d'Outre-Mer ; grâce à cette union, il forma une redoutable flotte pirate, et seule la puissance destructrice des dragons des Six-Duchés parvint à briser l'emprise impitoyable dans laquelle il tenait son peuple.

Les chefs des villages outrîliens ayant toutefois constaté l'efficacité d'une telle alliance, ils songèrent que le pouvoir qu'elle représentait pouvait servir à des fins autres que militaires. C'est ainsi que, durant les années de convalescence qui suivirent la guerre des Pirates rouges, le Hetgurd fut constitué. Cette coalition de chefs outrîliens connut des débuts difficiles, et son but s'arrêta tout d'abord à remplacer les relations agressives entre les îles de l'archipel par des traités commerciaux entre leurs dirigeants ; c'est Arkon Sangrépée qui fit observer à ses pairs que le Hetgurd pouvait employer son pouvoir à normaliser les relations économiques avec les Six-Duchés.

Chronique des îles d'Outre-Mer, de JAUGECARNE

*

Comme toujours, Umbre n'avait rien laissé au hasard, et son messager muet paraissait connaître parfaitement ses façons de procéder. Le lendemain de notre départ, avant midi, nous avions échangé nos montures fourbues contre deux autres dans une ferme à demi en ruine. Nous franchîmes des collines roussies par l'été et laissâmes nos nouveaux chevaux chez un pêcheur ; un petit bateau nous attendait et un équipage taciturne nous fit rapidement remonter la côte. Nous débarquâmes dans un petit port de commerce, où l'on nous fournit deux autres chevaux dans une auberge délabrée. Je ne parlais pas plus que mon guide et nul ne me posa de questions ; si de l'argent changea de main, je n'en vis rien ; il vaut d'ailleurs toujours mieux ne pas remarquer ce qui doit rester secret. À dos de cheval, nous gagnâmes un autre hameau côtier où nous prîmes place à bord d'un autre bateau, au pont luisant d'écailles et au puissant fumet de poisson, et je compris alors que nous nous rendions à Castelcerf, non par le chemin le plus court, mais par les voies les moins prévisibles ; si quelqu'un cherchait à nous repérer sur les routes qui menaient à la citadelle, il allait au-devant d'une déception.

Le château de Castelcerf se dresse sur un rivage inhospitalier ; grand et noir au sommet des falaises, il domine l'estuaire de la Cerf. De ce fait, qui commande la forteresse commande le commerce du fleuve, ce qui explique le choix de son emplacement. Les hasards de l'histoire en ont fait le siège de la souveraineté des Loinvoyant, et Bourg-de-Castelcerf s'accroche au pied de ses falaises comme le lichen à la roche ; la moitié de la ville est bâtie sur des appontements et des jetées ; enfant, je croyais impossible qu'elle grandisse davantage, étant donné sa situation géographique, mais, l'après-midi où nous pénétrâmes dans son port, je m'aperçus de mon erreur : l'ingéniosité de l'homme avait eu raison de la rigueur de la nature. Des passerelles montaient à présent à l'assaut des falaises, semblables aux ramifications d'une plante grimpante, et des habitations ainsi que des échoppes avaient trouvé à s'agripper dans le roc ; elles m'évoquèrent des nids d'hirondelle, et je m'étonnai en songeant aux coups furieux qu'elles devaient supporter durant les tempêtes d'hiver. Des pilotis se dressaient désormais dans le sable noir et les rochers où je jouais autrefois avec Molly et les autres enfants, et soutenaient des entrepôts et des auberges à la toiture basse, aux portes desquels on pouvait s'amarrer à marée haute. C'est ce que fit notre bateau, et je débarquai « à terre » sur un ponton de bois à la suite de mon guide muet.

Comme l'embarcation s'éloignait, j'observai les alentours, bouche bée, pareil à un paysan qui vient à la ville pour la première fois. L'accroissement du nombre des bâtiments et l'intense circulation des barques et des bateaux indiquaient que Bourg-de-Castelcerf prospérait, mais je n'arrivais pas à m'en réjouir : je n'y voyais que la disparition des dernières traces de mon enfance. La bourgade où j'avais si longtemps redouté de revenir tout en le souhaitant ardemment, cette bourgade n'était plus, dévorée par le port bruissant d'activité qui s'étendait devant moi. Je cherchai des yeux mon guide muet : il s'était volatilisé; je restai encore un moment là où il m'avait laissé, mais je me doutais que je ne le reverrais pas. Il m'avait ramené à Bourg-de-Castelcerf; à partir de là, je n'avais plus besoin de chaperon. Umbre tenait à ce qu'aucun de ses agents ne connût tous les jalons des chemins tortueux qui conduisaient jusqu'à lui. Je pris mon petit paquetage en bandoulière et me mis en route.

En m'engageant dans les rues étroites et escarpées, je me dis qu'Umbre avait peut-être même deviné que je préférerais effectuer seul cette partie du voyage. Je ne me hâtais pas, car je savais ne pouvoir contacter mon vieux maître qu'après la tombée de la nuit; j'explorais les voies et les venelles que je connaissais par cœur autrefois et aucune ne me paraissait inchangée; c'était à croire que des étages avaient poussé sur tous les bâtiments où cela était possible : dans certaines des rues les plus étroites, les balcons supérieurs qui se faisaient face se touchaient presque, si bien que les passants déambulaient dans un crépuscule perpétuel. Je retrouvai des auberges que j'avais fréquentées, des boutiques où j'avais marchandé, et j'aperçus même d'anciennes connaissances au visage marqué par quinze années d'expérience. Nul pourtant ne poussa d'exclamation de surprise ou de plaisir à ma vue : étranger à la ville, je n'étais visible qu'aux yeux des gamins qui vendaient des tourtes chaudes dans la rue. J'en achetai une pour une pièce de cuivre et la mangeai en marchant. Je retrouvai tout Bourg-de-Castelcerf dans le goût de la sauce au poivre et des morceaux de poisson du fleuve.

La chandellerie qui appartenait autrefois au père de Molly avait été remplacée par l'atelier d'un tailleur. Je n'en poussai pas la porte et préférai me rendre à la taverne où nous avions jadis nos habitudes. Elle était aussi sombre, enfumée et bondée que dans mes souvenirs. La lourde table qui trônait dans un coin portait encore les traces des gravures grossières que Kerry pratiquait dans le bois lorsqu'il s'ennuyait. Le garçon qui apporta ma bière était trop jeune pour m'avoir connu, mais, à la ligne de son front, je sus qui était son père et je me réjouis que la maison fut restée dans la même famille. La première chope en appela une deuxième, puis une troisième, et la quatrième fut vide avant que le crépuscule commence à se répandre dans les rues de la ville. Personne n'adressait la parole à l'étranger au visage fermé qui buvait seul, mais, pour ma part, je tendais l'oreille ; cependant, l'affaire d'une extrême urgence qui avait poussé Umbre à faire appel à moi n'était pas connue du commun. Je n'entendis que des commérages sur les fiançailles du prince, des plaintes à propos de la guerre entre Terrilville et la Chalcède qui perturbait le négoce, et des ronchonnements sur les étranges caprices du temps : par une nuit claire et paisible, la foudre avait frappé un entrepôt désaffecté de l'enceinte extérieure du château et en avait fait exploser la toiture. Dubitatif quant à la véracité de l'anecdote, je laissai au garçon un pourboire d'une pièce de cuivre et repris mon paquetage.

La dernière fois que j'avais quitté Castelcerf, c'était sous l'aspect d'un cadavre enfermé dans un cercueil. Je ne pouvais guère y rentrer de la même façon, mais je redoutais de m'approcher de la grande porte : j'étais jadis un habitué de la salle des gardes, et, même si j'avais changé depuis, je ne tenais pas à courir le risque d'être identifié. Je me rendis donc à un endroit seulement connu d'Umbre et de quelques autres personnes, une issue secrète qui permettait de sortir de l'enceinte du château sans être vu et qu'Œil-de-Nuit avait découverte alors qu'il n'était encore qu'un louveteau. Par cette petite brèche dans les défenses de Castelcerf, la reine Kettricken et le fou s'étaient enfuis, échappant ainsi aux complots du prince Royal. C'est ce même chemin que j'allais emprunter pour pénétrer dans le château.

Mais, quand je parvins au lieu prévu, je découvris qu'on avait réparé depuis longtemps cette faille dans les murs qui protégeaient Castelcerf, et qu'elle était désormais camouflée sous un épais buisson de ronces. Non loin de là, assis en tailleur sur un grand coussin brodé, un jeune homme aux cheveux dorés, manifestement de l'aristocratie, jouait du flûtiau avec une technique consommée. Comme je m'approchais de lui, il acheva sa mélodie sur une envolée de notes, puis posa son instrument.

« Fou », dis-je avec affection, mais sans grand étonnement.

Il pencha la tête et fit la moue. « Bien-Aimé », dit-il d'une voix enjôleuse, puis un grand sourire éclaira son visage, il se dressa d'un bond et glissa son flûtiau dans sa chemise à rubans. De la main il désigna son coussin. « Heureusement que je l'avais apporté. Je me doutais que tu traînerais un peu à Bourg-de-Castelcerf, mais je ne pensais pas attendre aussi longtemps.

— Tout a changé, répondis-je un peu bêtement.

— Comme nous, non ? » Je sentis une note d'émotion dans l'écho de sa voix, mais elle disparut aussi vite qu'elle était apparue. À gestes délicats, il remit de l'ordre dans sa chevelure qui brillait au soleil, puis ôta une feuille accrochée à ses chausses. Il désigna de nouveau le coussin. « Prends ça et suis-moi. Dépêchons-nous : on nous attend. » Sa façon de donner des ordres d'un air agacé imitait parfaitement l'attitude d'un petit-maître de la noblesse. Il tira un mouchoir de sa manche et s'en tapota la lèvre supérieure pour en effacer des traces imaginaires de transpiration.

Je ne pus retenir un sourire devant son talent et son aisance à entrer dans la peau de son personnage. « Comment allons-nous entrer ? demandai-je.

— Par la grande porte, c'est évident. Ne crains rien : j'ai fait circuler la nouvelle que sire Doré était très mécontent de la qualité des domestiques qu'il avait embauchés à Bourg-de-Castelcerf. Aucun n'a su me convenir, aussi suis-je descendu aujourd'hui attendre un bateau qui m'amène un gaillard convenable, quoiqu'un peu rustique, recommandé par le premier valet de mon cousin issu de germain : un certain Tom Blaireau. »

Il se mit en route. Je ramassai son coussin et lui emboîtai le pas. « Je suis donc ton serviteur, c'est ça ? fis-je avec un amusement mitigé.

— Naturellement. C'est le camouflage idéal ; tu seras pour ainsi dire invisible à toute l'aristocratie de Castelcerf. Seuls les autres domestiques t'adresseront la parole, et, comme je t'ai prévu un rôle de laquais tyrannisé, écrasé de travail et mal habillé par un jeune seigneur hautain, autoritaire et insupportable, tu n'auras guère le temps de leur faire la conversation. » Il s'arrêta soudain et se retourna vers moi. Il se prit le menton d'une main fine aux doigts fuselés et me toisa d'un air dédaigneux, puis ses sourcils blonds se froncèrent, ses yeux s'étrécirent et il dit d'un ton cassant : « Et baisse le regard quand je te parle, faquin ! Je ne tolérerai pas la moindre impertinence ! Tiens-toi droit, reste à ta place et n'ouvre pas la bouche sans ma permission ! Suis-je assez clair ?

— Tout à fait. » Et je lui fis un sourire de connivence.

Il continua de me toiser d'un air furieux, et puis, tout à coup, il prit une expression exaspérée. « FitzChevalerie, la partie est finie avant même d'avoir commencé si tu n'es pas capable de tenir ton rôle sans la moindre faille, pas seulement lorsque nous sommes ensemble dans la grand'salle de Castelcerf, mais tous les jours, à chaque instant, dès qu'il y a un risque, même infinitésimal, qu'on puisse nous voir. Je joue celui de sire Doré depuis mon arrivée, mais je reste un nouveau venu à la cour et j'attire encore les regards. Umbre et la reine Kettricken prêtent la main à cette imposture, Umbre parce qu'il sent que je puis lui être utile, la Reine parce qu'elle pense sincèrement que je mérite d'être traité en seigneur.

— Et personne d'autre ne t'a reconnu ? » demandai-je, incrédule.

Il pencha la tête. « Qu'aurait-on pu reconnaître, Fitz ? Ma peau blanche de cadavre et mes yeux délavés ? Mon costume de bouffon et mon visage peint ? Mes cabrioles, mes pirouettes et mes traits d'esprit insolents ?

— Pourtant, j'ai su qui tu étais dès que je t'ai vu », observai-je.

Un sourire chaleureux détendit ses traits. « Tout comme je t'ai identifié, et comme je t'identifierais encore si je te rencontrais d'ici une dizaine d'existences. Mais, à part toi, bien peu de personnes en sont capables. Umbre m'a repéré grâce à son œil d'assassin, et il a obtenu une audience auprès de la Reine pour que je me révèle à elle ; en dehors d'eux, certains me jettent de temps en temps des regards intrigués, mais nul n'oserait aborder sire Doré pour lui demander si, quinze ans plus tôt, il n'était pas le fou du roi Subtil à cette même cour ; mon âge apparent ne correspond pas, ni la teinte de ma peau, ni mon comportement, ni ma fortune.

— Mais comment peut-on être aveugle à ce point ? »

Il secoua la tête en souriant de ma naïveté. « Fitz, Fitz,

on ne m'a jamais vraiment vu ; autrefois, on ne remarquait qu'un bouffon doublé d'un phénomène de la nature. Ce n'est pas par hasard que je n'avais pas pris de nom en arrivant ici : pour la plupart des seigneurs et gentes dames de Castelcerf, j'étais simplement le fou. Ils entendaient mes plaisanteries et regardaient mes galipettes, mais, moi, ils ne me voyaient jamais vraiment. » Il poussa un petit soupir, puis m'observa d'un air pensif. « Toi, tu m'as donné un nom : le Fou, et tu m'as vu ; tu as soutenu mon regard quand les autres, désorientés, détournaient le leur. » Le bout de sa langue pointa un instant entre ses lèvres. « T'es-tu jamais douté de l'effroi que tu as suscité en moi ? Je m'apercevais tout à coup que tous mes subterfuges ne résistaient pas à l'examen d'un petit garçon !

— Tu n'étais toi-même qu'un enfant », répondis-je, mal à l'aise.

Il eut une hésitation, puis, sans infirmer ni confirmer ma remarque, il reprit : « Deviens mon fidèle serviteur, Fitz. Sois Tom Blaireau à chaque seconde de chaque journée que tu passeras à Castelcerf ; c'est seulement ainsi que tu pourras nous protéger tous les deux – et c'est le seul masque sous lequel tu pourras être utile à Umbre.

— À propos, qu'attend-il de moi précisément ?

— Mieux vaut que tu l'entendes de sa bouche que de la mienne. Viens, le soir tombe. Si Bourg-de-Castelcerf a grandi et changé, Castelcerf aussi, et, si nous essayons d'y entrer à la nuit, on risque de nous refouler. »

En effet, le temps avait passé pendant notre conversation, et la longue journée d'été tirait à sa fin. Je suivis le fou qui nous ramena près de la route conduisant à la grande porte du château ; nous demeurâmes à l'abri d'un bosquet en attendant qu'un marchand de vin passe un tournant et disparaisse, puis le seigneur Doré se dirigea vers la forteresse avec son humble serviteur, Tom Blaireau, qui le suivait à pas lourds, le coussin brodé de son maître sous le bras.

À la porte, on le laissa passer sans lui poser de questions et j'entrai à sa suite sans attirer l'attention. Les gardes de veille portaient l'uniforme bleu de Castelcerf et sur leur pourpoint était cousu le blason au cerf bondissant, emblème des Loinvoyant. De façon inattendue, une profonde émotion me saisit à la vue de ces petits détails ; je battis des paupières, puis m'éclaircis la gorge tout en m'essuyant les yeux. Le fou eut la délicatesse de ne pas se retourner.

Castelcerf s'était modifié à l'instar de la ville qui s'accrochait à ses falaises, et, dans l'ensemble, j'approuvais ces transformations. Nous passâmes devant des écuries remises à neuf et agrandies ; la terre battue balafrée d'ornières boueuses avait laissé la place à des pavés, et, bien que le château fût occupé par une population plus nombreuse que dans mes souvenirs, il paraissait plus propre et mieux entretenu. Était-ce le résultat de l'application par Kettricken de la discipline montagnarde ou simplement celui de la paix qui régnait dans le royaume ? Pendant toutes les années où j'avais vécu à Castelcerf, le pays avait été en proie d'abord aux attaques éclairs des Outrîliens, puis à une guerre déclarée contre eux. Le retour d'un calme relatif avait amené une reprise des échanges commerciaux, et pas seulement avec les pays situés au Sud des Six-Duchés : nous avions avec les îles d'Outre-Mer un aussi long passé de relations de négoce que de conflits, et, à mon arrivée au port de Castelcerf, j'avais remarqué, amarrés aux quais, des bateaux outrîliens à voiles et à rames.

Nous entrâmes par la grand'salle, sire Doré marchant

d'un pas impérieux tandis que je me hâtais à sa suite, les yeux baissés. Deux dames l'arrêtèrent un instant pour le saluer, et je crois que c'est alors que j'eus le plus de mal à rester dans mon rôle de serviteur : tandis qu'autrefois le fou inspirait le trouble, voire la franche aversion, sire Doré se voyait accueilli avec force battements d'éventails et de cils. Il charma ses auditrices par toutes sortes de compliments élégamment troussés sur leurs robes, leurs coiffures et le parfum qu'elles portaient ; elles manifestèrent leur réticence quand il leur annonça qu'il devait les quitter, et il leur assura qu'il lui répugnait tout autant de les abandonner, mais il devait expliquer ses devoirs à un nouveau domestique, et elles savaient certainement quelle corvée fastidieuse c'était. On ne trouvait plus de bons serviteurs, et, bien que celui qui l'accompagnait lui eût été chaudement recommandé, il avait déjà fait les preuves de sa lenteur d'esprit et de son affreuse rusticité. Mais baste ! il fallait faire contre mauvaise fortune bon cœur, et il espérait jouir du plaisir de leur compagnie le lendemain ; il avait l'intention de se promener dans les jardins de thym après le petit déjeuner ; peut-être auraient-elles envie de se joindre à lui ?

Elles répondirent qu'elles en seraient enchantées, naturellement, et, après plusieurs autres échanges d'amabilités, nous pûmes reprendre notre chemin. On avait affecté au seigneur Doré des appartements dans la partie ouest du château ; du temps du roi Subtil, on les considérait comme les moins attrayants, car ils donnaient sur les piémonts auxquels s'adosse la citadelle et ne voyaient que le soleil couchant, alors que les suites de l'est avaient vue sur la mer et le levant ; ils étaient aussi meublés de façon plus simple et on les réservait à la petite noblesse.

Depuis, leur statut s'était peut-être amélioré, ou bien le

fou avait dépensé sans compter, car, lorsque je le suivis après avoir ouvert devant lui une lourde porte de chêne, je me trouvai devant une pièce où le goût le disputait à la qualité. Verts profonds et bruns somptueux dominaient dans les épais tapis et les fauteuils au rembourrage opulent ; par l'ouverture d'une porte, j'aperçus un vaste lit aux oreillers et aux édredons rebondis, et aux rideaux si épais que, même par l'hiver le plus noir, aucun vent coulis ne devait parvenir jusqu'au dormeur. Comme nous étions en été, les lourdes tentures étaient maintenues ouvertes par des cordons ornés de glands, et un voile de dentelle suffisait à tenir les insectes volants à distance. Négligemment entrebâillés, des coffres et des penderies sculptés laissaient voir une telle quantité de vêtements qu'ils menaçaient à tout moment de les dégorger dans la pièce. L'ensemble donnait une agréable impression de désordre luxueux, tout à fait à l'opposé du souvenir que je gardais de la chambre qu'occupait jadis le fou, en haut d'une tour, où chaque objet était disposé dans un souci minutieux d'esthétique.

Tandis que je refermais la porte sans bruit, sire Doré se laissa tomber dans un fauteuil éclairé, comme par hasard, par un dernier rai de soleil qui traversait la haute fenêtre. Joignant ses mains élégantes devant lui, il appuya sa tête contre le capiton, et je pris soudain conscience que la position de son siège et sa propre pose répondaient à une mise en scène soigneusement calculée. La pièce tout entière avec son déploiement de richesse était un écrin destiné à mettre en valeur sa beauté dorée. Chaque teinte, chaque meuble et son arrangement visaient uniquement à ce but. En cet instant, à l'emplacement qu'il avait choisi, il baignait dans l'aura couleur de miel du soleil couchant. Je détournai le regard pour observer la disposition des chandelles, l'orientation des fauteuils.

« Tu t'intègres à cette pièce comme le personnage d'un tableau dont le décor a été soigneusement composé. »

Il sourit, et le plaisir manifeste qu'il prit à ce commentaire confirma mes propos ; puis il se leva sans plus d'effort qu'un chat et, avec des gestes coulés du bras et de la main, il désigna chacune des portes de la pièce. « Ma chambre. Les lieux d'aisances. Mon étude. » Cette dernière était close, comme la précédente. « Et ta chambre, Tom Blaireau. »

Je ne demandai pas à voir l'étude ; je connaissais son besoin de solitude. J'allai ouvrir la porte qui donnait sur mon logement et jetai un coup d'œil dans la petite pièce obscure. Il n'y avait pas de fenêtre. Comme ma vue s'accommodait à la pénombre, je distinguai un lit de camp étroit, un petit coffre et une table de toilette, sur laquelle étaient posés une chandelle et son bougeoir. C'était tout. Je me retournai vers le fou et lui adressai un regard interrogateur.

« Le seigneur Doré, dit-il avec un sourire forcé, est un personnage superficiel et intéressé. Il a de l'esprit, une langue vive, il se montre tout à fait charmant avec ses pairs et ne prête aucune attention à la roture. Ta chambre est le reflet de cette nature.

— Pas de fenêtre ? Pas de cheminée ?

— Comme dans la plupart des logements des domestiques à cet étage. Celui-ci présente cependant un avantage très remarquable sur la majorité des autres. »

Je scrutai à nouveau la pièce. « Je ne vois rien de particulier.

— C'est voulu. Viens. »

Et, me prenant par le bras, il m'entraîna dans la petite

chambre sombre et referma la porte derrière nous. Nous nous retrouvâmes aussitôt dans l'obscurité la plus totale. Il murmura à mon oreille : « N'oublie jamais que la porte doit être close pour que ça fonctionne. Par ici, donne-moi ta main. »

J'obéis et il guida mes doigts sur la surface rugueuse du mur contigu à celui de la porte. « Est-il nécessaire que nous restions dans le noir ? demandai-je.

— Allumer des bougies nous aurait fait perdre du temps ; en outre, ce que j'ai à te montrer n'est pas visible ; ce n'est perceptible qu'au toucher. Tiens, tu as senti ?

— Je crois. » Le bout de mes doigts avait reconnu un très léger décrochement dans le mur.

« Trouve un moyen pour t'en rappeler l'emplacement exact. »

Encore une fois, j'obéis, et je constatai que l'irrégularité se situait à six empans environ de l'angle du mur et à hauteur de mon menton. « Et maintenant ?

— Appuie doucement. Il n'y faut guère de force. »

Je poussai sur la pierre que je sentis s'enfoncer imperceptiblement. Il y eut un petit cliquetis, mais il ne provenait pas du mur devant moi ; je l'entendis dans mon dos.

« Par ici », me dit le fou, et, toujours dans le noir, il me conduisit jusqu'à la paroi opposée. À nouveau, il guida ma main sur la maçonnerie et m'ordonna d'appuyer. L'obscurité s'écarta sur des gonds huilés, la façade de pierre s'ouvrant sous ma poussée. « Pas un bruit, fit le fou d'un ton approbateur. On a dû graisser le mécanisme. »

Je battis des paupières tandis que mes yeux s'habituaient à la lueur indistincte loin au-dessus de nous. Peu à peu, j'arrivai à discerner d'un côté un escalier très étroit qui montait le long du mur de la chambre, et de l'autre un couloir tout aussi exigu qui se perdait dans les ténèbres en suivant les décrochements de la paroi. « Je crois qu'on t'attend, déclara le fou en reprenant son ton d'aristocrate plein de morgue. Sire Doré lui aussi est attendu, mais par une compagnie fort différente. Je te dispense de tes devoirs de valet, pour ce soir du moins. Tu peux disposer, Tom Blaireau.

— Merci, mon maître », répondis-je d'un ton faussement servile. Je tendis le cou pour examiner les marches. Elles étaient en pierre et avaient été manifestement intégrées au mur lors de la construction même du château. La lueur grise qui les éclairait faiblement évoquait la lumière du jour plus que celle d'une lampe.

Je sentis la main du fou toucher mon bras. De sa voix habituelle, il dit : « Je laisserai une chandelle allumée dans la chambre. » Il serra mon épaule avec affection. « Et bienvenue chez toi, FitzChevalerie Loinvoyant. »

Je me tournai vers lui. « Merci, fou. » Nous échangeâmes un hochement de tête étrangement solennel, puis je me mis à gravir l'escalier. Au troisième palier, j'entendis un cliquètement derrière moi et je jetai un coup d'œil au bas des marches : la porte s'était refermée.

Ma montée dura un temps non négligeable avant que l'escalier ne tourne et que je ne distingue la source de la lumière : d'étroites ouvertures dans le mur, moins larges encore que des meurtrières, laissaient passer quelques doigts du soleil couchant. Son éclat allait diminuant, et je me rendis compte soudain qu'à sa disparition derrière l'horizon je me retrouverais dans l'obscurité absolue. À cet instant, j'arrivai à un croisement de couloirs ; en vérité, le labyrinthe de galeries, d'escaliers et de tunnels qu'Umbre avait à sa disposition dans les entrailles du château de Castelcerf dépassait en étendue tout ce que j'avais imaginé. Je fermai les yeux et tâchai de visualiser le plan de la forteresse ; après un instant d'hésitation, je choisis une direction et poursuivis mon chemin. Tout en marchant, je percevais de temps en temps des voix : de petits trous permettaient d'observer et d'écouter ce qui se passait dans l'intimité de certaines chambres et de certains salons tout en laissant pénétrer des rais de lumière dans de longues portions du couloir. Un tabouret, qui n'avait pas servi depuis longtemps à en juger par la poussière qui le recouvrait, trônait seul dans une alcôve ; je m'assis et, par une fente étroite, je vis une salle d'audience privée, que je reconnus pour y être souvent entré à l'époque où je servais le roi Subtil. À l'évidence, le poste d'observation où je me trouvais se camouflait derrière les magnifiques boiseries qui encadraient l'âtre de la pièce. Muni de ce point de repère, je repartis d'un pas plus vif.

Enfin, je vis une lueur jaunâtre au loin dans le passage secret. Pressant l'allure, j'arrivai à un tournant où je découvris une grosse bougie qui brûlait dans un récipient de verre. J'en aperçus une seconde tout au bout d'une autre section du couloir, et, dès lors, les lumignons me montrèrent le chemin jusqu'à un escalier très raide, en haut duquel je pénétrai dans une petite pièce, tout en pierre et percée d'une porte en face de moi. Je poussai le battant et, émergeant derrière un casier à bouteilles, j'entrai dans la salle secrète d'Umbre.

Je la parcourus d'un œil neuf. Il ne s'y trouvait personne, mais le feu réduit qui crépitait dans l'âtre et la table garnie me confirmèrent que j'étais bel et bien attendu. Comme autrefois, le grand lit croulait sous les couvre-pieds, les coussins et les fourrures, mais, à en juger par le réseau complexe de toiles d'araignées suspendu entre les tentures poussiéreuses, il n'avait pas servi depuis longtemps. Umbre travaillait toujours dans la salle, mais il n'y dormait plus.

Je passai devant les étagères chargées de manuscrits et d'objets à l'usage indéfini pour me rendre dans le coin atelier de la vaste pièce. Il arrive parfois que tout paraisse plus petit quand on revient, adulte, dans des lieux qu'on a connus enfant ; ce qui relevait du mystère et du domaine exclusif des grandes personnes semble tout à coup banal et insipide à l'œil mature.

Tel n'était pas le cas de l'atelier d'Umbre. Je restais sensible à l'envoûtement des petits récipients soigneusement étiquetés de son écriture ferme, des casseroles noircies et des mortiers maculés, des simples répandus sur la table et des odeurs qui imprégnaient l'air. Je pratiquais le Vif et l'Art, mais les étranges alchimies auxquelles se livrait Umbre constituaient une magie que je n'avais jamais possédée à fond ; chez lui, je demeurais un simple apprenti qui ne connaissait que les rudiments du savoir complexe de son maître.

J'avais néanmoins retenu quelques enseignements de mes voyages, et je sus ainsi que le bol peu profond au vernis brillant et couvert d'un linge servait à la divination par l'eau ; j'en avais vu de semblables utilisés par des voyants en Chalcède. Je songeai à la nuit où Umbre m'avait tiré d'un sommeil d'ivrogne pour m'annoncer que les Pirates rouges attaquaient Finebaie. Le temps m'avait manqué alors pour lui demander d'où il tenait ce renseignement, et j'avais toujours supposé qu'il avait appris la nouvelle par un oiseau messager ; à présent, je n'en étais plus si sûr.

La cheminée de travail était froide, mais plus propre que dans mes souvenirs. Qui était le nouvel apprenti d'Umbre ? Aurais-je l'occasion de faire sa connaissance ? Le bruit d'une porte qui se ferme doucement coupa court à mes interrogations, et je me retournai : Umbre Tombé-toile se tenait près d'un casier à manuscrits. Au même instant, je pris conscience que la salle ne comportait aucune issue visible, détail que je n'avais jamais remarqué. Jusque dans son antre secret, Umbre s'entourait donc d'illusions. Il m'adressa un sourire chaleureux, quoique las. « Te voici enfin ! Quand j'ai vu sire Doré descendre dans la grand'salle avec un air ravi, j'ai compris que je te trouverais ici. Ah, Fitz, tu ne peux imaginer à quel point je suis soulagé de te voir ! »

Je lui rendis son sourire. « De toutes les années que nous avons passées ensemble, je ne me rappelle pas une fois où vous m'ayez réservé un accueil plus inquiétant !

— Les temps sont inquiétants, mon garçon. Viens, assieds-toi et mange. Nous réfléchissons toujours mieux devant un repas. J'ai beaucoup à t'apprendre, autant que tu m'écoutes le ventre plein.

— Votre messager s'est en effet montré fort réservé », répondis-je en prenant place à la table, petite mais bien garnie de fromages, de pâtisseries, de viande froide, de fruits qu'on devinait mûrs rien qu'à leur parfum, et de pain aux épices. Il y avait aussi du vin et de l'eau-de-vie, mais Umbre se servit de la tisane d'une bouilloire en terre qu'il tenait au chaud près du feu ; je tendis la main pour me servir moi aussi, mais il me retint d'un geste.

« Je vais remettre de l'eau à chauffer », dit-il, et il accrocha une autre bouilloire au-dessus des flammes. J'observai le pli de sa bouche quand il but la sombre décoction à petites gorgées : il ne parut pas y prendre plaisir, et pourtant, quand il eut vidé sa tasse, il se laissa aller contre le dossier de sa chaise avec un soupir de satisfaction. Je gardai mes réflexions pour moi.

Comme je remplissais mon assiette, Umbre déclara :

« Mon messager t'en a dit autant qu'il en savait, c'est-à-dire rien. Le plus gros de mon travail consiste à maintenir le secret sur l'affaire. Ah, par où commencer ? C'est difficile, car j'ignore l'origine de la situation. »

J'avalai une bouchée de pain et de jambon. « Expliquez-moi quel est le cœur du problème, nous pourrons ensuite remonter à sa source. »

Je lus le trouble dans ses yeux verts. « Très bien. » Il s'apprêta à poursuivre, hésita, puis nous servit de l'eau-de-vie. En déposant une coupe devant moi, il dit : « Le prince Devoir a disparu. Nous pensons qu'il a peut-être fait une fugue ; dans ce cas, on l'a probablement aidé. On peut aussi envisager un enlèvement, mais la Reine et moi ne croyons guère à cette possibilité. Voilà. » Il se redressa pour voir ma réaction.

Il me fallut un petit moment pour mettre de l'ordre dans mes pensées. « Comment cela a-t-il pu se produire ? Qui soupçonnez-vous ? Depuis combien de temps est-il absent ? »

Umbre leva la main pour endiguer mon flot de questions. « On ne l'a plus vu depuis six jours et sept nuits, en comptant ce soir, et je doute qu'il réapparaisse avant le matin, même si rien ne me ferait plus plaisir. Comment c'est arrivé ? Ma foi, loin de moi l'idée de critiquer ma Reine, mais j'ai souvent du mal à souscrire à ses coutumes de Montagnarde ; depuis l'âge de treize ans, le prince a le droit de sortir du château et de son enceinte comme bon lui semble. La Reine considère apparemment qu'il est dans son intérêt d'apprendre à connaître son peuple sur un pied d'égalité, et je dois avouer qu'à une époque cette décision m'a paru judicieuse, car les gens se sont pris d'affection pour lui ; j'ai alors songé qu'il faudrait le faire accompagner par un garde, ou du moins par un précepteur musclé.

Mais Kettricken, tu ne l'as peut-être pas oublié, peut se montrer aussi inflexible qu'une pierre, et elle a eu le dernier mot : le prince sortait de la citadelle et y rentrait à son gré, et les gardes avaient l'ordre de le laisser passer. »

L'eau bouillait. La réserve de tisanes d'Umbre n'avait pas changé de place, et il ne dit rien quand je me levai pour préparer mon infusion ; il semblait occupé à rassembler ses pensées, et je ne l'interrompis pas, car les miennes elles-mêmes tournaient en tous sens comme un troupeau de moutons affolés. « Il est peut-être mort, à l'heure qu'il est », dis-je sans le vouloir, et je regrettai aussitôt de ne m'être pas plutôt mordu la langue quand je vis l'expression bouleversée d'Umbre.

« Peut-être, oui, fit le vieillard. C'est un garçon vaillant et en bonne santé, qui ne refuserait sans doute pas un défi. Sa disparition ne résulte pas obligatoirement d'un complot, mais peut-être d'un simple et banal accident ; j'y ai songé. J'ai à ma disposition un ou deux hommes discrets que j'ai envoyés explorer le pied des falaises et les ravines les plus dangereuses où le prince aime à chasser ; cependant, je pense que, s'il s'était blessé, sa marguette, sa chatte de chasse, serait revenue au château – mais, avec un félin, on n'est jamais sûr de rien. Un chien reviendrait, je pense, mais un marguet pourrait aussi bien retourner à l'état sauvage. Quoi qu'il en soit, et aussi déplaisante que soit cette éventualité, j'ai fait chercher un cadavre, mais en pure perte. »

Une marguette... J'écartai le souvenir qui s'était brutalement présenté à mon esprit et je demandai : « Vous dites qu'il aurait fugué, ou peut-être qu'on l'aurait enlevé. Quels motifs voyez-vous à l'appui de ces deux possibilités ?

— Pour la première, le fait que c'est un jeune adolescent qui s'efforce d'apprendre à devenir un adulte dans une cour qui ne lui facilite pas la tâche. Pour la seconde, le fait que c'est un prince, qu'on vient de le fiancer à une princesse étrangère, et que des rumeurs le disent possédé du Vif ; autant de raisons qui peuvent inciter plusieurs factions à vouloir le mettre dans leur poche ou l'éliminer. »

Il se tut un long moment pour me permettre de digérer ce qu'il venait de m'apprendre, mais plusieurs jours n'y auraient pas suffi. Le profond malaise que je ressentais devait se lire sur mon visage, car Umbre finit par déclarer d'une voix douce : « À notre avis, même s'il a été victime d'un enlèvement, c'est vivant qu'il a le plus de valeur pour ses ravisseurs. »

Je retrouvai mon souffle et, la gorge desséchée, je demandai : « Quelqu'un a-t-il revendiqué sa détention ? Exigé une rançon ?

— Non. »

Je me reprochai amèrement de ne pas m'être tenu au courant de la situation politique des Six-Duchés. Cependant, ne m'étais-je pas juré de ne plus jamais m'en mêler ? Cette promesse m'apparut soudain comme la résolution irréaliste d'un enfant de ne plus jamais se laisser surprendre par la pluie. D'une voix basse, car je me sentais fautif, je dis : « Il va falloir m'instruire, Umbre, et vite. De quelles factions parlez-vous ? Quel intérêt auraient-elles à tenir le prince sous leur coupe ? Qui est cette princesse étrangère ? Et... (je faillis m'étrangler sur cette dernière question) qu'est-ce qui peut laisser croire que le prince Devoir a le Vif ?

— Le fait que tu l'avais », répondit Umbre, laconique. Il prit à nouveau sa bouilloire et remplit sa tasse. Le liquide s'était encore assombri, et, cette fois, je sentis un parfum de mélasse où perçait une pointe d'âcreté. Il but son infusion cul sec et la fit promptement suivre d'une lampée d'eau-de-vie. Ses yeux verts se plantèrent dans les miens et il attendit ma réaction, mais je me tus. Certains secrets n'appartenaient encore qu'à moi seul – du moins, je l'espérais.

« Tu avais le Vif, reprit-il. Certains soutiennent que tu le tenais de ta mère inconnue, et, qu'Eda me pardonne, j'ai moi-même encouragé cette opinion à se répandre ; mais d'autres désignent le passé, le prince Pie et plusieurs autres rejetons insolites de la lignée des Loinvoyant, pour dire : « Non, la tare est là, à la racine, et le prince Devoir en est un surgeon. »

— Mais le prince Pie est mort sans descendance ; Devoir n'est pas de son sang. Qu'est-ce qui peut faire croire que le jeune prince a le Vif ? »

Umbre me regarda en plissant les yeux. « Tu joues au chat et à la souris avec moi, mon garçon ? » Il posa ses mains sur le bord de la table, veines et tendons saillant comme des cordes, et il se pencha vers moi pour me demander d'un ton cassant : « Crois-tu que je n'aie plus toute ma tête, Fitz ? Je puis t'assurer que ce n'est pas le cas ! Je vieillis peut-être, mon garçon, mais j'ai l'esprit plus effilé que jamais, je te le garantis ! »

Je n'en avais pas douté jusque-là ; mais cet éclat ressemblait si peu à Umbre que je me reculai involontairement contre le dossier de ma chaise et le dévisageai avec inquiétude. Il dut interpréter correctement mon expression, car il se rassit et laissa ses mains retomber sur ses genoux ; quand il reprit la parole, c'était mon vieux mentor qui s'adressait à moi. « Astérie t'a fait part de l'incident du ménestrel lors de la fête du Printemps. Tu es au courant du malaise qui règne chez les vifiers du pays, et tu as entendu parler de ceux qui se font appeler les Fidèles du prince Pie. On les désigne aussi sous une appellation moins édulcorée : les Adorateurs du Bâtard. » Il me lança un regard sinistre, mais, sans me laisser le temps d'absorber le choc, il chassa d'un geste mon effarement. « Peu importe le nom qu'ils se donnent ; ils ont trouvé une nouvelle arme : ils dénoncent les familles où règne le Vif. J'ignore s'ils cherchent ainsi à démontrer à quel point le Vif est répandu ou bien s'ils visent l'élimination de leurs semblables quand ils refusent de s'allier à eux. On trouve dans les lieux publics des placards ainsi rédigés : "Le fils de Gire le tanneur a le Vif ; son animal de lien est un mâtin roux" ou bien : "Dame Amène a le Vif ; son animal de lien est son émerillon." Chaque affiche est signée de leur emblème, un cheval pie. Dernièrement, la cour elle-même a été gagnée par ces spéculations sur qui a le Vif et qui ne l'a pas ; certains nient les rumeurs à leur propos, d'autres s'enfuient et se réfugient sur leurs terres s'ils en possèdent, ou s'expatrient dans quelque village lointain et changent de nom s'ils n'ont pas de propriétés. Si ces placards disent vrai, il y a beaucoup plus de gens doués de la magie des bêtes que tu ne l'aurais supposé toi-même. À moins que... (il pencha la tête vers moi) tu n'en saches plus long que moi sur la question ?

— Non, répondis-je d'un ton mesuré. Non, je n'en sais pas davantage que vous. » Je m'éclaircis la gorge. « Je ne savais pas non plus qu'Astérie vous faisait des rapports aussi complets sur moi. »

Il joignit les mains sous son menton. « Je t'ai blessé.

— Non. » Je mentais. « Non, ce n'est pas ça ; c'est plutôt que…

— Quel imbécile je fais ! J'ai eu beau faire, je suis devenu un vieux ronchon susceptible ! Je froisse ton amour-propre, tu fais semblant de rien pour me donner le change, et, quand j'ai besoin d'une aide que toi seul peux m'apporter, je te repousse ! Je perds tout discernement au moment où il m'est le plus nécessaire ! »

Son regard croisa soudain le mien et j'y lus une profonde horreur. Le vieillard se ratatina devant moi et sa voix ne fut plus qu'un murmure hésitant. « Fitz, je suis terrifié pour le petit. Terrifié ! L'accusation qu'on porte contre lui n'a pas été placardée sur une place publique ; elle nous est parvenue sous la forme d'un message cacheté, sans signature, sans même l'emblème des Fidèles du prince Pie. “Faites justice, disait-il, et nul ne saura jamais rien. Dédaignez cet avertissement et nous prendrons les mesures qui s'imposent.” Mais comme on ne nous indiquait pas clairement ce qu'on voulait de nous, que pouvions-nous faire ? Nous n'avons pas dédaigné la missive ; nous avons simplement attendu d'en apprendre davantage. Là-dessus, le prince a disparu. La Reine redoute que... Non, les craintes de la Reine sont trop nombreuses pour que je t'en donne le détail ; mais ce qu'elle redoute par-dessus tout, c'est qu'on le tue. Cependant, ce que je crains, pour ma part, est bien pire : ce n'est pas tant qu'on le tue, mais qu'on le réduise à... à ce que tu étais quand Burrich et moi t'avons sorti de ta fausse tombe. Une bête à figure humaine. »

Il quitta brusquement la table. J'ignore s'il avait honte de se voir acculé à pareille terreur à cause de l'affection qu'il portait au jeune prince ou bien s'il cherchait à m'épargner le rappel de mon état d'alors ; si c'était le cas, il aurait pu s'éviter cette peine : j'avais appris à refouler efficacement ces souvenirs. Il resta un moment à regarder fixement une tapisserie, l'esprit ailleurs, puis il s'éclaircit la gorge et, quand il me fit face, j'avais devant moi le conseiller de la Reine. « Le trône des Loinvoyant n'y résisterait pas, FitzChevalerie. Il y a trop longtemps qu'un roi nous fait défaut. Même si la preuve était faite que le petit a le Vif, je pense que je parviendrais à retourner la situation et à la présenter sous un jour favorable ; mais si on le montrait à ses ducs transformé en animal, tout serait perdu, et, au lieu de devenir les Sept-Duchés, le royaume régresserait jusqu'à n'être plus constitué que de cités-États en lutte les unes contre les autres et séparées par des territoires où la loi n'existerait plus. Kettricken et moi avons effectué un parcours long et exténuant, mon garçon, pendant ton absence, mais ni elle ni moi ne pouvons rassembler sur nos personnes l'autorité indiscutable dont jouirait un véritable souverain de la lignée des Loinvoyant. Au cours des ans, nous avons affronté une mer capricieuse d'alliances, d'abord avec tels ducs, ensuite avec tels autres, pour obtenir une majorité qui nous permettait de passer une nouvelle saison. Le but est si proche aujourd'hui, si proche ! Dans deux ans, Devoir se dépouillera de son titre de prince pour prendre celui de roi-servant ; une année de plus et je pense pouvoir convaincre les ducs de lui reconnaître la souveraineté pleine et entière. Alors, je crois que nous pourrons nous sentir en sécurité pour quelque temps. Quand le roi Eyod des Montagnes mourra, Devoir héritera de sa charge ; le poids de ce royaume viendra s'ajouter au nôtre, et si le mariage que Kettricken a négocié avec le Hetgurd des îles d'Outre-Mer vient à bien, nous aurons des alliés dans les mers du Nord.

— Le Hetgurd ?

— Une assemblée de nobles. Les Outrîliens n'ont pas de roi, pas de chef suprême ; pour leur tradition, Kebal Paincru était une anomalie. Mais ce fameux Hetgurd compte un certain nombre d'hommes influents, et l'un d'eux, Arkon Sangrépée, a une fille. Il y a eu échange de messages, et cette enfant et Devoir semblent bien assortis ; le Hetgurd a donc envoyé, pour sceller officiellement leurs fiançailles, une délégation qui ne saurait tarder. Si le prince Devoir répond aux attentes des représentants, les accordailles seront confirmées au cours d'une cérémonie qui aura lieu à la nouvelle lune. » Umbre se tourna vers moi en secouant la tête. « Je crains qu'une telle alliance ne soit prématurée ; Béarns et Rippon la voient d'un mauvais œil. Ils trouveraient sans doute leur avantage à une reprise du commerce avec les Outrîliens, mais leurs blessures sont encore trop récentes. Mieux vaudrait, à mon sens, attendre encore cinq ans que les échanges se développent à leur rythme entre les deux pays et que Devoir prenne les rênes des Six-Duchés ; alors il serait temps de proposer une alliance – non pas un mariage avec mon prince, mais une union de moindre importance avec la fille d'un de nos ducs, ou peut-être un fils cadet... mais ce n'est là que mon opinion. Je ne suis pas la Reine, et la Reine a fait savoir sa volonté : elle proclame qu'elle verra la paix s'instaurer durant sa vie. Elle court trop de lièvres à la fois, à mon sens : elle veut agréger le royaume des Montagnes aux six duchés existants pour en faire un septième, et placer en même temps une Outrîlienne sur notre trône. Non, c'est excessif et c'est trop tôt… »

J'avais presque l'impression qu'il avait oublié ma présence. Il exprimait tout haut ses pensées devant moi avec un laisser-aller qu'il ne s'autorisait pas du temps où le roi Subtil régnait ; à cette époque, il ne se serait pas permis de mettre en doute la moindre décision de son souverain. Considérait-il notre reine d'origine étrangère comme plus faillible que Subtil, ou bien me jugeait-il désormais assez mûr pour me confier ses inquiétudes ? Il reprit place sur sa chaise en face de moi et de nouveau nos regards se croisèrent.

À cet instant, je vis clairement la situation et un frisson glacé me parcourut. Umbre n'était plus l'homme qu'il avait été ; il avait vieilli et, même s'il s'en défendait, son esprit vif avait désormais peine à écarter les voiles flottants de ses années. Son influence ne reposait plus que sur la structure du réseau d'espionnage qu'il avait laborieusement mis en place au cours du temps, et les drogues mystérieuses qu'il préparait dans sa bouilloire ne suffisaient pas à empêcher la façade de se fissurer. J'eus l'impression que je venais de rater une marche dans le noir, et je mesurai soudain dans quels abîmes et à quelle vitesse le naufrage de la vieillesse pouvait nous entraîner tous.

Je tendis la main en travers de la table pour la poser sur les siennes et, aussi absurde que cela paraisse, je m'efforçai de lui transmettre ma force ; j'accrochai son regard et tentai de lui rendre confiance. « Commencez par le soir de sa disparition, fis-je à mi-voix, et dites-moi tout ce que vous savez.

— Parce qu'aujourd'hui, au bout de tant d'années, c'est moi qui dois te faire mon rapport et te laisser tirer les conclusions ? » Je crus que je l'avais blessé, mais son sourire me rassura. « Ah, Fitz, merci ! Merci, mon garçon ! Quel plaisir de t'avoir à mes côtés après si longtemps ! Alors, le soir de la disparition du prince Devoir... Très bien, laisse-moi rassembler mes souvenirs. »

Pendant un moment, ses yeux verts prirent une expression lointaine, et je craignis que son esprit ne se fût mis à vagabonder sans but ; mais c'est un regard perçant qu'il reporta sur moi tout à coup. « Je vais remonter un peu plus loin. Nous avions eu une querelle le matin, le prince et moi ; enfin, “querelle” n'est pas le terme exact : Devoir est trop bien élevé pour se disputer avec un aîné. Mais je l'avais sermonné et il s'était mis à bouder, tout comme toi autrefois. Je te le jure, parfois, quand je vois cet enfant, j'ai l'impression de me trouver en face de toi ; c'est étonnant. » Et il poussa un léger soupir.

« Bref, il s'est produit un petit heurt entre nous. Il est venu prendre sa leçon d'Art du matin, mais il n'arrivait pas à se concentrer ; aux cernes sous ses yeux, j'ai compris qu'il avait encore passé une partie de la nuit à courir en compagnie de son marguet, et je l'ai averti sans douceur que, s'il était incapable de refréner ses envies afin de se présenter frais et dispos à ses leçons, on pouvait s'en charger pour lui ; on pouvait reléguer son marguet aux écuries avec les autres animaux de course si cela devait assurer au prince de bonnes nuits de sommeil.

» Cette perspective ne lui souriait pas, naturellement : il était inséparable de ce félin depuis qu'on le lui avait offert. Mais il n'a pas parlé de son marguet ni de ses excursions nocturnes, peut-être parce qu'il me croit moins bien renseigné à ce sujet que je ne le suis ; non, il s'en est pris aux leçons et à son précepteur en affirmant qu'il n'était pas doué pour l'Art et qu'il n'arriverait jamais à rien dans ce domaine même s'il dormait à poings fermés toutes les nuits. Je lui ai répondu de ne pas dire de bêtises, de ne pas oublier qu'il était un Loinvoyant et qu'il avait l'Art dans le sang. Il a eu le front de répliquer que c'était moi qui disais des bêtises, car je n'avais qu'à regarder dans un miroir pour voir un Loinvoyant dépourvu d'Art. »

Umbre s'éclaircit la gorge et se laissa aller contre le dossier de sa chaise. Il me fallut un petit moment pour me rendre compte qu'il était amusé et non agacé. « Ce garnement est parfois d'une insolence ! » grommela-t-il, mais, derrière le mécontentement, je sentis de l'affection, et de la fierté devant l'esprit rebelle de son prince. J'éprouvais moi aussi de l'amusement, mais pour un autre motif · à l'âge de Devoir, il aurait suffi d'une repartie beaucoup plus modérée de ma part pour me valoir une solide taloche. Le caractère du vieil homme s'était adouci. J'espérais que son indulgence n'allait pas gâter le jeune adolescent ; il faut à un prince une discipline plus stricte qu'à tout autre garçon.

Je décidai d'introduire une digression dans le compte rendu d'Umbre. « Ainsi, vous avez commencé à lui enseigner l'Art, fis-je d'un ton parfaitement neutre.

— Disons plutôt que j'ai commencé à essayer, répondit-il d'un ton bougon, où je sentis une certaine concession aux arguments que je lui avais opposés lors de sa visite chez moi. Je me fais l'impression d'une taupe qui explique à une chouette ce qu'est le soleil. J'étudie les manuscrits, Fitz, je me livre aux méditations et aux exercices qu'ils prônent, et, de fait, il m'arrive parfois de ressentir... quelque chose. Mais j'ignore s'il s'agit de ce que je dois ressentir ou bien d'un tour de l'imagination d'un vieillard trop plein d'espoir.

— Je vous l'ai dit. » Je m'efforçai de parler avec bienveillance. « L'Art ne s'apprend pas et ne s'enseigne pas à partir d'un manuscrit. La méditation peut vous y préparer, mais il vous faut un guide pour vous montrer ce que c'est.

— C'est pourquoi je t'ai fait mander, répondit-il avec trop de hâte : parce que tu es l'unique personne qui soit non seulement capable de former correctement le prince à l'Art, mais aussi de se servir de cette magie pour le retrouver. »

Je soupirai. « Umbre, ce n'est pas ainsi que l'Art opère. Il…

— Dis plutôt qu'on ne t'a jamais appris à l'employer

de cette façon. C'est dans les manuscrits, Fitz ! On y affirme que si deux personnes ont été liées par l'Art, elles peuvent se retrouver mutuellement par ce moyen, le cas échéant. Toutes mes tentatives pour localiser le prince par d'autres méthodes ont échoué : on a lancé des chiens sur sa piste, ils ont bien couru tout le début de la matinée, et puis ils se sont mis à tourner en rond en gémissant, complètement égarés ; mes meilleurs espions n'ont rien à me rapporter, les pots-de-vin n'ont aucun résultat. L'Art est notre dernier espoir, je te le répète. »

Il avait piqué ma curiosité, mais je la fis taire impitoyablement. Je n'avais aucune envie d'étudier ses manuscrits. « Même si vos textes prétendent que c'est réalisable, vous reconnaissez que cela ne peut se produire qu'entre deux personnes préalablement liées par l'Art ; or le prince et moi ne partageons nul…

— Je crois que si. »

Umbre peut prendre un certain ton de voix qui réduit instantanément son interlocuteur au silence ; ce ton prévient la personne qu'il en sait sur elle beaucoup plus long qu'elle ne l'imagine et l'avertit qu'elle doit se garder de tout mensonge. Ce truc fonctionnait très efficacement sur moi quand j'étais petit, et je restai le souffle court en constatant qu'il n'avait rien perdu de son efficacité à présent que j'étais adulte. Je repris lentement ma respiration, mais Umbre anticipa ma question.

« Ce sont certains rêves que le prince m'a rapportés qui ont tout d'abord éveillé mes soupçons. Tout a commencé par un songe qui revenait de temps en temps pendant sa petite enfance ; il voyait un loup en train de plaquer une biche au sol et un homme qui se précipitait pour achever la proie en l'égorgeant. Dans son esprit, il était l'homme, mais il le voyait aussi de l'extérieur. Ce premier rêve l'a fort excité ; il n'a guère parlé d'autre chose pendant un jour et demi, et il le racontait comme s'il en avait été l'acteur. » Il s'interrompit un instant. « Devoir n'avait que cinq ans alors. Les détails qu'il décrivait dépassaient de loin son expérience. »

Je gardai le silence.

« Des années se sont écoulées avant qu'il fasse de nouveau un rêve de ce genre ; je devrais peut-être dire plutôt que des années se sont écoulées avant qu'il m'en fasse part. Il voyait un homme qui traversait une rivière à gué ; le flot menaçait de l'emporter, mais il parvenait finalement à l'autre berge. Il était trop trempé et il avait trop froid pour allumer un feu, aussi cherchait-il refuge sous le tronc d'un arbre abattu, et un loup venait se coucher contre lui pour le réchauffer. Là encore, le prince m'a raconté ce rêve comme s'il l'avait vécu lui-même. “Je l'adore, m'a-t-il dit. J'ai l'impression d'avoir une autre existence, une existence où je me trouve loin d'ici et où je ne suis pas obligé d'être prince, une existence qui n'est qu'à moi, où j'ai un ami aussi proche de moi que ma propre peau.” C'est alors que j'ai commencé à le soupçonner d'avoir eu d'autres rêves d'Art, mais de ne pas m'en avoir parlé. »

Il se tut à nouveau, et, cette fois, je dus répondre.

J'inspirai longuement. « Si j'ai partagé ces instants de ma vie avec le prince, je n'en ai pas eu conscience. Cependant, les événements décrits sont arrivés en effet. » Je me demandai soudain quels autres épisodes de mon existence il avait vécus, en me rappelant Vérité qui me reprochait de ne pas tenir convenablement la bride à mes pensées, si bien que mes rêves et mes expériences empiétaient parfois sur les siens. Je songeai aux séjours d'Astérie chez moi et j'espérai ardemment ne pas rougir. Il y avait bien longtemps que je ne prenais plus la peine de dresser mes murailles d'Art autour de mon esprit, mais, à l'évidence, c'était une habitude qu'il me fallait retrouver. Cette réflexion en entraîna une autre : manifestement, mon don pour l'Art ne s'était pas détérioré autant que je le croyais, et une brusque jubilation m'envahit à cette idée; puis je me dis avec une ironie amère que c'était sans doute la même qui s'emparait de l'ivrogne découvrant une bouteille pleine oubliée sous le lit.

« Et toi, as-tu partagé des moments de la vie du prince ? demanda Umbre, me pressant de poursuivre.

— Peut-être. J'en ai bien l'impression : je fais souvent des songes très nets, et rêver d'être un adolescent habitant Castelcerf n'est pas étranger à mon expérience. Mais... (je repris mon souffle et me forçai à continuer) l'important en l'occurrence, c'est la marguette, Umbre. Depuis combien de temps le prince l'a-t-il? Croyez-vous qu'il a le Vif? Est-il lié à cet animal ? »

Je me faisais reflet d'un menteur, à poser ainsi des questions dont je connaissais déjà les réponses. Dans le même temps, je passais rapidement en revue les rêves des quinze dernières années dont je me souvenais, en retenant ceux qui présentaient une clarté si particulière qu'elle perdurait après l'éveil. Certains auraient pu évoquer des épisodes de l'existence du prince; d'autres... Je butai sur le souvenir du songe fiévreux où j'avais vu Burrich. Ortie aussi ? J'aurais partagé un rêve avec Ortie? Cet éclairage nouveau modifia mon appréhension de l'expérience : je n'avais pas seulement assisté à un bref épisode du point de vue d'Ortie, j'avais co-artisé avec elle. Il était possible que, comme dans le cas de Devoir, le partage d'Art eût été à double sens; dès lors, ce que je chérissais comme l'aperçu d'un instant de la vie de ma fille, comme une petite fenêtre entrouverte sur Molly et Burrich, devenait la révélation de la vulnérabilité d'Ortie face à mon incurie. J'écartai cette pensée inconfortable et renforçai mes remparts mentaux. Comment avais-je pu faire preuve d'une telle imprudence ? Combien de mes secrets avais-je dévoilés aux êtres qui risquaient le plus d'en souffrir ?

« Comment veux-tu que je sache si le petit a le Vif ? demanda Umbre d'un ton agacé. J'ignorais que tu l'avais avant que tu me le dises, et, même alors, je n'ai pas compris tout de suite de quoi tu parlais. »

Je me sentis soudain trop las, trop épuisé pour mentir davantage. Qui cherchais-je à protéger par des faux-semblants ? J'étais bien placé pour savoir que le mensonge ne constitue pas une défense durable, qu'il finit par devenir le plus gros défaut d'une cuirasse. « Je pense qu'il l'a, et, d'après les rêves que j'ai faits, qu'il est lié à la marguette. »

Je vis alors Umbre se flétrir devant moi. Il secoua la tête sans répondre, puis nous resservit de l'eau-de-vie. Je vidai ma coupe d'un trait tandis qu'il buvait la sienne à petites gorgées, l'air pensif. Enfin, il déclara : « J'ai horreur de l'ironie : c'est une chaîne qui attache indéfectiblement nos rêves à nos peurs. J'espérais que le petit et toi étiez reliés par des songes communs et que tu pourrais te servir de ce lien pour le retrouver par l'entremise de l'Art ; et j'apprends maintenant que c'est bien le cas, mais aussi que ma plus grande crainte pour Devoir se révèle fondée. Le Vif ! Ah, Fitz ! Que ne puis-je remonter le temps et faire que mes inquiétudes ne soient que chimères !

— Qui lui donné la marguette ?

— Un noble ; c'était un cadeau. Il en reçoit d'ailleurs beaucoup trop, car tous les courtisans s'efforcent de gagner ses faveurs. Kettricken, elle, essaye d'écarter les présents les plus magnifiques : elle redoute que le petit ne finisse gâté. Mais, en l'occurrence, ce n'était qu'une petite chatte de chasse... et voici qu'il s'agit peut-être précisément du cadeau qui va le gâter pour toute sa vie.

— Qui la lui a donnée ? dis-je d'un ton insistant.

— Il va falloir que je cherche dans mes notes », avoua-t-il. Il me lança un regard sombre. « La mémoire d'un vieillard n'est pas aussi vive que celle d'un jeune homme. Je fais ce que je peux, Fitz. » Et son expression de reproche en disait long : si j'étais revenu à Castelcerf au lieu de passer quinze ans en ermite, si j'avais repris ma place auprès de lui, j'aurais aujourd'hui les réponses aux questions les plus vitales. Cette idée en amena une autre. « Et votre nouvel apprenti, que sait-il de l'affaire ? »

Il me regarda d'un air songeur, puis dit enfin : « Il n'est pas prêt pour un travail de ce genre. »

Je soutins son regard. « Ne serait-il pas en train de se remettre de... d'un éclair, disons, qui se serait abattu sur lui d'un ciel sans nuage, par hasard ? Un éclair qui aurait fait exploser un entrepôt désaffecté ? »

Il cilla, mais conserva un visage impassible, et, négligeant ma pique, il reprit d'une voix unie : « Non, FitzChevalerie, ce travail te revient. Tu es le seul à posséder les aptitudes nécessaires.

— Qu'attendez-vous de moi, exactement ? » Ma question équivalait à une reddition. J'avais commencé par me hâter de répondre à son appel, et il savait à présent, tout comme moi, que je demeurais à ses ordres.

« J'attends que tu retrouves le prince, que tu nous le ramènes discrètement et, plaise à Eda, indemne, tout cela tant que mes excuses pour expliquer son absence restent crédibles. Rends-le-nous sain et sauf avant que la délégation outrîlienne n'arrive pour officialiser ses fiançailles avec leur princesse.

— C'est-à-dire dans combien de temps ? »

Il haussa les épaules d'un air impuissant. « Cela dépend des vents, de l'état de la mer et de l'efficacité de ses rameurs. La princesse a déjà quitté les îles d'Outre-Mer : un oiseau messager nous en a informés. La cérémonie est prévue pour la nouvelle lune ; si les représentants abordent avant cette date, je parviendrai peut-être à bricoler une explication selon laquelle il s'est retiré pour méditer et se préparer à l'importance de l'événement qui l'attend. Mais ce ne serait qu'un écran de fumée bien mince, qui se dissiperait instantanément s'il n'apparaissait pas au moment protocolaire. »

J'effectuai un rapide calcul mental. « Ça laisse plus de quinze jours ; c'est davantage qu'il n'en faut à un adolescent fugueur pour changer d'avis et rentrer chez lui. »

Umbre me lança un regard lugubre. « Mais, si le prince a été enlevé, que nous ignorions par qui et pourquoi, et que nous sachions encore moins comment le récupérer, seize jours constituent un laps de temps bien court. »

J'enfouis un moment mon visage dans mes mains ; quand je levai les yeux de nouveau, mon vieux mentor me regardait toujours avec espoir, confiant que j'allais trouver une solution qui lui échappait. J'aurais voulu me sauver, j'aurais voulu ne rien savoir, mais c'était impossible ; je pris une longue inspiration pour me calmer, puis décidai de mettre de l'ordre dans les pensées d'Umbre comme il m'avait appris à discipliner les miennes. « Il me faut des renseignements, déclarai-je. Faites comme si j'ignorais tout de la situation, car c'est très probablement le cas. En premier lieu, je dois savoir qui a donné cette chatte au prince, et aussi ce que cette personne pense du Vif ainsi que des fiançailles de Devoir. Agrandissez le cercle de l'enquête à partir de là. L'auteur du présent a-t-il des rivaux, des alliés ? Qui sont-ils ? Qui, à la cour, condamne le plus durement les vifiers, qui s'oppose le plus clairement aux accordailles du prince, qui y est favorable ? Quels nobles ont été dernièrement accusés d'appartenir à une famille douée du Vif ? Qui aurait pu aider Devoir à s'enfuir, s'il a bien fait une fugue ? Et, s'il a été victime d'un enlèvement, qui aurait été en position de l'organiser ? Qui connaissait ses habitudes nocturnes ? » Chaque question en entraînait une autre, et pourtant, devant leur flot grossissant, Umbre paraissait retrouver peu à peu sa stabilité. C'étaient là des interrogations auxquelles il était en mesure de trouver réponse, et cette assurance renforçait sa conviction qu'ensemble nous parviendrions peut-être à remporter la partie. Je m'interrompis pour reprendre mon souffle.

Il en profita pour glisser : « Il faut encore que je te relate les événements des derniers jours. Cependant, tu oublies, ce me semble, que l'Art peut éventuellement nous épargner des heures de palabre. Je vais te soumettre les manuscrits ; nous verrons bien si leurs explications te paraissent plus claires qu'à moi. »

À ces mots, je parcourus la pièce du regard, mais Umbre secoua la tête. « Non, je ne fais pas venir le prince ici ; cette partie du château lui demeure cachée. Je conserve les manuscrits dans l'ancienne tour de Vérité, et c'est là que je donne ses leçons au petit ; je veille à ce que le bureau soit toujours fermé à clé, et un garde de confiance reste devant sa porte jour et nuit.

— Comment vais-je y pénétrer, dans ce cas ? »

Il me regarda, la tête penchée. « Un passage y mène à partir d'ici ; il est étroit et tortueux, et il comporte de nombreux escaliers ; mais tu es jeune : l'exercice n'aura rien d'insurmontable. Finis de manger et je t'indiquerai le chemin. »

12

CHARMES

Kettricken des Montagnes fut mariée au roi-servant Vérité des Six-Duchés avant d'avoir atteint sa vingtième année. Leur union était un arrangement politique qui faisait partie d'une négociation à plus vaste échelle destinée à sceller une alliance commerciale et militaire entre le royaume des Montagnes et celui des Six-Duchés. La mort du frère aîné de la jeune femme à la veille de ces épousailles apporta un bénéfice inattendu aux Six-Duchés : désormais, l'héritier auquel elle donnerait naissance coifferait la couronne des Montagnes en même temps que celle des Six-Duchés.

Le passage du rôle de princesse montagnarde à celui de reine d'un royaume étranger fut difficile, mais elle l'affronta avec cet esprit de soumission au devoir qui est la marque des souverains de son pays d'origine. Elle se rendit seule à Castelcerf, sans même une femme de chambre pour l'assister, avec pour tout soutien les coutumes dans lesquelles elle avait été élevée. Ces coutumes l'obligeaient à se tenir toujours prête à se sacrifier, quelle que fût la forme de sacrifice que sa nouvelle condition exigeait d'elle, car, dans les Montagnes, c'est le rôle admis du monarque : il est l'oblat de son peuple.

La Reine montagnarde, de BEDEL

*

La nuit tirait vers l'aube quand je descendis l'escalier dérobé qui me ramenait à mon lit. J'avais le crâne farci de renseignements dont bien peu paraissaient présenter la moindre utilité pour résoudre l'énigme qui m'était soumise, et j'avais décidé d'aller me coucher ; à mon réveil, mon esprit aurait trouvé le moyen de faire le tri dans cet embrouillamini.

Je parvins devant le panneau qui ouvrait sur ma chambre et m'arrêtai. Umbre m'avait déjà enseigné les précautions à prendre lorsque j'empruntais les passages secrets, et, retenant ma respiration, je jetai un coup d'œil par une fente infime entre les pierres. La vue extrêmement réduite que j'avais de ma chambre me révéla une chandelle qui gouttait sur une petite table au milieu de la pièce, et rien d'autre. Je tendis l'oreille, mais ne captai aucun bruit. En silence, je soulevai un levier qui mit en branle des contrepoids invisibles ; la porte s'ouvrit et je rentrai dans ma chambre. Une légère poussée suffit à refermer le battant qui se fondit dans le reste du mur et que je ne réussis plus à distinguer malgré un examen attentif.

Attentionné, sire Doré avait fait adjoindre quelques couvertures de laine rêche à l'étroit lit de camp du minuscule réduit sans air où je devais loger, et, malgré ma fatigue, je trouvai la perspective de coucher là extraordinairement peu attrayante. Je songeai qu'il m'était toujours possible de retourner dans la salle d'Umbre pour dormir dans son superbe lit, puisqu'il ne s'en servait plus ; mais cette idée me répugnait elle aussi, pour d'autres motifs. Qu'Umbre l'eût utilisé récemment ou non, ce lit restait le sien ; la salle de la tour, les cartes, les casiers à manuscrits, le laboratoire aux instruments mystérieux et les deux âtres, tout cela appartenait à Umbre, et je n'avais nulle envie de me l'approprier en m'y installant. Non, mieux valait ma petite chambre de domestique ; la couche dure et le manque d'air me rappelleraient de façon réconfortante que mon séjour devait être très bref. Au bout d'une seule soirée passée à parler de secrets et de machinations, j'en avais déjà par-dessus la tête de Castelcerf et de la politique.

Mon paquetage et l'épée de Vérité se trouvaient sur le lit. Je fis rouler mon sac par terre, appuyai l'arme contre un mur, poussai sous la table, d'un coup de pied, les habits dont je m'étais dépouillé, soufflai la bougie et me couchai à tâtons. Je chassai résolument de mon esprit Devoir, le Vif et toute pensée qui se rapportait à ce sujet, pensant m'endormir aussitôt, mais je restai bien éveillé, les yeux grand ouverts dans le noir : des soucis d'ordre plus personnel m'avaient rattrapé et me rongeaient. Mon garçon et Œil-de-Nuit devaient avoir pris la route de Castelcerf le soir même, et je m'apercevais, troublé, que je comptais désormais sur Heur pour prendre soin du vieux loup qui lui avait toujours servi de protecteur. Il avait son arc et il savait le manier ; tout irait bien – sauf s'ils tombaient nez à nez avec des bandits. Heur aurait sans doute le temps d'en éliminer un ou deux avant de se faire capturer, ce qui mettrait probablement les autres en fureur. Œil-de-Nuit, lui, se battrait jusqu'à la mort pour empêcher Heur d'atterrir entre leurs mains. Je me retrouvais donc avec un joyeux tableau à l'esprit : mon loup gisant mort sur la route et mon fils prisonnier de bandits bavant de rage. Et moi trop loin pour leur prêter main-forte.

La laine démange encore davantage quand on transpire. Je roulai sur le flanc, les yeux toujours ouverts sur l'obscurité. Non, il ne fallait pas que je pense à Heur ; à quoi bon s'inquiéter de ce qui n'a pas encore eu lieu ? Sans que je l'eusse voulu, mon esprit se tourna de nouveau vers les manuscrits sur l'Art qu'Umbre m'avait montrés et la situation problématique où nous nous trouvions. Je m'attendais à ce que mon vieux maître me soumît trois ou quatre parchemins, mais il en avait plusieurs coffres pleins, à divers stades de conservation. Lui-même ne les avait pas tous lus intégralement, mais il pensait avoir plus ou moins réussi à les trier par sujet et par niveau de difficulté. Il m'avait amené devant une grande table sur laquelle étaient déroulés trois manuscrits, et je m'étais alors senti saisi d'angoisse ; la calligraphie de deux d'entre eux était si archaïque que j'arrivais à peine à la déchiffrer ; quant au troisième, il paraissait plus récent, mais je m'étais heurté presque dès l'abord à des termes et des expressions qui n'avaient aucun sens pour moi. On y recommandait une « transe anticula » et l'usage de l'infusion d'une plante appelée « rave des bergers », dont je n'avais jamais entendu parler. Plus loin, le texte m'avertissait de prendre garde à ne pas « diviser la barrière du soi de mon partenaire », car je risquais alors de « diffuser son anma ». J'avais levé un regard égaré vers Umbre, qui avait aussitôt deviné mon problème.

« J'espérais que tu saurais ce que signifie ce charabia », avait-il dit d'un ton accablé.

J'avais secoué la tête. « Si Galen connaissait le sens de ces mots, il ne me l'a jamais appris. »

Umbre avait eu un grognement méprisant. « Je doute fort que notre soi-disant "maître d'Art" ait seulement été capable de lire ces caractères. » Il avait soupiré. « La moitié de l'apprentissage d'un art consiste à comprendre le vocabulaire et le jargon de ceux qui le pratiquent. Avec du temps, nous parviendrions peut-être à les reconstituer en nous aidant d'indices puisés dans les autres manuscrits ; malheureusement, le temps nous fait défaut : à chaque seconde qui passe, le prince s'éloigne peut-être davantage de Castelcerf.

— À moins qu'il n'ait même pas quitté la ville. Umbre, vous m'avez bien souvent mis en garde contre le fait d'agir pour le simple fait d'agir. Si nous nous précipitons, nous risquons de partir dans la mauvaise direction. D'abord la réflexion, ensuite l'action. »

Répéter à mon maître ses propres conseils m'avait fait un effet étrange. À contrecœur, il les avait acceptés d'un hochement de tête. Tandis qu'il examinait les textes archaïques en marmonnant puis les transcrivait sur papier, j'avais soigneusement étudié le manuscrit le plus facilement lisible, puis je l'avais relu dans l'espoir d'une meilleure compréhension ; à la troisième lecture, je m'étais surpris à piquer du nez sur les vieux caractères à demi effacés. Umbre avait alors tendu la main pour serrer mon poignet avec douceur. « Va te coucher, mon garçon, m'avait-il dit d'un ton bourru. On est abruti quand on manque de sommeil, or cette tâche va exiger que tu sois au mieux de tes capacités intellectuelles. » J'avais reconnu la vérité de ses paroles et je l'avais laissé penché sur sa plume.

Je me retournai sur le dos. J'avais attrapé des courbatures à force de monter et descendre des escaliers. Ma foi, puisque le sommeil me fuyait, autant essayer de mettre cette insomnie à profit. Je fermai les yeux pour oublier les ténèbres oppressantes de ma chambre et je me préparai : je vidai mon esprit de tout sujet d'inquiétude et m'efforçai de me rappeler le dernier rêve où j'avais vu le garçon et sa marguette ; j'évoquai l'exultation que leur procuraient la nuit et la chasse ; je réveillai mes souvenirs des odeurs qui imprégnaient l'air et cherchai à retrouver l'aura indéfinissable d'un rêve qui n'était pas le mien. Enfin je parvins aux portes du songe, prêt à y pénétrer, mais ce n'était pas mon but : mon objectif était de percevoir un lien d'Art si ténu que je n'en aurais pas été conscient à l'époque.

Le prince Devoir... Le fils de mon corps... Aucune impression ne se rattachait à ces descriptions, et pourtant, curieusement, elles gênaient mes efforts. Les idées préconçues que j'avais de Devoir, les idéalisations possessives que je m'étais faites de ce fils inconnu se dressaient entre moi et les fragiles filaments du lien d'Art que je m'efforçais de désenchevêtrer. Venue de je ne sais où, une bribe de mélodie parcourut l'ossature de pierre du château pour parvenir à mes oreilles ; distrait par cette musique inattendue, je battis des paupières, puis ouvris les yeux. J'avais perdu toute notion du temps ; la nuit s'étendait à l'infini autour de moi, et l'horreur me prit soudain de ma chambre sans fenêtre, coupée du monde naturel, et de cet enfermement auquel j'étais contraint. J'avais vécu trop longtemps avec le loup pour supporter ma situation sans regimber.

Empli d'une rage impuissante, j'abandonnai l'Art et tendis mon Vif vers mon compagnon. Les défenses qu'il avait récemment dressées autour de son esprit étaient toujours en place. Je sentis qu'il dormait, et, comme je faisais pression sur ses murailles, je perçus le tonnerre sourd de la douleur dans sa croupe et son échine. Je m'écartai vivement quand je m'aperçus qu'en me concentrant sur ses élancements je ne faisais que les ramener au premier plan de sa conscience. Toutefois, je n'avais capté chez lui ni terreur ni inquiétude, seulement de la fatigue et des douleurs articulaires. Je l'enveloppai dans mes pensées et puisai avec bonheur dans ses sens.

Je dors, ronchonna-t-il. Puis il me demanda : *Quelque chose te préoccupe ?*

Ce n'est rien. Je voulais seulement m'assurer que vous alliez bien.

Oh, on ne peut mieux! Nous avons passé une journée délicieuse à nous dessécher sur une route pleine de poussière, et maintenant nous dormons dans le fossé qui la borde. D'un ton plus amène, il ajouta; *Ne te tracasse pas pour ce que tu ne peux pas changer. Je te rejoindrai bientôt.*

Veille sur Heur pour moi.

Naturellement. Dors.

Je humai l'odeur de l'herbe humide, du filet de fumée de leur feu de camp, et même de la sueur salée de Heur, allongé non loin d'Œil-de-Nuit. Tout allait donc bien dans mon univers. Je vidai mon esprit de tout sauf de ces sensations simples et je finis par sombrer dans le sommeil.

*

« Puis-je te rappeler que c'est toi qui dois me servir de valet et non le contraire ? »

Ces mots qui me réveillèrent brutalement avaient été prononcés avec la morgue sarcastique de sire Doré, mais le sourire qui les accompagnait était celui du fou. Des vêtements étaient drapés sur son bras, et je sentis la fragrance d'une eau chaude et parfumée. Lui-même était impeccablement habillé d'un costume dont la discrétion remportait encore en élégance sur sa tenue de la veille : crème et vert chasse avec un fin liséré doré aux poignets et au col ; il arborait aussi un nouveau clou d'oreille, un petit globe en filigrane d'or dont je savais ce qu'il cachait. Il paraissait frais et dispos. Je me redressai dans mon lit, puis serrai mes tempes douloureuses entre mes mains.

« Tu as une migraine d'Art ? » me demanda-t-il d'un ton compatissant.

Je secouai la tête et la douleur roula sous mon crâne. « J'aimerais mieux », marmonnai-je. Je levai les yeux vers lui. « Je suis fatigué, c'est tout.

— J'avais pensé que tu dormirais peut-être dans la tour.

— Je ne m'en sentais pas le droit. » Je me levai, puis voulus m'étirer, mais mon dos se bloqua en protestant. Le fou déposa les habits sur le pied de mon lit et s'assit parmi mes couvertures en bouchon. « Alors, as-tu quelques idées sur l'endroit où chercher notre prince ?

— J'en ai trop. Il pourrait se trouver n'importe où en Cerf, voire en être déjà sorti à l'heure qu'il est ; de trop nombreux nobles pourraient avoir un motif de l'enlever. Et s'il s'est sauvé de son propre chef, cela ne fait que multiplier les possibilités. » L'eau pour la toilette fumait encore dans une simple vasque de terre cuite ; quelques feuilles de citronnelle flottaient à sa surface. Avec soulagement, j'y plongeai le visage et le frottai de mes deux mains ; je me sentis aussitôt mieux réveillé et l'esprit plus clair. « J'ai besoin d'un bain. Est-ce que les thermes derrière la caserne des gardes existent toujours ?

— Oui, mais les domestiques n'y ont pas accès. Méfie-toi de tes anciennes habitudes ; en général, les serviteurs personnels passent derrière leur maître ou leur maîtresse pour prendre leur bain, ou alors ils s'en préparent un nouveau en allant chercher l'eau aux cuisines. »

Je le regardai. « Je préparerai le mien ce soir. » Et j'employai au mieux l'eau de la vasque tandis qu'il me regardait en silence. Alors que je me rasais, il déclara calmement : « Il faudra te lever plus tôt demain matin. Tout le personnel de cuisine sait que je me réveille de bonne heure. »

Je me tournai vers lui, consterné, « Et alors ?

— Et alors on s'attendra à voir mon valet descendre chercher le plateau de mon petit déjeuner. »

Peu à peu, je saisis les sous-entendus de sa phrase. Il avait raison : il fallait que je me coule mieux dans mon rôle si je voulais découvrir des indices utiles. « J'y vais tout de suite », dis-je.

Il me retint d'un geste. « Pas avec cette tête-là. Sire Doré est un homme orgueilleux aux caprices imprévisibles ; jamais il ne garderait à son service un domestique à l'aspect aussi négligé. Il faut te donner l'apparence de ton personnage. Viens par ici. »

Je le suivis dans la pièce principale, lumineuse et aérée. Il avait disposé sur la table un peigne, une brosse et une paire de ciseaux, et dressé un grand miroir. Je rassemblai mon courage face à l'épreuve à venir, puis allai vérifier que la porte d'entrée était bien verrouillée pour prévenir toute intrusion intempestive, et enfin m'assis sur une chaise, prêt à me faire couper les cheveux ras, comme le veut la coutume pour les serviteurs. Je dénouai ma queue de guerrier tandis que sire Doré s'emparait des ciseaux, puis je jetai un coup d'œil à mon reflet dans son cadre ornementé : j'eus du mal à reconnaître l'homme que je vis. Se regarder tout entier dans un miroir est une curieuse expérience, et je m'aperçus qu'Astérie avait raison : je paraissais beaucoup plus vieux que mon âge. Me reculant légèrement, j'examinai mes traits et je m'étonnai de constater à quel point ma balafre s'était estompée · elle restait visible, mais beaucoup moins qu'autrefois sur le visage lisse d'un jeune homme. Sans rien dire, le fou me laissa un moment pour m'observer, puis il prit mes cheveux d'une main. Je regardai son reflet dans la glace : il se mordillait la lèvre, manifestement en proie aux angoisses de l'indécision, et puis, brusquement, il reposa les ciseaux qui claquèrent sur la table. « Non, déclara-t-il d'un ton catégorique. Je ne puis m'y résoudre, et je ne pense pas que ce soit nécessaire. » Il reprit son souffle et renoua vivement ma chevelure en queue de guerrier. « Essaye les habits, me dit-il d'un ton pressant. J'ai dû choisir la taille à l'œil, mais nul ne s'étonnera qu'un serviteur arbore un costume mal coupé. »

Je retournai dans la petite chambre pour examiner les vêtements étendus sur le pied de mon lit. Taillés dans le classique drap bleu distinctif de la domesticité de Castelcerf, ils n'étaient pas très différents de ceux qu'on me fournissait pendant mon enfance. Cependant, quand je les enfilai, mon impression changea : cette tenue que j'endossais me désignait aux yeux de tous comme un serviteur. Je me répétai qu'il s'agissait seulement d'un déguisement, que je n'étais en réalité le serviteur de personne ; puis, avec un brutal serrement de cœur, je me demandai ce qu'avait ressenti Molly la première fois qu'elle s'était retrouvée dans la robe bleue d'une servante. Bâtard ou non, je n'en restais pas moins fils de prince, et jamais je ne m'étais imaginé vêtu d'une livrée de laquais. À la place de mon cerf Loinvoyant chargeant, tête baissée, il y avait l'emblème brodé du seigneur Doré : un faisan d'or ; toutefois, le costume était à ma taille, et, comme je le reconnus d'un ton lugubre, cela faisait des années que je n'avais pas porté des vêtements de cette qualité. Le fou passa la tête par la porte entrebâillée, et, l'espace d'un instant, je crus distinguer de l'inquiétude dans son regard. Mais, en me voyant accoutré, il eut un sourire espiègle, puis, comédien comme toujours, il tourna lentement autour de moi pour m'examiner.

« Ça ira, Tom Blaireau. Des bottes t'attendent à la

porte, de trois bons doigts plus longues que les miennes, et plus larges aussi. Mieux vaut que tu fourres tes affaires dans le coffre : de cette façon, si l'on vient fouiner chez nous, rien n'éveillera les soupçons. »

J'obéis en hâte pendant que le fou mettait rapidement de l'ordre dans sa propre chambre. Je parvins à cacher l'épée de Vérité dans le coffre, bien que mes vieux vêtements suffisent à peine à la recouvrir. J'étais aussi à l'aise dans mes bottes qu'on peut l'être dans du cuir neuf ; elles s'assoupliraient avec le temps.

« Inutile que je te rappelle le chemin des cuisines, je pense, fit le fou. Je prends toujours mon petit déjeuner dans ma chambre, sur un plateau ; les aides seront ravis de voir que c'est toi qui te charges désormais de me le porter ; ça te donnera peut-être l'occasion d'échanger quelques mots avec eux. » Il se tut un instant. « Dis-leur que j'ai peu soupé hier soir, que j'ai une faim de loup ce matin, et rapporte de quoi manger pour deux. »

Recevoir des ordres de sa part me faisait un curieux effet, mais je me rappelai qu'il valait mieux m'y habituer ; je m'inclinai donc maladroitement devant lui et répondis par un « Oui, maître » un peu forcé avant de me diriger vers la porte de ses appartements. Un sourire commença d'apparaître sur ses lèvres, mais il l'effaça vivement et hocha lentement la tête.

Le reste du château était déjà bien réveillé. Des domestiques s'affairaient, remplaçaient les chandelles, balayaient les roseaux défraîchis, couraient çà et là avec du linge propre, des seaux ou des cuvettes pour les ablutions matinales. Peut-être cette impression provenait-elle de mon nouveau point de vue, mais ils me semblaient beaucoup plus nombreux que dans mes souvenirs, et ce n'était pas le seul aspect de Castelcerf qui avait changé. La patte montagnarde de la reine Kettricken était plus évidente que jamais ; au cours de ses années de présence, elle avait haussé le niveau d'ordre et de propreté à un point jusque-là inconnu. Les appartements devant lesquels je passais se caractérisaient par un dépouillement et une simplicité qui contrastaient avec la pagaille et la décoration surchargée des décennies précédentes. Les tapisseries et bannières rescapées ne montraient plus trace de salissures ni de toiles d'araignée.

Les cuisines étaient cependant restées le domaine réservé de Sara. Je pénétrai dans l'atmosphère imprégnée de vapeur et d'arômes et ce fut comme si je franchissais une porte qui me ramenait à mon enfance. Comme Umbre me l'avait décrit, la vieille cuisinière demeurait campée dans un fauteuil et ne courait plus de table en table ni d'âtre en âtre, mais les repas de Castelcerf continuaient visiblement à se préparer comme autrefois. Avec un effort, je détachai mon regard de l'ample forme de Sara, de crainte qu'elle ne le remarque et ne me reconnaisse par quelque intuition. Prenant une attitude humble, je tirai la manche d'un marmiton pour lui faire part de ce que désirait le seigneur Doré pour son petit déjeuner ; le garçon me désigna du doigt l'emplacement des plateaux, de la vaisselle et des couverts, puis fit un geste qui englobait les différentes cheminées. « C'est toi son serviteur, pas moi », fit-il d'un ton sec, sur quoi il se remit à couper des navets en cubes. Soulagé, je me composai néanmoins une expression renfrognée, et j'eus bientôt garni un plateau de l'équivalent de deux petits déjeuners copieux ; là-dessus, je m'éclipsai.

Remontant chez le fou, je me trouvais à mi-chemin de ses appartements quand une voix familière frappa mon oreille. Je m'arrêtai, puis regardai par-dessus la balustrade, et j'eus un sourire involontaire : la reine Kettricken traversait à grandes enjambées la salle en dessous de moi, suivie d'une demi-douzaine de dames qui s'efforçaient vaillamment de soutenir son allure. Je n'en connaissais aucune ; toutes jeunes, la vingtaine à peine dépassée, elles n'étaient encore que des enfants à mon départ de Castelcerf. Les traits de l'une d'entre elles me parurent vaguement familiers, mais j'avais peut-être simplement côtoyé sa mère. Mon regard se porta sur la Reine.

La chevelure lumineuse de Kettricken, toujours superbement dorée, avait été nattée, et les tresses enroulées au sommet de sa tête formaient une couronne. Un bandeau d'argent ceignait son front et elle portait une robe feuille-morte, recouverte à partir de la taille d'une cotte dans les mêmes tons dont le bas bruissait à chacun de ses pas. Ses dames de compagnie s'inspiraient de la simplicité de son style sans parvenir à l'imiter, car c'était la grâce innée de Kettricken qui donnait toute son élégance à sa tenue sans prétention. Malgré les années, elle avait conservé une attitude et des gestes à la fois fermes et spontanés. Elle avançait d'une démarche décidée, mais je discernai une certaine fixité dans ses traits : une partie d'elle-même n'oubliait pas un instant que son fils avait disparu, et pourtant elle continuait à se comporter en souveraine devant la cour. À sa vue, mon cœur cessa de battre, et je songeai à la fierté que Vérité aurait éprouvée devant cette femme. « Oh, ma Reine ! » fis-je tout bas.

Elle s'arrêta net et il me sembla presque l'entendre prendre une brusque inspiration. Elle tourna la tête de tous côtés, puis leva les yeux et m'aperçut malgré la distance qui nous séparait. Dans les ombres de la grand'salle, je ne pouvais distinguer son regard bleu et pourtant j'en eus l'impression. L'espace d'un instant, nous restâmes les yeux dans les yeux, mais je ne lus sur son visage que de la perplexité, sans nul signe qu'elle m'eût reconnu.

Je sentis un petit coup sec sur mon crâne. Je pivotai face à mon assaillant, trop stupéfait pour me mettre en colère. Un gentilhomme de la cour, plus grand que moi, me toisait de tout son haut avec un air révolté, et il dit d'un ton pincé : « À l'évidence, tu es nouveau à Castelcerf, rustaud. Ici, les domestiques n'ont pas le droit de regarder la Reine avec ton effronterie. Vaque donc à tes affaires, et rappelle-toi quelle est ta place, sans quoi tu n'auras bientôt plus de place à te rappeler ! »

Je baissai les yeux sur le plateau entre mes mains en m'efforçant de maîtriser mon expression. La fureur bouillonnait en moi, et je savais qu'elle avait rougi mon visage ; il me fallut toute ma volonté pour détourner le regard et acquiescer de la tête. « Pardon, messire. Je ne l'oublierai plus. » J'espérai qu'il verrait de l'humiliation et non de la rage dans le son étranglé de ma voix. Les doigts crispés sur les bords du plateau, je repris mon ascension des marches tandis qu'il poursuivait sa descente, et je me retins de jeter un coup d'œil par-dessus la balustrade pour voir si ma Reine me regardait m'éloigner.

Un domestique ! Un domestique ! me répétais-je. J'étais un valet soumis et stylé ! J'arrivais de la campagne mais avec de bonnes recommandations, donc j'étais un serviteur bien élevé, habitué à la discipline. Habitué à l'humiliation. À moins que... Quand j'avais pénétré dans Castelcerf en compagnie de sire Doré, je portais à la hanche l'épée de Vérité dans son fourreau usagé ; ce détail n'était sûrement pas passé inaperçu ; en outre, mon hâle et les cicatrices qui couturaient mes mains me désignaient comme un homme accoutumé à vivre au grand air plus que derrière des murs. Puisque je devais tenir un rôle, mieux valait le rendre crédible ; il fallait que je puisse non seulement le jouer de façon convaincante, mais aussi le supporter.

Arrivé devant la porte de sire Doré, je frappai, attendis poliment que mon maître eût le temps de se préparer à me recevoir, puis entrai. Le fou regardait par la croisée. Je refermai soigneusement la porte derrière moi, mis le loquet, puis déposai le plateau sur la table. Tout en disposant les affaires du petit déjeuner, je déclarai au fou qui me tournait le dos : « Je suis Tom Blaireau, ton valet. On m'a recommandé à toi en me décrivant comme un homme qui a reçu d'un maître indulgent une éducation supérieure à son rang, et qui a gardé sa place grâce à ses talents de bretteur plutôt qu'à cause de ses manières. Tu m'as embauché parce que tu cherchais un serviteur qui puisse te servir aussi bien de garde du corps que de valet. On t'a rapporté que je suis d'un naturel ombrageux et emporté à l'occasion, mais tu as accepté de me prendre à l'essai pour vérifier si je réponds à tes attentes. J'ai... quarante-deux ans ; j'ai reçu les blessures dont je porte les cicatrices en défendant mon dernier maître contre trois... non, six bandits de grand chemin, que j'ai tous tués. Je suis un homme qu'il vaut mieux ne pas provoquer à la légère. Quand mon dernier maître est mort, il m'a laissé un petit legs qui m'a permis de vivre simplement ; mais aujourd'hui mon fils est en âge de travailler, et je souhaite le placer comme apprenti à Bourg-de-Castelcerf. Tu m'as persuadé de reprendre mon métier de domestique afin de couvrir mes dépenses. »

Le seigneur Doré s'était détourné de la fenêtre et, les mains élégamment croisées, il avait écouté mon monologue. Il hocha la tête. « Cela me plaît, Tom Blaireau. Quelle idée brillante : le valet de sire Doré est un homme nimbé d'une aura de danger ! Quelle impression je vais faire quand on saura que j'ai engagé un tel individu ! Tu feras l'affaire, Tom ; tu feras très bien l'affaire ! »

Il s'approcha de la table et je lui présentai sa chaise. Il y prit place, puis examina le couvert et les plats que je lui avais apportés. « Parfait. Tout est exactement à mon goût. Continue ainsi, Tom, et je vais devoir augmenter tes gages. » Il leva les yeux vers moi. « Assieds-toi et partage mon petit déjeuner, proposa le fou.

— Mieux vaut que je m'exerce aux bonnes manières, messire. De la tisane ? »

L'espace d'un instant, le fou me regarda d'un air horrifié, puis le seigneur Doré prit une serviette et se tapota les lèvres. « S'il te plaît. »

Je remplis sa tasse.

« Ce fils dont tu m'as parlé, Tom... Je ne le connais pas. Il se trouve à Bourg-de-Castelcerf, c'est bien cela ?

— Je lui ai dit de m'y suivre, messire. » Et je me rendis compte alors que je n'avais guère fourni à Heur davantage de précisions. Il allait arriver en compagnie d'une ponette âgée et fatiguée attelée à une carriole branlante qui transportait un loup vieillissant, or je n'étais même pas allé chez la nièce de Jinna pour la prévenir de sa venue ; et si elle se froissait de ma présomption ? Après tout, rien ne me disait qu'elle accepterait de le recevoir. Comme une déferlante inattendue, mon autre vie me rattrapa soudain. Je n'avais rien prévu pour Heur ; à part Jinna, il ne connaissait personne d'autre qu'Astérie à Bourg-de-Castelcerf, et j'ignorais si elle y résidait alors. En outre, sachant la tension qui existait entre elle et moi, il était peu probable que le garçon s'adresse à elle pour l'aider.

Il fallait que je trouve la maison de la sorcière des haies afin de m'assurer que Heur y recevrait bon accueil ; j'y laisserais un message pour lui. Il fallait aussi que je demande sans tarder à Umbre de pourvoir à son avenir. Étant donné ce que je savais à présent, le marché que je comptais proposer à mon vieux maître me parut celui d'un cœur insensible, et le courage me manqua. Je pouvais toujours emprunter la somme au fou, mais cette idée aussi me fit horreur. J'aurais voulu m'enquérir du montant de mes gages, mais ma langue resta paralysée.

Sire Doré écarta sa chaise de la table. « Tu es bien silencieux, Tom. Quand ton fils arrivera, je compte bien que tu me le présenteras. Pour l'instant, je crois que je vais te laisser cette première matinée. Fais un brin de toilette, puis familiarise-toi avec le château et ses alentours. » Il m'examina d'un œil critique des pieds à la tête. « Va me chercher du papier, une plume et de l'encre. Je vais te rédiger une lettre de crédit pour Scrandon, le tailleur. Tu ne devrais pas avoir trop de difficultés à trouver son échoppe : tu l'as connue autrefois. Qu'il prenne tes mesures pour de nouvelles tenues, certaines pour tous les jours, d'autres pour les occasions où j'aurai besoin que tu présentes bien. Si tu es garde du corps aussi bien que valet, il me paraît convenable que tu te tiennes derrière moi lors des dîners officiels et que tu m'accompagnes lorsque je sors à cheval. Fais aussi un saut chez Croÿ ; il tient une armurerie près de la ruelle aux forgerons. Fouille parmi ses épées d'occasion et trouve-t'en une qui te convienne. »

J'acquiesçai à chacun de ses ordres, puis j'allai chercher de quoi écrire dans un petit bureau qui trônait dans un coin. Dans mon dos, le fou reprit à mi-voix : « Ici, au château de Castelcerf, les risques sont trop grands qu'on reconnaisse le travail de Hod et l'épée de Vérité. Je te conseille de laisser cette arme dans la vieille salle de la tour d'Umbre. »

Sans le regarder, je répondis : « Très bien. J'irai aussi

voir le maître d'armes pour lui demander de me fournir un partenaire d'exercice ; je lui dirai que j'ai un peu perdu la main et que vous souhaitez que je me réaffûte. Avec qui le prince Devoir s'entraînait-il ? »

Le fou le savait : c'était le genre de renseignements qu'il connaissait toujours. Il s'assit à son bureau d'écriture. « Son professeur était Fontcresson, mais il le faisait souvent travailler avec une jeune femme appelée Vallarie. Cependant, tu ne peux pas la demander par son nom, cela paraîtrait bizarre. Hmm... Dis au maître d'armes que tu aimerais un partenaire qui se bat avec deux épées, afin d'améliorer ta défense. Je crois que c'est la spécialité de Vallarie.

— Très bien. Merci. »

Pendant quelque temps, la plume du fou gratta activement le papier. Une fois ou deux, il leva les yeux vers moi pour me regarder d'un air méditatif qui me mit mal à l'aise. Désœuvré, j'allai jeter un coup d'œil par la fenêtre ; la journée s'annonçait magnifique, et je regrettai de ne pas l'avoir pour moi seul. Je sentis une odeur de cire fondue et, me retournant, je vis sire Doré qui fermait ses missives à l'aide de son sceau. Il laissa les cachets refroidir un peu, puis me tendit les lettres.

« Et maintenant, chez le tailleur et l'armurier. Pour ma part, je pense que je vais faire quelques pas dans les jardins avant de me rendre au salon royal, sur invitation de la Reine, afin de…

— Je l'ai vue. Kettricken. » Je m'étranglai sur un petit rire amer. « Quand je repense à nos aventures, le réveil des dragons et le reste, j'ai l'impression qu'elles ont eu lieu il y a bien longtemps ; et puis il se produit un petit rien et il me semble alors que ça s'est passé hier. La dernière fois que j'avais aperçu Kettricken, elle chevauchait Vérité-le-dragon et nous souhaitait bonne route ; et voici que je l'ai revue ce matin et la réalité m'a sauté tout à coup au visage : il y a bien plus d'une décennie qu'elle règne ici en souveraine !

» Je me suis retiré des affaires du royaume pour me laisser le temps de me remettre et aussi parce que je jugeais impossible de continuer à y participer. Mais, à présent que je suis revenu, je regarde ce qui m'entoure et j'ai le sentiment d'avoir raté ma vie. Pendant que je coulais des jours solitaires, loin de tout, le monde poursuivait son chemin ici, sans moi, et je suis désormais condamné à rester un étranger dans ma propre maison.

— Les regrets sont vains, répondit le fou. Si tu veux agir, commence ici et maintenant. Et puis, qui sait ? Ce que tu as appris de ton exil volontaire se révélera peut-être constituer la pièce dont nous avons besoin.

— Et, pendant que nous parlons, le temps s'enfuit sans nous attendre.

— En effet », dit sire Doré. D'un geste, il indiqua la penderie.

« Mon manteau, Blaireau. Le vert. »

J'ouvris les portes de l'armoire, extirpai le vêtement demandé d'entre ses nombreux semblables, puis refermai les battants du mieux que je pus sur la masse débordante d'habits. Je tins le manteau devant moi comme j'avais souvent vu Charim le faire pour Vérité, et j'aidai le fou à l'enfiler. Il tendit les bras vers moi pour que j'ajuste les manchettes, après quoi je tirai les pans du bas afin qu'ils tombent convenablement. Une lueur amusée scintilla un instant dans les yeux du fou. « Très bien, Blaireau », murmura-t-il, puis il se dirigea vers la porte et attendit que je l'ouvre à sa place.

Une fois qu'il fut sorti, je mis le loquet et terminai rapidement les restes refroidis du petit déjeuner avant d'empiler plats, assiettes et couverts sur le plateau. Je jetai un coup d'œil au bureau fermé du fou, puis allumai une chandelle, pénétrai dans ma petite chambre et fermai la porte derrière moi. Sans la bougie, je me serais trouvé dans une obscurité absolue. Il me fallut un moment pour localiser le poussoir qui relevait la clenche, puis deux ou trois tentatives infructueuses avant d'appuyer sur le bon emplacement du mur opposé. L'épée de Vérité à la main, et malgré les protestations de mes jambes pleines de courbatures, j'empruntai la multitude d'escaliers qui menaient à la tour d'Umbre et je laissai l'arme appuyée contre un mur, dans l'angle qu'il formait avec la cheminée.

Revenu dans les appartements du fou, je finis de débarrasser la table. Quand je me regardai dans le miroir, le plateau du petit déjeuner entre les mains, je vis un domestique de Castelcerf. Je poussai un petit soupir, songeai que je devais faire attention à garder les yeux baissés et sortis.

Avais-je vraiment craint qu'on me reconnût à peine aurais-je remis les pieds à Castelcerf ? La réalité s'avérait bien différente : on ne me voyait même pas. Un coup d'œil à ma tenue de serviteur et à mon attitude soumise, et les courtisans me chassaient de leur esprit ; les autres domestiques coulèrent vers moi quelques regards en biais, mais ils étaient pour la plupart occupés à leurs propres tâches ; quelques-uns me saluèrent et je répondis avec empressement à leur amabilité. Il me faudrait cultiver des relations parmi eux, car presque rien n'échappe aux serviteurs de ce qui se passe dans une grande demeure. Je rapportai le plateau aux cuisines, puis quittai le château. Les gardes m'interpellèrent pour la forme, et je me retrouvai rapidement sur la route escarpée qui descend à la ville. Il faisait beau et il y avait de la circulation ; l'été semblait décidé à s'attarder encore un peu. Je rattrapai un groupe de servantes attachées à des dames de la cour et ralentis l'allure pour demeurer derrière elles ; elles me jetèrent un ou deux regards soupçonneux, puis ne me prêtèrent plus aucune attention. Je passai le reste du chemin à écouter avidement leurs bavardages, mais je n'y découvris rien d'inquiétant : elles parlaient des festivités qui accompagneraient les fiançailles du prince et de la tenue de leurs maîtresses pour l'occasion ; la Reine et Umbre avaient donc réussi à camoufler l'absence de Devoir.

Dès que je fus en ville, j'entrepris d'obéir aux instructions du seigneur Doré, tout en gardant néanmoins l'oreille tendue, à l'affût du moindre propos en rapport avec le prince. Je trouvai l'atelier du tailleur sans difficulté ; comme me l'avait dit le seigneur Doré, j'avais connu la boutique autrefois, lorsqu'elle abritait la chandellerie de Molly, et j'éprouvai une impression curieuse en poussant la porte. L'artisan accepta sans hésiter ma lettre de crédit, mais se montra plus réticent quand il apprit que sire Doré exigeait que la confection de mes tenues fût achevée au plus tôt. « D'un autre côté, il me paye assez cher pour me rembourser le sommeil de cette nuit. Vos livrées seront prêtes demain. » Je déduisis d'autres remarques de sa part qu'il avait déjà travaillé pour sire Doré. Je montai sur un tabouret bas et le laissai prendre mes mesures ; il ne me posa aucune question, car mon maître avait détaillé dans sa note ce qu'il souhaitait pour son serviteur, et, immobile dans le silence de l'atelier, je me demandai si je percevais réellement une odeur de cire et d'herbes aromatiques ou bien si j'étais le jouet de mon imagination. Avant de quitter la boutique, je demandai à l'homme s'il connaissait une sorcière des haies à Bourg-de-Castelcerf, car je désirais savoir si ma nouvelle position augurait bien de mon avenir. Il secoua la tête d'un air dédaigneux devant mes superstitions de paysan, mais me conseilla tout de même de me renseigner du côté de la ruelle aux forgerons.

Cela me convenait à merveille, puisque ma course suivante devait m'emmener chez Croÿ. Parvenu à destination, je m'étonnai que sire Doré eût seulement entendu parler de l'échoppe, méli-mélo indescriptible d'armes et de pièces d'armure usagées. Pourtant, là aussi, le propriétaire accepta la lettre de mon maître sans hésitation. Je pris mon temps pour dénicher une épée à mon goût ; je la voulais simple et bien faite, mais c'est naturellement ce que recherche tout homme d'armes digne de ce nom, et c'étaient donc les pièces les plus rares chez Croÿ. Après avoir tenté d'attirer mon attention sur plusieurs armes remarquables munies de gardes tarabiscotées et de lames tout à fait quelconques, il finit par baisser les bras et me laisser fureter seul dans son bric-à-brac. Je n'en oubliai pas pour autant de lui débiter un flot continu d'observations sur les changements intervenus dans la ville depuis ma dernière visite ; je n'eus guère de mal à l'inciter à me faire part des derniers commérages, puis à l'aiguiller sur le sujet des prédictions, des présages et de ceux qui en faisaient métier, et il me parla enfin de Jinna sans même que j'eusse à mentionner son nom. Je portai mon choix sur une épée digne de mes compétences de bretteur un peu rouillé, et devant laquelle Croÿ émit un grognement désapprobateur. « Votre maître a de l'or à ne plus savoir qu'en faire, mon brave. Prenez une arme un peu plus clinquante, avec une garde qui ait de la gueule ! »

Je secouai la tête. « Non, je ne veux rien qui risque de s'empêtrer dans mes vêtements si l'affaire devient trop chaude et vire au combat rapproché. Je m'en tiens à celle-ci ; mais je vais vous acheter aussi un poignard. »

Je dénichai rapidement ce dernier article et quittai la boutique pour me retrouver assailli par les bruits de martèlement et les bouffées d'air torrides caractéristiques de la ruelle des forgerons. Les coups de marteau des artisans concurrents faisaient un contrepoint étourdissant à la chaleur écrasante du soleil d'été. J'avais oublié la cacophonie incessante des villes. Tout en marchant, je réfléchis, cherchant à vérifier s'il n'existait pas d'incohérence entre ce que j'avais dit sur moi-même à Jinna et l'histoire nouvellement réécrite de ma vie, et je finis par juger que l'ensemble tenait à peu près debout. Si un détail paraissait contradictoire à la sorcière des haies, ma foi, elle me prendrait pour un menteur et voilà tout. Je me gourmandai, étonné de la gêne que cette idée suscitait en moi.

Croÿ m'avait décrit une enseigne représentant une main blanche sur fond vert sombre, et je voyais à présent que toutes les lignes de la paume avaient été tracées en rouge avec beaucoup de talent. Suspendues aux avancées du toit bas, plusieurs amulettes tournaient en cliquetant dans le soleil ; heureusement pour moi, aucune ne paraissait destinée à repousser les prédateurs, et il ne me fallut qu'un petit moment pour deviner leur but : c'étaient des charmes de bienvenue qui m'attiraient vers la maison. Tout d'abord, personne ne répondit lorsque je frappai, puis la moitié supérieure de la porte s'ouvrit et c'est Jinna elle-même qui m'accueillit.

« Tom Blaireau ! » s'exclama-t-elle en me dévisageant, et je me réjouis de constater que ni ma queue de guerrier ni mes vêtements neufs ne l'avaient empêchée de me reconnaître. Elle ôta aussitôt le loquet de la porte basse. « Entrez donc ! Bienvenue à Bourg-de-Castelcerf ! Me permettez-vous de m'acquitter de ma dette d'hospitalité envers vous ? Entrez, entrez ! »

La chaleur d'un accueil sincère est l'un des plus grands réconforts de la vie. Jinna me prit par la main et m'entraîna dans la fraîche pénombre de son logis comme si ma visite n'avait rien d'inattendu. La pièce où elle me conduisit était basse de plafond et meublée sans prétention ; une table ronde en occupait le centre, entourée de plusieurs chaises, et sur des étagères proches étaient disposés les outils dont Jinna se servait pour son métier, ainsi que plusieurs amulettes recouvertes d'un linge. Il y avait des plats garnis sur la table ; j'avais interrompu son repas. Je m'arrêtai, embarrassé. « Je ne voulais pas vous déranger.

— Pas du tout. Asseyez-vous et partagez mon déjeuner. » Tout en parlant, elle s'installa elle-même à table et je ne pus que l'imiter. « Et maintenant, dites-moi ce qui vous amène à Castelcerf. » Elle poussa un plat vers moi, sur lequel étaient disposés plusieurs tartelettes à la confiture, du poisson fumé et du fromage. Je pris une tartelette afin de me donner le temps de réfléchir. Mon hôtesse avait dû remarquer ma tenue de domestique, mais elle attendait que je décide de mon propre chef de lui en expliquer la raison ; cette attitude me plut.

« J'ai trouvé une place à Castelcerf comme valet de sire Doré. » J'avais beau savoir que c'était faux, j'eus du mal à prononcer ces mots. Jamais je n'avais mesuré à quel point j'étais orgueilleux, avant de devoir jouer le larbin du fou. « En partant de chez moi, j'ai dit à Heur de me rejoindre quand il le pourrait. À ce moment-là, mes projets n'étaient pas encore arrêtés. Il est possible qu'il vienne chez vous quand il arrivera ; puis-je vous laisser un message pour lui afin qu'il me retrouve au château ? »

Je me préparai aux questions que Jinna allait inévitablement me poser : pourquoi avais-je soudain pris cet emploi ? Pourquoi n'avais-je pas amené Heur avec moi, tout simplement ? Comment étais-je entré en relation avec sire Doré ? Mais, au lieu de cela, son regard s'illumina et elle s'exclama : « Avec grand plaisir ! Toutefois, j'ai plus facile à vous proposer : à son arrivée, je loge Heur chez moi et je vous fais prévenir au château. Il y a une petite chambre à l'arrière où il peut s'installer ; c'était celle de mon neveu avant qu'il ne se marie et ne s'en aille vivre avec sa belle. Laissez-lui un jour ou deux pour visiter Bourg-de-Castelcerf ; il avait paru s'y plaire beaucoup lors de la fête du Printemps, et puis vos nouveaux devoirs ne vous laisseront sans doute guère de temps pour l'accompagner vous-même.

— Il en serait ravi, j'en suis sûr », répondis-je avant d'avoir pu réfléchir. Il me serait beaucoup plus facile de jouer mon rôle de valet de sire Doré si Heur restait à l'écart. « La raison de ma présence à Castelcerf, c'est que j'espère gagner assez pour lui payer un bon apprentissage. »

Je monte. À l'instant où je percevais cet avertissement, un grand chat roux sauta sans effort sur mes genoux. Je le regardai, stupéfait : jamais aucun animal n'avait communiqué aussi clairement avec moi par le biais du Vif, sauf ceux avec lesquels j'avais été lié. Jamais non plus aucun animal avec qui je venais d'avoir un échange d'esprit à esprit ne m'avait ensuite dédaigné aussi complètement : les pattes de derrière sur mes cuisses, celles de devant sur la table, le chat n'avait d'yeux que pour les plats qui restaient. Une queue en panache ondulait devant mon visage.

« Fenouil ! Veux-tu cesser, petit mal élevé ! Viens ici. » Jinna se pencha par-dessus la table pour me débarrasser du chat, puis elle reprit la conversation en se rasseyant. « Oui,

Heur m'a parlé de ses ambitions, et il est bien plaisant de voir un jeune homme entretenir des rêves et des espoirs.

— C'est un brave garçon, dis-je avec ferveur, et il mérite l'occasion de se faire une bonne existence. Je serais prêt à tout pour lui. »

À présent dressé sur les genoux de Jinna, Fenouil avait les yeux braqués sur moi. *Elle m'aime mieux que toi.* Et il déroba un bout de poisson au bord de l'assiette de sa maîtresse.

Est-ce que tous les chats se montrent aussi grossiers que toi avec les inconnus ? répliquai-je.

Il se retourna pour heurter de la tête, dans un geste possessif, la poitrine de Jinna. Ses yeux jaunes avaient une expression hautaine. *Les chats parlent comme il leur plaît, à qui il leur plaît. Mais seul un humain sans éducation parle quand il doit se taire. Tais-toi. Je te l'ai dit : elle m'aime mieux que toi.* Et il tourna la tête vers Jinna. *Encore du poisson ?*

« C'est évident », fit mon hôtesse, et je m'efforçai de me rappeler ce que je lui avais dit, tout en la regardant déposer pour le chat un morceau de poisson au bord de la table. Je savais qu'elle n'avait pas le Vif. Le chat mentait-il quand il prétendait que tous ses congénères parlaient ? Je ne connaissais guère ces animaux, car il n'y en avait pas dans les écuries de Burrich : nous avions des chiens ratiers pour éliminer la vermine.

Jinna se méprit sur mon expression préoccupée, et elle reprit avec une pointe de compassion dans la voix : « Il ne doit quand même pas être facile de quitter son propre logis et de cesser d'être son propre maître pour se rendre en ville et devenir valet, même quand on se met au service d'un homme aussi raffiné que sire Doré. J'espère qu'il est aussi généreux pour vos gages que lorsqu'il descend faire des achats à Bourg-de-Castelcerf. »

Je me forçai à sourire. « Vous le connaissez donc ? »

Elle acquiesça de la tête. « Le hasard veut qu'il se trouvait dans cette même pièce il y a un mois à peine. Il désirait une amulette pour préserver sa garde-robe des mites ; je lui ai avoué que je n'en avais jamais confectionné dans ce but-là, mais que je pouvais toujours essayer, et il s'est montré fort gracieux pour un homme de son rang : il me l'a payée rien que sur ma parole ; ensuite, il a voulu voir tous les talismans de ma boutique, et il m'en a acheté six, pas moins. Six ! Un pour faire des rêves agréables, un autre pour être d'humeur joyeuse, un troisième pour attirer les oiseaux – ah, il a paru presque envoûté devant celui-là : on aurait dit qu'il était lui-même un oiseau. Mais, quand je lui ai demandé de me montrer ses mains pour accorder les amulettes sur sa personnalité, il m'a répondu que c'étaient des cadeaux qu'il comptait offrir. Je lui ai suggéré de m'envoyer les destinataires afin d'accorder leurs présents sur eux, mais aucun ne s'est présenté jusqu'ici. De toute façon, mes amulettes opéreront très bien telles que je les ai créées ; c'est toute la différence entre un talisman fabriqué à la chaîne et un talisman préparé par un maître. Or je me considère comme un maître dans mon Art, oui monsieur ! »

Devant mon air surpris, elle avait glissé une pointe de dérision dans ces derniers mots, et nous éclatâmes de rire à l'unisson ; j'éprouvai pourtant un certain remords à me sentir aussi détendu. « Vous avez apaisé mes craintes, déclarai-je. Je sais que Heur est un bon garçon et qu'il n'a plus guère besoin de moi désormais ; cela ne m'empêche pas, malheureusement, de toujours redouter le pire pour lui. »

Ne faites pas comme si je n'étais pas là ! lança Fenouil, menaçant, et il sauta sur la table. Jinna le prit et le posa par terre, d'où il remonta sur ses genoux d'un bond gracieux. Sa maîtresse se mit à le caresser d'un air absent.

« Cela fait partie du rôle de père, répondit-elle avec assurance. Ou de celui d'ami. » Une expression étrange passa sur ses traits. « Je ne suis pas exempte de préoccupations ridicules, moi non plus, même quand ce ne sont pas mes affaires. » Et elle braqua sur moi un regard franchement spéculatif qui dissipa chez moi toute impression de détente. « Je vais m'exprimer sans détours, me prévint-elle.

— Je vous en prie, répondis-je alors que je souhaitais de toute mon âme qu'elle se tût.

— Vous avez le Vif. » Ce n'était pas une accusation, mais plutôt une sorte de diagnostic, celui d'une maladie qui défigure ses victimes. « Mon métier m'amène à voyager beaucoup, peut-être davantage que vous-même ne vous êtes déplacé au cours des cinq dernières années. L'attitude des gens a changé envers les vifiers, Tom, et la situation est devenue affreuse partout où je suis passée ; je n'en ai pas été personnellement témoin, mais j'ai appris que, dans une ville de Bauge, on a exposé les cadavres démembrés des vifiers que des habitants venaient de tuer, en ayant pris soin de placer les tronçons de corps dans des cages séparées afin de les empêcher de se réunir pour revenir à la vie. »

Je conservai un visage impassible, mais j'avais l'impression de me glacer peu à peu de l'intérieur. Le prince Devoir ! Qu'il eût été enlevé ou qu'il se fût enfui, hors de l'enceinte protectrice de Castelcerf il courait de grands dangers dans un pays où l'on était capable de pareilles atrocités !

« Je suis une sorcière des haies, reprit Jinna d'une voix douce, et je sais ce que c'est d'être née avec la magie dans le sang. On ne peut rien y changer, si fort qu'on le veuille. Mieux encore, je sais ce que c'est d'avoir une sœur qui n'avait pas de don ; elle me paraissait jouir d'une si grande liberté parfois ! Quand elle regardait une amulette confectionnée par mon père, elle ne voyait que des perles et de petits bouts de bois entremêlés, sans jamais en capter le moindre murmure ni ressentir le moindre tiraillement. Les heures que je passais près de mon père à m'imprégner de son savoir-faire, elle les passait en compagnie de ma mère dans la cuisine. Quand nous avons grandi, la jalousie est devenue mutuelle, mais nous faisions partie d'une même famille et nos parents ont su nous enseigner à accepter nos différences réciproques. » Elle sourit à ses souvenirs, puis elle secoua la tête et son visage redevint grave. « Mais, dans le monde extérieur, c'est une autre paire de manches. Certes, on ne me menace pas de m'écarteler ni de me brûler vive, mais je suis souvent la cible de regards mauvais et envieux ; les gens considèrent comme injuste que je possède un don qu'ils n'auront jamais, ou bien ils redoutent que je m'en serve pour leur faire du mal. Ils ne s'arrêtent jamais à songer qu'ils ont eux-mêmes des talents propres qu'ils ne se donnent pas la peine d'apprendre à maîtriser. Cependant, même s'ils me traitent rudement, qu'ils me bousculent dans la rue ou me chassent de ma place au marché, ils n'iront jamais jusqu'à me tuer. Vous n'avez pas cette sécurité ; le moindre faux pas peut signer votre arrêt de mort. Et si quelqu'un vous échauffe la bile... ma foi, on ne vous reconnaît plus, et j'avoue que cela me tracasse depuis que je vous ai rencontré. Alors, pour... apaiser mes inquiétudes, je vous ai fabriqué quelque chose. »

J'avalai ma salive. « Ali ! Merci. » Je n'eus même pas le courage de lui demander de quoi il s'agissait ; je sentais la sueur ruisseler dans mon dos malgré la fraîcheur qui régnait dans la pièce où le soleil n'entrait pas. Jinna n'avait pas eu l'intention de me menacer, mais ses propos me montraient que je me trouvais en position vulnérable vis-à-vis d'elle, et je m'aperçus à cette occasion que ma formation d'assassin avait de profondes racines : « Élimine-la, me disait cette part de moi-même. Elle connaît ton secret, elle représente donc un danger. Élimine-la. »

Je serrai fermement mes mains l'une contre l'autre sous la table.

« Je dois vous paraître bizarre, murmura Jinna en se levant et en se dirigeant vers une armoire, à me mêler ainsi de votre vie alors que nous ne nous sommes croisés qu'une fois ou deux. » Je percevais son embarras, mais aussi sa résolution à me remettre le cadeau qu'elle avait préparé.

« Non, je vous trouve gentille », répondis-je, ne sachant que dire.

Elle avait dérangé Fenouil en quittant sa chaise. Il s'assit par terre, ramena sa queue sur ses pattes et me regarda d'un air furieux. *Et voilà, adieu les genoux ! C'est de ta faute !*

De l'armoire, mon hôtesse rapporta une boîte qu'elle ouvrit sur la table. À l'intérieur, je découvris un enchevêtrement de perles, de tiges de bois et de liens en cuir. Elle le sortit, l'agita légèrement, et l'ensemble se déroula pour former un collier. J'observai attentivement l'objet, mais n'en captai aucune sensation. « À quoi sert cette amulette ? » demandai-je.

Elle eut un petit rire. « Pas à grand-chose, je le crains. Elle ne peut pas donner l'impression que vous n'avez pas le Vif ni vous rendre invulnérable ; elle ne peut même pas vous aider à dominer votre caractère. À l'origine, je souhaitais fabriquer un talisman qui vous avertirait si quelqu'un vous voulait du mal, mais il a fini par prendre de telles proportions qu'il ressemblait plus à un harnais qu'à une amulette. Pardonnez-moi, mais mon sentiment premier, en faisant votre connaissance, a été que vous étiez un personnage assez rébarbatif. Il m'a fallu quelque temps pour vous apprécier, et, si Heur ne m'avait pas chanté vos louanges, je ne vous aurais pas accordé une seconde de mon temps : j'aurais vu en vous quelqu'un de dangereux. C'est d'ailleurs ainsi que beaucoup de gens vous ont jugé en vous croisant au marché où nous avons fait connaissance, et vous leur avez donné raison un peu plus tard de manière éclatante. Un homme dangereux, mais pas méchant, je m'en suis rendu compte par la suite, et je vous prie encore de m'excuser de vous donner aussi brutalement mon sentiment. Cependant, votre visage a pris l'habitude de n'exprimer que le côté obscur de votre personnalité, et aujourd'hui, avec votre épée à la hanche et votre queue de guerrier, vous n'avez pas une allure plus amène ; or la crainte qu'on inspire conduit facilement à la haine. C'est pourquoi je vous ai fabriqué ceci, qui est une variation sur un très vieux charme d'amour, non pour vous rendre plus séduisant, mais pour inciter les gens à se montrer mieux disposés envers vous ; j'espère seulement que mon amulette fonctionnera comme je l'entends : quand on essaye de créer une variation sur un thème classique, elle manque souvent d'efficacité. À présent, ne bougez plus. »

Elle contourna mon siège, et je vis passer le collier devant mon visage. Sans qu'elle eût rien demandé, je courbai la tête afin qu'elle pût le nouer sur ma nuque. Je ne sentis aucune différence une fois l'amulette attachée autour de mon cou, mais le contact des doigts frais de Jinna déclencha sur ma peau d'agréables picotements. Dans mon dos, elle déclara : « Je suis contente de moi : je l'ai fait à la bonne taille. Ce genre de collier ne doit pas être trop lâche, sans quoi il bringuebale, ni étroit au point d'étrangler celui qui le porte. Tournez-vous, que je le voie sur vous à présent. »

Je pivotai sur ma chaise. Elle observa le talisman, puis mon visage, et un grand sourire apparut sur ses lèvres. « Ah oui, c'est très bien ! Cependant, vous êtes plus grand que je ne me le rappelais ; j'aurais dû me servir d'une perle plus fine pour ce... Enfin, peu importe, ça ira. Je pensais devoir effectuer quelques réglages, mais j'ai peur de ramener l'amulette à sa fonction d'origine si j'y touche. Portez-la avec le col relevé, comme ceci, de façon à n'en laisser voir qu'une petite partie. Voilà. Si vous vous trouvez dans une situation où son effet vous paraît nécessaire, inventez un prétexte pour ouvrir votre col davantage. Si elle est bien visible, vos propos seront plus persuasifs et, comme en ce moment, même vos silences sembleront pleins de charme. »

Le visage près du mien, elle écarta davantage les pans de mon col ; je levai les yeux vers elle et une brusque chaleur envahit mes joues. Nos regards se fondirent l'un dans l'autre.

« Cela marche vraiment très bien », dit-elle, et, sans se démonter, elle m'offrit sa bouche. Il était inconcevable de ne pas l'embrasser. Ses lèvres tièdes se plaquèrent sur les miennes.

Nous nous séparâmes brusquement, avec un sentiment de culpabilité, au bruit d'une poignée qu'on tournait. La porte s'ouvrit en grinçant et je vis une silhouette féminine se découper sur l'éclat du jour. Elle entra en refermant derrière elle. « Ouf ! Il fait plus frais ici, Eda merci ! Oh, excuse-moi ! Tu étais en séance ? »

La nouvelle venue avait le nez et les avant-bras mouchetés de taches de rousseur comme Jinna ; c'était visiblement sa nièce. Elle avait une vingtaine d'années et portait un panier rempli de poisson frais.

Fenouil courut l'accueillir et se frotta contre ses chevilles. *C'est toi qui m'aimes le mieux. C'est vrai, tu le sais. Prends-moi dans tes bras.*

« Non, je n'étais pas en séance, j'essayais une amulette ; elle est efficace, apparemment. » Le ton de Jinna m'invitait à partager son amusement. Sa nièce nous regarda tour à tour ; elle sentait une plaisanterie dont elle était exclue, mais elle ne s'en formalisa pas. Elle prit Fenouil et il frotta son museau contre son visage pour marquer qu'elle était sa propriété.

« Quant à moi, je dois m'en aller, dis-je. J'ai malheureusement encore plusieurs courses à faire avant de retourner au château. » L'idée de partir ne me souriait guère, mais les tâches que je devais accomplir à Castelcerf ne s'accommodaient nullement de mon envie de rester avec Jinna ; et surtout, j'avais besoin de temps pour réfléchir à ce qui venait de se passer et à ce que cela signifiait pour moi.

« Il faut vraiment que vous partiez tout de suite ? » demanda la nièce de Jinna. Elle paraissait sincèrement déçue de me voir me lever. « Il y a bien assez de poisson pour trois, si vous souhaitez partager notre repas. »

Cette invitation impromptue me laissa interdit, tout comme l'intérêt que je lus dans les yeux de la jeune fille.

Mon poisson. Je vais le manger bientôt. Fenouil, dans ses bras, posait sur le panier un regard affectueux.

« Cette amulette opère vraiment très bien, on dirait, me

murmura Jinna, et je me surpris à tirer sur mon col pour le refermer.

— Je dois absolument partir, je regrette : j'ai du travail, et on m'attend au château. Mais je vous remercie.

— Alors, une autre fois peut-être », fit la nièce avec espoir, et Jinna répondit : « Une autre fois certainement, ma chérie. Avant son départ, permets-moi de te présenter Tom Blaireau. Il m'a demandé d'attendre l'arrivée de son fils, un jeune ami à moi nommé Heur ; il est possible qu'il passe un jour ou deux chez nous, et Tom viendra sûrement dîner à ce moment-là. Tom Blaireau, ma nièce, Miskya.

— Miskya, enchanté. » J'échangeai encore avec les deux femmes quelques amabilités enjouées, puis je me hâtai de retrouver le soleil et le bruit de la rue. En regagnant Castelcerf à grandes enjambées, j'observai les gens que je croisais ; il me sembla qu'ils étaient plus nombreux à me sourire, mais je songeai soudain qu'ils réagissaient peut-être ainsi au fait que je les regardais dans les yeux. En règle générale, je me détournais plutôt des inconnus : un homme qu'on ne remarque pas est un homme dont on ne se souvient pas, et c'est l'idéal pour un assassin. Certes, je n'étais plus un assassin, mais je décidai tout de même d'ôter le collier de Jinna dès mon retour à Castelcerf : attirer les regards bienveillants de parfaits étrangers m'inquiétait davantage que susciter leur méfiance.

En haut de la route escarpée, je parvins aux portes de la citadelle, que les gardes me laissèrent franchir. Le soleil était haut dans le ciel bleu et limpide, et, si certains parmi la foule qui allait et venait savaient que l'unique héritier de la couronne Loinvoyant avait disparu, ils n'en manifestaient rien ; ils vaquaient à leurs tâches ordinaires et leurs seuls tracas étaient ceux d'une journée de travail habituelle. Non loin des écuries, un groupe de garçons de grande taille s'était rassemblé près d'un adolescent rondouillard ; je reconnus un simple d'esprit à son faciès aplati, à la taille réduite de ses oreilles et à sa langue qui apparaissait entre ses lèvres. La peur et l'incompréhension se lisaient dans ses petits yeux tandis que les autres garçons refermaient leur cercle autour de lui. Un employé d'écurie plus âgé leur lança un regard agacé.

Non, non, non !

Je me retournai en quête de l'origine de la pensée qui avait flotté jusqu'à moi, mais en vain, naturellement. Une bribe de mélodie me parvint, affaiblie par la distance, distrayant mon esprit. Un garçon d'écurie qui courait remplir une corvée me heurta, et, devant mon air surpris, se mit à implorer mon pardon de la façon la plus abjecte. Je m'aperçus que j'avais posé la main sur la garde de mon épée. « Il n'y a pas de mal, lui assurai-je, et puis je lui demandai : Dis-moi, où pourrais-je trouver le maître d'armes à cette heure ? »

L'enfant se tut brusquement, me dévisagea, puis sourit. « Aux terrains d'exercice, l'homme. C'est juste derrière le nouvel entrepôt de grain. » Et il m'indiqua la direction.

Je le remerciai et m'éloignai en refermant mon col.

13

MARCHÉS

Les chats de chasse, dits « marguets », ne sont pas complètement inconnus dans le duché de Cerf, mais ils y constituent une anomalie : non seulement le terrain de Cerf est mieux adapté aux chiens de chasse, mais les chiens de chasse sont eux-mêmes mieux adaptés au gibier de grande taille que recherchent les chasseurs à cheval. Quel meilleur accompagnement pour une chasse royale qu'une belle meute de chiens pleins de vie aux aboiements enjoués ? D'aspect plus délicat, le marguet, quand il est employé, convient mieux, de l'avis général, comme compagnon de chasse d'une dame, propre à tuer oiseaux et lièvres. La première épouse du roi Subtil, la reine Constance, possédait une petite marguette, mais davantage pour le plaisir de sa compagnie que pour la vénerie. Elle s'appelait Crachefeule.

Histoire des animaux de chasse, de SULINGA

*

« La Reine désire te voir.

— Quand ? » demandai-je, pris au dépourvu. Je n'avais pas prévu cet accueil en me rendant chez Umbre. J'avais ouvert le panneau d'accès à sa tour et je l'avais trouvé assis dans son fauteuil, devant la cheminée, en train de m'attendre. Il s'était levé aussitôt.

« Tout de suite, évidemment. Elle souhaite être tenue au courant de nos progrès, et, naturellement, elle est impatiente de les entendre de ta bouche le plus vite possible.

— Mais je n'en ai fait aucun ! » protestai-je. Je n'avais même pas encore rendu compte à mon vieux maître de ma journée, et je devais empester la sueur après mon entraînement aux terrains d'exercice.

« Eh bien, elle voudra le savoir, répondit Umbre, implacable. Viens, suis-moi. » Il déclencha la porte et nous quittâmes la salle de la tour.

Le soir était tombé. J'avais passé l'après-midi comme

le fou me l'avait conseillé, à jouer les serviteurs qui apprennent à s'orienter dans une nouvelle demeure ; en tant que tel, j'avais échangé des propos avec nombre de mes confrères et consœurs, je m'étais présenté au maître d'armes Fontcresson et j'avais si bien fait qu'il m'avait proposé de dérouiller ma technique à l'épée en affrontant Vallarie. Celle-ci, presque aussi grande que moi, s'était révélée une redoutable bretteuse, à la fois énergique et agile. J'avais constaté avec plaisir qu'elle ne parvenait pas à forcer ma garde, mais l'effort qu'il m'en coûtait m'avait rapidement mis à bout de souffle ; quant à percer sa défense, cela restait pour l'instant hors de question. La formation à laquelle Hod m'avait soumis de longues années auparavant m'était fort utile, mais mes muscles n'étaient pas en mesure de réagir aussi vite que mon esprit : il y a une différence entre savoir ce qu'il faut faire devant une attaque et passer à la pratique.

Par deux fois, j'avais dû demander une pause afin de reprendre ma respiration et Vallarie me l'avait accordée avec la suffisance insupportable de la jeunesse. Je n'avais guère eu de succès avec mes questions insidieuses sur le prince, jusqu'au troisième temps de repos où j'avais dégrafé mon col et ouvert largement ma chemise pour me rafraîchir. Je m'étais senti presque honteux de ce geste, mais j'avoue que j'étais curieux de voir si l'amulette allait inciter la jeune fille à se montrer plus loquace.

Le charme avait opéré. Adossé contre un mur à l'ombre de l'armurerie, j'avais repris mon souffle, puis j'avais regardé mon adversaire bien en face. Ses yeux bruns s'étaient agrandis comme à la vue d'un objet qu'elle espérait voir depuis longtemps. Comme une rapière projetée vers sa cible, ma question avait brusquement franchi sa garde. « Dites-moi, est-ce que vous malmenez le prince aussi durement quand il s'entraîne avec vous ? »

Elle avait souri. « Non, malheureusement ; en général, je suis trop occupée à maintenir ma propre défense contre lui. C'est un bretteur doué, créatif et aux tactiques imprévisibles ; j'ai à peine le temps d'inventer une nouvelle attaque qu'il l'a déjà apprise et retournée contre moi.

— Il aime donc manier l'épée, comme la plupart des bons combattants. »

Elle s'était tue un instant. « Non, je ne crois pas que ce soit cela. C'est un garçon qui ne fait rien à moitié ; il cherche la perfection dans tout ce qu'il entreprend.

— Il veut être le meilleur, c'est ça ? » J'avais posé la question d'un ton dégagé tout en ramenant en arrière des mèches rebelles échappées de ma queue de guerrier.

Vallarie avait réfléchi à nouveau. « Non, pas au sens où vous l'entendez. Certaines personnes avec lesquelles je travaille ne pensent qu'à battre leurs adversaires, et on peut utiliser contre elles cette préoccupation. À mon avis, le prince, lui, ne se soucie pas de perdre ou de gagner, du moment qu'il combat parfaitement à chaque rencontre. Il n'essaye pas de rivaliser avec ma technique… » Sa voix s'était éteinte et la jeune fille s'était plongée dans ses réflexions.

« C'est avec lui-même qu'il est en compétition, avec un idéal qu'il s'est forgé. »

Ma déclaration avait paru la dérouter un instant, puis elle avait eu un sourire ravi. « Oui, c'est exactement ça. Vous le connaissez donc ?

— Pas encore, mais j'ai beaucoup entendu parler de lui et je suis impatient de le rencontrer.

— Oh, ce n'est pas pour tout de suite ! m'avait-elle assuré avec candeur. Par certains côtés, il tient de sa mère et de ses mœurs montagnardes. Il rompt souvent les ponts avec la cour pendant de longues périodes qu'il passe à méditer. Il s'isole dans une tour, et certains prétendent même qu'il jeûne, mais je n'ai jamais vu trace d'amaigrissement chez lui quand il reprend ses activités habituelles.

— Mais alors, que fait-il ? avais-je demandé, sincèrement intrigué.

— Je n'en ai aucune idée.

— Vous ne lui avez jamais posé la question ? »

Elle m'avait alors lancé un regard bizarre et avait répondu d'un ton soudain froid : « Je ne suis que sa partenaire d'entraînement, pas sa confidente. Je suis garde et il est prince ; je n'aurais pas l'audace d'interroger mon seigneur sur sa vie privée. Chacun sait que c'est quelqu'un de réservé qui a grand besoin de solitude. »

J'avais compris que, collier ou non, j'avais poussé le bouchon trop loin. J'avais alors fait à Vallarie un sourire que je voulais désarmant et je m'étais redressé avec un gémissement. « Ma foi, comme partenaire d'entraînement, vous ne rendez de points à aucun de ceux que j'ai connus. Le prince a bien de la chance d'avoir un adversaire comme vous pour affûter sa technique, et moi aussi.

— Merci. J'espère que nous aurons encore l'occasion de nous mesurer. »

Je n'avais pas insisté, et je n'avais pas eu plus de succès auprès des autres domestiques ; mes questions, directes ou indirectes, ne m'avaient rapporté que peu de renseignements. Mes interlocuteurs ne refusaient pourtant pas de bavarder, et ils étaient prêts à parler de sire Doré ou de dame Élégance autant que je le désirais, mais, à propos du prince, ils paraissaient ne rien savoir. L'image que je m'étais faite de Devoir au fil de l'après-midi était celle d'un garçon plutôt apprécié, mais qui vivait dans l'isolement à cause de son rang et plus encore de son tempérament, et cela m'avait inquiété : je craignais que, s'il avait fait une fugue, il ne se fût confié à personne de ses projets. En outre, son goût de la solitude aurait fait de lui une proie facile pour d'éventuels ravisseurs.

Mes réflexions m'avaient ramené au message qu'avait reçu la Reine. On lui affirmait que le prince avait le Vif et on exigeait d'elle qu'elle prît les mesures nécessaires. Qu'entendait l'auteur par « prendre les mesures nécessaires » ? Fallait-il révéler que Devoir possédait le Vif et décréter que les vifiers devaient être traités comme des citoyens normaux ? Ou bien purifier la lignée des Loinvoyant en éliminant le prince ?

J'avais trouvé dans le vieil établi d'Umbre le passe-partout dont je comptais me servir pendant l'heure du dîner. Devoir occupait les anciens appartements de Royal ; la serrure de la porte d'entrée et moi étions de vieilles connaissances, et je pensais la crocheter sans mal. Tandis que tout le château se restaurait, je m'étais rendu chez le prince, et, là encore, j'avais reconnu l'influence de sa mère, car non seulement il n'y avait pas de garde devant la porte, mais elle n'était même pas verrouillée. Je l'avais refermée discrètement après m'être introduit sans bruit dans les appartements, puis j'avais promené mon regard autour de moi, déconcerté : je m'étais attendu au même genre de pagaille que Heur avait tendance à laisser dans son sillage, mais les rares possessions du prince étaient si bien rangées que la salle spacieuse où j'étais entré paraissait presque vide. J'avais envisagé tout d'abord qu'il eût un valet maniaque de l'ordre, mais, en songeant à l'éducation qu'avait dû lui donner Kettricken, j'avais douté qu'il eût seulement des domestiques : le concept même de serviteur personnel n'existait pas dans la tradition des Montagnes.

Il ne m'avait fallu guère de temps pour explorer ses appartements. J'avais trouvé une garde-robe modeste dans ses coffres, sans pouvoir déterminer s'il y manquait des vêtements ; ses bottes de monte étaient là, mais Umbre m'avait déjà informé que le cheval du prince n'avait pas quitté les écuries. Il possédait un beau nécessaire de toilette, brosse, peigne, cuvette et miroir, tous objets rangés côte à côte avec une précision militaire. Dans la pièce où il étudiait, les bouchons des encriers étaient parfaitement enfoncés et le plateau du bureau était immaculé et vierge de toute griffure. Aucun manuscrit ne traînait. L'épée du prince se trouvait accrochée au mur, mais il restait des patères libres où d'autres armes auraient pu être suspendues. Je n'avais découvert dans son coffre à vêtements ni papiers personnels, ni rubans, ni boucles de cheveux, pas même un verre de vin sale sur sa table de chevet ni une chemise négligemment oubliée sous le lit. Bref, je n'avais pas eu l'impression d'être entré chez un adolescent.

Un solide panier contenant un épais coussin trônait près de la cheminée. Les poils qui parsemaient le tissu étaient courts mais fins, et l'osier résistant portait les traces de petits coups de griffe ; je n'avais pas eu besoin du flair du loup pour détecter une odeur féline dans la pièce. J'avais soulevé le coussin et trouvé en dessous des jouets : une peau de lapin attachée à une grosse ficelle et une poupée en toile bourrée d'herbe aux chats. J'avais regardé ce dernier objet avec étonnement, en me demandant si les marguets étaient sensibles à ce parfum comme les chats domestiques habituels, ceux qu'on utilisait contre les souris.

Je n'avais fait aucune autre trouvaille intéressante : ni

journal intime auquel le garçon aurait confié ses pensées princières, ni message de défi qu'il aurait laissé à sa mère avant de s'enfuir, ni rien qui pût laisser penser qu'il eût été enlevé contre sa volonté. J'étais ressorti discrètement en laissant tout dans l'état où je l'avais trouvé.

Mes pas m'avaient fait passer devant la chambre que j'occupais autrefois. Je m'étais arrêté, tenté. Qui y vivait à présent ? Le couloir était désert et j'avais cédé à mon impulsion. J'avais reconnu la serrure : c'était moi-même qui l'avais fabriquée, mais il m'avait fallu me rappeler tout mon savoir-faire pour la crocheter. Elle était si dure que j'avais eu la conviction qu'elle n'avait pas servi depuis longtemps. J'avais refermé la porte derrière moi et j'étais resté sans bouger, les narines envahies d'une odeur de poussière.

Des volets bouchaient la haute fenêtre, mais, comme jadis, ils joignaient mal et laissaient passer la lumière du jour, si bien qu'au bout d'un moment mes yeux s'étaient habitués à la clarté crépusculaire. J'avais alors parcouru la pièce du regard. Là, mon lit, aux tentures familières brodées de toiles d'araignées, ici, le coffre à vêtements en cèdre, au pied duquel s'accumulait la poussière. La cheminée était vide, noire et froide, et au-dessus d'elle pendait la tapisserie fanée où l'on voyait le roi Sagesse en train de traiter avec les Anciens. Je l'avais regardée, hypnotisé. Quand j'avais neuf ans, elle me donnait des cauchemars, et le temps n'avait pas modifié mon sentiment sur ces êtres aux formes bizarrement allongées. Les Anciens dorés observaient la chambre vide et sans vie.

J'avais eu tout à coup l'impression d'avoir profané une tombe. Sans plus de bruit qu'en entrant, j'étais ressorti et j'avais reverrouillé la porte.

J'avais pensé trouver le seigneur Doré dans ses appartements, mais il n'y était pas. « Sire Doré ? » avais-je fait, puis j'étais allé frapper délicatement à la porte de son étude. Elle s'était ouverte devant moi sans que j'eusse seulement touché le loquet.

Un flot de lumière s'était échappé de la pièce. Petite, elle ne possédait qu'une seule fenêtre, mais le soleil couchant l'emplissait d'or. Elle donnait une agréable impression d'espace, et j'y avais perçu une odeur de copeaux de bois et de peinture ; dans un angle, une plante en pot escaladait un treillis. J'avais reconnu, accrochées aux murs, des amulettes semblables à celles de Jinna ; sur le bureau qui occupait le centre de l'étude, au milieu d'outils fins et de petits pots de peinture : j'avais vu des tiges de bois, des fils et des perles, comme si le fou avait démonté un talisman. Sans le vouloir, j'avais avancé d'un pas. Un manuscrit était déroulé sur le bureau, maintenu à plat par des poids aux quatre coins, et diverses amulettes y étaient dessinées ; elles ne ressemblaient à rien de ce que j'avais vu chez Jinna. Je n'y avais jeté qu'un coup d'œil, mais les croquis avaient provoqué chez moi un trouble étrange. « J'ai déjà vu ça quelque part », avais-je songé devant les esquisses, mais, après un examen plus approfondi, j'avais acquis la conviction de n'en avoir jamais rencontré de pareilles. J'avais été pris d'un frisson d'angoisse : les petites perles avaient des visages, les tiges de bois étaient sculptées en spirale, et, plus je les observais, plus mon malaise s'accentuait. J'avais la sensation que je n'arrivais plus à respirer convenablement, que les amulettes m'aspiraient en elles.

« Viens, sortons d'ici. » C'était le fou qui avait parlé derrière moi. J'avais été incapable de répondre.

J'avais senti sa main se poser sur mon épaule et le

charme avait été rompu. Je m'étais retourné. « Excuse-moi, avais-je dit aussitôt. La porte était entrouverte et…

— Je n'attendais pas ton retour si tôt, sans quoi elle aurait été verrouillée. »

Et, sans rien ajouter, il m'avait entraîné hors de la petite pièce et avait fermé la porte derrière nous.

J'avais l'impression qu'il venait de me rattraper au bord d'un précipice. Le souffle haché, je lui avais demandé : « Que sont ces amulettes ?

— Des expériences. Ce que tu m'as dit du métier de Jinna a piqué ma curiosité ; aussi, en revenant à Castelcerf, j'ai décidé d'aller voir ses créations moi-même, et, une fois que je les ai vues, j'ai voulu savoir comment elles fonctionnaient. J'ai voulu vérifier si elles ne pouvaient être fabriquées que par une sorcière des haies ou bien si leur magie provenait seulement de la façon dont elles étaient assemblées ; et j'ai voulu voir si je pouvais les rendre plus efficaces. » Il s'exprimait d'un ton parfaitement neutre.

« Comment fais-tu pour supporter leur présence ? » avais-je demandé. J'en avais encore la chair de poule.

« Elles sont réglées pour agir sur les humains. Je suis un Blanc, ne l'oublie pas. »

Cette déclaration m'avait laissé aussi interdit que l'influence insidieuse des dessins. J'avais regardé le fou et, le temps d'un clin d'œil, je l'avais vu comme si je le rencontrais pour la première fois. Si beau que fût son teint, je ne connaissais personne qui eût le même, et il y avait d'autres différences : la façon dont ses poignets reliaient ses mains à ses bras, l'aspect duveteux de sa chevelure... mais quand nos regards s'étaient croisés, c'était à nouveau mon vieil ami qui se tenait devant moi. Avec un choc qui m'avait ébranlé comme si je venais de heurter le sol après une chute, je m'étais rappelé soudain ce que j'avais fait. « Je regrette. Je ne voulais pas... Je sais à quel point tu tiens à ton intimité… » Je me sentais honteux et mes joues étaient devenues brûlantes.

Il avait gardé le silence un moment, puis il avait répondu avec raison : « Quand je suis arrivé chez toi, tu ne m'as rien caché. » J'avais compris que ces paroles reflétaient sa notion de l'équité plutôt que ses émotions.

« Je n'entrerai plus jamais dans ton étude », avais-je promis d'un ton fervent.

Il avait eu un petit sourire. « Le contraire m'étonnerait. »

J'avais eu envie brusquement de changer de sujet, mais tout ce que j'avais trouvé à dire était : « J'ai vu Jinna aujourd'hui. Elle m'a fabriqué ceci. » Et j'avais ouvert le col de ma chemise.

Les yeux écarquillés, le fou avait regardé le collier, puis il m'avait dévisagé, apparemment muet de stupéfaction, et un grand sourire niais avait étiré ses lèvres.

« En principe, cette amulette pousse les gens à réagir favorablement à ma présence, avais-je expliqué ; son rôle est de contrebalancer mon aspect sinistre, je pense, bien que Jinna ait eu la gentillesse de ne pas me le dire aussi carrément. »

Le fou avait repris son souffle. « Cache-la », avait-il fait d'un ton implorant, et il s'était détourné pendant que j'obéissais ; d'un pas presque précipité, il s'était éloigné pour regarder par la fenêtre. « Ces talismans ne sont pas accordés sur les gens de mon sang, mais ce n'est pas pour cela que je suis complètement immunisé contre leurs effets. Tu me rappelles souvent que je reste très humain par bien des côtés. »

J'avais dénoué le collier et le lui avais tendu. « Tu peux

le prendre pour l'étudier, si tu veux. Je ne suis pas tout à fait sûr que j'apprécie de le porter ; je préfère savoir ce que l'on pense franchement de moi, je crois.

— Ça, j'en doute un peu », avait-il marmonné, mais il s'était retourné pour s'emparer de l'amulette. Il l'avait tenue en l'air entre nous, l'avait examinée puis m'avait lancé un coup d'œil. « Elle est accordée sur toi ? »

J'avais acquiescé de la tête.

« Très intéressant. J'aimerais la garder un jour ou deux ; je te promets de ne pas la démonter. Mais ensuite, il faudra que tu la remettes à ton cou, je pense, et que tu ne la quittes plus.

— J'y réfléchirai, avais-je répondu, bien que je n'eusse guère envie de porter à nouveau le talisman.

— Umbre souhaitait te voir dès ton retour », m'avait déclaré soudain le fou, comme s'il venait seulement de se souvenir de la commission.

Notre conversation s'était achevée là, et j'avais senti qu'il m'avait, sinon excusé, du moins pardonné de m'être introduit là où je n'avais rien à faire.

Je suivais à présent Umbre par les étroits couloirs secrets, et je lui demandai : « Comment ces passages ont-ils été bâtis ? Comment un pareil labyrinthe qui s'étend dans toute la citadelle peut-il rester inconnu ? »

Un bougeoir à la main, il répondit à mi-voix par-dessus son épaule : « Certains passages faisaient partie intégrante du château lors de sa fondation ; nos ancêtres étaient des gens méfiants ; ils les ont créés comme issues de secours, mais certains ont toujours servi à des fins d'espionnage. D'autres permettaient la circulation des serviteurs et ont été incorporés au réseau secret pendant une période d'intense reconstruction à la suite d'un incendie, et d'autres enfin ont été aménagés de façon intentionnelle au cours même de ton existence. Te rappelles-tu qu'un jour, alors que tu étais enfant, Subtil a ordonné la réfection de la cheminée de la salle des gardes ?

— Vaguement. Je n'y ai guère prêté attention à l'époque.

— Comme tout le monde. Mais tu as peut-être remarqué que deux des murs de la pièce avaient été cachés derrière des meubles en bois ?

— Vous parlez des armoires qui prennent chacune tout un pan de la salle ? Je croyais qu'on les avait fabriquées pour fournir à Mijote un plus grand garde-manger à l'abri des rats. Le volume de la pièce en était réduit, mais il y faisait plus chaud.

— Eh bien, au-dessus des armoires, il y a un passage et plusieurs fentes d'observation. Subtil aimait savoir ce que ses gardes pensaient de lui, ce qu'ils craignaient, ce qu'ils espéraient.

— Mais ceux qui ont construit les meubles devaient être au courant de l'existence de cette galerie !

— On a engagé différents artisans pour effectuer différentes parties du travail, et c'est moi-même qui ai ajouté les fentes ; si l'un ou l'autre a trouvé insolite qu'on place des plafonds aussi solides aux armoires, il n'en a rien dit. Ah, nous y sommes ! Chut ! »

Il souleva une petite plaque de cuir souple fixée au mur et plaça son œil contre le trou ainsi révélé. Au bout d'un moment, il chuchota : « Viens. »

Un panneau s'ouvrit silencieusement et nous pénétrâmes dans un réduit, où Umbre regarda de nouveau par un trou dans un mur, puis frappa doucement à une porte. « Entrez », répondit Kettricken à voix basse.

À la suite d'Umbre, j'entrai dans un petit salon contigu à la chambre de la Reine. La porte d'accès était close et le verrou tiré. La décoration était des plus réduites, à la mode montagnarde, austère mais reposante ; de grosses chandelles parfumées illuminaient la pièce dépourvue de fenêtre, la table et les chaises étaient en bois clair, sans la moindre fioriture, et la natte au sol ainsi que les tapisseries murales étaient en herbe tissée et représentaient des cascades tombant le long d'une montagne. Je reconnus le travail de Kettricken elle-même. En dehors de ces quelques ornements, le salon était nu. Mais je fis toutes ces observations de façon presque inconsciente, car ma Reine se tenait au milieu de la pièce.

Elle nous attendait, vêtue d'une robe simple, bleu de Cerf, recouverte à partir de la taille d'une cotte blanc et doré. Ses cheveux d'or étaient plaqués sur sa tête, retenus par un bandeau d'argent lisse. Ses mains étaient vides ; une autre femme se serait munie de son nécessaire à broderie ou aurait apporté un plateau de douceurs, mais pas notre Reine. Elle nous attendait, et pourtant je ne perçus chez elle ni impatience ni inquiétude ; nous avions dû l'interrompre alors qu'elle méditait, car il émanait encore d'elle une aura de silence et de paix. Nos yeux se croisèrent, et les petites rides au coin de sa bouche et ses légères pattes d'oie me parurent mensongères, car, dans le regard que nous échangeâmes, le temps ne s'était pas écoulé. Le courage que j'avais toujours admiré brillait encore en elle, et sa discipline intérieure lui servait d'armure. « Oh, Fitz ! » s'exclama-t-elle d'une voix étouffée dans laquelle je perçus à la fois un accueil chaleureux et du soulagement.

Je m'inclinai profondément, puis mis un genou en terre. « Ma Reine ! » fis-je.

Elle s'avança et posa la main sur ma tête comme en signe de bénédiction. « Relevez-vous, je vous en prie, dit-elle à voix basse. Vous avez partagé trop d'épreuves avec moi ; je ne veux plus jamais vous voir agenouillé devant moi. Et, si j'ai bonne mémoire, vous m'appeliez autrefois Kettricken.

— C'était il y a de nombreuses années, ma dame », répondis-je en me redressant.

Elle prit mes mains entre les siennes. Nous étions presque de la même taille, et ses yeux bleus plongèrent profondément dans les miens. « Beaucoup trop nombreuses, et je vous en tiens responsable, FitzChevalerie. Mais Umbre m'avait prévenue il y a bien longtemps que vous risquiez de choisir la solitude et le repos, et, lorsque vous avez fait ce choix, je ne m'y suis pas opposée. Vous aviez tout sacrifié à votre devoir, et, si la solitude était la seule récompense que vous désiriez, j'étais heureuse de vous l'accorder. Pourtant, j'avoue être encore plus heureuse de votre retour, surtout dans la situation où nous nous trouvons.

— Si je puis vous être utile, je me réjouis d'être revenu, répondis-je sans arrière-pensée ou presque.

— Je m'attriste de vous savoir au milieu des habitants de Castelcerf sans qu'aucun ait la moindre idée des sacrifices que vous avez faits pour eux. On aurait dû vous réserver un accueil triomphal ; mais non : vous marchez parmi ces gens, inconnu d'eux, déguisé en domestique. » Son regard bleu et grave ne quittait pas le mien.

Je souris involontairement. « Peut-être ai-je vécu trop longtemps dans les Montagnes, où chacun sait que le véritable souverain de ce royaume est le serviteur de tous. »

Ses yeux s'agrandirent, puis, malgré les larmes prêtes à rouler sur ses joues, un sourire apparut sur son visage, pareil au soleil perçant à travers des nuées d'orage. « Ah, Fitz, vous entendre prononcer ces mots me met du baume au cœur ! En vérité, vous avez été l'oblat de votre peuple et je vous en admire ! Mais apprendre de votre propre bouche que vous comprenez que cela était votre devoir et que vous en avez tiré satisfaction, cela me remplit de bonheur ! »

Ce n'était pas exactement ce que j'avais dit, me semblait-il, mais je ne nierai pas que ses louanges apaisèrent un peu la vieille souffrance qui nichait au fond de moi. Je préférai ne pas approfondir le sujet.

« Devoir, dis-je brusquement ; c'est pour lui que je suis ici et, bien que je prenne grand plaisir à nos retrouvailles, j'en prendrais bien plus encore à découvrir ce qui lui est arrivé. »

Ma Reine garda une de mes mains dans les siennes et, la serrant fort, elle m'entraîna vers la table. « Vous avez toujours été mon ami, avant même que j'arrive en étrangère dans ce château, et aujourd'hui votre cœur bat à l'unisson du mien dans cette affaire. » Elle reprit son souffle et la voix maîtrisée de la souveraine se rompit sous l'assaut des peurs et des inquiétudes de la mère. « Je joue la comédie devant la cour – et il me peine de devoir ainsi tromper mon propre peuple –, mais mon fils ne quitte pas un instant mes pensées. FitzChevalerie, je me reconnais coupable de sa disparition, et cependant j'ignore si ma faute a été de lui inculquer la discipline de façon excessive ou insuffisante, si j'ai trop exigé du prince et pas assez de l'enfant, ou bien…

— Ma Reine, on ne peut aborder le problème sous cet angle. Nous devons travailler à partir des faits ; les reproches ne nous mèneront nulle part. Je ne vous cacherai pas plus longtemps que, depuis le peu que je séjourne ici, je n'ai rien découvert ; les personnes que j'ai interrogées parlent du prince en bien, et nul ne m'a révélé qu'il parût mécontent ou malheureux.

— Vous pensez donc qu'on l'a enlevé ? » demanda-t-elle brusquement.

Interrompre ainsi mon exposé ressemblait si peu à Kettricken que je pris enfin la pleine mesure de sa détresse. Je lui présentai une chaise et, alors qu'elle s'asseyait, je la regardai dans les yeux et répondis avec tout le flegme dont j'étais capable : « Pour l'instant, je ne pense rien. Je ne dispose pas d'éléments concrets suffisants pour me forger une opinion. »

Sur un signe impatient de la Reine, Umbre et moi nous installâmes à notre tour à la table. « Mais votre Art ? fit-elle d'une voix tendue. Ne vous dit-il rien de lui ? D'après Umbre, vous étiez peut-être liés, mon fils et vous, dans vos rêves. Je ne comprends pas comment cela est possible, mais, si tel est le cas, vous savez sûrement quelque chose. De quoi a-t-il rêvé au cours des nuits dernières ?

— Ma réponse ne va pas être à votre goût, ma Reine, pas plus qu'il y a bien des années, alors que nous cherchions Vérité ; mon talent est aujourd'hui pareil à ce qu'il était alors : erratique et inconstant. D'après ce que m'a rapporté Umbre, il se peut que j'aie partagé de temps à autre un rêve avec le prince Devoir, mais, si cela est, je n'en ai pas eu conscience ; je ne puis pas non plus m'introduire à volonté dans ses songes. S'il a rêvé durant les dernières nuits, il l'a fait seul.

— À moins qu'il n'ait pas rêvé du tout, fit la Reine d'un ton accablé. Peut-être est-il déjà mort, ou soumis à la torture et empêché de dormir.

— Ma Reine, vous imaginez le pire ; dès lors, votre esprit s'arrête au problème et ne voit plus de moyen de le résoudre. » Le ton d'Umbre était presque dur. Sachant combien la disparition du jeune garçon le tourmentait, je m'étonnai de sa sévérité jusqu'au moment où je remarquai la réaction de Kettricken : elle puisait des forces dans sa fermeté.

« Naturellement. Vous avez raison. » Elle reprit son souffle. « Mais de quels moyens disposons-nous ? Vous et moi n'avons rien découvert, et FitzChevalerie non plus. Vous m'avez conseillé de dissimuler l'absence du prince pour éviter que le peuple ne s'affole et ne nous force à des décisions trop radicales, mais nous n'avons reçu aucune demande de rançon. Peut-être faut-il annoncer publiquement la disparition du prince ; quelqu'un, quelque part, doit bien savoir quelque chose. Je suis d'avis qu'il faut mettre le peuple au courant et lui demander son aide.

— Pas encore, rétorquai-je sans même avoir réfléchi. Vous avez raison quand vous dites que quelqu'un, quelque part, doit savoir quelque chose ; si cette personne, ou ce groupe, sait que le prince ne se trouve plus à Castelcerf et qu'elle ne se soit pas manifestée, c'est qu'elle a une bonne raison pour cela ; or j'aimerais connaître cette raison.

— Que proposez-vous alors ? demanda Kettricken d'une voix tendue. Quelle solution nous reste-t-il ? »

Je savais que j'allais mettre ses nerfs à rude épreuve, mais je répondis : « Laissez-moi encore un peu de temps – un jour, deux tout au plus. Il faut que je pose d'autres questions et que je pousse davantage mes recherches.

— Mais il peut arriver n'importe quoi à Devoir dans l'intervalle !

— Il peut déjà lui être arrivé n'importe quoi. » J'avais formulé ces paroles cruelles avec calme et je poursuivis sur le même ton. « Kettricken, si on l'a enlevé pour l'assassiner, c'est déjà terminé ; si on l'a enlevé pour se servir de lui, on attend notre coup suivant dans la partie ; s'il a fait une fugue, il peut encore revenir chez lui. Tant que nous gardons le secret sur sa disparition, nous restons maîtres de la prochaine manœuvre ; que son absence vienne à être connue, et ce sont d'autres que nous qui exécuteront cette manœuvre. Des nobles mettront le pays sens dessus dessous pour retrouver le prince, et tous n'auront pas à cœur de le protéger pour son propre bien : certains voudront le « secourir » pour obtenir des faveurs, d'autres verront peut-être en lui seulement une proie à voler à une autre belette. »

Elle ferma les yeux, puis, à contrecœur, elle acquiesça de la tête, et enfin elle déclara d'une voix rauque : « Vous savez toutefois que le temps nous est compté. Umbre vous a-t-il dit qu'une délégation outrîlienne venait officialiser les fiançailles du prince ? Quand elle arrivera d'ici une quinzaine de jours, je dois pouvoir le présenter, sans quoi je risque non seulement de me trouver dans une position extrêmement gênante, mais aussi d'insulter nos visiteurs et de donner le coup de grâce à une trêve que j'ai minutieusement conçue dans l'espoir de la voir se transformer en alliance.

— Avec votre fils comme paiement. » Les mots avaient jailli de ma bouche sans même que j'aie eu conscience de les avoir pensés.

Kettricken ouvrit grand les yeux et me regarda bien en face. « En effet. Tout comme j'ai servi à payer l'alliance des Montagnes avec les Six-Duchés. » Elle inclina la tête. « Considérez-vous avoir perdu à la transaction ? »

La réprimande était fondée, et je courbai le cou. « Non, ma Reine. Je pense que les Six-Duchés n'ont jamais fait meilleur marché. »

Elle accepta mon compliment d'un hochement de tête et ses joues rosirent imperceptiblement. « Je vais suivre votre avis, Fitz : nous chercherons Devoir encore deux jours en secret avant de révéler sa disparition au peuple.

Pendant ces deux journées, nous emploierons tous les moyens pour découvrir ce qu'il a pu advenir de lui. Umbre vous a ouvert le labyrinthe qui se dissimule dans les murs de Castelcerf ; je n'aime guère ce que révèle de nous-mêmes le fait d'espionner nos propres compatriotes, mais je vous accorde le loisir de vous en servir, FitzChevalerie. Usez-en comme il vous en semblera ; je sais que vous n'en abuserez point.

— Merci, ma Reine », répondis-je avec gêne. Avoir accès aux petits défauts douteux de tous les seigneurs et toutes les dames du château était un cadeau dont je me serais volontiers passé. Je me retins de jeter un coup d'œil à Umbre ; que lui avait-il coûté d'être au courant non seulement des grands secrets du trône, mais aussi des péchés malséants et honteux des occupants de la citadelle ? De quels vices avait-il été témoin sans le vouloir, quelles imperfections douloureuses avait-il entrevues, et comment supportait-il de regarder en face auteurs et victimes dans les vastes salles illuminées de Castelcerf ?

« ... et tout ce que cela exigera. »

J'avais laissé mon esprit vagabonder, et ma Reine me regardait, attendant une réponse. Je lui fis la seule possible. « Oui, ma Reine. »

Elle poussa un grand soupir comme si elle avait craint un refus – ou qu'elle redoutât les paroles qui lui restaient à prononcer. « Alors faites, FitzChevalerie, ami fidèle. Je ne vous exposerais pas ainsi à de tels risques si je pouvais l'éviter. Préservez votre santé, méfiez-vous des drogues et des plantes, car, aussi consciencieux que soit votre vieux maître, aucune traduction n'est jamais absolument fiable. » Elle prit une inspiration et ajouta d'un ton changé : « Si un jour vous pensez qu'Umbre ou moi-même vous en demandons trop, dites-le-nous. Votre tête doit se garder de mon cœur de mère. Ne me... ne me laissez pas m'humilier en exigeant de vous plus que vous ne pouvez... » Elle laissa sa phrase en suspens, s'en remettant à moi, je pense, pour saisir ce qu'elle cherchait à me dire. Elle reprit son souffle à nouveau, puis elle détourna le visage, comme si elle croyait pouvoir m'empêcher de savoir que ses yeux étaient brouillés de larmes. « Vous allez commencer ce soir ? » demanda-t-elle d'une voix anormalement aiguë.

Je sus alors quelle tâche j'avais acceptée, et je compris que je me tenais au bord de l'abîme.

Je m'y laissai tomber. « Oui, ma Reine. »

*

Comment décrire la longue ascension jusqu'à la tour d'Umbre ? Le vieil assassin me précédait dans les couloirs secrets du château et je suivais la lueur vacillante de sa bougie. Terreur et joie s'empoignaient violemment en moi à l'idée de ce qui m'attendait. J'avais l'impression d'avoir abandonné mon courage loin derrière moi et pourtant je souhaitais ardemment qu'il me rattrape le plus vite possible. Je sentais l'exultation monter en moi à mesure que s'approchait le moment où je pourrais me laisser aller à ce plaisir qui m'avait été interdit si longtemps. Mon seul espoir, mon seul but auraient dû être de retrouver le prince, mais la perspective de m'immerger dans l'Art dominait toutes mes pensées ; elle m'effrayait et m'attirait tout à la fois ; ma peau me donnait la sensation d'être tendue et vibrante, mes sens de lutter contre l'enveloppe trop exiguë de ma chair, et il me semblait percevoir de la musique aux limites de mon ouïe.

Umbre déclencha l'ouverture du panneau, puis me fit signe d'entrer le premier. Comme je passais devant lui en crabe, il remarqua : « Tu as l'air aussi nerveux qu'un jeune marié, mon garçon. »

Je m'éclaircis la gorge. « Je m'apprête à me jeter bille en tête dans ce que j'ai passé la moitié de ma vie à essayer d'éviter ; ça me fait un drôle d'effet. »

Il referma la porte derrière nous tandis que je parcourais la salle du regard. Un petit feu brûlait dans la cheminée ; nous étions au plus chaud de l'été, et pourtant les murs épais de la citadelle semblaient exhaler un air glacé. L'épée de Vérité était appuyée là où je l'avais déposée, contre l'âtre, mais on avait ôté la lanière de cuir qui en camouflait la garde. « Vous avez reconnu l'épée de Vérité, dis-je.

— Le contraire aurait été étonnant. Je me réjouis que tu l'aies gardée en sécurité. »

J'éclatai de rire. « C'est plutôt elle qui m'a protégé ! Bien, que proposez-vous exactement ?

— De t'installer confortablement et d'essayer d'artiser pour retrouver notre prince. C'est tout. »

Je cherchai des yeux un endroit où m'asseoir. Non, pas sur la pierre d'âtre ; cependant, comme cela avait toujours été, il n'y avait qu'un seul fauteuil près du feu. « Et les drogues et les herbes dont a parlé la Reine ? »

Umbre me lança un regard en biais, dans lequel il me sembla déceler comme de la méfiance. « Je ne pense pas que nous en aurons besoin. Elle faisait allusion à plusieurs manuscrits de mon recueil sur l'Art ; on y mentionne des tisanes et des teintures à donner aux élèves qui ont du mal à se mettre dans un état réceptif. Nous avons envisagé d'en faire prendre au prince Devoir, mais nous avons préféré attendre d'être sûrs qu'il en avait besoin.

— Galen ne s'est jamais servi d'aucune plante pendant notre formation. » J'allai prendre un haut tabouret près de l'établi, le posai en face du fauteuil d'Umbre et m'y assis. Mon vieux maître prit place dans son siège favori, et il fut obligé de lever les yeux pour me regarder. Cela dut l'agacer, car c'est d'un ton irrité qu'il déclara : « Galen ne s'est pas servi de plantes pendant ta formation à toi. N'as-tu jamais songé que les autres membres de ton clan recevaient peut-être des attentions particulières à ton insu ? Moi, j'y ai pensé. Mais, naturellement, nous n'aurons jamais de certitude à ce sujet. »

Je haussai les épaules. Quelle autre réponse aurais-je pu faire ? Ce qu'il évoquait s'était passé de nombreuses années plus tôt et tous les gens dont il parlait étaient morts, certains de ma propre main. Quelle importance désormais ? Cependant, nos propos avaient réveillé ma vieille aversion pour l'Art et, de l'exaltation, j'avais tout à coup sombré dans l'angoisse. Je changeai de sujet. « Avez-vous découvert qui avait offert le marguet au prince ? »

Ma question inattendue parut laisser Umbre un instant interloqué. « Je... oui, naturellement ! Dame Brésinga de Myrteville et son fils Civil. Il s'agissait d'un cadeau d'anniversaire ; l'animal portait un harnais incrusté de pierres précieuses et muni d'une laisse ; âgé d'environ deux ans, il avait de grandes pattes, une robe rayée, un museau assez aplati et une queue aussi longue que le reste de son corps. À ce qu'on m'a dit, ces créatures ne se reproduisent pas en captivité, et il faut s'emparer d'un margueton sauvage avant qu'il ait ouvert les yeux si l'on veut pouvoir le dresser. Ce sont des bêtes de chasse exotiques qui conviennent à la traque solitaire. Le prince s'est aussitôt pris d'affection pour la sienne.

— Qui s'est occupé de prendre le chaton dans sa tanière ? demandai-je.

— Je n'en sais rien. Le maître veneur de dame Brésinga, j'imagine.

— Est-ce que le prince a plu au marguet dès l'abord ? »

Umbre fronça les sourcils. « Je ne me suis jamais vraiment inquiété de cet aspect de la question. Si je me souviens bien, mère et fils se sont approchés de l'estrade où Devoir était assis, dame Brésinga la laisse à la main et Civil l'animal dans les bras. Le marguet avait l'air presque hébété devant les lumières et les bruits de la fête, à tel point que je me suis demandé si on ne l'avait pas drogué pour éviter qu'il ne s'affole et ne se débatte ; mais, après les échanges de courtoisie avec le prince, la dame a placé la laisse dans la main de Devoir et son fils a déposé l'animal à ses pieds.

— A-t-il tenté de s'enfuir ? A-t-il tiré sur sa laisse ?

— Non ; je te l'ai dit, il paraissait parfaitement calme, de façon presque anormale. Je crois qu'il a observé le prince un long moment, puis qu'il a frotté sa tête contre son genou. » Umbre avait pris un regard lointain, et je sus que sa mémoire bien entraînée lui permettait de revoir la scène en détail. « Devoir a voulu le caresser et le marguet s'est écarté, puis il a reniflé la main du prince. Il a eu alors un comportement étrange : il a ouvert la gueule et il s'est mis à respirer à petits coups rapides, comme s'il goûtait l'odeur de son nouveau maître dans l'air environnant. Après cela, il a paru accepter Devoir, et il s'est frotté à sa jambe comme le font les chats domestiques. Un serviteur a voulu l'emmener, mais il a refusé de s'en aller, si bien qu'on l'a laissé passer le reste de la soirée près du fauteuil du prince, qui en semblait d'ailleurs ravi.

— Quand a-t-il commencé à chasser avec lui ?

— Je crois que Civil et lui l'ont emmené dès le lendemain. Les deux garçons sont à peu près du même âge, et le prince était pressé de voir son marguet – sa marguette, plutôt – à l'œuvre, c'est bien normal. Civil et sa mère ont passé le reste de la semaine à la cour, et je pense que les deux jeunes gens sont sortis tous les matins en compagnie de la marguette ; c'était l'occasion pour le prince d'apprendre à chasser avec elle, comprends-tu, auprès de quelqu'un qui s'y connaissait.

— Et ils chassaient bien ensemble ?

— Je suppose, oui. Le marguet n'est pas fait pour le gros gibier, naturellement, mais ils rapportaient... ma foi, des oiseaux, j'imagine, et des lièvres.

— Et l'animal couchait toujours dans la chambre du prince ?

— Si j'ai bien compris, il doit toujours se trouver en contact avec un homme pour rester apprivoisé ; en outre, au chenil, les mâtins ne l'auraient évidemment pas laissé en paix. Donc, il couchait en effet dans la chambre de Devoir et le suivait partout dans le château. Fitz, que soupçonnes-tu ? »

Je répondis franchement. « Ce que vous soupçonnez vous-même : que notre vifier de prince s'est sauvé avec sa marguette qui est sa compagne de lien. Et que rien n'est dû au hasard, ni le fait qu'on a offert cet animal à Devoir, ni le lien qui s'est créé entre eux, ni leur disparition. C'est une machination. »

Umbre plissa le front, refusant d'accepter sa propre conviction. « La marguette a pu se faire tuer lors de l'enlèvement du prince, ou bien s'enfuir.

— Vous avez déjà évoqué cette possibilité. Mais, si le prince a le Vif et que sa marguette est liée avec lui, elle ne s'est sûrement pas sauvée quand on l'a capturé. » Le tabouret était inconfortable, mais je me forçai à y rester assis. Je fermai les yeux un moment ; parfois, quand le corps est fatigué, l'esprit s'envole. Je laissai mes pensées vagabonder à leur gré. « J'ai été lié par le Vif à trois reprises, vous le savez ; la première à Fouinot, le chiot que Burrich m'a confisqué, la seconde à Martel alors que j'étais encore enfant, et la dernière à Œil-de-Nuit. À chaque fois, j'ai ressenti une impression d'union instantanée. Avec Fouinot, le lien s'est instauré avant même que je m'en rende compte ; c'est arrivé, je pense, à cause de la solitude dans laquelle je vivais alors, parce qu'ensuite, quand Martel m'a offert son affection, je l'ai acceptée sans restriction, et, lorsque j'ai rencontré le loup, sa colère et sa haine de son enfermement correspondaient si étroitement à mes propres émotions que j'étais incapable de faire la différence entre lui et moi. » J'ouvris les yeux et croisai le regard stupéfait d'Umbre. « Je ne possédais pas de murailles mentales à l'époque. » Je détournai le visage pour contempler le feu qui se mourait. « D'après ce que j'ai appris, dans les familles au Vif, on protège les enfants de ce genre d'aventures et on leur enseigne à se forger des remparts. Ensuite, quand ils arrivent à l'âge requis, on les envoie en quête d'un compagnon convenable, un peu comme on cherche l'âme sœur pour se marier.

— Où veux-tu en venir ? » demanda Umbre à mi-voix.

Je déroulai le fil de ma pensée jusqu'à sa conclusion. « La Reine a choisi une fiancée pour le prince Devoir à des fins d'alliance politique. Et si une famille du Lignage en avait fait autant ? »

Un long silence suivit ces paroles. Je reportai mon regard sur Umbre : il semblait perdu dans l'observation des flammèches, mais j'avais presque l'impression d'entendre les rouages de son esprit qui tournaient follement pour débrouiller les implications de mes propos. « Une famille du Lignage choisit un animal dans le but exprès qu'il se lie avec le prince. Postulats de départ : dame Brésinga a le Vif, tous ceux de son sang font même partie de ce que tu appelles le Lignage, et ces gens ont appris par un moyen indéterminé que le prince a lui aussi le Vif, ou du moins ils le soupçonnent. » Il s'interrompit, fit la moue et réfléchit. « Ce sont peut-être les auteurs du message qui affirme que le prince a le Vif... Mais je ne vois toujours pas quel profit ils pourraient en tirer.

— Quel avantage obtenons-nous d'un mariage entre Devoir et une jeune Outrîlienne ? Une alliance, Umbre. »

Il me regarda de travers. « Le marguet ferait partie de la famille Brésinga et aurait conservé des liens avec elle ? Il pourrait influer sur les décisions politiques du prince ? »

Ainsi exposée, l'idée paraissait ridicule. « Je n'ai pas encore examiné l'hypothèse sous toutes ses coutures, reconnus-je, mais je crois qu'elle est à creuser – même si ces gens ont pour seul objectif de prouver que le prince en personne a le Vif et qu'il faut donc interdire de démembrer et de brûler les autres vifiers, ou s'ils essayent d'attirer sur le Lignage la sympathie de Devoir et, par son biais, celle de sa mère. »

Umbre m'adressa un regard en coin. « Voilà un motif plus acceptable pour moi. Il ne faut pas écarter non plus la possibilité d'un chantage. Une fois qu'ils ont réussi à lier le prince à un animal, ils peuvent exiger des faveurs politiques sous peine de révéler que le petit a le Vif. » Il détourna les yeux. « Ou de le rabaisser au niveau de la bête si nous ne nous plions pas à leur volonté. »

Comme toujours, l'esprit d'Umbre se révélait capable de contorsions qui me restaient interdites dans la poursuite d'une hypothèse, et c'est avec soulagement que je le laissai affiner mes idées. Je redoutais de voir ses capacités mentales ou physiques lui faire défaut ; les années avaient eu beau passer, il demeurait pour moi comme un bouclier qui me protégeait du monde. J'acquiesçais de la tête à ses conjectures.

Il se leva soudain. « Raison de plus pour suivre le plan prévu. Tiens, prends mon fauteuil ; tu as l'air d'un perroquet, perché sur ce tabouret. Tu ne peux pas te sentir à l'aise là-dessus. Tous les textes d'apprentissage insistent sur le fait que le pratiquant de l'Art doit tout d'abord s'installer confortablement afin que le corps soit détendu et ne gêne pas l'esprit. »

J'allais répondre que c'était le contraire de ce que nous avait enseigné Galen : lors des séances de formation, il nous plaçait dans une si grande détresse physique que l'esprit devenait notre seul refuge ; mais je me tus. Il était vain de protester ou de revenir sur les actes de Galen. Perverti, abominant le plaisir, il nous avait tous martyrisés, et, de ceux qu'il avait réussi malgré tout à former, il avait fait un clan dénaturé, d'une dévotion aveugle au prince Royal. Peut-être ce résultat avait-il un rapport avec sa technique d'enseignement ; peut-être avait-il cherché à briser la résistance physique et la clairvoyance de ses élèves avant de façonner le clan qu'il désirait.

Je pris place dans le fauteuil d'Umbre, où il avait laissé sa chaleur et sa forme en creux. J'éprouvai une curieuse impression à m'y asseoir en sa présence, un peu comme si je me transformais en lui. Il s'installa sur le tabouret et, du haut de ce perchoir, il me regarda, puis il croisa les bras et se pencha vers moi avec un sourire affecté.

« Tu te sens à l'aise ? demanda-t-il.

— Non, avouai-je.

— Bien fait pour toi », fit-il entre haut et bas. Puis il

éclata de rire et descendit du tabouret. « Dis-moi en quoi je peux t'aider.

— Vous voulez simplement que j'artise au hasard en espérant tomber sur le prince ?

— Est-ce difficile à ce point ? » La question était sincère.

« J'ai essayé pendant plusieurs heures la nuit dernière. Tout ce que j'ai obtenu, c'est une bonne migraine.

— Ah ! » L'espace d'un moment, il eut l'air accablé, puis il déclara brusquement d'un ton ferme : « Eh bien, il faut recommencer, voilà tout. » Et, plus bas, il marmonna : « Car que pouvons-nous faire d'autre ? »

Ne voyant pas quoi répondre, je me laissai aller contre le dossier du fauteuil en essayant de me détendre. Mes yeux se posèrent sur le manteau de la cheminée, et mon attention fut aussitôt attirée par un couteau à fruit enfoncé dans le bois ; c'est moi qui l'avais planté là bien des années auparavant. Ce n'était pas le moment de me laisser distraire, pourtant je me surpris à déclarer : « Je me suis introduit dans mon ancienne chambre aujourd'hui. On dirait qu'elle n'a pas servi depuis la dernière fois que j'y ai dormi.

— C'est exact. La tradition la dit hantée.

— Vous vous moquez de moi !

— Pas du tout. Réfléchis : le Bâtard au Vif l'a occupée, et il a été mis à mort dans les cachots du château. Tu as tous les ingrédients d'une superbe histoire de fantômes. En outre, on a vu, dans cette pièce, des lumières bleues vacillantes par les interstices des volets, et un garçon d'écurie a raconté qu'il avait aperçu le Grêlé à la fenêtre de la chambre par une nuit de pleine lune.

— C'est vous qui empêchez qu'on la donne à quelqu'un d'autre.

— Je ne suis pas complètement dépourvu de sentiments ; et puis j'ai longtemps espéré que tu y reviendrais. Mais assez bavardé ; nous avons du travail. »

Je me tus un instant. « La Reine n'a pas parlé du message qui accuse le prince d'avoir le Vif, dis-je.

— Non, en effet.

— Savez-vous pourquoi ? »

Il hésita. « Notre bonne Reine a peut-être si peur de certaines éventualités qu'elle ne peut se résoudre à les envisager.

— J'aimerais voir ce message.

— C'est promis. Plus tard. » Il s'interrompit, puis me demanda d'un ton appuyé : « Fitz, vas-tu te calmer et te mettre à la tâche, ou comptes-tu atermoyer jusqu'à la fin des temps ? »

Je pris une longue inspiration pour m'apaiser, la relâchai lentement, et fixai mon regard sur le feu vacillant. Les yeux sur son cœur ardent, je me libérai peu à peu de toute pensée pour m'ouvrir à l'Art.

Mon esprit commença de se déployer. Au cours des ans, j'ai longuement réfléchi à la façon de décrire l'action d'artiser, et j'ai fini par conclure qu'aucune métaphore ne rend vraiment l'essence du phénomène. Comme une pièce de soie plusieurs fois repliée, l'esprit s'épanouit et s'épanouit toujours plus largement, devenant de plus en plus grand mais, en même temps, comme de plus en plus fin. C'est là une image possible ; une autre représente l'Art comme un vaste fleuve invisible qui ne cesse jamais de couler. Quand on prend conscience de son existence, on peut se laisser emporter par son courant et s'y fondre ; dans ces eaux agitées, deux esprits peuvent se rencontrer et fusionner.

Mais les mots et les comparaisons sont inaptes à exprimer véritablement ce qu'est l'Art, de même qu'ils ne peuvent expliquer l'odeur du pain chaud ni la couleur jaune. L'Art est l'Art ; c'est la magie héréditaire des Loin-voyant, et pourtant elle n'est pas l'apanage des seuls souverains. Bien des habitants des Six-Duchés en possèdent une trace plus ou moins grande ; chez certains, elle brille assez vivement pour qu'un artiseur capte leurs pensées, et, parfois, je peux même influencer l'esprit d'une personne douée d'une étincelle d'Art. Beaucoup plus rares sont ceux qui ont la capacité de sortir d'eux-mêmes avec leur Art, et, sans formation, ce talent se réduit généralement à de vagues tâtonnements sans efficacité. Je m'ouvris donc à l'Art et laissai ma conscience s'élargir, sans toutefois m'attendre à rencontrer aucun autre esprit.

Des lambeaux de pensées m'effleurèrent comme des algues. « Elle a une façon de regarder mon galant que je ne supporte pas ! » « Je voudrais tellement pouvoir te dire un dernier mot, papa ! » « Je t'en prie, rentre vite, je me sens très mal ! » « Comme tu es belle ! Par pitié, retourne-toi, aperçois-toi que je te regarde, fais-moi au moins ce cadeau ! » Ceux qui émettaient ces phrases pressantes ignoraient pour la plupart leur propre puissance ; aucun d'entre eux ne se rendait compte que je les écoutais, et je ne pouvais pas me faire entendre d'eux. Muré dans sa surdité, chacun criait d'une voix qu'il croyait inaudible. Aucun d'entre eux n'était le prince Devoir. Venues d'une aile lointaine du château, des bribes de mélodie arrivèrent à mes oreilles et détournèrent fugitivement mon attention. Je les écartai et poursuivis mes efforts.

J'ignore combien de temps je passai à rôder parmi ces esprits qui ne se doutaient de rien et à quelle distance je parvins. La portée de l'Art est déterminée par l'intensité du talent, non par l'éloignement ; or je ne disposais d'aucun moyen de mesurer ma propre puissance, et le temps cesse d'exister une fois qu'on se laisse empoigner par l'Art. Je marchais au bord du précipice, me raccrochant à la conscience de mon propre corps malgré la tentation de me laisser emporter et libérer pour toujours des entraves de ma chair.

« Fitz », murmurai-je en réponse à je ne sais quoi. « FitzChevalerie », repris-je plus fort. Une bûche tomba sur les braises de la cheminée, éparpillant le cœur ardent en une multitude d'escarbilles. Je restai un moment à contempler le tableau en m'efforçant de comprendre ce que je voyais, puis je battis des paupières et je sentis la main d'Umbre posée sur mon épaule. Je perçus une odeur de nourriture et tournai lentement la tête : il y avait un plateau garni sur une table basse près du fauteuil. Je l'observai fixement en me demandant comment il était arrivé là.

« Fitz ? répéta Umbre, et j'essayai de me rappeler sa question.

— Quoi ?

— As-tu trouvé le prince Devoir ? »

Le sens de chaque mot de sa phrase me revint peu à peu, et je finis par comprendre ce qu'il me demandait. « Non, répondis-je alors qu'une vague d'épuisement déferlait en moi. Non, rien. » Sous l'effet de la fatigue, mes mains se mirent à trembler et la migraine à marteler mes tempes. Je fermai les yeux sans y trouver aucun soulagement : même les paupières closes, je voyais des serpents de lumière qui brillaient dans l'obscurité, et qui restèrent superposés à l'image de la pièce quand je rouvris les yeux. J'avais l'impression qu'un flamboiement trop vif pénétrait dans mon cerveau, et des vagues de douleur me roulaient, désorienté, dans leur ressac.

« Tiens, bois ceci. »

Umbre plaça une chope tiède entre mes mains et je la

portai avec bonheur à mes lèvres, je pris une gorgée du breuvage et faillis la recracher : ce n'était pas de la tisane d'écorce elfique, mais seulement du bouillon de bœuf. J'avalai sans enthousiasme. « De la tisane d'écorce elfique, dis-je. C'est de ça que j'ai besoin pour l'instant, pas de soupe.

— Non, Fitz. Rappelle-toi ce que tu m'as toi-même appris : l'écorce elfique empêche le développement de l'Art et réduit tes capacités. C'est un risque que nous ne pouvons pas courir aujourd'hui. Mange un peu, ça te revigorera. »

Docilement, j'examinai le contenu du plateau : du pain frais, des tranches de fruits qui nageaient dans la crème, un verre de vin et des filets rosés de poisson cuit au four. À gestes précautionneux, je posai ma chope de bouillon à côté de ces mets qui me soulevaient le cœur et détournai le regard. Le feu reprenait, et des flammes à l'éclat trop vif léchaient la bûche en dansant. J'enfouis mon visage dans mes mains, cherchant l'obscurité, mais les lumières continuèrent à danser devant mes yeux. La voix étouffée par mes paumes, je dis : « J'ai besoin d'écorce elfique. Je n'ai pas eu aussi mal depuis des années, depuis l'époque où Vérité était encore vivant, où le roi Subtil a puisé dans mes forces. Par pitié, Umbre ! Je ne suis même plus capable de mettre deux idées bout à bout ! »

Je l'entendis s'éloigner, et je comptai mes battements de cœur en attendant son retour. À chaque pulsation, la douleur s'épanouissait entre mes tempes. Je perçus un bruissement de pas et levai la tête.

« Tiens », dit-il d'un ton bourru en appliquant sur mon front un linge mouillé. Le froid soudain me coupa la respiration, puis je sentis le martèlement s'apaiser légèrement sous mon crâne. L'eau qui imprégnait le tissu était parfumée à la lavande.

Je tournai vers Umbre des yeux embués de souffrance. Il avait les mains vides. « L'écorce elfique ? demandai-je.

— Non, Fitz.

— Umbre, je vous en supplie ! J'ai si mal que ma vue se brouille ! » Chaque mot me coûtait un effort et ma voix résonnait trop fort à mes oreilles.

« Je sais, répondit-il à mi-voix. Je sais, mon garçon, mais il va falloir serrer les dents. D'après les manuscrits, la pratique de l'Art produit parfois cet effet, mais, avec du temps et de l'entraînement, tu apprendras à dominer la douleur. Je le répète, ma compréhension du phénomène est imparfaite, mais il semble être en rapport avec la double contrainte à laquelle tu te soumets, celle de sortir de toi-même et celle de rester rattaché à toi-même. Le temps aidant, tu appréhenderas de mieux en mieux la façon de concilier ces tensions, et alors…

— Umbre ! » J'avais crié sans le vouloir. « J'ai besoin de cette satanée tisane, c'est tout ! Je vous en prie ! » Je repris soudain mon sang-froid. « Je vous en prie, répétai-je à mi-voix, d'un ton contrit. La tisane, c'est tout, s'il vous plaît. Laissez-moi apaiser ma douleur et je serai en état de vous écouter.

— Non, Fitz.

— Umbre… » Je décidai d'exprimer ma secrète angoisse. « Une souffrance pareille pourrait bien déclencher une crise. »

Une lueur d'indécision passa dans son regard, mais il répondit : « Je ne pense pas que cela se produise ; de plus, dans le cas contraire, je suis là, mon garçon, et je m'occuperai de toi. Il faut que tu t'efforces de te passer de cette drogue, pour Devoir, pour les Six-Duchés. »

Son refus me laissa pantois. Je me sentais à la fois meurtri et prêt à le défier. « Parfait, fis-je sèchement. Il y en a au fond de mon sac dans ma chambre. » Et j'essayai de rassembler ma volonté pour quitter le fauteuil.

Le silence régna un moment, puis, à contrecœur, Umbre avoua : « Il y en avait au fond de ton sac dans ta chambre, mais il n'y en a plus, pas davantage que du carrimé qui l'accompagnait. »

J'ôtai le linge de mon front et foudroyai le vieil homme du regard, pris d'une colère qui s'enracinait dans ma souffrance. « Vous n'avez pas le droit ! Comment avez-vous eu l'audace de faire ça ? »

Il soupira. « J'ai l'audace qu'exige la situation, or la situation est très exigeante. » Il me défia de ses yeux verts. « Le Trône a besoin du talent que toi seul possèdes. Je ne permettrai pas que ton Art soit diminué en quoi que ce soit. »

Il ne détourna pas les yeux, mais j'avais pour ma part le plus grand mal à le regarder : il irradiait une lumière qui me poignait le cerveau, et seule la miette de sang-froid qui me restait m'empêchait de lui jeter la compresse à la figure. Comme s'il avait deviné le geste que je retenais, il me prit le linge des mains et m'en tendit un autre qu'il venait de tremper dans l'eau fraîche. C'était un piètre soulagement, mais je l'appliquai tout de même sur mon front et me laissai aller contre le dossier du fauteuil ; j'avais envie de pleurer de rage impuissante et de détresse. « Souffrir : voilà ce que c'est d'être un Loinvoyant, pour moi, dis-je. Souffrir et se faire manipuler. »

Il ne répondit pas. Cela avait toujours été sa réprimande la plus dure : me laisser dans un silence qui m'obligeait à entendre mes propres paroles répétées sans fin. Quand je retirai la compresse de mon front, il en avait préparé une autre ; je l'appliquai sur mes yeux et il dit enfin d'un ton posé : « Souffrir et se faire manipuler... J'en ai eu mon lot, en tant que Loinvoyant ; Vérité aussi, ainsi que Chevalerie et Subtil avant lui. Mais ce n'est qu'une partie d'un tout beaucoup plus vaste, tu le sais ; sinon, tu ne serais pas ici.

— Peut-être », reconnus-je à contrecœur. L'épuisement me gagnait ; je n'avais plus qu'un désir : me rouler en boule autour de ma douleur et dormir. Mais je luttai contre le sommeil. « Peut-être, mais ce n'est pas suffisant pour justifier de telles épreuves.

— Et que voudrais-tu de plus, Fitz ? Pourquoi es-tu ici ? »

C'était une question purement rhétorique, je le savais, mais l'angoisse m'étreignait depuis trop longtemps, la réponse était trop proche de mes lèvres, et la douleur me fit parler sans réfléchir. Je soulevai un coin du linge pour regarder Umbre. « Je fais ce que vous me demandez parce que je veux un avenir, non pour moi-même, mais pour mon garçon, pour Heur. Umbre, je m'y suis très mal pris ; je ne lui ai rien enseigné, ni à se battre, ni à gagner sa vie. Il faut que je lui trouve un apprentissage auprès d'un bon maître. Gindast : c'est l'artisan auprès duquel il veut se former. Il souhaite devenir menuisier ; j'aurais dû prévoir que ce jour viendrait et mettre de l'argent de côté, mais je n'en ai rien fait ; et, maintenant qu'il est en âge d'entrer en apprentissage, je n'ai rien à lui donner. Mes quelques économies ne suffiront pas à…

— Je puis arranger cela », dit Umbre à mi-voix. Puis il demanda d'un ton presque furieux : « Tu croyais que je ne t'aiderais pas ? » Mon expression dut me trahir, car il se pencha davantage, les sourcils froncés, en s'exclamant : « Tu te croyais obligé d'accepter notre mission actuelle avant de pouvoir demander mon aide, c'est ça ? » Avec colère, il jeta par terre le linge humide qu'il tenait à la main et qui claqua sur le pavage. « Fitz, tu… » Les mots lui manquèrent soudain. Il se leva et s'éloigna. Je pensais qu'il allait sortir et me laisser seul, mais non : il se dirigea vers l'établi près de la cheminée éteinte, à l'autre bout de la salle, et fit lentement le tour du meuble en l'examinant, puis en jetant des coups d'œil aux casiers à manuscrits et aux ustensiles comme s'il cherchait un objet mal rangé. Je retournai ma compresse sur mon front tout en observant discrètement le manège du vieil homme. Le silence régna un moment entre nous.

Quand il revint auprès de moi, il paraissait plus calme mais aussi plus vieux. Il prit un linge mouillé dans un plat de terre cuite, l'essora, le plia et me le tendit. Comme nous échangions les compresses, il dit doucement : « Je veillerai à ce que Heur obtienne son apprentissage. Tu aurais pu me le demander simplement quand je suis allé chez toi ; ou bien, il y a des années, amener le petit à Castelcerf, où nous lui aurions fourni une bonne instruction.

— Il sait lire, écrire et calculer, répondis-je, sur la défensive. Je m'en suis occupé.

— Très bien. » Son ton était glacial. « Je me réjouis de constater que tu n'as pas perdu tout sens commun. »

Aucune repartie ne me vint à l'esprit, accablé que j'étais de douleur et de fatigue. J'avais froissé son amour-propre, je le savais, et pourtant je ne me sentais pas fautif : comment aurais-je pu prévoir qu'il se montrerait si empressé à m'aider ? Néanmoins, je lui présentai mes excuses. « Je regrette, Umbre. J'aurais dû me douter que vous seriez prêt à me tendre la main.

— Oui, répliqua-t-il, impitoyable. Tu aurais dû t'en douter, et tu regrettes. Tu es sûrement sincère, mais il me semble t'avoir prévenu, il y a des années de cela, que ces formules finissent par sonner creux à force de les prononcer. Fitz, j'ai mal de te voir dans cet état.

— La migraine commence à se calmer, dis-je, ce qui était faux.

— Je ne parle pas de ta tête, sombre imbécile ! J'ai mal de voir que tu es resté... tel que tu as toujours été depuis... ah, zut ! Depuis qu'on t'a arraché à ta mère ! Toujours sur tes gardes, méfiant, isolé... J'ai eu beau... Après tant d'années, n'as-tu jamais accepté d'accorder ta confiance à personne ? »

Je me tus un moment pour réfléchir à sa question. J'avais aimé Molly, mais je n'avais jamais partagé mes secrets avec elle ; ma relation avec Umbre était aussi essentielle pour moi que ma colonne vertébrale, mais, non, je n'avais pas pensé une seconde qu'il se mettrait en quatre pour Heur uniquement à cause du lien qui nous unissait. Burrich, Vérité, Kettricken, dame Patience, Astérie... À aucun d'entre eux je ne m'étais entièrement livré. « J'ai confiance dans le fou », dis-je, et je me demandai aussitôt si c'était exact. Oui, répondis-je en moi-même ; il sait tout de moi ou presque. C'est cela, la confiance, non ?

Après un bref silence, Umbre affirma d'une voix terne : « Tant mieux. C'est bien que tu te fies à quelqu'un. » Il détourna le visage et contempla le feu. « Il faut que tu te forces à manger. Ton organisme s'y oppose peut-être, mais tu as besoin de t'alimenter, tu le sais. Rappelle-toi comme nous devions insister auprès de Vérité pour qu'il se restaure lorsqu'il artisait. »

Il s'exprimait d'un ton si neutre qu'il en était presque douloureux, et j'en compris soudain la raison : il avait espéré m'entendre dire que je lui faisais confiance. Mais ç'aurait été faux et je me refusais à lui mentir. Je me creusai la cervelle pour trouver un mot gentil, puis parlai sans réfléchir : « Umbre, je vous aime, je vous le jure. Mais c'est que… »

Il se tourna vers moi avec une sorte de violence. « Tais-toi, mon garçon. N'ajoute rien. » Il poursuivit d'un ton presque implorant : « N'en dis pas davantage. » Il posa la main sur mon épaule et la serra à m'en faire mal. « Je ne veux pas te demander ce que tu ne peux pas donner. Tu es ce que la vie a fait de toi – et ce que, moi-même, j'ai fait de toi, Eda me pardonne. À présent, écoute-moi : mange un peu ; force-toi s'il le faut. »

Il eût été vain de protester que la vue et l'odeur du pla teau suffisaient à me mettre le cœur au bord des lèvres. Je rassemblai mon courage et bus le bouillon de bœuf à longues gorgées, sans reprendre mon souffle avant de l'avoir terminé. Les fruits à la crème étaient visqueux, le poisson avait un goût répugnant et je faillis m'étrangler avec le pain, mais, sans mâcher chaque bouchée plus qu'à demi, je réussis à tout avaler. Je pris une longue inspiration et bus le vin d'un trait. Quand je reposai la coupe, je fus pris de haut-le-cœur et je sentis ma tête tourner ; le vin était d'une cuvée plus forte que je ne l'avais cru. Je levai les yeux vers Umbre : l'air effaré, il me regardait bouche bée. « Quand je parlais de te forcer, ce n'est pas comme ça que je l'entendais », bredouilla-t-il.

De la main, je lui fis signe que ce n'était pas grave. Je n'osais pas ouvrir la bouche pour répondre.

« Il vaudrait peut-être mieux que tu ailles te coucher ? » fit-il d'une petite voix.

Je hochai la tête et quittai lourdement le fauteuil. Il ouvrit le panneau mural devant moi, me donna une chandelle, puis resta à l'entrée du passage, une lampe à la main, jusqu'à ce que mes pas m'entraînent hors de sa vue. Le chemin jusqu'à ma chambre me parut épouvantablement long, mais j'arrivai enfin à bon port. Malgré ma nausée, j'éteignis avant de jeter un coup d'œil précautionneux par la fente du mur, puis d'actionner l'ouverture. Ce soir-là, nulle bougie allumée ne m'attendait. C'était sans importance. Je pénétrai dans les ténèbres oppressantes de la chambre, refermai l'accès au labyrinthe et gagnai à tâtons mon lit où je m'affalai. Il faisait trop chaud, je me sentais à l'étroit dans mes vêtements, mais j'étais trop épuisé pour les retirer. Il régnait une obscurité si absolue que j'étais incapable de savoir si mes yeux étaient ouverts ou fermés, mais au moins les lumières qui éclataient sous mes paupières s'étaient éteintes. Allongé dans le noir, j'aspirais à la paisible fraîcheur d'un sous-bois.

Les murs épais de la pièce étouffaient tout bruit et me coupaient de la nuit. J'avais l'impression de me trouver dans un tombeau. Je fermai les yeux et prêtai l'oreille aux coups de masse de ma migraine qui suivaient les battements de mon cœur, et aux gargouillis mécontents de mon estomac. Je pris une longue inspiration, puis je dis à mi-voix : « Forêt. Nuit. Arbres. Prairie. » Je tendis mon esprit en quête du réconfort du monde naturel et m'en représentai les détails : la brise légère qui agitait la cime des arbres, les étoiles qui clignotaient entre les lambeaux mouvants des nuages, la fraîcheur, les odeurs généreuses de la terre... La tension me quittait peu à peu, emportant la douleur dans son sillage. Je me laissai voguer au gré de mon imagination. Je sentis sous mes pieds la terre tassée d'une sente tracée par les animaux, et je me retrouvai en train de marcher sans bruit dans l'obscurité à la suite de ma compagne.

Silencieuse comme la nuit, elle se déplaçait à pas sûrs et vifs, et, malgré mes efforts, je ne parvenais pas à soutenir son allure. Je n'arrivais même plus à la voir et ne la suivais que grâce à son parfum qui flottait dans l'air nocturne ou aux buissons qui bruissaient encore de son passage. Ma marguette était sur ses talons, mais, pour ma part, je n'étais pas assez rapide. « Attendez ! » leur criai-je.

Attendre ? répondit-elle d'un ton moqueur. *Attendre que tu gâches la chasse de la nuit ? Non. Je n'attendrai pas ; c'est toi qui vas te hâter, et sans bruit. N'as-tu rien appris auprès de moi ? Pied léger, Amie de la nuit, Chasseresse de l'ombre, voilà qui je suis ! Deviens ce que je suis et viens, viens partager la nuit avec moi !*

Je me ruai à sa poursuite, ivre de la nuit et de sa présence, irrésistiblement attiré comme le papillon par la flamme. Ses yeux étaient verts, je le savais car elle me l'avait dit, et ses longs cheveux noirs. Je rêvais de la toucher, mais elle m'échappait, railleuse, toujours un pas en avant de moi, sans jamais se révéler à mes yeux et encore moins à mes mains. Je ne pouvais que courir derrière elle dans les ombres, le souffle court, tandis qu'elle s'enfuyait devant moi. Je ne me plaignais pas ; j'étais décidé à me montrer digne d'elle et à la faire mienne.

Mais mon cœur cognait à coups furieux dans ma poitrine et l'air était brûlant dans mes poumons. Je parvins au sommet d'une colline et m'arrêtai pour reprendre mon souffle. Devant moi, en contrebas, s'ouvrait une vallée où coulait une rivière ; la lune brillait dans le ciel, ronde et jaune. Avions-nous donc parcouru tant de chemin en une nuit de chasse ? Dans le lointain, les remparts de Myrteville formaient une noire masse de pierre au bord de la rivière. De rares lumières brûlaient encore aux fenêtres du château, et je me demandai qui consumait des chandelles alors que tout le monde dormait.

As-tu envie de dormir, enfermé dans une chambre sans air, sous un amoncellement de couvertures ? Voudrais-tu gaspiller ainsi une telle nuit ? Garde le sommeil pour les heures où le soleil peut te réchauffer, garde le sommeil pour les heures où le gibier se cache dans la tanière ou le terrier. Chasse, pour l'instant, mon petit maladroit. Chasse avec moi ! Prouve ta valeur ! Apprends à ne faire qu'un avec moi, pense comme moi, déplace-toi comme moi, ou bien perds-moi pour toujours.

Je voulus reprendre ma course, mais mon esprit trébucha sur une pensée et me ralentit : j'avais une mission à remplir sur-le-champ, un message à transmettre. Surpris, je me figeai. Je me sentais coupé en deux. Une partie de moi-même devait courir avant que je ne me retrouve abandonné, mais une autre partie restait immobile. Je devais annoncer la nouvelle tout de suite. Tout de suite ! Laborieusement, je me libérai, me séparai sans lâcher toutefois le renseignement que je venais d'apprendre. Il vacillait dans ma main comme la flamme mourante d'une bougie, prêt à prendre l'aspect absurde d'une idée née d'un rêve qui s'efface. Je m'y agrippai, concentré sur lui seul. Il fallait que je le retienne, que je le dise tout haut, que je m'accroche au mot, à la pensée, de toutes mes forces. Il ne fallait pas le laisser s'enfuir, se dissoudre avec le rêve.

« Myrteville ! »

Je prononçai le mot assis dans mon lit, au milieu des ténèbres étouffantes de ma chambre. Ma chemise était trempée de sueur et la migraine d'Art était revenue, accompagnée de cloches qui sonnaient à toute volée. Peu importait : je me jetai à bas de mon lit et me mis à palper le mur à la recherche du mécanisme secret. « Myrteville, répétai-je tout haut de peur que le nom ne m'échappe. Le prince Devoir chasse près de Myrteville. »

14

LAURIER

Il existe une certaine pierre noire, souvent parcourue de veines blanches ou argentées, dont les Anciens firent un usage considérable pour leurs constructions. Il reste au moins une carrière de ce matériau dans les territoires sauvages qui s'étendent au-delà du royaume des Montagnes, mais il est presque sûr qu'on doit en trouver d'autres ailleurs : il est difficile d'imaginer comment il pourrait en être autrement alors que cette pierre a servi pour de vastes réalisations architecturales en des lieux très éloignés les uns des autres. Les Anciens l'employaient non seulement pour leurs bâtiments mais aussi pour les monolithes qu'ils érigeaient à certains carrefours. Des qualités insolites des routes qu'ils ont créées, on peut déduire qu'ils l'utilisaient aussi broyée, sous forme de gravier. Partout où ils construisaient, cette pierre était leur matériau de prédilection, et, même dans des territoires où ils ne se rendaient que rarement, on découvre des monuments taillés dans cette roche. L'examen approfondi des Pierres Témoins de Castelcerf convaincra l'observateur que, bien qu'abîmées par les intempéries et peut-être volontairement dégradées par les hommes des temps passés, elles sont faites de ce même matériau, et certains en ont conclu que les Pierres de Castelcerf et les autres « pierres de serment » qu'on trouve dans tous les Six-Duchés sont l'œuvre des Anciens, qui les auraient dressées dans un but inconnu.

*

J'ouvris les yeux dans le grand lit à baldaquin d'Umbre, dans la salle de la tour, et je restai un moment désorienté avant de comprendre que je ne rêvais pas : j'étais bel et bien réveillé. Je ne me rappelais pas m'être couché; je me revoyais seulement m'asseyant quelques instants au bord du lit. Je portais encore mes vêtements de la veille.

Je me redressai avec d'infinies précautions, mais le fracas de forge qui, le jour précédent, résonnait dans ma tête s'était réduit à un bourdonnement monotone. La salle paraissait déserte, cependant quelqu'un s'y était trouvé récemment : une bassine d'eau pour les ablutions fumait près de l'âtre à côté d'un bol de gruau fermé par un couvercle. Je me servis avec empressement de ces deux objets selon leurs buts propres; mon estomac renâclait toujours, mais je me raisonnai et mangeai stoïquement, après quoi je fis une rapide toilette, mis une bouilloire à chauffer pour me préparer de la tisane, puis me dirigeai vers la table de travail. Une grande carte de Cerf y était déroulée, maintenue aux quatre coins par un mortier, deux pilons et une tasse. Un verre à vin retourné était posé au milieu du parchemin; quand je le soulevai, je lus en dessous le nom de Myrteville. Le château se dressait au bord d'un affluent de la Cerf, au nord-ouest du duché, sur la rive opposée à Castelcerf. Je n'y avais jamais mis les pieds, mais je m'efforçais de me rappeler ce que j'en savais. Cela ne me prit guère de temps : j'en ignorais absolument tout.

Mon Vif m'avertit de l'arrivée d'Umbre, et je me retournai vers la porte secrète à l'instant où elle s'ouvrait. Mon mentor entra d'un pas vif; l'air frais du matin avait rosi ses pommettes et sa chevelure blanche avait des reflets d'argent. « Ah, tu es debout ! Parfait ! dit-il en guise de salut. Je me suis arrangé pour partager le petit déjeuner de sire Doré, malgré l'absence de son valet. Il m'a assuré qu'il pouvait être prêt à partir d'ici quelques heures. Il a déjà trouvé un prétexte pour le voyage.

— Quoi ? » fis-je, les idées embrouillées.

Umbre éclata de rire. « Les plumes, crois-le ou non ! Sire Doré entretient toute sorte de passe-temps intéressants, et sa passion actuelle, ce sont les plumes d'oiseau ! Plus elles sont grandes, plus leurs couleurs sont vives et plus il est heureux ; or Myrteville se situe près d'une région de collines boisées réputée pour ses faisans, ses tétras et autres mèche-de-fouet ; ces derniers possèdent un plumage assez extravagant, en particulier à la queue. Sire Doré a déjà envoyé un coureur demander l'hospitalité à dame Brésinga de Myrteville pour le temps de ses recherches. Elle ne la lui refusera pas : notre illustre seigneur est un personnage en vogue à la cour de Castelcerf et il crée une sensation telle qu'on en a pas vu depuis plus de dix ans. Ce sera un rêve devenu réalité pour dame Brésinga de le recevoir dans son château. »

Il se tut, mais c'est moi qui repris mon souffle. Je secouai la tête comme pour remettre mon cerveau à l'endroit et me permettre de comprendre les propos d'Umbre. « Le fou se rend à Myrteville pour retrouver Devoir ?

— Holà ! fit mon vieux maître. Sire Doré se rend à Myrteville pour chasser des oiseaux. Naturellement, son valet Tom Blaireau l'accompagne, et j'espère que, tout en traquant le gibier, tu tomberas sur la piste du prince ; mais c'est là une mission tout ce qu'il y a d'officieux.

— Je pars donc avec lui.

— Évidemment. » Umbre me jeta un regard perçant. « Tu te sens bien, Fitz ? Tu m'as l'air d'avoir les idées brumeuses ce matin.

— C'est exact. J'ai l'impression que tout va trop vite

pour moi. » Je me retins d'ajouter que j'avais pris l'habitude d'organiser seul mes journées et mes déplacements, et que j'éprouvais quelques difficultés à reprendre une existence où chacun de mes jours était soumis aux décisions d'un autre. Qu'avais-je donc espéré ? Si nous voulions retrouver le prince Devoir, je devais jouer le jeu. Je fis un effort pour stabiliser mes pensées. « Dame Brésinga a-t-elle une fille ? »

Umbre réfléchit. « Non, seulement un fils. Civil. À une époque, il me semble, elle a pris en charge une de ses cousines ; il s'agissait sans doute de Vive Brésinga, qui a... voyons, elle doit avoir près de treize ans aujourd'hui. Elle est retournée chez elle le printemps dernier. »

Je secouai la tête à la fois en signe de négation et d'étonnement ; manifestement, Umbre avait remis à jour ses renseignements sur la famille Brésinga depuis la veille. « J'ai senti la présence d'une femme, non d'une enfant. Une femme... attirante. » J'avais failli dire « séduisante ». Quand je repensais à ce que j'avais vécu la nuit précédente, le rêve devenait mien et je ne me rappelais que trop bien à quel point elle m'avait excité les sangs. Je la sentais tentatrice, provocante. Je levai les yeux vers Umbre : il m'observait sans chercher à cacher son trouble. Je repris le fil de mes questions. « Devoir a-t-il exprimé de l'intérêt pour une femme ? Aurait-il pu s'enfuir avec elle ?

— À Eda ne plaise ! s'exclama Umbre avec ferveur. Non. » On eût dit une bête traquée. « Il n'y a pas de femme dans la vie de Devoir, pas même une jeune fille de son âge qui retienne son attention. Nous avons pris grand soin de ne jamais lui laisser l'occasion de nouer de tels liens ; Kettricken et moi avons décidé il y a des années que cela vaudrait beaucoup mieux pour lui. » D'un ton plus calme, il poursuivit : « Elle ne voulait pas voir son fils déchiré comme toi entre son cœur et son devoir. N'as-tu jamais songé que tout aurait pu être différent si tu n'étais pas tombé amoureux de Molly, si tu avais accepté l'union prévue avec dame Célérité ?

— Si, mais jamais je ne regretterai d'avoir aimé Molly. »

La véhémence de ma réponse convainquit Umbre de changer de sujet. « Un tel amour n'existe pas dans la vie de Devoir, déclara-t-il d'un ton catégorique.

— Naguère, oui, mais ce n'est peut-être plus le cas, ripostai-je.

— Alors je souhaite ardemment qu'il ne s'agisse que d'une amourette sans lendemain, à laquelle on puisse promptement... (il chercha l'expression adéquate) mettre fin. » Il fit la grimace en entendant ses propres mots. « Le petit est déjà fiancé. Ne me regarde pas comme ça, Fitz. »

Je détournai docilement les yeux. « Je n'ai pas l'impression qu'il connaisse cette femme depuis longtemps. Une partie de sa séduction provenait de son mystère.

— Il faut donc nous efforcer de le retrouver rapidement, avant qu'il y ait trop de dégâts. »

Je posai une question née de mon expérience personnelle. « Et s'il ne veut pas que nous le ramenions ? » demandai-je à voix basse.

Umbre se tut un moment, puis il répondit avec une sincérité non feinte : « Alors tu devras faire ce qui te paraîtra le mieux. »

Mon effarement dut se lire sur mon visage, car il éclata de rire. « Voyons, je ne vais tout de même pas faire semblant de croire que tu en feras autrement qu'à ta tête ! » Il reprit son souffle et poussa un soupir. « Fitz, voici tout ce que je te demande : réfléchis à grande échelle. Le cœur d'un adolescent est précieux, tout comme la vie d'un homme, mais l'entente entre les habitants des Six-Duchés et ceux des îles d'Outre-Mer l'est encore plus. Ainsi donc, fais ce qui te paraît le mieux, mais réfléchis bien au préalable.

— Vous me laisseriez tant de latitude ? Je n'en crois pas mes oreilles ! m'exclamai-je.

— Vraiment ? C'est peut-être que je te connais mieux que tu ne l'imagines.

— Peut-être, fis-je, en me demandant à part moi s'il me connaissait aussi bien qu'il le pensait.

— Ah, Fitz, tu n'es arrivé que depuis quelques jours et voici que je t'envoie déjà en mission ! » dit-il brusquement. Il me donna une claque amicale sur l'épaule, mais son sourire était un peu contraint. « Peux-tu être prêt à partir d'ici une heure ?

— Je n'ai pas grand-chose à empaqueter, mais il faut que je descende à Bourg-de-Castelcerf, chez Jinna, afin d'y laisser un message pour Heur.

— Je peux m'en occuper, si tu veux », proposa Umbre.

Je fis non de la tête. « Elle ne sait pas lire et, en tant que Tom Blaireau, je ne peux pas confier mes propres commissions à quelqu'un d'autre. Non, je vais m'en charger.

— Comme il te plaira, répondit Umbre. Je vais préparer une lettre que ton garçon remettra à maître Gindast quand il se présentera pour son apprentissage. Personne ne se doutera de rien : le menuisier croira prendre Heur comme élève en réponse à une faveur que lui aura demandée un de ses clients les plus riches. » Il se tut un instant. « Nous ne pouvons donner à ton garçon que l'occasion de faire ses preuves, tu le sais ; je ne peux pas obliger son maître à le garder s'il se révèle maladroit ou paresseux. » Il sourit d'un air espiègle devant mon expression outragée. « Mais je suis sûr qu'il n'est rien de tout cela. Laisse-moi une minute pour tourner la lettre que Heur présentera. »

Il y fallut plus d'une minute, naturellement, et, quand j'eus enfin la missive en main, je dus me hâter pour rattraper la matinée qui s'enfuyait. Je tombai nez à nez avec sire Doré alors que je sortais de ma petite chambre obscure ; je portais les vêtements dans lesquels j'avais dormi, et il eut un claquement de langue désapprobateur devant ma tenue. Il m'ordonna d'aller chercher mes nouveaux habits chez le tailleur afin de me rendre présentable pour le voyage, que nous effectuerions seuls et rapidement. Le seigneur Doré avait acquis une solide réputation d'esprit excentrique et aventureux, si bien que nul ne s'étonnerait de notre expédition. Il m'apprit aussi qu'il avait choisi une monture pour moi, qu'il la faisait ferrer de frais et que je pouvais passer la prendre chez un maréchal-ferrant dont il me donna l'adresse. Il supposait que je souhaitais acheter moi-même ma sellerie, et il me remit une nouvelle lettre de crédit à cet usage avant de me congédier. Pas un instant il ne s'était départi de ses manières d'aristocrate et j'avais conservé pour ma part mon attitude soumise de valet : nous devions tous deux nous glisser dans la peau de nos personnages et nous y habituer le plus vite possible ; aucune erreur ne serait permise une fois que nous apparaîtrions ensemble en public. Je me mis enfin en route pour Bourg-de-Castelcerf, surchargé de commissions alors que le soleil traversait le ciel avec une hâte excessive.

Le tailleur tenta de me retenir pour un dernier essayage et d'ultimes retouches à mes nouvelles tenues ; je refusai sans même ouvrir le paquet pour examiner les vêtements. Manifestement, Scrandon avait pour habitude de faire toute une cérémonie lorsqu'il remettait leur commande à ses clients, mais je lui déclarai sans ambages que le seigneur Doré m'avait demandé de faire vite ; l'homme prit alors un air hautain et répondit qu'il déclinerait toute responsabilité si les vêtements ne m'allaient pas. Je l'assurai que je ne viendrais pas me plaindre et quittai rapidement la boutique, embarrassé de son volumineux colis.

Je me rendis ensuite chez Jinna mais, à ma grande déception, sa nièce m'apprit qu'elle était sortie et qu'elle ignorait quand elle serait de retour. Fenouil vint m'accueillir. *Tu m'aimes, tu le sais bien. Prends-moi dans tes bras.*

Je ne vis pas l'intérêt de refuser et j'obéis. Il planta ses griffes dans mon épaule tout en se frottant la tête contre mon pourpoint pour marquer sa propriété.

« Jinna est partie dans les collines hier soir et elle y a passé la nuit pour ramasser des champignons dès son réveil. Elle peut revenir d'un instant à l'autre comme elle peut ne rentrer qu'à la nuit tombante, me dit Miskya. Allons, Fenouil, cesse d'embêter les gens ! Viens ici. » Elle prit le chat dans mes bras, puis fit une moue désolée devant mon pourpoint couvert de poils roux.

« Ce n'est pas grave, ne vous inquiétez pas, fis-je. Ce qui m'amène est beaucoup plus gênant. » Et je lui expliquai que mon maître avait brusquement décidé de s'en aller en voyage et que je devais l'accompagner. Je lui laissai la lettre qu'Umbre avait écrite pour le maître menuisier ainsi qu'un message de ma part pour Heur. Œil-de-Nuit ne serait pas content d'arriver à la ville et d'apprendre que je ne m'y trouvais plus, et il n'apprécierait pas non plus d'y rester à m'attendre. Avec retard, je m'aperçus que je ne laissais pas que mon fils aux bons soins de Jinna, mais aussi un loup, une ponette et une carriole. Umbre pourrait-il s'arranger pour m'aider ? Je n'avais pas un sou à remettre à Jinna pour cette charge supplémentaire ; je ne pouvais que la remercier profondément et l'assurer que je rembourserais toutes les dépenses que lui coûterait leur entretien.

« Vous me l'avez déjà dit, Tom », me gourmanda gentiment Miskya avec un sourire, manifestement attendrie par mes appréhensions. Fenouil fourra sa tête contre le menton de la jeune fille et me regarda d'un œil sévère. « Cela fait trois fois que vous me le répétez : vous serez bientôt de retour et vous nous paierez bien. Soyez tranquille, votre fils sera le bienvenu et nous prendrons soin de lui, que vous nous payiez ou non. Avez-vous demandé de l'argent à ma tante quand vous l'avez accueillie chez vous ? Ça m'étonnerait. »

À ces mots, je me rendis compte que je répétais sans fin les mêmes propos qui me donnaient l'air d'une poule inquiète. Avec un effort, je cessai de rabâcher que mon départ était inattendu et urgent, et, quand j'eus fini de remercier maladroitement Miskya encore une fois, je me sentis complètement désorganisé et embrouillé, éparpillé comme si j'avais laissé des parties de moi-même dans ma chaumine abandonnée, en compagnie d'Œil-de-Nuit et de Heur, et même dans la salle de la tour à Castelcerf. J'éprouvais une sensation de faiblesse et de vulnérabilité. « Eh bien, au revoir », dis-je à la jeune fille.

Dormir au soleil est plus agréable. Fais une sieste avec le chat, me suggéra Fenouil alors que Miskya me répondait : « Bon voyage. »

Je m'éloignai de la boutique de Jinna, rongé de remords : je me déchargeais de mes responsabilités sur des étrangers. Je niais avec la plus grande fermeté ressentir de la déception de n'avoir pas vu Jinna ; le baiser qu'elle m'avait donné restait en suspens comme une conversation inachevée, mais je refusais de réfléchir au cap sur lequel il pouvait orienter ma vie. La situation était déjà bien assez compliquée sans que j'aille ajouter un nouveau fil à l'enchevêtrement de mon existence; pourtant, j'avais bel et bien espéré rencontrer Jinna et ma déconvenue ternissait l'exaltation du voyage à venir.

Car reprendre la route me remplissait de bonheur, et le sentiment de culpabilité que j'éprouvais d'avoir laissé Heur aux soins de quelqu'un d'autre était le reflet déformé de l'impression de libération que suscitait en moi l'entreprise où je me lançais. Sous peu, le fou et moi allions nous précipiter dans El savait quelle aventure, sans avoir à nous soucier que de nous-mêmes; le temps restait au beau fixe, le fou était un bon compagnon, le trajet s'annonçait donc agréable, et j'y voyais davantage des vacances qu'une mission secrète. Mes craintes pour le prince Devoir s'étaient en grande partie calmées après mon rêve de la nuit précédente : le garçon ne courait aucun danger physique; le seul risque était pour son jeune cœur, enivré qu'il était par la nuit et la femme qu'il poursuivait, et cela, nul ne pouvait l'en protéger. Pour dire toute la vérité, je ne considérais pas ma tâche comme particulièrement difficile : nous savions dans quelle région rechercher le jeune adolescent et, avec ou sans mon loup, j'avais toujours été bon pisteur. Si le seigneur Doré et moi-même ne parvenions pas à débusquer rapidement de Myrteville le jeune prince, je me lancerais sur ses traces dans les monts environnants et le rattraperais. Notre absence de Castelcerf ne durerait guère. Rassuré par cette pensée, j'apaisai ma conscience et me rendis chez le maréchal-ferrant.

Je ne m'attendais pas à une monture de grande qualité, et je redoutais même que le sens de l'humour du fou ne se fût exprimé dans le choix de sire Doré. Je trouvai la fille de l'artisan en train de se rafraîchir en s'aspergeant avec l'eau d'une barrique et lui annonçai que je venais prendre le cheval laissé à ferrer par le seigneur Doré. Elle acquiesça de la tête et rentra dans l'atelier ; je l'attendis dehors. Il faisait bien assez chaud au soleil ; je n'avais nulle envie de pénétrer dans le vacarme et la chaleur infernale de la forge.

La jeune fille ressortit bientôt avec une grande jument noire à la longe. Je fis le tour de l'animal, puis je m'aperçus, en levant les yeux, qu'il m'observait avec la même méfiance que je le regardais moi-même. Il paraissait en bonne santé et ne portait aucune trace de mauvais traitement. Je tendis délicatement mon Vif vers lui ; il renifla et détourna la tête, refusant le contact. L'amitié d'un homme ne l'intéressait pas.

« J'en ai bavé pour la ferrer, celle-là ! lança d'une voix sonore le maréchal-ferrant en se dirigeant vers moi, couvert de transpiration. Cette jument, elle ne fait pas un effort pour lever la patte, et en plus elle rue dès que l'occasion se présente, alors faites attention. Et elle a essayé de mordre ma fille, en plus. Mais, tout ça, c'était pendant qu'on la ferrait ; le reste du temps, elle s'est plutôt bien tenue. »

Je remerciai l'homme de ses mises en garde et lui remis la bourse promise par sire Doré. « Connaissez-vous son nom ? » demandai-je.

L'artisan fit la moue, puis secoua la tête. « Je ne l'avais jamais vue avant ce matin. Si elle avait un nom, elle a dû le perdre entre deux maquignons. Appelez-la comme vous voulez ; de toute façon, il y a des chances qu'elle ne réponde pas. » Je décidai de réfléchir plus tard à la question. Le vieux licou de la monture était compris dans le prix, et je m'en servis pour la mener chez un bourrelier où je choisis une selle et un harnais simples et pratiques ; malgré tous mes efforts de marchandage, je dus verser une somme que je jugeai scandaleuse, tandis que l'expression du commerçant disait clairement qu'il trouvait mes exigences extravagantes, et, en sortant avec mes achats sur l'épaule, je me demandai s'il n'avait pas raison. Jamais je n'avais dû acheter mon équipement moi-même ; peut-être l'obsession de Burrich de réparer lui-même son matériel se fondait-elle sur le prix des pièces neuves.

La jument s'était montrée rétive alors que je lui essayais différentes selles, et, quand je voulus la monter, elle s'écarta en crabe. Une fois que j'eus réussi à me hisser sur elle, elle répondit aux rênes et aux genoux, mais avec mollesse ; je contins mon mécontentement en m'exhortant à la patience : peut-être, une fois que nous aurions pris la mesure l'un de l'autre, m'obéirait-elle mieux. Et, si ce n'était pas le cas, ma foi, c'était encore de la patience qu'il fallait pour débarrasser un cheval de ses mauvaises habitudes. Mieux valait m'y faire tout de suite. Tandis que je la menais prudemment par les rues escarpées de Bourg-de-Castelcerf, je songeais que j'avais peut-être joui d'une enfance et d'une jeunesse plus gâtées que je ne le soupçonnais : montures de qualité, excellent harnachement, armes de choix, beaux atours, table toujours bien garnie, tout cela me paraissait naturel.

Un cheval ? Je peux apprendre à un cheval tout ce qu'il lui faut savoir. Pourquoi as-tu besoin d'un cheval ?

Œil-de-Nuit s'était coulé si aisément dans mon esprit que j'avais à peine remarqué qu'il partageait mes pensées. *Je dois partir avec le sans-odeur.*

Es-tu obligé d'y aller à cheval ? Il ne me laissa pas le temps de répondre, mais je perçus son agacement. *Attends-moi, je suis presque arrivé.*

Œil-de-Nuit, non, ne viens pas ! Ne quitte pas le petit. Je serai bientôt de retour.

Mais il avait disparu et mon injonction demeura sans réponse. Je tendis mon Vif sans rien détecter que du brouillard. Il refusait de discuter, il refusait d'entendre mon ordre de rester avec Heur.

Les gardes des portes m'accordèrent un bref coup d'œil et me laissèrent entrer. Je décidai de parler à Umbre de leur attitude : ma livrée bleue ne signifiait pas automatiquement que j'avais le droit de pénétrer dans le château. Je gagnai les portes des écuries, mis pied à terre, puis me figeai, le cœur battant : à l'intérieur du bâtiment, quelqu'un expliquait d'un ton enjoué comment nettoyer correctement les sabots d'un cheval. La voix était devenue plus grave au cours des ans, mais cela ne m'empêcha pas de la reconnaître : Pognes, mon ami d'enfance et désormais maître des écuries de Castelcerf, se tenait à quelques pas de moi, et seul un mur nous séparait. Je sentis ma bouche se dessécher. La dernière fois qu'il m'avait vu, il avait cru se trouver en présence d'un revenant ou d'un démon et il s'était enfui en criant à la garde. Cela datait de bien des années et j'avais beaucoup changé, mais je n'arrivai pas à me convaincre de m'en remettre au seul passage du temps pour camoufler mon identité, et je cherchai refuge dans celle de Tom Blaireau.

« Hé, petit ! dis-je à un jeune garçon qui traînait là. Occupe-toi de ma monture ; elle appartient à sire Doré, alors veille à bien la traiter.

— Oui, monsieur, répondit-il. Le seigneur Doré nous a fait prévenir d'attendre un certain Tom Blaireau, monté sur une jument noire, et de seller son propre cheval dès son arrivée. Il vous fait dire de le rejoindre tout de suite dans ses appartements. » Et, sans un mot de plus, il emmena ma jument. Je poussai un soupir, soulagé d'avoir franchi aussi aisément l'obstacle de Pognes, et je m'éloignai des écuries. Je n'avais pas fait dix pas qu'un homme me dépassait, visiblement pressé, sans m'accorder un regard. Les yeux écarquillés, je l'observai : Pognes s'était un peu épaissi de la taille, mais moi aussi, après tout ; ses cheveux noirs commençaient à se clairsemer tandis que ses poils poussaient plus dru que jamais sur ses bras musculeux. Il passa l'angle d'un bâtiment et disparut. Je restai les yeux dans le vide avec l'impression d'être bel et bien un fantôme, invisible dans son monde. Enfin, je retrouvai ma respiration et pressai le pas. Le temps passant, Pognes apercevrait Tom Blaireau ça et là dans le château, et, le jour où nous tomberions nez à nez, j'aurais endossé cette identité si parfaitement qu'il ne la mettrait pas en doute un instant.

Mon existence sous le nom de Fitz m'apparut soudain comme des empreintes de pas sur un sol poussiéreux, effacées, remplacées par d'autres traces plus récentes, et mon humeur ne s'améliora pas quand, alors que je traversais la grand'salle, j'entendis sire Doré m'interpeller soudain : « Ah, vous voici, Tom Blaireau ! Pardonnez-moi, mes dames, mon valet est enfin arrivé. Adieu et portez-vous bien en mon absence ! »

Je le vis s'extraire d'une troupe d'aristocratiques jacasses ; elles le laissèrent partir à contrecœur, battant des cils et de l'éventail sur son passage, et l'une d'elles eut même une jolie moue déçue. Le seigneur Doré leur décocha un sourire empreint de tendresse, puis se dirigea vers moi en les saluant d'un geste de la main élégant et langoureux. « Vous avez fini vos courses ? Parfait ! Nous allons donc pouvoir achever nos préparatifs et nous mettre en route tant que le soleil est encore haut. »

Il passa devant moi d'une démarche impérieuse et je lui emboitai le pas à distance respectueuse, en hochant la tête à mesure qu'il me donnait ses instructions sur la façon dont je devais emballer ses affaires. Mais, quand nous parvînmes dans ses appartements et que je fermai la porte derrière nous, je constatai que ses sacs de voyage nous attendaient, pleins à craquer, sur un fauteuil. Je me retournai en l'entendant pousser le verrou, et il montra du doigt la porte de ma chambre à l'instant où elle s'ouvrait pour livrer passage à Umbre.

« Enfin, te voici, dit mon vieux maître. Ce n'est pas trop tôt. J'ai rapporté ce que tu as appris à la Reine, et elle t'ordonne de partir sans plus attendre. Elle ne sera complètement rassurée, je crois, que lorsque son fils sera revenu sous son toit ; moi aussi, d'ailleurs. » Il se mordilla la lèvre, puis annonça, davantage à l'adresse de sire Doré qu'à la mienne : « La Reine a décidé de vous faire accompagner par la grand'veneuse Laurier. Elle s'apprête en ce moment même.

— Mais nous n'avons pas besoin d'elle ! s'exclama le seigneur Doré d'un ton agacé. Moins de gens seront au courant de cette affaire, mieux cela vaudra.

— C'est la grand'veneuse personnelle de Sa Majesté, et sa confidente sur bien des sujets. Sa famille maternelle habite à moins d'une journée de cheval de Myrteville, et elle affirme bien connaître la région pour y avoir vécu enfant, si bien qu'elle vous sera peut-être utile. En outre, Kettricken est résolue à ce que vous l'emmeniez, et je suis bien placé pour savoir qu'il est vain de discuter avec la Reine lorsque sa volonté est arrêtée.

— J'en ai moi-même une certaine expérience. » C'était sire Doré qui avait parlé, mais j'avais reconnu le fou dans le ton lugubre de sa voix, et un sourire tirailla le coin de ma bouche : je savais moi aussi ce que c'était de se sentir ployer sous l'azur inflexible du regard de notre

Reine. Je me demandai qui était cette Laurier et comment elle s'y était prise pour gagner la confiance de notre souveraine. Éprouvais-je un pincement de jalousie à l'idée que quelqu'un m'eût remplacé dans le rôle de confident de Kettricken ? Il y avait quinze ans que je l'avais quittée ; espérais-je vraiment qu'elle ne m'avait pas trouvé de successeur ?

Mécontente mais résignée, la voix de sire Doré interrompit mes réflexions. « Eh bien, qu'il en soit ainsi, puisqu'il le faut. Elle peut nous suivre, mais je refuse de l'attendre. Tom, vos bagages sont faits, n'est-ce pas ?

— Presque », répondis-je, jouant le jeu ; puis je me rappelai mon personnage et ajoutai : « Monseigneur. Il ne me faudra qu'un instant ; j'ai peu d'affaires à emporter.

— Très bien. N'oubliez pas les vêtements de Scrandon, car je veux vous voir convenablement habillé pour me servir à Myrteville.

— Comme il vous plaira, messire. » Et je passai dans ma chambre, où je fourrai le paquet du tailleur dans les fontes neuves que j'y trouvai ; elles portaient l'emblème au faisan du seigneur Doré. J'y glissai quelques-uns de mes vieux oripeaux pour les expéditions nocturnes que je m'attendais à effectuer à Myrteville, puis je parcourus la pièce des yeux ; je portais mon épée à la hanche, et il n'y avait rien d'autre à ajouter à mon paquetage, ni poisons ni petites armes astucieuses à usage discret. Je me sentis tout à coup étrangement nu sans cet équipement, bien que je m'en fusse passé depuis des années.

Alors que je ressortais, mes fontes sur l'épaule, Umbre leva la main pour m'arrêter. « Un petit quelque chose en plus », fit-il d'un air gêné, et, sans croiser mon regard, il me tendit un rouleau de cuir souple. Je n'eus pas besoin de l'ouvrir pour en connaître le contenu : passe-partout et autres instruments raffinés du métier d'assassin. Sire Doré détourna les yeux pendant que j'introduisais le trousseau dans mon paquetage. Autrefois, mes vêtements comportaient des poches secrètes pour ce genre d'objets ; aujourd'hui, j'espérais ne pas être obligé de mettre ma formation en pratique assez longtemps pour avoir à me soucier de tels détails.

Nos adieux furent à la fois précipités et insolites ; sire Doré prit un ton compassé comme si toute une troupe d'inconnus étaient témoins de la scène. Pensant devoir suivre son exemple, je m'inclinai en bon serviteur devant Umbre, mais il me saisit par les bras et me serra sur son cœur. « Merci, mon garçon, murmura-t-il à mon oreille. Va vite et ramène-nous Devoir ; et ne sois pas trop dur avec lui : c'est ma faute autant que la sienne. »

Je m'enhardis alors à répondre : « Veillez sur mon garçon, dans ce cas, et sur Œil-de-Nuit. Je n'avais pas réfléchi que je le laissais lui aussi à la charge de Jinna, ainsi qu'une ponette et une carriole.

— Je m'assurerai qu'il ne leur arrive aucun mal », dit-il, et il vit dans mes yeux, j'en suis sûr, la reconnaissance que j'éprouvais. Puis je me hâtai de déverrouiller la porte devant sire Doré et le suivis, encombré de nos paquetages, tandis qu'il traversait Castelcerf à grandes enjambées. De nombreuses personnes lui crièrent au revoir sur son passage et il y répondit avec chaleur mais brièvement.

S'il avait vraiment espéré prendre Laurier de vitesse, il fut déçu : elle nous attendait à la porte des écuries, nos trois montures à la bride, et elle manifestait tous les signes de l'impatience. Je lui donnai entre vingt-cinq et trente ans ; bâtie en force, bien découplée et bien musclée, un peu comme Kettricken elle-même, elle n'en conservait pas moins des formes féminines. Elle n'était pas cervienne, car les femmes de chez nous sont de petite taille et sombres de chevelure, or elle ne présentait aucun de ses traits ; elle n'avait pas non plus la blondeur de Kettricken, mais ses yeux étaient bleus, et le soleil avait donné des reflets d'or à ses cheveux châtains, presque blancs aux tempes, et hâlé son visage et ses mains. Elle avait le nez droit et fin, la bouche ferme et le menton décidé. Elle portait la tenue de cuir des chasseurs et sa monture était un de ces petits chevaux nerveux qui bondissent par-dessus les obstacles comme un chien terrier et sont capables de filer comme des belettes dans les taillis les plus impénétrables ; c'était un hongre sans grande distinction, mais ses yeux brillaient de vivacité. Le petit paquetage de Laurier était attaché derrière sa selle. À notre approche, Malta leva la tête et se mit à hennir avec impatience ; ma jument noire, elle, ne réagit pas, aucunement intéressée par ce qui se passait. Je m'en sentis curieusement humilié.

« Bonjour, grand'veneuse Laurier, dit sire Doré. Vous êtes prête à partir, je vois.

— Oui, monseigneur. Je n'attends que votre signal. »

Et tous deux me regardèrent. Me rappelant soudain que j'étais le valet de sire Doré, je pris les rênes de Malta des mains de Laurier et les tint pendant que mon maître montait en selle. Je sanglai nos fontes sur ma jument, qui n'accepta ce traitement qu'avec réserve. En me remettant ses rênes, Laurier sourit, puis me tendit la main. « Laurier, de la famille de Dunes près de Bergecave. Je suis la grand'veneuse de Sa Majesté.

— Tom Blaireau, serviteur du seigneur Doré », répondis-je en m'inclinant.

Le seigneur en question avait déjà commencé à faire avancer sa jument avec un superbe dédain pour nos échanges de roturiers. Nous enfourchâmes nos montures en hâte et le suivîmes.

« Et d'où est votre famille, Tom ? demanda Laurier.

— Euh... de la région de Forge, près de la Roncière. » La Roncière était le nom dont Heur et moi avions baptisé le ruisseau qui passait près de notre chaumière. S'il en portait un autre, je ne le connaissais pas ; néanmoins, cette ascendance inventée au vol parut satisfaire Laurier. Ma jument m'agaçait : elle rongeait constamment son mors et tentait de passer en tête ; à l'évidence, elle n'avait pas l'habitude de suivre un autre cheval, et sa foulée était plus longue que celle de Malta. Je parvins à la tenir à sa place. mais ce fut un combat incessant entre nos deux volontés.

Laurier me lança un regard compréhensif. « C'est une nouvelle monture ?

— Je ne l'ai que depuis la mi-journée ; découvrir son caractère au cours d'un voyage n'est peut-être pas le meilleur moyen d'apprendre à la connaître. »

La jeune femme eut un sourire malicieux. « Non, mais c'est peut-être le plus rapide. Et, de toute façon, vous n'avez guère le choix. »

Nous quittâmes le château par la porte de l'ouest. Dans ma jeunesse, cette issue restait la plupart du temps fermée, et la route qui en partait n'était guère plus qu'un chemin de chèvres ; aujourd'hui, le passage était grand ouvert, surveillé par un petit poste de garde. Nous le franchîmes quasiment sans nous arrêter et nous retrouvâmes sur une piste visiblement fréquentée qui coupait à travers les hauteurs auxquelles s'appuyait Castelcerf avant de descendre en serpentant jusqu'au fleuve. Les sections les plus raides avaient été éliminées et le sentier élargi. Les ornières qui le creusaient m'indiquèrent que des charrettes l'empruntaient, et, alors que nous approchions du fleuve en suivant les lacets à flanc de colline, j'aperçus en contrebas, à mon grand étonnement, des quais et des toits d'entrepôts ; je me remettais à peine de ma surprise quand j'entrevis des maisons en retrait sous les arbres.

« Mais personne n'habitait ici autrefois ! » dis-je, puis je me mordis la langue pour me retenir d'ajouter que le prince Vérité adorait chasser dans ces bois, qui ne devaient d'ailleurs plus guère abriter de gibier. On avait abattu des arbres pour cultiver de petits jardins, et des ânes et des poneys paissaient sur des prairies jadis inexistantes.

Laurier hocha la tête. « Vous n'avez pas dû revenir par ici depuis la fin de la guerre des Pirates rouges ; toutes ces constructions sont apparues au cours des dix dernières années. Avec la reprise du commerce, beaucoup de gens ont voulu s'installer dans la région de Bourg-de-Castelcerf, et assez près du château si jamais les attaques recommençaient. »

Je ne sus que répondre, encore stupéfait de l'extension de la ville. Alors que nous arrivions près des quais, je repérai même une taverne et un local d'embauché pour les bateliers. Nous longeâmes des entrepôts qui donnaient sur les appontements, et je remarquai de nombreuses carrioles tirées par des ânes, moyen de transport apparemment le plus prisé de la nouvelle bourgade. Des bateaux camus déchargeaient du fret venu de Bauge et de Labour par la Cerf. Nous passâmes devant une deuxième taverne, puis devant plusieurs hôtelleries à bon marché telles que les apprécient les marins. La route remontait le cours du fleuve, parfois large et sablonneuse, parfois recouverte d'épaisses planches à peine dégrossies lorsque le sol devenait spongieux. Les chevaux de mes compagnons ne paraissaient pas y prêter attention, mais ma jument ralentissait le pas et rabattait les oreilles en arrière chaque fois que nous passions sur ces sortes de caillebottis : elle n'aimait pas le claquement sonore de ses sabots sur le bois. Je posai la main sur son garrot et tendis mon Vif vers elle pour tenter de la rassurer ; elle tourna la tête pour me regarder mais demeura sur sa réserve. Elle aurait sans doute refusé d'avancer sans les deux autres chevaux devant elle ; manifestement, ses congénères l'intéressaient bien davantage que l'amitié que je lui offrais.

Je secouai la tête en m'étonnant de la différence entre elle et les montures aimables qui peuplaient les écuries à l'époque de Burrich ; le fait qu'il avait lui-même le Vif y était-il pour quelque chose ? Quand une jument poulinait, il restait près d'elle, et le petit connaissait le contact de sa main en même temps qu'il apprenait le coup de langue de sa mère. La présence d'un humain à leur naissance suffisait-elle à rendre les animaux des écuries plus tolérants, ou bien était-ce le Vif de Burrich, réprimé mais toujours présent, qui les poussait à me faire bon accueil ?

Le soleil de l'après-midi nous écrasait de sa chaleur et se reflétait sur la vaste surface lisse du fleuve. Le bruit sourd des sabots de nos montures faisait un contrepoint agréable à mes réflexions. Pour Burrich, le Vif était une magie noire et ignoble qui induisait chez moi la tentation constante de me laisser dominer par ma nature bestiale ; la tradition populaire lui donnait raison et allait plus loin encore : elle considérait le Vif comme un instrument du mal, une magie honteuse qui menait ceux qui la pratiquaient à l'avilissement et à la perversion, et dont le seul remède reconnu était la mort et le démembrement. À cette pensée, je sentis s'effriter mon calme devant la disparition de Devoir : certes, il n'avait pas été enlevé, mais, bien que je l'eusse retrouvé grâce à l'Art, c'était indubitablement du Vif qu'il se servait lors de ses chasses nocturnes, et, s'il se trahissait devant quelqu'un, il risquait l'exécution pure et simple. Son statut de prince ne suffirait peut-être pas à lui éviter ce sort : n'était-ce pas à cause du Vif que les ducs des Côtes m'avaient retiré leur confiance et que je m'étais retrouvé dans les geôles de Royal ?

Rien d'étonnant à ce que Burrich eût renoncé à l'usage de cette magie, ni à ce qu'il eût fréquemment menacé de me rouer de coups pour m'en débarrasser, et pourtant je ne regrettais pas d'en être doué. Malédiction ou bénédiction, elle m'avait sauvé la vie plus souvent qu'elle ne l'avait mise en danger, et je ne pouvais m'empêcher de penser que mon profond sentiment d'unité avec tous les êtres vivants avait embelli mon existence. Je pris une longue inspiration et, avec précaution, je laissai mon Vif se déployer dans une perception générale de ce qui m'entourait. La présence de Malta et du cheval de la grand'veneuse devint plus nette, tout comme leur conscience de moi. Je vis Laurier, non plus comme une cavalière voyageant de conserve avec moi, mais comme une grande créature d'une éclatante santé ; le seigneur Doré, en revanche, demeura aussi inconnaissable que le fou ; même à ce sens particulier que je possédais, il échappait, aussi impalpable qu'une onde de chaleur, et pourtant il me restait familier précisément à cause de ce mystère. Les oiseaux qui nichaient dans les feuillages m'apparaissaient comme de vives étincelles de vie au milieu des branches ; des plus grands arbres émanait un puissant flot vert, un jaillissement d'existence, très différent de la conscience d'un animal mais qui était lui aussi la vie même. J'avais l'impression que mon sens du toucher dépassait les limites de mon corps pour se porter à la rencontre de toutes les créatures qui m'entouraient. Le monde entier chatoyait de vie, et j'appartenais à cette trame lumineuse. Et l'on aurait voulu que je regrette cette unité ? Que je refuse cette expansion de mon être ?

« Vous n'êtes guère bavard », fit Laurier. Saisi, je repris brusquement conscience d'elle en tant qu'individu. Mes pensées m'avaient emmené si loin que j'en avais oublié la femme qui chevauchait à mes côtés. Elle me regardait en souriant ; ses yeux étaient bleu clair, avec un anneau plus foncé autour de l'iris, et j'observai que, dans l'un d'eux, une touche insolite de vert irradiait de la pupille. Pris au dépourvu, je me contentai de hausser les épaules et de hocher la tête. Son sourire s'élargit.

« Il y a longtemps que vous êtes grand'veneuse de la Reine ? » demandai-je pour meubler la conversation.

Laurier prit un air pensif pendant qu'elle calculait mentalement. « Sept ans, répondit-elle enfin.

— Ah ! Vous connaissez donc bien Sa Majesté, fis-je, espérant apprendre ce qu'elle savait de notre mission.

— Assez, oui. » Et je sentis qu'elle éprouvait la même curiosité à mon sujet.

Je m'éclaircis la gorge. « Sire Doré se rend à Myrteville pour y trouver des oiseaux rares ; il a une passion pour les plumes », déclarai-je sans oser poser de question directe.

Elle me jeta un regard en coin. « Sire Doré entretient de nombreuses passions, paraît-il, fit-elle à mi-voix, et il a de quoi les payer toutes. » Elle me lança un nouveau coup d'œil comme pour voir si j'allais prendre la défense de mon maître, mais, si ses propos renfermaient une insulte, elle m'avait échappé. Elle reporta le regard devant elle et poursuivit : « Pour ma part, je vais simplement en reconnaissance pour ma Reine. Elle aime à chasser le gibier à plumes en automne, et je pense trouver dans les bois de Myrteville ce qu'elle aime le mieux.

— Nous sommes donc dans le même cas. » Sa

prudence me plaisait ; nous allions sans doute bien nous entendre.

« Vous connaissez le seigneur Doré depuis longtemps ? me demanda-t-elle.

— Non, pas personnellement, répondis-je en biaisant. J'ai appris qu'il cherchait un valet et j'ai eu la chance de lui être recommandé par un de ses proches.

— Vous avez donc déjà occupé ce genre d'emploi ?

— Oui, mais il y a longtemps. Depuis une dizaine d'années, je vivais dans mon coin avec mon garçon, mais il est maintenant en âge d'entrer en apprentissage, et pour ça il faut du bel et bon argent. Cette place que j'ai prise, c'est le moyen le plus rapide que je connaisse de le gagner.

— Et sa mère ? demanda-t-elle d'un ton dégagé. La solitude ne va-t-elle pas lui peser, si loin de vous deux ?

— Elle est morte il y a des années. » Et puis je songeai que Heur risquait un jour ou l'autre de monter au château de Castelcerf et je décidai de rester le plus près possible de la vérité. « C'est un enfant que j'ai adopté ; je n'ai jamais connu sa mère, mais je le considère comme mon fils.

— Ainsi, vous n'êtes pas marié ? »

La question me prit par surprise. « Non, en effet.

— Moi non plus. » Et elle me fit un petit sourire, comme pour dire que nous avions au moins ce point en commun. « Eh bien, comment trouvez-vous Castelcerf jusqu'ici ?

— Assez à mon goût. J'habitais à côté quand j'étais enfant ; tout a beaucoup changé depuis.

— Moi, je suis de Labour ; j'ai passé ma jeunesse aux Dunes de Branedie, mais ma mère venait de Cerf, et sa famille vivait près de Myrteville ; je connais bien la région car je l'ai parcourue en tous sens pendant mon enfance. Cependant, nous avons surtout vécu près des Dunes, où mon père était grand veneur du seigneur Bienassis ; c'est lui qui nous a enseigné, à mes frères et à moi, tout ce qu'il faut savoir de cette fonction. À sa mort, mon frère aîné a repris sa charge ; mon cadet est allé habiter dans ma famille maternelle, mais je suis restée et sire Bienassis m'a employée à dresser les chevaux de chasse de ses écuries. Un jour, il y a des années, la Reine est venue traquer le gibier chez nous, et j'ai proposé mon aide, car Sa Majesté avait une suite considérable ; elle s'est prise de sympathie pour moi et (Laurier sourit avec fierté) je suis sa grand'veneuse depuis lors. »

Je cherchais une réponse pour entretenir la conversation quand le seigneur Doré nous fit signe de nous rapprocher.

Je talonnai ma jument et, quand nous fûmes rassemblés, mon maître déclara : « Ces maisons que nous venons de dépasser sont les dernières avant longtemps. Je n'ai pas envie qu'on raconte que nous nous sommes pressés à l'excès, mais je ne tiens pas non plus à manquer le seul bac du soir à Travers-de-Fanal. Aussi, braves gens, au galop, à présent. Blaireau, nous allons voir si cette jument noire est aussi leste que le prétendait le maquignon qui me l'a vendue. Soutenez l'allure autant que vous le pourrez ; je retiendrai le bac en attendant votre arrivée. » Là-dessus, il donna légèrement du talon dans les flancs de Malta et lui lâcha les rênes. Sa monture ne se fit pas prier : elle bondit en avant et nous laissa sur place.

« Mon Casqueblanc vaut largement sa Malta ! » s'exclama Laurier, et elle lança son cheval sur les traces du seigneur Doré.

Rattrape-les ! lançai-je à ma jument, et sa réaction faillit me désarçonner : elle passa brutalement du pas au galop effréné. Les autres chevaux, plus petits, avaient pris de l'avance ; des mottes de terre jaillissaient sous leurs sabots, et Malta ne gardait la tête que grâce à l'étroitesse de la piste. La longue foulée de ma monture réduisit rapidement la distance qui nous séparait d'eux et nous nous trouvâmes bientôt sur leurs talons, bombardés de terre et de gravillons. En nous entendant si proches, les deux chevaux de tête firent un nouvel effort et regagnèrent du terrain, mais je sentais que ma jument n'avait pas encore donné toute sa mesure ; son galop n'était pas à sa pleine extension, et sa cadence me disait qu'elle n'était pas arrivée aux limites de ses capacités. Je tentai de la freiner pour éviter le plus gros de la grêle de mottes, mais elle n'y prêta aucune attention. À l'instant où la route s'élargissait, elle s'engouffra dans l'espace libéré et dépassa mes compagnons en quelques foulées. Je les entendis crier des encouragements à leur monture et je crus qu'ils allaient nous rattraper, mais, tel un énorme chien de loup lancé sur une piste, ma jument allongea encore son galop pour dévorer davantage de terre à chaque pas et la recracher derrière elle. Je regardai pardessus mon épaule et je vis la grand'veneuse et sire Doré qui chevauchaient à bride abattue, le visage rougi par l'excitation du défi que leur jetait ma jument.

Plus vite ! lui dis-je. Je ne pensais pas qu'elle en fut capable mais, comme le feu s'élance en rugissant à l'assaut d'un arbre sec, elle accéléra encore. J'éclatai d'un rire de pur bonheur et je vis ses oreilles battre en réponse. Elle ne me transmit aucune pensée, mais je perçus un vague scintillement d'approbation ; nous n'allions pas si mal nous entendre, finalement.

Nous atteignîmes les premiers le bac de Travers-de-Fanal.

TABLE DES MATIÈRES

Photocomposition *CMB* Graphic
44800 Saint-Herblain

Cet ouvrage a été imprimé par

FIRMIN DIDOT

GROUPE CPI

Mesnil-sur-l'Estrée

pour le compte de France Loisirs
en novembre 2003

Imprimé en France
Dépôt légal : novembre 2003
N° d'édition : 39694 - N° d'impression : 66173